El Palacio de Papel

CHARLESTON COUNTY LIBRARY

WITHDRAWN

Miranda Cowley Heller

El Palacio de Papel

Traducción de
Laura Vidal

Papel certificado por el Forest Stewardship Council®

MIXTO
Papel procedente de
fuentes responsables
FSC® C117695
www.fsc.org

Penguin
Random House
Grupo Editorial

Título original: *The Paper Palace*
Primera edición: septiembre de 2021

© 2021, Green Pear Inc.
© 2021, Penguin Random House Grupo Editorial, S.A.U.
Travessera de Gràcia, 47-49. 08021 Barcelona
© 2021, Laura Vidal, por la traducción

Traducción de «A una alondra» de Juan Abeleira y Jaime Valero en *No despertéis a la serpiente.*
Antología bilingüe de Percy Bysshe Shelley. Madrid, Hiperión, 1994.
Reproducida por cortesía de Editorial Hiperión.

Penguin Random House Grupo Editorial apoya la protección del *copyright.*
El *copyright* estimula la creatividad, defiende la diversidad en el ámbito de las ideas y el conocimiento,
promueve la libre expresión y favorece una cultura viva. Gracias por comprar una edición autorizada
de este libro y por respetar las leyes del *copyright* al no reproducir, escanear ni distribuir ninguna
parte de esta obra por ningún medio sin permiso. Al hacerlo está respaldando a los autores
y permitiendo que PRHGE continúe publicando libros para todos los lectores.
Diríjase a CEDRO (Centro Español de Derechos Reprográficos, http://www.cedro.org)
si necesita fotocopiar o escanear algún fragmento de esta obra.

Printed in Spain – Impreso en España

ISBN: 978-84-9129-533-4
Depósito legal: B-10549-2021

Compuesto en Arca Edinet, S. L.
Impreso en Rodesa, Villatuerta (Navarra)

SL 9 5 3 3 4

A Lukas y Felix, mis dos amores

Y a mi abuela Muriel Maurer Cowley,
cuyo intenso afecto no flaqueó jamás

Vemos el pasado, el futuro,
y anhelamos lo que no existe:
nuestra alegría más sincera
se mezcla con algún dolor;
nuestra canción más dulce narra el pesar más triste.

PERCY BYSSHE SHELLEY, *A una alondra*

Libro primero

ELLE

1

Hoy. 1 de agosto, Back Woods

6.30 horas

Las cosas aparecen de la nada. Tienes la mente en blanco y, de pronto, en el encuadre, una pera. Perfecta, verde, el rabito torcido, una sola hoja. Está en un cuenco de gres blanco, rodeada de limas, en el centro de una mesa de pícnic descolorida, en un viejo porche cubierto, a la orilla de un estanque, en lo profundo del bosque, junto al mar. Cerca del cuenco hay un candelabro de latón cubierto de gotas de cera fría y del polvo incrustado que resulta de pasar el invierno en una estantería sin acristalar. Platos de pasta a medio comer, una servilleta de lino sin desdoblar, posos de vino tinto en una botella, una tabla de cortar el pan, artesana, sin lijar, con el pan arrancado en vez de cortado. Abierto en la mesa hay un libro de poesía mohoso. El poema *A una alondra*, volando hacia el azul, vuelve a sonar en mi mente, doloroso, emocionante, mientras contemplo el bodegón de la cena de anoche. «El mundo debería oír lo que oigo yo

13

ahora». Qué bien lo leyó él. «Para Anna». Nos quedamos todos hechizados, recordándola. A mí me bastaba con mirarlo a él para sentir la eternidad y ser feliz. Podía escucharlo, cerrar los ojos y percibir su respiración y sus palabras bañándome, una y otra vez, y otra más. No quiero hacer otra cosa.

Al otro lado de la mesa, la luz se atenúa al pasar a través de las mosquiteras antes de intensificarse sobre los árboles veteados, el azul puro del estanque, las sombras negrísimas de los tupelos de la orilla, donde a esta hora tan temprana aún no llega el sol. Examino medio centímetro de café reconcentrado y rancio en una taza sucia y considero bebérmelo. El aire es tan frío. Tirito debajo del albornoz gastado color lavanda, de mi madre, que me pongo cada verano cuando volvemos al campamento. Huele a ella, y a una inactividad manchada de excrementos de ratón. Es mi momento preferido en el Bosque. El estanque a primera hora de la mañana, antes que los demás se despierten. La luz del sol límpida, cortante como pedernal, el agua vigorizante, los chotacabras por fin en silencio.

Delante del porche, en la estrecha pasarela de madera, la arena se ha acumulado entre los listones. Habría que barrerla. Hay una escoba apoyada contra la puerta mosquitera del porche, mellándola, pero la ignoro y bajo por el caminito que conduce a nuestra playa. A mi espalda gimen los goznes de la puerta.

Dejo caer el albornoz al suelo y me quedo desnuda junto al agua. Al otro lado del estanque, más allá de la línea de pinos y robles arbustivos, el océano está furioso, ruge. Debe de transportar en su vientre una tormenta procedente de algún punto. Pero aquí, a orillas del estanque, el aire está callado como la miel. Espero, miro, escucho... el piar, el zumbido de pequeños insectos, un viento que agita los árboles con demasiada suavidad. Luego me meto hasta las rodillas y me sumerjo de cabeza en el agua helada. Nado hacia lo más hondo, más allá de los nenúfares, impulsada por la euforia, la libertad y la descarga adrenalínica de un pánico sin nombre. Tengo un poco de miedo a que suban de pronto tortugas de las profundidades a morder mis grandes pechos. O quizá las atraiga el olor a sexo cada vez que abro y cierro las piernas. De pronto me abruma la necesidad de volver a la seguridad de donde no cubre, donde pueda ver el fondo arenoso. Me gustaría ser más valiente. Pero también me gusta el miedo, la respiración atrapada en la garganta, el corazón acelerado mientras salgo del agua.

Escurro todo lo que puedo mi larga melena, cojo una toalla raída de la cuerda de tender que ha puesto mi madre entre dos pinos ralos, me tumbo en la arena caliente. Una libélula azul eléctrico se posa en mi pezón y se queda allí un instante antes de proseguir vuelo. Una hormiga trepa por las dunas saharianas que mi cuerpo acaba de crear en su camino.

Anoche por fin me lo follé. Después de tantos años de imaginarlo, de no saber si seguía deseándome. Y entonces hubo un momento en que tuve la certeza de que iba a pasar: toda esa cantidad de vino, la hermosa voz de Jonas al recitar la oda, mi marido Peter tumbado en el sofá aturdido por la *grappa,* mis tres hijos dormidos en la cabaña. Mi madre ya lavando platos con sus guantes de goma amarillos, sin atender a sus invitados. Una mirada que se prolongó un instante más de la cuenta. Me levanté de la ruidosa mesa, me quité las bragas en la despensa y las escondí detrás de la panera. Luego salí a la noche por la puerta de atrás. Esperé en la oscuridad, atenta a los ruidos de platos, agua, cristal, cubiertos entrechocando en el agua espumosa. Esperé. Deseé.

Y de pronto ahí estaba, empujándome contra la pared de la casa, buscando debajo de mi vestido. «Te quiero», susurró. Cuando me penetró ahogué un grito. Y pensé: ya no hay marcha atrás. Se acabó arrepentirme de lo que no he hecho. Ahora solo me voy a arrepentir de lo que he hecho. Lo quiero, me odio; me quiero, lo odio. Es el final de una larga historia.

1966. Diciembre, Nueva York

Estoy chillando. Chillo y jadeo hasta que, por fin, mi madre se da cuenta de que algo no va bien. Me lleva corriendo a la consulta del médico imaginando que es la señorita Clavel de los libros de Madeline subiendo Park Avenue, aterrorizada, abrazando con fuerza a su hija de tres meses. Mi padre también corre, con el maletín en la mano, por Madison Avenue desde el edificio Fred F. French. Balbucea mentalmente, asustado de su propia impotencia, en esto como en todo lo demás. El médico les dice que no hay tiempo que perder —si esperan, la niña morirá— y me arranca de brazos de mi madre. En la mesa de operaciones, me raja el vientre como si fuera una sandía madura. Un tumor ha reptado alrededor de mis intestinos y, detrás de ese puño de hierro, se ha acumulado una porquería tóxica que llena mi diminuto cuerpo de veneno. La mierda siempre se acumula, la clave es sobrevivir a ella, pero eso es algo que no aprenderé hasta mucho más adelante.

Mientras el médico trabaja dentro de mí, me corta un ovario sin darse cuenta, tanta es su prisa por extirpar la muerte de la vida. Eso es algo que tampoco sabré hasta muchos años después. Cuando me entero, mi madre llora por mí por segunda vez. «Lo siento muchísimo —dice—. Debería haberle obligado a tener más cuidado...», como si hubiera estado en sus manos cambiar mi destino pero hubiera elegido no hacerlo.

Más tarde, en una cuna de hospital, con los brazos atados a ambos lados del cuerpo, chillo, lloro, viva, roja de rabia ante semejante injusticia. No dejan que mi madre me dé el pecho. Se queda sin leche. Pasa casi una semana hasta que liberan mis manos de los grilletes. «Habías sido una niñita feliz», dice mi padre. «A partir de ese momento —dice mi madre— ya no dejaste de chillar».

7.30 horas

Me pongo boca abajo, apoyo la cabeza en los antebrazos. Me encanta ese olor entre dulce y salado de mi piel después de tomar el sol, un olor a almendras tostadas, almizclado, como si me estuvieran ahumando. Desde el sendero que va de la casa principal a las cabañas de los dormitorios me llega el ruido de un portazo amortiguado. Alguien se ha levantado. Hojas secas que crujen bajo pisadas. Se abre la ducha al aire libre. Cañerías que reciben el nuevo día con un gemido. Suspiro, cojo el albornoz de la playa y vuelvo a la casa.

Nuestro campamento tiene un edificio principal, la «Casa Grande», y cuatro cabañas para dormir repartidas a lo largo de un sendero alfombrado de agujas de pino que abraza la ribera del estanque. Pequeñas cabañas de listones, todas con tejado a dos aguas para que no se acumule la nieve, un tragaluz, ventanales alargados a los dos lados. Clásicas, rústicas, sin florituras. Justo como debería ser una cabaña de Nueva Inglaterra. Entre el sendero y el estanque hay una delgada pantalla de árboles —clethras en flor, rododendros y arándanos silvestres— que nos protege de las miradas curiosas de los pescadores y de los nadadores demasiado entusiastas que consiguen llegar hasta nuestra orilla desde la pequeña zona de baño pública de la orilla contraria. No se les permite pisar nuestra propiedad, pero en ocasiones vadean hasta un metro y medio de distancia de la pantalla de árboles, sin darse cuenta de que están invadiendo nuestras vidas.

Por otro camino distinto, detrás de las cabañas, está la vieja caseta de baño. Pintura descascarillada, un lavabo de esmalte oxidado salpicado de manchas beis de polillas muertas atraídas por la luz del techo durante la noche; una bañera de patas que lleva allí desde que mi abuelo construyó el campamento; una ducha al aire libre, con las tuberías de agua fría y caliente sujetas a un tupelo y el agua que va a parar directamente al suelo y discurre como un arroyo por el sendero arenoso.

La Casa Grande es una sola habitación —cuarto de estar y cocina con una despensa aparte—, hecha de hormigón y tela asfáltica. Suelos de madera, gruesas vigas, una enorme chimenea de piedra. Los días de lluvia cerramos puertas y ventanas y nos sentamos a oír el fuego chisporrotear, nos obligamos a jugar al Monopoly. Pero donde de verdad hacemos vida, donde leemos, comemos y discutimos y envejecemos juntos es en el porche cubierto, tan amplio como la casa, que da al estanque. Nuestro campamento no está acondicionado para el invierno. No tendría sentido. Para finales de septiembre, cuando el clima se vuelve frío y las casas de veraneo están ya cerradas, el Bosque es un lugar solitario; hermoso todavía en la luz más severa, pero solemne y sepulcral. Nadie quiere estar allí una vez empiezan a caer las hojas. Sin embargo, cuando estalla de nuevo el verano y los bosques están frondosos, y las garzas vuelven para anidar y vadean las aguas brillantes del estanque, no hay en el mundo otro lugar igual.

En cuanto pongo un pie en el porche me asalta un anhelo, una descarga caprichosa en el plexo solar que es como la nostalgia del hogar. Sé que debería limpiar la mesa antes de que lleguen los demás para desayunar, pero quiero memorizar su aspecto, revivir la noche de ayer miga a miga, plato a plato, grabarla con un baño de ácido en mi cerebro. Paso los dedos por una mancha morada de vino en el mantel de lino blanco, me llevo la copa de Jonas a los labios y busco su sabor en ella. Cierro los ojos y recuerdo la leve presión de su muslo contra el mío debajo de la mesa. Antes de estar segura de que me deseaba. Cuando yo me preguntaba, sin respiración, si su gesto era accidental o intencionado.

En la habitación principal todo está exactamente igual que ha estado siempre: sartenes colgadas de la pared sobre el fogón, espátulas en ganchos para tazas, un tarro lleno de cucharas de madera, una lista borrosa de números de teléfono clavada con una chincheta a una estantería, dos sillas de director de cine delante de la chimenea. Todo está igual y, sin embargo, cuando cruzo la cocina en dirección a la despensa, tengo la sensación de caminar por una habitación distinta, más nítida, como si el aire mismo acabara de despertar de un sueño profundo. Salgo por la puerta de la despensa, inspecciono la pared de hormigón. No se nota nada. No hay huellas, no hay pruebas. Pero fue ahí, estuvimos ahí, incrustándonos el uno al otro para siempre. Restregándonos, silenciosos, desesperados. De pronto me acuerdo de mis bragas escondidas detrás de la panera y me las estoy poniendo debajo del albornoz cuando aparece mi madre.

—Qué madrugadora, Elle. ¿Hay café?

Una acusación.

—Iba a hacerlo ahora.

—Que no sea demasiado fuerte. No me gusta el expreso ese que preparas. Sí, ya sé. Ya sé que a ti te parece mejor —dice con una voz artificial, burlona, que me saca de quicio.

—Muy bien.

Esta mañana no tengo ganas de discutir.

Mi madre se instala en el sofá del porche. No es más que un colchón duro de crin de caballo cubierto con una vieja tela gris, pero es el rincón más codiciado de la casa. Desde él se puede mirar el estanque, tomar café, leer un libro recostado en cojines del año de la polca con fundas de algodón moteadas de óxido. ¿Quién habría imaginado que incluso la tela se oxida con el tiempo?

Muy propio de mi madre agenciarse el mejor sitio.

Lleva el pelo, rubio rojizo, ahora veteado de gris, recogido en un moño distraído y mal hecho. Su viejo camisón de guinga está deshilachado. Y aun así se las arregla para parecer imponente, como el mascarón de proa de una goleta de la Nueva Inglaterra del siglo XVIII, hermosa y serena, ornada de laureles y perlas, marcando el rumbo.

—Voy a tomarme un café y luego recojo la mesa —digo.

—Si tú recoges la mesa, yo friego el resto de los platos —responde—. Mmm. Gracias —cuando le doy una taza de café—. ¿Qué tal estaba el agua?

—Perfecta. Fría.

La lección más valiosa que me ha dado nunca mi madre: hay dos cosas en la vida de las que una nunca se arrepiente: tener un hijo e ir a nadar. Incluso en los días más fríos de principios de junio, mientras miro hacia el salobre Atlántico, odiando a las focas que sacan del agua sus cabezas feas y deformes y atraen a los tiburones blancos hasta aquí, oigo su voz en mi cabeza, apremiándome a zambullirme.

—Espero que hayas tendido la toalla en la cuerda. No quiero encontrarme con otro montón de toallas mojadas hoy. Díselo a los niños.

—Está tendida.

—Porque si tú no quieres pegarles un grito, lo haré yo.

—Yo me ocupo.

—Y tienen que barrer la cabaña. Está hecha un desastre. Y no lo hagas tú, Elle. Esos niños están totalmente malcriados. Ya son lo bastante mayores para...

Con una bolsa de basura en una mano y la taza de café en la otra, salgo por la puerta de atrás y dejo que la letanía de mi madre se disipe en el viento.

Su peor consejo: «Tú, a lo Botticelli». Sé igual que Venus saliendo de la concha, los labios cerrados con modestia, recatada incluso en su desnudez. Eso me aconsejó mi madre cuando me fui a vivir con Peter. El mensaje llegó en una postal desvaída que había comprado años atrás en la tienda de regalos de los Uffizi. «Querida Eleanor, me gusta mucho tu Peter. Por favor, haz un esfuerzo por no ser tan difícil todo el tiempo. Mantén la boca cerrada y pon cara de misteriosa. A lo Botticelli. Con cariño de mamá».

Tiro la basura en el cubo, le pongo la tapa y ajusto bien la cuerda elástica que lo protege de los mapaches. Son criaturas inteligentes, con esos dedos largos y ágiles. Ositos humanoides más listos y más desagradables de lo que parecen. Llevamos años en guerra con ellos.

—¿Te has acordado de ajustar la cuerda, Elle? —dice mi madre.

—Pues claro.

Sonrío con recato y empiezo a recoger platos.

1969. Nueva York

Pronto aparecerá mi padre. Estoy escondida, acurrucada detrás del mueble bar a medida que separa nuestro cuarto de estar del vestíbulo de entrada. El mueble está dividido en cuadrados. En uno están los licores, en el otro el fonógrafo, en otro la colección de discos de mi padre, unos pocos libros de arte de gran tamaño, copas de martini, una coctelera plateada. La sección de las botellas de licor está abierta por los lados, como una ventana. Miro por entre las botellas, hipnotizada por la neblina de topacio: el whisky, el bourbon, el ron. Tengo tres años. A mi lado están los preciados elepés y singles de mi padre. Paso el dedo por los lomos, me gusta el ruido que hago, aspiro el olor a cartulina gastada, estoy atenta al timbre de la puerta. Por fin llega mi padre y no tengo paciencia suficiente para seguir escondida. Salgo disparada por el pasillo, me lanzo a su abrazo de oso.

El divorcio no está firmado, pero casi. Para eso tendrán que cruzar la frontera hasta Juárez. El final llegará mientras mi hermana mayor Anna y yo esperamos pacientemente, sentadas al borde de una fuente octogonal de azulejo mexicano en el vestíbulo de un hotel, fascinadas por las carpas doradas que nadan alrededor de una isla de frondosas plantas tropicales con hojas oscuras que hay en el centro. Muchos años después, mi madre me cuenta que aquella mañana llamó a mi padre con los papeles del divorcio en la mano y dijo: «He cambiado de opinión. No lo hagamos». Y mi padre, aunque el divorcio había sido enteramente idea de ella y a pesar de que tenía el corazón roto, dijo: «No, ya que estamos, terminémoslo, Wallace». «Ya que estamos»: tres palabras que lo cambiaron todo. Pero en aquel momento, mientras daba de comer a los peces migas de mi madalena y golpeaba con los talones los azulejos mexicanos, no tenía ni idea de que la espada sobre mi cabeza pendía solo de un hilo. De que las cosas podrían haber sido de otra manera.

No obstante, todavía no hemos llegado a México. De momento mi padre simula estar alegre y sigue enamorado de mi madre.

—¡Eleanor! —Me coge en brazos—. ¿Cómo está mi ratita?

Me río y me aferro a él con algo cercano a la desesperación y mis tirabuzones rubios lo ciegan cuando pego mi cara a la suya.

—¡Papá! —Anna llega embistiendo igual que un toro, enfadada porque yo he llegado primero, y me aparta de los brazos de mi padre de un empujón.

Tiene dos años más que yo y por tanto más derecho. Mi padre no parece darse cuenta. Solo le importa su necesidad de ser amado. Me abro de nuevo camino hasta él a base de codazos.

Mi madre grita desde algún rincón de nuestro cetrino apartamento de antes de la guerra.

—Henry, ¿quieres una copa? Estoy haciendo chuletas de cerdo.

—Sí, por favor —grita mi padre a modo de respuesta, como si nada entre los dos hubiera cambiado.

Pero sus ojos son tristes.

8.15 horas

—Un éxito lo de anoche, ¿no? —dice mi madre desde detrás de una gastada novela de Dumas.

—Desde luego.

—Jonas tenía buen aspecto.

Mis manos se tensan alrededor del montón de platos que sostengo.

—Jonas siempre tiene buen aspecto, mamá.

Pelo negro tupido que se puede coger a puñados, ojos verde pálido, piel bruñida por la savia y los pinos, una criatura silvestre, el hombre más hermoso de la tierra.

Mi madre bosteza. Es lo que la delata. Siempre bosteza antes de decir algo desagradable.

—No está mal. A la que no soporto es a su madre. Es una santurrona.

—Es verdad.

—Como si fuera la única mujer en el mundo que recicla. ¡Y Gina! Después de tantos años sigo sin entender en qué estaba pensando Jonas cuando se casó con ella.

—¿En que es joven? ¿Guapísima? ¿En que los dos son artistas?

—Querrás decir que *era* joven —dice mi madre—. Y esa manía que tiene de presumir de escote. Siempre pavoneándose como si fuera el no va más. Salta a la vista que nadie le ha enseñado las virtudes de la modestia.

—Sí que es raro —respondo de camino a la cocina a dejar los platos—. Autoestima. Debió de tener unos padres que la apoyaban.

—Bueno, pues a mí me resulta muy poco atractivo —replica mamá—. ¿Hay zumo de naranja?

Cojo un vaso limpio del escurreplatos, voy a la nevera.

—De hecho —continúo desde la cocina—, esa es probablemente la razón de que Jonas se enamorara de ella. Debió de resultarle de lo más exótica después de esas mujeres neuróticas con las que creció. Como encontrarte un pavo real en pleno bosque.

—Es de Delaware —dice mi madre, como si eso zanjara el asunto—. Nadie es de Delaware.

—Exacto —contesto mientras le ofrezco un vaso de zumo—. Es exótica.

Pero lo cierto es que nunca he sido capaz de mirar a Gina sin pensar: «¿A esa ha elegido? ¿Eso es lo que quería?». Evoco a Gina: ese cuerpo menudo, perfecto y afilado como un aguijón; raíces estudiadamente negras en una melena rubia oxigenada. Todo apunta a que el lavado a la piedra vuelve a estar de moda.

Mi madre bosteza otra vez.

—Bueno, me reconocerás que no es ninguna lumbreras.

—¿Hubo alguien en la cena que te cayera bien?

—Solo estoy siendo sincera.

—Pues no hace falta. Gina es familia mía.

—Solo porque no te queda otro remedio. Está casada con tu mejor amigo. Habéis sido como agua y aceite desde el primer día.

—Eso no es así en absoluto. Siempre me ha caído bien Gina. Puede que no tengamos muchas cosas en común, pero la respeto. Y Jonas la quiere.

—Lo que tú digas —contesta mi madre con una sonrisita de superioridad.

—Ay, Dios mío.

Es posible que tenga que matarla.

—¿No le tiraste una vez una copa de vino tinto a la cara?

—No, mamá. No le tiré una copa de vino a la cara. Tropecé en una fiesta y la salpiqué con mi copa de vino.

—Jonas y tú estuvisteis hablando toda la noche. ¿De qué hablabais?

—Pues no sé. De cosas.

—Estaba loco por ti cuando erais jóvenes. Creo que le rompiste el corazón cuando te casaste con Peter.

—No digas ridiculeces. Era prácticamente un niño.

—Creo que se trató de algo más que eso. Pobre criatura.

Esto lo dice distraídamente, mientras vuelve a su libro. Es una suerte que no me esté mirando porque, en este momento, sé que mi cara lo expresa todo.

Fuera, el agua del estanque está completamente inmóvil. Un pez salta y deja un rastro de círculos concéntricos. Los miro disiparse poco a poco hasta que el agua los reabsorbe, como si no hubiera pasado nada.

2

8.45 horas

Cuando la mesa está limpia y los platos apilados junto al fregadero, espero a que mi madre decida que es el momento de levantarse e irse a nadar como cada mañana... y me deje sola diez minutos. Necesito ordenar mis ideas. Necesito aclararme. Peter se despertará enseguida. Los niños se despertarán. Estoy ávida de tiempo para mí. Pero mi madre me tiende la taza de café.

—Anda, sé un ángel y sírveme media tacita más.

Se le ha subido el camisón y desde donde estoy le veo todo. Mi madre opina que dormir con bragas es malo para la salud. «Hay que ventilar eso por la noche», nos decía cuando éramos pequeñas. Por supuesto, ni Anna ni yo le hacíamos caso. La idea misma nos parecía vergonzosa, sucia. Solo pensar que nuestra madre tuviera vagina nos repelía, y peor aún era pensar que dormía con ella al aire.

—Debería dejarla —dice mi madre.

—¿A quién?

—A Gina. Es aburridísima. Casi me quedo dormida en la mesa oyéndola parlotear. Que «hace» arte. ¿No me digas?

Como si nos importara. —Bosteza, antes de añadir—: Todavía no han tenido hijos. Así que ni siquiera es un matrimonio de verdad. A Jonas más le valdría escapar mientras pueda.

—Eso es una tontería. Claro que están casados —salto yo, pero mientras hablo estoy pensando: «¿Me estará leyendo la mente?».

—No sé por qué te pones tan a la defensiva, Elle. Ni que fuera tu marido.

—Es que me parece una estupidez lo que dices. —Abro la nevera y la cierro de golpe, me echo con furia leche en el café—. ¿Así que si no hay hijos no es un matrimonio? ¿Cómo puedes decir una cosa así?

—Tengo derecho a opinar —contesta con esa voz tranquila diseñada para ponerme nerviosa.

—Hay muchos matrimonios que no tienen hijos.

—Ajá.

—Por Dios. A tu cuñada le hicieron una doble mastectomía. ¿Quiere eso decir que no es mujer?

Mi madre me mira inexpresiva.

—Hay que ver cómo te pones. —Se levanta del sofá—. Me voy a nadar. Tú deberías volver a la cama y empezar el día otra vez.

Tengo ganas de abofetearla, pero lo que hago es decir:

—Querían tener hijos.

—Dios sabrá por qué.

Deja que la puerta mosquitera se cierre de golpe al salir.

1970. Octubre, Nueva York

Mi madre nos ha mandado al apartamento de su amante, enfrente del nuestro, a jugar con sus hijos mientras su mujer nos cuida. Están intentando decidir si él debe o no dejar a su mujer. Yo soy algo mayor ya, no lo bastante para entender nada de lo que ocurre, pero sí para que me parezca raro mirar por el patio que separa nuestro apartamento y el del señor Dancy y verlo abrazar a mi madre.

En la cocina estrecha y alargada, el hijo de dos años del señor Dancy está sentado en su trona jugando con táperes. La señora Dancy tiene la vista fija en una cucaracha preñada que se ha tumbado patas arriba en el umbral de la puerta que separa la cocina del comedor. Cucarachas diminutas salen de ella y desaparecen enseguida por las grietas del suelo de parqué. Anna sale de un dormitorio del fondo con Blythe, la hija de los Dancy. Anna está llorando. Blythe le ha cortado todo el flequillo con unas tijeras de manualidades. La frente de Anna está ahora enmarcada por una media luna irregular de pelo castaño oscuro muy corto. La sonrisa petulante, triunfal de Blythe me trae a la cabeza sándwiches de mayonesa. Su madre no parece enterarse de nada. Sigue con la vista fija en la explosión del insecto, por la mejilla le rueda una lágrima.

8.50 horas

Me siento en el sofá, acomodándome en el hueco caliente que ha dejado mi madre al levantarse. En la playita de la orilla contraria del estanque ya empieza a haber gente. Suelen ser veraneantes que vienen de alquiler, turistas que se han adentrado en el bosque y han descubierto este rincón idílico. «Intrusos», pienso, irritada.

Cuando éramos jóvenes, todos los de Back Woods nos conocíamos. Las fiestas eran cada día en una casa: mujeres descalzas con muumuus hawaianos, hombres apuestos con pantalones de algodón blancos con los bajos enrollados, gin-tonics, galletas saladas baratas, cheddar marca Kraft, enjambres de mosquitos y Cutter (por fin un insecticida que funcionaba). Las carreteras de arena que atravesaban el bosque estaban moteadas con la luz del sol que se filtraba por entre los pinos y las tsugas. Cuando íbamos andando a la playa levantábamos polvo rojo de arcilla cargado del olor del verano: seco, tostado, persistente, dulce. En medio de la carretera crecían el barrón y la hiedra venenosa. Pero sabíamos lo que teníamos que evitar. Cuando pasaban coches, aminoraban la marcha, nos ofrecían llevarnos en los estribos o sentados en el capó. A nadie se le ocurrió nunca que pudiéramos caernos, terminar debajo de las ruedas. A nadie le preocupaba que sus hijos murieran succionados por las fuertes corrientes del océano. Corríamos libres, nos bañábamos en los estanques glaciares de agua dulce que salpicaban el Bosque. Los llamábamos estanques, pero en realidad eran lagos, algunos profundos y anchos, otros someros y límpidos, viejas reliquias de la Edad del Hielo, cuando los glaciares se retiraron y dejaron inmensos bloques de hielo lo bastante pesados para, al derretirse, hollar la corteza terrestre en forma de profundas cuencas talladas en el paisaje, marmitas llenas de agua purísima. En nuestro bosque había nueve estanques. Nadábamos en todos, cruzábamos a propiedades vecinas para llegar hasta pequeñas calas de arena, trepábamos por troncos de árboles caídos para tirarnos al agua. Bomba va. Nadie nos vigilaba. Todo el mundo respetaba las servidumbres de paso: pequeños senderos umbríos que conducían a las verjas traseras de viejas casas de Cape Cod, construidas cuando se trazaron los primeros caminos de tierra, erguidas en calveros serenos preservados por la nieve, la brisa marina y los veranos calurosos. Y berros arrancados de un arroyo, el arroyo de otro, los berros de otro.

En el lado de la bahía, el cabo era bucólico, más civilizado. Arbustos de arándano, ciruelos y rododendros se extendían por las colinas bajas. Pero aquí, en el lado del océano, era salvaje. Olas que rompían con violencia y dunas tan grandes que podías bajar corriendo desde una gran altura y ver el suelo acercarse velozmente hacia ti antes de aterrizar de bruces en la arena caliente. Por entonces, ninguno de los amigos de mi madre se quejaba, como hacen ahora, acusando a los niños de erosionar las dunas solo por jugar en ellas, como si sus pequeñas pisadas pudieran competir con las duras tormentas de invierno que engullen la tierra a ávidos mordiscos.

Por la noche, sentados alrededor de una fogata, adultos y niños comían hamburguesas crujientes por la arena, cubiertas de kétchup y pepinillos, servidas en mesas de madera de deriva. Nuestros padres bebían ginebra en tarros de mermelada y desaparecían en la oscuridad que había más allá del resplandor del fuego para besar a sus amantes entre el barrón.

Con el tiempo empezaron a cerrarse las puertas. Aparecieron letreros de PROPIEDAD PRIVADA. Los hijos de los primeros pobladores —los artistas, arquitectos e intelectuales que habían colonizado el lugar— empezaron a pelearse por pasar tiempo en Cape Cod. Surgieron disputas por exceso de ruido en los estanques, por quién tenía más derecho a amar este paraje. Los perros empezaron a dormir en casetas. Hoy, incluso las playas están invadidas por letreros de NO PASAR: hay amplias áreas acordonadas para proteger a las aves que anidan. Los frailecillos silbadores son las únicas criaturas con libertad de circulación. Pero sigue siendo mi bosque, mi estanque. El lugar al que llevo viniendo cincuenta años, todos los veranos de mi vida. El lugar en el que Jonas y yo nos conocimos.

Desde el sofá del porche veo a mi madre nadar el kilómetro y medio que mide el estanque. Los movimientos uniformes, los brazos que cortan el agua con una perfección casi mecánica. Mi madre nunca levanta la vista mientras nada. Es como si tuviera un sexto sentido que le dice a dónde va, igual que una ballena migratoria siguiendo una ruta ancestral. Me pregunto ahora, como tantas veces antes, si su sonar percibirá algo más que cantos de ballena. «Debería dejarla», ha dicho. ¿Es eso lo que quiero? Gina y Jonas son nuestros más viejos amigos. Hemos pasado casi todos los veranos de nuestra vida adulta con ellos: hemos abierto ostras para bebérnoslas vivas directamente de la concha; hemos mirado la luna llena subir desde el mar mientras oíamos a Gina quejarse de que la luna le agravaba el dolor menstrual; hemos rezado por que los pescadores del lugar se decidieran a sacrificar las focas del puerto; hemos quemado pavos de Acción de Gracias; hemos discutido sobre Woody Allen. Joder, pero si Gina es madrina de mi hija Maddy. ¿Y si Jonas dejara a Gina? ¿Podría yo traicionarla así? Pero ya lo he hecho. Anoche me follé a su marido. Y solo de pensarlo me dan ganas de repetir. Un temblor mercúrico me recorre de la cabeza a los pies.

—Hola, esposa mía. —Peter me besa en la nuca.

—Hola, tú. —Me sobresalto. Intento aparentar normalidad.

—Te encuentro muy pensativa —dice.

—Hay café.

—Estupendo. —Busca en el bolsillo de su camisa y saca sus cigarrillos. Enciende uno. Se sienta en el sofá a mi lado. Me encanta cómo asoman sus largas piernas por debajo del gastado bañador hawaiano. Juveniles—. No me puedo creer que me dejaras durmiendo en el sofá anoche.

—Estabas agotado.

—Debió de ser el jet lag.

—No sabes cómo te entiendo —le digo poniendo los ojos en blanco—. A mí esa hora de diferencia entre Memphis y aquí me mata.

—Pues es verdad. Esta mañana no podía ni levantarme. El reloj decía que eran las nueve, pero te juro que me sentía como si fueran las ocho.

—Qué raro.

—Bebí demasiado.

—Eso es un eufemismo.

—¿Hice alguna tontería?

—¿Aparte de negarte a leer el poema de Shelley para Anna y ponerte a discutir sobre cuáqueros?

—Bueno, todo el mundo coincide en que básicamente son unos fascistas —dice—. Personas de lo más violentas.

—Mira que eres tonto. —Le beso la mejilla adorable, rasposa—. Tienes que afeitarte.

Se ajusta las gafas en la nariz, se pasa una mano por el pelo rubio rizado, ahora encanecido en las sienes, en un intento por peinarlo un poco. Mi marido es un hombre guapo. No hermoso, sino atractivo a la manera de las estrellas de las películas antiguas. Alto. Elegante. Británico. Un periodista respetado. De esos hombres que están sexis con traje. Un Atticus Finch. Paciente, pero temible cuando se enfada. Sabe guardar un secreto. No se le escapa una. Ahora mismo me mira como si se notara que huelo a sexo.

—¿Dónde están los chicos?

Peter coge una de las conchas de gran tamaño alineadas en el antepecho de la ventana de mosquitera, le da la vuelta y apaga el cigarrillo en el hueco.

—Los he dejado dormir. Mi madre odia que hagas eso.

Le quito la concha, la llevo a la cocina, tiro la colilla a la basura y la enjuago. Mi madre casi ha llegado a la orilla opuesta.

—Dios, qué bien nada esa mujer —dice Peter.

La única persona que he visto ganar a mi madre en una carrera de natación es Anna. Anna no cruzaba el estanque a nado. Lo cruzaba volando. Nos dejaba a todos atrás. Sigo con la mirada un águila pescadora que surca el cielo seguida de un pajarillo negro. El viento agita los nenúfares en la superficie del estanque. Suspiran, exhalan.

9.15 horas

Peter está en la cocina haciendo huevos revueltos. Huelo la cebolla frita desde el porche. En la encimera tiene lonchas de beicon, ahumado con madera de manzano, escurriendo en un trozo de papel de cocina. Nada como unos huevos con beicon para la resaca. De hecho, nada mejor que el beicon en general. Manjar de dioses. Igual que la rúcula, el aceite de oliva virgen y las berenjenas encurtidas marca Patak's. Los alimentos que me llevaría a una isla desierta. Eso y pasta. He fantaseado a menudo con sobrevivir sola en una isla desierta. Sobre cómo me alimentaría de peces, construiría una casa en un árbol en un promontorio a salvo de los animales salvajes; me pondría muy en forma. En mi fantasía siempre hay una colección de las *Obras completas* de Shakespeare que ha aparecido no se sabe cómo en la playa y, al no tener otra manera de pasar el tiempo, me leo (con interés) hasta la última línea. Las circunstancias me obligan, por fin, a ser la mejor versión de mí misma, ese supuesto yo potencial. Mis otras fantasías eran la cárcel o el ejército, un lugar en el que no tuviera elección, donde cada segundo de mis días estuviera reglado, donde el fracaso no fuera una opción. Autodidactismo, cien flexiones y pequeñas porciones de galletas secas con agua fresca; esos eran mis sueños de infancia. Jonas no apareció en ellos hasta más tarde.

Entro en la cocina y cojo un trozo de beicon. Peter me aparta la mano de un cachete.

—No se toca.

Echa queso rallado en los huevos, muele pimienta.

—¿Por qué usas la sartén honda? —Odio cómo cocinan los huevos los británicos. Si es que está clarísimo: una sartén antiadherente y mantequilla en cantidad. Este método absurdo, caldoso, de cocinar a fuego lento me deja una sartén imposible de limpiar. Me tocará tenerla dos días en remojo—. Grrr. —gruño, pinchándole con una espátula.

Peter tiene la camisa llena de salpicaduras de aceite.

—Que te den, preciosa. Los huevos los estoy haciendo yo. —Va hasta la panera y coge una rebanada de pan—. Tuesta esto, por favor.

Noto que me pongo colorada, el ataque repentino de calor al pensar en mis bragas arrugadas detrás de la panera, un gurruño de encaje negro, la desnudez debajo de la falda, la forma en que su dedo trazó una línea ascendente en mi muslo.

—¿Hola? *Tierra llamando a Elle.*

En la tostadora de mi madre caben dos rebanadas a la vez. Quema el pan por un lado y por el otro lo deja crudo. Pongo el horno en grill y empiezo a repartir pan sobre un papel de hacer galletas. Cojo una barra de mantequilla sin saber muy bien si ponérsela antes o después.

—¿Cuánto falta?

—Ocho minutos —dice Peter—. Como mucho doce. Ve a levantar a los chicos.

—Deberíamos esperar a mamá.

—Los huevos se quedarán secos.

Miro hacia el estanque.

—Ya solo le falta la mitad del camino de vuelta.

—Que no se hubiera ido.

—Vale. Cuando se enfade hablas tú con ella.

Cuando algo ofende a mi madre, se asegura de que todos los que están cerca sufren también. Pero a Peter sus numeritos se la pelan. Se limita a reírse de ella, le dice que deje de portarse como una tarada y, por algún motivo, mi madre se lo tolera.

1952. Nueva York

Mi madre tenía ocho años cuando su madre, Nanette Saltonstall, se casó por segunda vez. Nanette era una dama de la alta sociedad neoyorquina, egoísta y bella, famosa por sus labios carnosos y crueles. De niña, mi abuela Nanette había sido rica, su padre banquero la había mimado. Pero el crac del 29 lo trastocó todo. Su familia cambió una mansión de la Quinta Avenida por un oscuro apartamento largo y estrecho en Yorkville, donde el único lujo que mi bisabuelo George Saltonstall seguía permitiéndose era un martini de vodka mezclado con una cucharilla larga de plata de ley en una coctelera de cristal a las seis de la tarde. La belleza de la hija mayor era la única moneda de cambio que les quedaba:

Nanette se casaría con un hombre rico y salvaría a la familia. Ese era el plan. Pero lo que hizo mi abuela fue irse a París y enamorarse de mi abuelo, Amory Cushing, bostoniano de rancio abolengo pero también escultor pobre. Su única fortuna era una vieja casona en Cape Cod a orillas de un recóndito lago glaciar en los bosques de Massachusetts. Tanto la casa como el lago los había heredado de un tío lejano.

El abuelo Amory construyó nuestro campamento durante el breve periodo en que mi abuela y él estuvieron enamorados. Eligió un tramo largo y estrecho de costa, oculto de su casa por una curva pronunciada del terreno. Su idea era alquilar las cabañas en verano y sacar así un dinero extra para sustentar a su joven y glamurosa mujer y a sus dos hijos pequeños. Por fuera, las cabañas eran construcciones sólidas en estilo colonial de Nueva Inglaterra, con tejado a dos aguas, hechas para resistir innumerables duros inviernos, tormentas y generaciones de ruidosas familias. Pero mi abuelo andaba corto de fondos, de manera que para las paredes y los techos interiores usó cartón prensado, barato y práctico, y le puso al campamento el apodo de «El Palacio de Papel». Con lo que no contó fue con que mi abuela le abandonaría antes de que le diera tiempo a terminar de construirlo. Tampoco con que el cartón prensado es un manjar para los ratones, que roían agujeros en las paredes cada invierno y daban de comer el cartón regurgitado, como si fuera muesli, a las crías minúsculas que parían dentro de cajones de escritorio. Cada verano la persona que abre el campamento tiene que vaciar nidos de ratón en el bosque. Lo cierto es que no se puede culpar a los pobres animales; los inviernos en el cabo son duros, como tuvieron ocasión de comprobar los Padres Peregrinos. Pero el pis de ratón tiene un hedor caliente y siempre he odiado sus aterrorizados chillidos de consternación al caer de los cajones de madera a los matorrales.

Después de divorciarse de mi abuelo, mi abuela Nanette estuvo unos meses viajando por Europa, tomando el sol en topless en Cadaqués, bebiendo jerez frío con hombres casados, mientras mi madre y su hermano pequeño, Austin, esperaban en vestíbulos de hoteles. Cuando se quedó sin dinero, Nanette decidió que era hora de volver a casa y hacer lo que sus padres siempre habían querido que hiciera. De manera que se casó con un banquero, Jim. Era un tipo que parecía cumplir los requisitos. Había estudiado en Andover y Princeton. Le compró a Nanette un apartamento con vistas a Central Park y un gato siamés de pelo largo. Mamá y Austin se matricularon en un elegante colegio privado de Manhattan donde los alumnos de primer curso tenían que llevar chaqueta y corbata y mamá aprendió a hablar francés y hacer tarta Alaska.

La semana antes de cumplir nueve años, mi madre hizo su primera mamada. Primero miró mientras el pequeño Austin, de seis años, con manos diminutas y temblorosas, sujetaba el pene de su padrastro hasta que se puso duro. Jim les dijo que aquello era de lo más natural, y ¿no querían hacerle feliz? La peor parte, dijo mi madre cuando se decidió a contarme la historia, fue la eyaculación blanca y pegajosa. Es posible que el resto lo hubiera soportado. Eso y que odiaba el tacto caliente del pene, el ligero olor a orina. Jim los amenazó con usar la violencia si se lo contaban a su madre. Aun así se lo contaron, pero ella los acusó de mentir. Nanette no tenía adonde ir, no tenía dinero propio. Cuando encontró a su marido follándose a la niñera en el cuarto de servicio le dijo que no fuera ordinario y cerró la puerta.

Un sábado Nanette volvió a casa temprano de una comida en el club. Su amiga Maude tenía jaqueca y a mi abuela no le apetecía ir sola a ver la colección Frick. El apartamento estaba vacío a excepción del gato, que se le enroscó en los tobillos nada más entrar por la puerta y arqueó el lomo con gesto seductor. Mi abuela dejó su abrigo de piel en el banco de la entrada, se quitó los tacones y fue por el pasillo hasta su dormitorio. Jim estaba sentado en una butaca de respaldo alto con los pantalones bajados hasta los tobillos. Mi madre estaba arrodillada delante de él. Mi abuela fue hasta ellos y le dio un bofetón a su hija.

Esto me lo contó mi madre cuando yo tenía diecisiete años. Yo estaba furiosa porque le había dado dinero a Anna para que se comprara un brillo de labios nuevo en Gimbels mientras yo me quedaba en casa haciendo tareas. «Por el amor de Dios, Elle —dijo mientras yo fregaba platos en la cocina, hecha una furia—. Tienes que lavar un plato... te quedas sin brillo de labios... A mí me tocaba hacer mamadas a mi padrastro mientras Austin solo tenía que masturbarlo. ¿Qué quieres que te diga? La vida es injusta».

9.20 horas

Lo extraño es, pienso ahora mientras recorro el sendero en dirección a la cabaña de los niños, que mi madre perdió el respeto por las mujeres, pero no por los hombres. La perversión de su padrastro era una realidad cruel, pero lo que despertó su hostilidad fue la traición pusilánime de su madre. En el mundo de mi madre, los hombres son quienes merecen respeto. Ella cree en el techo de cristal. Peter es incapaz de hacer nada mal. «Si quieres hacer feliz a Peter cuando vuelve a casa del trabajo —me aconsejó hace años—, coge una blusa limpia, ponte el diafragma y sonríe».

A lo Botticelli.

3

1971. Abril, Nueva York

El señor Dancy tiene la mirada fija en una pequeña bañera cuadrada del cuarto de baño de servicio que hay junto a la cocina sin luz natural de nuestro apartamento. La señora Dancy se ha mudado del edificio. El señor Dancy nos visita a menudo, con las mangas de la camisa enrolladas dejando ver unos brazos musculosos. Los grifos esmaltados que cierra ahora llevan escritas las letras F y C. El viejo desagüe de latón cromado brilla debajo del agua fría. En la bañera nada un caimán diminuto. El señor Dancy se lo compró a sus hijos en Chinatown como animal de compañía. Le dijeron que era una especie que no crecería más de treinta centímetros. Ahora sabe que lo estafaron. El caimán no es más que una cría. Pronto crecerá hasta ser peligroso. Incluso aquí, en esta bañerita, sus ojos tienen un brillo amenazador. Sumerjo un palillo chino de madera y lo miro atacarlo con pequeños mordiscos asustados e inútiles.

—Dame el palillo —dice Anna inclinándose peligrosamente sobre el agua—. ¡Dámelo!

Su trenza larga de pelo oscuro roza la superficie del agua igual que un cebo.

Le doy el palillo y pincha al animal. El señor Dancy mira y se acaricia el poblado bigote color tofe. Al cabo de un rato saca la cría de caimán del agua por la cola y la sostiene encima de la taza del váter. El animal se retuerce en el aire e intenta morderle la muñeca. Miro fascinada cómo lo deja caer y tira de la cadena.

—No podíamos quedárnoslo —dice—. Habría crecido hasta convertirse en un monstruo.

—Carl. —Mi madre habla desde algún rincón del apartamento—. ¿Quieres una copa? Ya casi está la cena.

1971. Junio, Nueva York

Es la primera semana que Anna y yo pasamos en el apartamento nuevo de nuestro padre. Es un piso cochambroso en un edificio sin ascensor en Astor Place, pero él hace que parezca exótico y aventurero. El aire está cargado, caliente, no hay aire acondicionado —la instalación eléctrica es demasiado vieja—, pero nos ha instalado nuestro propio ventilador. Y nos promete que en cuanto cobre nos comprará a cada una una Muñeca Internacional. Yo quiero la de Holanda. Nos promete cosas maravillosas que con el tiempo aprenderemos a no esperar. «A partir de ahora seremos solo los tres, mis dos chicas y yo». Saltamos en nuestra nueva cama nido, bailamos con música de los Monkees y comemos yogures de arándanos marca Dannon. Si sigues dando vueltas para que suba la fruta del fondo, el yogur se oscurece cada vez más, nos dice mi padre mientras pone las noticias de la noche en la televisión.

El lunes por la mañana, nuestro padre se viste pulcramente con un traje azul de Brooks Brothers de raya diplomática y zapatos Oxford a los que saca el máximo brillo con una gamuza. Huele a Old Spice y espuma de afeitar. Se mira en el espejo del recibidor, se hace la raya con un peinecito de carey, se ajusta la corbata de modo que el nudo quede justo entre los picos del cuello almidonado, se saca los puños, centra los gemelos de oro. «De joven, vuestro padre llamaba la atención de lo guapo que era —nos cuenta mi madre—. Lo llamaban la más guapa del baile cuando jugaba al fútbol en Yale. Ese juego absurdo le estropeó las rodillas».

Me cojo del faldón de la chaqueta de su traje mientras bajamos por la escalera rechinante y mal iluminada. Llevo el pelo todo enredado. Nadie me ha recordado que me peine. Tengo un cosquilleo nervioso en el estómago. Hoy es nuestro primer día en el campamento de día Triumph. Anna y yo vamos a ir en el autobús solas. Las dos llevamos puesto el uniforme del campamento: pantalones cortos azul marino y camisetas blancas con la palabra TRIUMPH en la parte delantera. En la de atrás dice: «Todas las niñas son campeonas».

—Hay muy pocas niñas en el mundo que tienen la suerte de poder llevar una camiseta como esa —nos dice mi padre.

De camino al autobús, para en Chock full o'Nuts y nos compra sándwiches de queso crema en pan de dátiles y de frutos secos para el almuerzo. No quiero que mi padre se enfade conmigo, pero las lágrimas aparecen solas, me traicionan. Odio el queso crema, digo, cuando me pregunta qué me pasa. Me dice que está seguro de que me gustará y me da la bolsa de papel. Me doy cuenta de que está irritado y eso me preocupa. Cuando nos deja en el autobús del campamento, le suplico que no me obligue a ir. No puede estar en dos sitios a la vez, dice. Tiene que ganarse la vida. Escribir reseñas de libros. Tiene a *Time-Life* esperando. Pero estará allí esperándonos cuando vuelva el autobús. Y el campamento me va a encantar, promete.

Mientras el autobús se incorpora al tráfico de la Sexta Avenida lo veo hacerse cada vez más pequeño. Arranco un trozo de papel de la esquina de la bolsa con mi almuerzo y lo mastico hasta hacer una bola. ¿Qué pasará si necesito hacer pis? ¿Cómo sabré dónde ir? Quiero ganar una escarapela en natación, pero no me dejan meterme donde cubre. Anna se ha puesto a charlar con la niñita sentada a su lado, sin hacerme ni caso, y se come la mitad del sándwich antes de que el autobús llegue a Westchester.

El campamento de día Triumph está a orillas de un lago. Desde el autobús vemos campos de béisbol, un prado cubierto de enormes dianas de dardos, un tipi gigante. El conductor se detiene detrás de una larga cola de autobuses amarillos. El aparcamiento es un mar de niñas. Todas llevan la misma camiseta de Triumph.

Mis monitoras se presentan como June y Pia. Las dos llevan camisetas con la palabra TRIUMPH, pero las suyas son rojo intenso.

—¡Bienvenidas, chicas de cinco a siete años! Para las que sois nuevas: cuando nos necesitéis, buscad las camisetas rojas —dice June—. Que levanten la mano las que estuvieron en Triumph el año pasado.

La mayoría de las niñas de mi grupo levantan la mano.

—¡Entonces ya sois unas campeonas! Pero lo primero es lo primero. Os vamos a llevar a los casilleros para que dejéis el almuerzo. Estamos en Little Arrow.

Nos hace formar una cola detrás de ella y nos conduce hacia un gran edificio marrón. Pia va al final de la cola.

—Para asegurarnos de que ninguna se despista. Regla número uno: nunca, jamás, os separéis de vuestro grupo. Pero, si os separáis, no os mováis. Sentaos y esperad. Una de nosotras vendrá a recogeros —nos dice Pia.

En el borde de cada casillero hay un trozo de cinta adhesiva con nuestro nombre y fecha de cumpleaños escritos en rotulador. «Eleanor Bishop, 17 de septiembre de 1966». Me muerdo el dedo. Ahora todas sabrán que ni siquiera he cumplido los cinco y no querrán jugar conmigo. Barbara Duffy tiene el casillero al lado del mío. Tiene siete años y una fiambrera de Los Beatles.

—¡Coged vuestras mochilas! —dice June—. Vamos a ir a hacer pis y luego nos pondremos el bañador. ¿Alguna sabe flotar con la cabeza fuera del agua? Esa es el aula de arte —señala cuando pasamos junto a una habitación que huele a papel de manualidades y pegamento.

El vestuario está dividido en pequeños cubículos con cortinas. Me meto en uno y corro la cortina. Ya estoy en bragas cuando me doy cuenta de que a mi padre se le ha olvidado meterme un bañador. Para cuando estoy otra vez vestida, todas se han ido al lago. Me siento en el banco de madera.

June y Pia no se enteran de que no estoy hasta la hora del almuerzo, cuando hacen recuento. Desde el vestuario las oigo llamarme una y otra vez. Suena un silbato, penetrante y alarmado.

—Todo el mundo fuera del agua —oigo gritar a un vigilante de la playa—. ¡Ya!

Yo sigo sentada en silencio esperando a que alguien venga a buscarme.

9.22 horas

Las escaleras de la cabaña, tres tablones viejos de madera de pino sujetos con riostras que llevan amenazando con pudrirse desde antes de que yo naciera, se comban bajo mi peso. Aporreo la puerta de los chicos. Es una de esas puertas de marco metálico con mosquitera y cristales que pueden subirse, bajarse y, con un chasquido satisfactorio, cerrarse. Mis tres hijos duermen bien arropados y el suelo pintado de amarillo brillante está cubierto de toallas mojadas y bañadores. Mi madre tiene razón. Son unos cerdos.

—¡Vamos! ¡A desayunar! —Llamo con fuerza a la puerta—. Arriba todo el mundo.

Jack, mi hijo mayor, se da la vuelta, me mira con frío desdén y se tapa la cabeza con la manta de lana rasposa. Lo hemos obligado a dormir con los pequeños unas cuantas noches mientras mi madre fumiga su cabaña, que tiene hormigas carpinteras. Diecisiete años es una edad atroz.

Los dos más pequeños salen de sus capullos con ojos soñolientos y pestañean a la luz del sol.

—Cinco minutos más —gime Maddy—. Ni siquiera tengo hambre.

Madeline tiene diez años. Es tan impresionantemente guapa como mi madre. Pero, a diferencia de la mayoría de las mujeres de nuestra familia, es menuda y delicada, con esa tez clara de las bellezas británicas, los ojos grises de Peter y la melena tupida y oscura de Anna. Cada vez que la miro me pregunto cómo ha podido salir de mí una criatura así.

Finn sale de la cama con sus calzoncillos adorablemente caídos, se frota la arena de los ojos. Dios, cómo lo quiero. Tiene pequeñas marcas en las mejillas de las arrugas de la almohada. No tiene más que nueve años, casi sigue siendo un niño pequeño. Pero pronto también él me tratará con total desprecio. Cuando nació Jack miré a la criatura diminuta que tenía en brazos, agarrada a mi pecho, perfecta como un lechón; le besé los párpados y dije: «Te quiero muchísimo y algún día, haga lo que haga, me odiarás. Al menos durante un tiempo». Son cosas de la vida.

—Muy bien, cariños míos. Venid o no, como queráis. Pero vuestro padre está haciendo huevos y ya sabéis lo que significa eso.

—Una pesadilla total y la cocina hecha un puto desastre —contesta Jack.

—Exacto. —Bajo las escaleras—. ¡Esa lengua! —digo sin volverme mientras bajo las escaleras.

Espero a que la puerta de mi cabaña se cierre detrás de mí antes de permitirme soltar la respiración que llevo conteniendo desde que Peter me sobresaltó en el porche. La normalidad de nuestra habitación me resulta insólita: ropa colgada de perchas metálicas antediluvianas en una barra de madera. La cómoda de roble con el cajón inferior que se atasca cada vez que llueve. La cama en la que hemos dormido Peter y yo tantos años, acurrucados igual que helechos, o entreverados de sudor, sexo y besos, su olor agridulce. Ha dejado la cama sin hacer.

Cuelgo el albornoz en un clavo oxidado que hace de gancho. Junto a él hay un espejo envejecido por medio siglo de humedad y heladas. Siempre he agradecido lo tenue de su reflejo, sus manchas. Puedo mirarme a través de una capa de azogue moteada que tapa mis bultos e imperfecciones, la cicatriz irregular que tengo en la barbilla desde que nos entraron a robar en casa a Peter y a mí; la otra larga y delgada que divide mi vientre, aún visible después de cincuenta años; la pequeña y blanca debajo de ella.

Jack llegó enseguida. Pero, después de Jack, nada. No importaba lo mucho que lo intentáramos, en qué postura, con las piernas levantadas, bajadas, relajada o en tensión, debajo o encima. Nada. Al principio pensé que era por Jack. Que algo se había desgarrado en mi interior durante el parto. O quizá lo quería demasiado para compartirlo. Al final, el médico me hizo un pequeño corte encima de la pelvis, me metió una cámara y hurgó en busca de respuestas.

—Bueno, jovencita —dijo cuando desperté de la anestesia—. Alguien le hizo un buen estropicio cuando era pequeña. Hay tanto tejido cicatricial que aquello parece un espagueti western. Y, lo que es peor, de paso el cirujano se las arregló para cortarle el ovario izquierdo. Pero hay una buena noticia —añadió cuando me eché a llorar—. En la trompa sana había un bloqueo, tenía tejido cicatricial adherido. Detrás se estaban amontonando óvulos. Lo he limpiado.

Maddy nació un año después. Y Finn once meses más tarde.

—Felicidades —nos dijo el médico a Peter y a mí cuando yo estaba tumbada en la camilla—. Van a tener gemelos irlandeses*.

—¿Cómo que gemelos irlandeses? —exclamó Peter—. Eso no puede ser.

—Claro que puede ser —dijo el médico.

—Bueno —dijo Peter—. Pues, si es así, voy a localizar al irlandés borracho que se folló a mi mujer y a tirarlo al mar desde el precipicio más alto de Kilkenny.

---

* Expresión aparecida a finales del siglo XIX para referirse a hermanos nacidos con menos de un año de diferencia y basada en el estereotipo de que los irlandeses católicos tenían mucha descendencia. *[N. de la T.]*

—Kilkenny no da al mar —dijo el médico—. Estuve allí en un torneo de golf hace unos años.

Me sitúo delante del trozo intacto más grande de espejo y observo mi cuerpo desnudo, lo evalúo, busco algo en su apariencia que delate la verdad, el pánico en mi interior, el hambre, el arrepentimiento, el deseo jadeante de más. Pero lo único que veo es la mentira.

—¡Ya está el desayuno! —grita Peter desde la Casa Grande—. ¡Daos prisa!

Me pongo el bañador, cojo un pareo y voy corriendo a llamar otra vez a la puerta de los niños. Cuando estoy casi en la Casa Grande, me recompongo, aflojo el paso. No es propio de mí obedecer con tanta presteza, como Peter muy bien sabe. Me abro paso entre unos espesos arbustos hasta la orilla mojada, hundo los dedos de los pies en la arena húmeda. En el estanque, el pataleo rítmico de mi madre deja una estela blanca. El agua azulea. Pronto incluso el marrón verdoso de las aguas someras reflejará el cielo. Durante esas pocas horas al menos, los gobios y las percas que nadan en círculo vigilando sus nidos serán invisibles. Lo que hay debajo se nos ocultará.

1972. Junio, Back Woods

Corro en mi camisón de algodón por el estrecho sendero del bosque que une nuestro campamento con la casa del abuelo Amory. El sendero sigue la forma del terreno y se eleva y rodea el contorno desigual del estanque. Lo hizo mi padre para unir las dos propiedades cuando empezó a salir con mi madre. El abuelito Amory lo llama el «sendero del Intelectual» porque da vueltas y vueltas sin ir nunca al grano. Allí donde el sendero se acerca a la casa de mi abuelo, hay una pendiente inclinada. La bajo corriendo con cuidado de no golpearme los dedos de los pies en los tocones de los arbustos que cortó mi padre. Esos muñones antipáticos son el único otro legado de mi padre en este lugar.

Paso de puntillas junto a la ventana del dormitorio de mi abuelo con cuidado de no molestarlo y luego corro hasta el final del embarcadero de madera. Me siento, dejo que los pies se hundan en el agua, me rasco la barriga, hago lo posible por quedarme completamente quieta. Unas burbujas microscópicas me envuelven los pies de espuma carbonatada. Pronto vendrán. Quieta. No te muevas. Deja que tus pies sean señuelos. Y entonces el rápido movimiento desde las sombras. Su valor puede más que su miedo y por fin noto una pequeña sensación de succión. Uno a uno los peces luna me besan los pies, arrancan pequeños fragmentos de piel muerta y las migas de suelo del bosque que se me han adherido a las plantas. Me encantan los peces luna. Son del color del agua del estanque, con lomos moteados y labios adorables y fruncidos. Cada mañana les doy un desayuno de pies frescos.

Cuando vuelvo a casa, mi madre y el señor Dancy siguen en la cama. Su cabaña tiene un gran ventanal que da al estanque. Entro corriendo sin llamar, me pongo a dar saltos en el blando colchón con los pies húmedos llenos de arena. Cada vez que aterrizo, el camisón se me levanta.

—Fuera —gruñe el señor Dancy medio dormido—. Wallace, por Dios.

Por la ventana veo en el agua a Anna y a su mejor amiga de los veranos, Peggy, salpicándose mutuamente. Peggy tiene pelo y pecas color naranja.

—¿Qué es eso? —Mi madre me señala la tripa—. ¡Estate quieta!

Dejo de saltar, me subo el camisón y le dejo que me examine la barriga. La tengo cubierta de puntitos rojos.

—Vaya por Dios —dice—. Varicela. ¿Cómo puede ser? Será mejor que vaya a ver a Anna.

—Me pica —comento, y salto de la cama.

—Quédate aquí —ordena mi madre—. Voy a por la loción de calamina.

—Quiero bañarme.

—No salgas de esta habitación. No quiero que contagies a Peggy.

Esquivo a mi madre y echo a correr hacia la puerta.

El señor Dancy me coge con fuerza del brazo.

—Ya has oído a tu madre.

Intento soltarme, pero solo consigo que me sujete más fuerte.

—Carl, para. Le estás haciendo daño —dice mi madre.

—Hay que meterla en cintura.

—Por favor —insiste mamá—. Tiene cinco años.

—No me digas cómo tengo que hacer mi trabajo.

—Claro que no —responde mamá, conciliadora.

El señor Dancy aparta las mantas y empieza a vestirse.

—Para tratar con mocosas maleducadas, prefiero pasar tiempo con mis propios hijos.

—¿Qué haces? —El tono de voz de mi madre es tenso, agudo.

—Te veo en la ciudad. Este sitio me pone nervioso.

—Por favor, Carl.

La puerta se cierra de golpe detrás de él.

—Ni se te ocurra moverte —dice mamá—. Como te vea fuera de esta habitación te vas a arrepentir.

Y sale corriendo detrás de él.

Me siento en la cama y miro cómo Anna se pone unas gafas de bucear y un tubo. Se agacha en la orilla del agua, de espaldas al estanque, moja las gafas en él, las vacía, escupe en ellas. Detrás de ella, Peggy camina hacia la parte que cubre. A cada paso que da desaparecen más centímetros de ella. Arranca un motor de coche. Oigo gritar a mi madre, su voz cada vez más tenue a medida que se aleja por el camino de entrada detrás del coche del señor Dancy. Miro desaparecer la coleta pelirroja de Peggy. Ahora solo tiene la cabeza por encima del agua y flota, incorpórea. Ahora solo la coronilla, igual que el caparazón de una tortuga. Ahora no es más que un rastro de burbujas. Imagino los peces chupadores besándola con suavidad. Ya no hay burbujas. Espero a que Peggy reaparezca. Golpeo el cristal para llamar la atención de Anna. Sé que me oye, pero no se molesta en mirar. Golpeo de nuevo, esta vez más fuerte. Anna me saca la lengua, se sienta en la arena para ponerse sus aletas color amarillo.

4

10.00 horas

Ya hay cinco colillas en el cenicero al lado de Peter. De sus labios cuelga un Camel Light. Bebe café con él en la boca, sin darse cuenta. Sin manos. Como en un número de feria. Una fina columna de humo sale de su labio inferior cuando traga. Se mete la mano en el bolsillo de la camisa y saca un mechero Bic naranja, lo manosea sin cesar como si fuera un rosario, pasa la página del periódico, busca a tientas un trozo de beicon. Si pudiera fumar dormido, lo haría. Cuando empezamos a salir, lo acosaba, le suplicaba que lo dejara. Pero era como pedirle a una gallina que volara. Por supuesto que quiero salvarle la vida, pero eso es algo que solo puede hacer él.

Los niños se han desperdigado por el sofá, están pegados a sus pantallas, hay cargadores blancos en todos los enchufes, sus platos sucios siguen en la mesa, han tirado al suelo la novela gastada de mi madre. Se han comido el beicon y casi todos los huevos. Miro a mi madre salir del estanque, sacudirse el agua. Gotitas brillantes trazan un arco en el cielo. Libera su melena del moño, la escurre y, a continuación y con rapidez, vuelve a recogérsela y la sujeta con un pasador. Coge una toalla verde menta que ha colgado de la rama de un árbol y se envuelve con ella. Doy un mordisco a mi tostada. A sus setenta y tres años sigue siendo guapa.

La mañana que Peggy se ahogó yo estaba casi en el mismo sitio donde estoy ahora, viéndola desvanecerse debajo del agua. Entonces apareció mi madre todavía en combinación, gritó a Anna, se metió en el estanque, buceó. Cuando salió llevaba a Peggy cogida del pelo. Peggy estaba azul pálido. Mi madre la arrastró a la orilla por la coleta, le golpeó el pecho y le metió aire en la boca hasta que Peggy se atragantó y resucitó con una arcada. Mamá había sido vigilante de playa de joven y sabía un secreto: que algunos ahogados pueden regresar de entre los muertos. Yo miraba. Mientras mi madre jugaba a ser Dios. Mientras el señor Dancy salía de nuestras vidas para siempre. Mientras Anna pinchaba los pies de Peggy con una rama en un intento por despertarla.

Ahora miro a mi madre levantar la cara a la brisa cálida. Tiene manchas de la edad en la parte posterior de los brazos. Venas varicosas le rompen la superficie de la piel detrás de las rodillas y los muslos. Mira a su alrededor desconcertada, luego se encoge un poco de hombros en un gesto que reconozco como de «Ah, sí» y coge sus gafas de sol graduadas del extremo de la canoa, donde las dejó. He visto esta escena cientos de veces, pero esta mañana mi madre parece distinta. Mayor. Y me entristece. Hay algo eterno en mi madre. Es un grano en el culo, pero tiene mucha dignidad. Me recuerda a Margaret Dumond, de las películas de los hermanos Marx. No se da aires, simplemente los tiene. Deberíamos haberla esperado para desayunar.

—¿Me pasas una tostada o también las han arrasado las langostas? —dice mi madre al llegar al porche y mientras saca una silla.

Peter mira por encima del periódico.

—¿Qué tal el baño, Wallace?

—Regular. Vuelve a haber utricularias. Son esos dichosos pescadores. Las traen pegadas a la quilla de las barcas a saber desde dónde.

—Pues, a pesar de ello, esta mañana estás radiante.

—Bah —contesta mamá mientras se sirve una tostada—. Los halagos no te van a llevar a ninguna parte. Y desde luego no me van a traer beicon.

—Entonces voy a freírte más.

—Tu marido está de especial buen humor hoy —me comenta mamá.

—Pues claro que lo estoy —dice Peter.

—Debes de ser la única persona en el mundo a la que le sienta bien un viaje a Memphis.

—Yo es que te adoro, Wallace —responde Peter riendo.

Me levanto de la mesa.

—Voy a hacer más beicon. Y huevos. Esos están fríos.

—¡No, por Dios! —exclama mi madre—. ¿Y manchar más platos todavía? ¿Ha quedado alguna sartén sin usar?

—¿Revueltos o pasados por agua? —Ya la estoy odiando otra vez—. Jack, quita esos platos de la mesa y tráele la mermelada a tu abuela.

—Maddy, ve a por la mermelada para Wallace —ordena Jack a su hermana sin levantar la vista. Mi madre siempre ha insistido en que los niños la llamen por su nombre de pila. «No estoy preparada para ser abuela —nos dijo antes siquiera de que Jack empezara a hablar—. Y desde luego espero que no pretendáis que os haga de canguro».

Maddy hace como si no hubiera oído a Jack.

—Chicos, ¡hola!

Me pongo en jarras.

—Ya estás de pie —dice Jack—. Tráesela tú.

Contengo la respiración diez segundos en un intento por no explotar. Estoy debajo del agua, mirando peces a través de un verde turbio. Cierro los ojos. Soy Peggy. Escojo el silencio de los juncos.

Peter se enciende otro pitillo.

—Jack, obedece a tu madre. Deja de hacer el tonto.

—Eso, Jack. —Mamá asiente—. Te estás portando como un gilipollas. Esa clase de comportamiento no es nada favorecedor.

1956. Guatemala

Mi abuela Nanette se mudó a Centroamérica después de que su tercer marido la dejara. Se había divorciado del monstruo de Jim, pero no tenía medios para sobrevivir en este mundo sin un hombre que la sustentara. Vince Corcoran fue su solución: era millonario, algo que en aquellos días significaba algo. Vince había amasado su fortuna en importaciones y exportaciones: fruta y café. No era guapo, pero sí un hombre bueno de verdad: con gran corazón, amable con los niños, locamente enamorado de la madre. Ella se casó con él por su dinero. No soportaba cómo le olía el aliento ni cómo, cuando tenían relaciones sexuales, le caían en la cara goterones de sudor de la frente. Le daba asco. La humillaba haber tenido que rebajarse a ser la mujer de un vendedor de plátanos, pero tenía una casa en Gramercy Park y un Rolls Royce color vino. Vince se divorció de ella después de leer todo esto en su diario, o eso cuentan. Lo único que recibió la abuela Nanette en el acuerdo de divorcio fue el coche, una pequeña asignación mensual y una villa gigantesca en Guatemala que ni siquiera había visto. Vince se la había ganado a un colega en una partida de póquer varios años antes. De manera que Nanette, soltera de nuevo a sus treinta y tres años recién cumplidos, tres veces divorciada, dijo adiós a su vida de sociedad en Nueva York: vendió sus pieles, puso sus cosas en sus baúles de viaje forrados de cuero, metió a Wallace y a Austin, de doce y diez años, en el Rolls Royce y condujo hasta un valle remoto a las afueras de Antigua, una pequeña y hermosa ciudad colonial española situada a la sombra de volcanes.

Casa Naranjal era una finca decrépita infestada de iguanas. Los terrenos estaban llenos de naranjos, limeros y aguacates. En primavera las jacarandas estallaban en fuegos artificiales color lavanda. Gruesos racimos de plátanos colgaban bajo las frondas rumorosas. En la temporada de lluvias el río crecía y luego desbordaba su cauce. Un muro protegía la propiedad de las miradas curiosas de los lugareños. Don Ezequiel, un viejo desdentado, vigilaba sus portones de madera. La mayor parte de los días los pasaba sentado a la sombra de una choza de adobe comiendo frijoles en la hoja de un cuchillo. A mi madre le encantaba sentarse a su lado en el duro suelo de piedra y mirarlo comer.

Junto con la finca, la abuela Nanette había heredado un pequeño número de criados, una cocinera y tres caballos que vagaban sueltos. Un apuesto jardinero de pelo oscuro, vestido de blanco de los pies a la cabeza, recogía mangos para el desayuno, ahuyentaba a los armadillos del césped y sacaba gusanos de gran tamaño de una charca de fondo oscuro. Mi abuela se pasaba los días encerrada en su habitación, aterrada por aquel extraño mundo que la había salvado, incapaz de comunicarse con nadie a excepción de sus dos hijos. Su habitación estaba en la planta superior de una torre octogonal cubierta de buganvilla púrpura. Justo debajo había un gran salón de techos altísimos y puertas gigantescas que daban al jardín. Lo máximo que se acercaban los niños a su madre durante el día era cuando la oían caminar de un lado a otro en el suelo de baldosas de terracota del piso de arriba.

Un porche con columnas unía el salón con la cocina, donde, cada mañana, la cocinera hacía masa para tortillas y convertía tomates verdes triturados en salsa verde. De los arcos del porche colgaban jaulas doradas llenas de loros y cacatúas de brillantes colores. Wallace y Austin comían solos en la larga mesa del comedor y daban a los pájaros trocitos de plátano macho frito mientras los loros les hablaban en español. Mi madre siempre ha dicho que fue así como aprendió a hablar español. Sus primeras palabras fueron: «¿Huevos revueltos? ¿Huevos revueltos?».

Los niños estuvieron tres meses sin ir al colegio. La abuela Nanette no tenía ni idea de cómo organizarlo. (A mi madre le encanta contarme esto cada vez que manifiesto mi preocupación por la educación de mis hijos. «No seas tan ordinaria, Elle —dice—. No te favorece. La regla de cálculo es para los débiles». Es una actitud sustentada en gran medida en el hecho de que ella apenas sabe sumar, como me gusta recordarle).

A Austin le daba miedo salir de la finca, así que mi madre se iba a pasear sola con una vieja Leica que le había regalado su padre y hacía fotografías de toros blancos en pastos desiertos, caballos salvajes en lechos de río secos con los costados hinchados por el hambre, escorpiones escondidos detrás de un montón de leña, su hermano bebiendo limonada junto a la piscina. Su rincón favorito era el cementerio a las afueras del pueblo. Le encantaban las vírgenes enjauladas, las aromáticas caléndulas que llevaban los aldeanos en brazadas, las lápidas de estuco rosa que parecían catedrales para muñecas, las flores de papel sobre criptas policromadas: turquesa, naranja, amarillo limón, dependiendo de cuál fuera el color preferido del difunto. Solía ir al cementerio a leer, reconfortada por las almas de los muertos.

Casi todas las tardes mi madre montaba su caballo favorito por el valle y subía una colina empinada hasta Antigua. Ataba el caballo a un poste y deambulaba por las calles adoquinadas, exploraba las ruinas aún repartidas por la ciudad de iglesias y monasterios antiguos, destruidos tiempo atrás por terremotos. Le encantaban los «milagros» que vendían las ancianas en la plaza principal para llevarlos colgados de cadenas de plata a modo de pequeños amuletos: piernas y brazos amputados, ojos, unos pulmones, un pájaro, un corazón. Después entraba en la catedral, quemaba incienso y rezaba por nada en particular.

Una tarde en la que volvía al valle por un sendero empinado que se estrechaba entre dos rocas, de detrás de estas salió un hombre y le cerró el paso. Le quitó las riendas del caballo y le dijo que desmontara. Se llevó una mano al machete y se acarició la entrepierna. Mi madre lo miró hacer, mansa como una vaca, muda. Entonces pensó: «De eso nada». Clavó los talones con fuerza en la barriga del caballo y pasó por encima del hombre. Dice que todavía recuerda el chasquido del hueso de la pierna, el sonido violento de los cascos del caballo contra su estómago. Aquella noche durante la cena, delante de un tazón de caldo de pavo, le contó a su madre lo que había hecho.

—Espero que lo mataras —dijo la abuela Nanette mientras mojaba una tortilla en la sopa—. Pero, Wallace, querida —añadió—, esa clase de comportamiento es poco favorecedor en una mujer.

10.15 horas

La sorpresa de ser llamado gilipollas por su abuela ha levantado a Jack del sofá. Debería probarlo yo alguna vez, pero solo conduciría a una odiosa pelea a gritos que me dejaría a mí llorando y a él adolescentemente triunfal. Yo no tengo la dignidad altiva de mi madre.

Me vibra el móvil. Peter alarga el brazo encima de la mesa y lo coge antes de que yo pueda hacerlo.

—Te está mandando mensajes Jonas.

Pulsa en el mensaje.

Mierda, mierda, mierda, mierda. Se me para el corazón.

—Quieren que quedemos en Higgins Hollow. A las once, dicen. Llevan ellos los sándwiches.

Gracias, Dios mío.

—Tengo la terrible intuición de que hice un plan con Gina anoche antes de perder el conocimiento —dice Peter.

—¿De verdad nos apetece pasar el día en la playa? Yo preferiría desplomarme en una hamaca.

—No quiero ser grosero. Igual Gina se molesta.

—No le va a importar. Estamos todos resacosos.

Pero las palabras me suenan hipócritas incluso a mí.

Peter apura su café.

—Siempre me ha asombrado. Jonas es un pintor de talento. De éxito. Tiene físico de puto actor de cine. Podría haberse casado con Sophia Loren, joder. Creo que terminó con Gina solo para irritar a su madre.

—Pues fue una causa justa —observa mi madre.

Peter se ríe. Le encanta cuando mi madre se pone en plan arpía.

—¿Queréis dejarlo ya los dos? —digo.

—A ver, pichones. ¿Estáis preparados para ir a la playa? —pregunta Peter.

—¿Cuándo baja la marea? —quiere saber Maddy.

Peter busca en el periódico local y baja con el dedo por el calendario de mareas.

—A la una y veintitrés.

—¿Podemos traer las tablas de *bodyboard*? —pregunta Finn.

—Podemos llevar —le corrige mi madre.

—Yo no voy —dice Jack—. He quedado con Sam en el club de carreras.

—¿Cómo piensas ir? —pregunto.

—Con tu coche.

—De eso nada. Tendrás que coger la bicicleta.

—¿Estás de broma? Son como veinticinco kilómetros.

—La última vez que me cogiste el coche se te olvidó echar gasolina y casi me quedo tirada. Tuve que ir a trompicones hasta la gasolinera de Texaco.

—Ya hemos quedado. Sam me va a estar esperando.

—Mándale un mensaje. Dile que el plan ha cambiado.

—¡Mamá!

—Fin de la conversación. —Mi móvil vuelve a vibrar. Esta vez consigo cogerlo yo antes. «¿Sí a la playa?», me pregunta Jonas. Puedo sentirlo al otro lado de la línea con el teléfono en la mano, tocándome a través de él, noto sus dedos en el teclado, cada palabra es un mensaje secreto dirigido a mí—. Tengo que contestar a Jonas, Pete. ¿Qué hora le digo?

—Dile que a las once y media.

Jack va al cuarto de estar y coge mi bolso de la mesa. Lo miro meter la mano y sacar las llaves del coche.

—¿Se puede saber qué haces? —pregunto.

—Lo devolveré con el depósito lleno, lo prometo.

—Dame esas llaves. —Extiendo la mano—. O vienes a la playa con nosotros o vas en bicicleta al club. Y punto.

—¿Por qué me haces esto? Es que te aplicas a fondo para amargarme la vida. —Jack tira las llaves al suelo y da un portazo al salir del porche—. No sé cómo puedes soportar estar casado con semejante zorra —grita sin volverse mientras camina hacia su cabaña hecho una furia.

—Y que lo digas —le grita Peter, riendo.

—No me lo puedo creer, Pete.

—Tranquilízate. Es un adolescente. Se supone que tiene que ser grosero con su madre. Forma parte del proceso de separación.

Se me tensa todo el cuerpo. Nada me pone más nerviosa que el que me digan que me tranquilice.

—¿Cómo que grosero? Me ha llamado zorra. Y que le rías la gracia no hace más que animarlo.

—¿Así que es culpa mía? —Peter levanta una ceja.

—Pues claro que no —digo exasperada—. Pero lo fomentas.

Peter se pone de pie.

—Voy al pueblo a comprar tabaco.

—Estamos en plena conversación.

—¿Hace falta alguna cosa? —Su voz es fría como el mármol.

—Joder, Pete.

Maddy y Finn se han quedado completamente quietos, como animalitos junto a una charca mirando a un dragón de Komodo reptar hacia un búfalo de agua. No están acostumbrados a ver a su padre enfadado. Peter rara vez pierde la paciencia. Prefiere reírse de las cosas. Pero ahora me mira con ojos entornados, como si notara que las moléculas a mi alrededor vibran en una frecuencia de onda distinta. Como si me hubiera sorprendido con las manos en la masa pero no supiera de qué masa se trata.

—¿Puedes traer crema de leche? —Mi madre habla desde la cocina, donde finge recalentar café pero está escuchándonos. Me parece oír su voz dentro de mi cabeza diciendo: «Tú a lo Botticelli». Mi parte cuerda sabe que tiene razón; tengo que recular. Anoche me follé a mi amigo de toda la vida entre los arbustos. Lo único que ha hecho Peter es reírse cuando nuestro hijo adolescente me faltó al respeto, algo que ocurre todos los días. Pero el tono de advertencia en la voz de Peter es lo que me hace saltar.

—Por favor, no te hagas la víctima, Pete.

—Que yo me hago la víctima. ¿Hablas en serio, Eleanor?

Se me sube el desayuno a la garganta. Un pánico repentino. Miro a Maddy y a Finn en el sofá, sus caritas nerviosas. Su dulzura. Su preocupación. Lo que hice anoche. Una equivocación terrible que nunca podré borrar.

—Lo siento —digo.

Luego contengo la respiración y me preparo para lo que venga.

5

1972. Agosto, Connecticut

El Connecticut rural es un lugar agobiante a finales de verano. A las ocho de la mañana el aire ya está cargado de esa humedad de interior y del sofocante verdor de todo. Después de comer me gusta esconderme en la sombra del maizal de mi abuelo, correr de un extremo a otro dejando que me rocen las hojas perezosas de las plantas; tumbarme en una franja oscura de tierra arada entre las hileras de maíz, escuchar el suave murmullo; observar hormigas soldado transportar su pesada carga por los surcos y lomos. Hacia el final de la tarde aparecen como por ensalmo enjambres de mosquitos que nos invaden y nos obligan a refugiarnos bajo techo hasta que desaparecen en las sombras del ciruelo silvestre.

Cada noche en la granja de mis abuelos esperamos a que refresque antes de dar nuestro paseo de después de cenar. En las horas de más calor, el asfalto rezuma y quema. Pero más tarde es una delicia caminar por la carretera, con el alquitrán aún suave pero no pegajoso, como caminar sobre malvaviscos, y desprende un grato olor a lava. El abuelito William, el padre de mi padre, lleva su palo de nogal, su pipa y un paquete de tabaco en el bolsillo del pantalón. Caminamos juntos hasta dejar atrás el maizal, el viejo cementerio frente a la granja, la pequeña iglesia blanca con sus ventanas oscurecidas, la casita de tablillas de madera del párroco, con la luz de leer encendida y las cortinas echadas. Seguimos colina arriba, donde los cencerros de las ovejas tintinean en la majada en sombras de la granja vecina.

Anna y yo llevamos terrones de azúcar en los bolsillos y corremos a dar de comer de la palma de la mano al caballo pío de los Straight. Nos espera en el linde del prado, hundido hasta la cadera en ortigas, husmeando nuestro rastro con su hocico cálido y sin dejar de resoplar. Anna le rasca entre los ojos y el caballo carraspea y golpea el suelo con los cascos. Cuando volvemos a casa, la abuela Myrtle siempre tiene preparadas sidra y galletas de azúcar. Dice que le gustaría que nos quedáramos a vivir con ella, que un divorcio nunca es bueno para los niños. «Siempre he admirado a vuestra madre —comenta—. Wallace es una mujer muy guapa».

La iglesia tiene un pequeño patio de recreo para la escuela dominical, con columpios y un laberinto para trepar, pero Anna y yo preferimos jugar en el cementerio, con grandes árboles que dan sombra y césped cuidado. Las hileras interminables de tumbas son perfectas para jugar al escondite. Nuestro rincón preferido es la tumba del suicida. Está sola, subiendo por la colina. Las personas que se quitan la vida no pueden ser enterradas cerca de las demás porque han pecado, nos cuenta la abuela Myrtle. La tumba del suicida tiene una lápida alta, mucho más alta que yo, y cipreses a ambos lados. Los plantó su viuda, dice la abuela. «Al principio eran solo arbustos. Pero eso fue hace mucho tiempo. Vuestro abuelo la ayudó a cavar los agujeros. Después se mudó a New Haven». Cuando Anna le pregunta cómo murió el hombre, la abuela Myrtle contesta: «Vuestro abuelo cortó la soga».

En la parte trasera de la tumba hay un ancho escalón de mármol. Se supone que es para poner flores, nos dice la abuela, pero, que ella sepa, nadie la visita. En los días muy calurosos a Anna y a mí nos gusta sentarnos allí, invisibles desde la carretera, a la sombra fresca de la lápida. Hemos empezado a hacer muñecas recortables. Las dibujamos en papel y las recortamos. Anna siempre hace las caras y los peinados: coletas, melena afro, trenzas a lo Pipi Calzaslargas, corte paje. Hacemos ropita con pestañas que se doblan para sujetarse a la muñeca: pantalones campana a rayas moradas y pantalones ajustados a la cadera, delantales de cocina, cazadoras de cuero, botas gogó blancas, maxifaldas y fulares. Biquinis.

—Cada muñeca debe tener su propio guardarropa —dice Anna mientras recorta con cuidado un bolso microscópico.

Estamos sentadas en el escalón de la tumba cuando oímos un coche entrar en nuestro camino de grava desde la carretera.

—¡Ya viene! —dice Anna.

Llega nuestro padre a pasar una semana entera. Llevamos siglos sin verlo, ha estado viajando por trabajo. Echa de menos a sus ratitas, nos dice cada vez que la abuela nos deja hablar con él por teléfono. Está impaciente por vernos. Nos va a llevar a la feria de Danbury y a nadar al lago Candlewood. Nos trae una sorpresa. Es posible que no lo reconozcamos, dice. Se ha dejado bigote.

Guardamos las muñecas de papel y echamos a correr pendiente abajo llamándolo a gritos, emocionadas por la sorpresa que le vamos a dar. Al llegar al final del camino se baja del coche. Entonces se abre la portezuela del asiento de al lado.

11.00 horas

Después de mi discusión con Peter y cuando todavía se oye el motor de su coche por el camino de entrada, Finn y Maddy vuelven a sus libros y sus máquinas como gaviotas después de una tormenta.

—¿Me hacéis sitio, gordis? —Me dejan sentarme sin molestarse en levantar la vista—. Un poquito más.

—¡Mamá! —dice Maddy, irritada por la nueva interrupción.

Me recuesto entre los dos, cierro los ojos, agradecida por el olor tan familiar de mis hijos, por su aliento a huevos revueltos, por este momento de paz. Jack sigue en su cabaña, furioso, obcecado, negándose a salir. Algo típico de él. Jack ya era testarudo antes de nacer. Por muchos litros de aceite de bacalao que bebiera yo, se negaba a abandonar el nido cálido y acuoso. Por fin, dos semanas tarde, se decidió a asomarse, después de un parto doloroso e interminable. Recuerdo haber estado segura, en un determinado momento, de que iba a morir dando a luz. A la mañana siguiente amanecí convencida de que el niño se me había muerto en el vientre, a pesar de que el médico me había conectado a diecisiete monitores, todos los cuales reproducían el firme latido del corazón de Jack. Era el terror a perder lo que más quería en el mundo sin haber tenido la oportunidad de quererlo. Pero salió, rosa y gritón, con pies largos de rana, lleno de pliegues y arrugas, con ojos de pez, pestañeando. Una criatura acuática. Primordial. A la que limpiaron y envolvieron de azul. Que me dieron. Una suavidad envuelta en suavidad envuelta en mis brazos, dentro y fuera de mí al mismo tiempo.

Cuando las enfermeras se llevaron a Jack para que yo pudiera descansar, mandé a Peter a casa. Los dos llevábamos muchas horas sin dormir. Me desperté en una penumbra. Oía la respiración mocosa de Jack, pequeños quejidos en sueños, allí mismo, junto a mi cabeza. Las enfermeras me lo habían traído mientras dormía. Lo saqué en brazos del moisés, intenté ponérmelo al pecho sin tener ni idea de cómo se hacía, sintiéndome como una impostora que finge ser una madre de verdad. Lloré mientras nos esforzábamos por conectar. Felicísima y tristísima. Por dentro y por fuera.

Llamaron a la puerta de la habitación del hospital. La enfermera, pensé aliviada. Pero quien entró fue Jonas. Jonas, al que llevaba cuatro años sin ver y sin hablar. Que había salido de mi vida enfadado y dolido cuando me casé con Peter. Que ahora estaba casado con Gina. Jonas, mi amigo de toda la vida, estaba en el umbral de la puerta con un ramo gigante de peonías blancas envueltas en papel marrón, mirándome llorar con mi hijo en brazos.

Se acercó a la cama y cogió a Jack de entre mis brazos, con delicadeza, sin pedirme permiso, seguro de lo que hacía. Apartó la mantita azul claro de la suave mejilla de Jack, lo besó en la nariz y dijo:

—¿Es impresión mía o esta niña es muy masculina?

—Vete a la mierda. —Sonreí—. No me hagas reír. Me duele.

—¿El perineo? —preguntó, preocupado.

—Ay, Dios mío.

Y reí entre lágrimas. Felicidad y pérdida.

Imagino ahora a Jack, tumbado en la cama, con las manos entrelazadas detrás de la cabeza, con unos auriculares que lo aíslan del mundo, tratando de decidir si me perdona o no, preguntándose si lo perdonaré yo a él. «Sí y sí», quiero gritarle desde donde estoy. Entre personas que se quieren no hay nada imperdonable. Pero, incluso mientras lo pienso, sé que eso no es verdad.

Una mosca se ha quedado atrapada en el porche. Zumba junto a la puerta mosquitera y araña con las patas y las alas los filamentos de metal. Cada poco tiempo se para a pensar y entonces el porche se queda en silencio a excepción del ruido de páginas al pasar, la pompa de saliva de Finn que estalla mientras se concentra en su juego. En la orilla contraria del estanque, la pequeña playa pública ha empezado ya a poblarse de formas humanas que buscan un trozo de arena en el que pasar el día, que desempaquetan almuerzos en manteles de tela para evitar que alguien les quite el sitio. No debería haber dejado que Peter me convenciera de quedar con Jonas y Gina en la playa. Tener que enfrentarme a Jonas a plena luz del día, comer los sándwiches de atún que hace Gina y recordar la cena de anoche; la mentira en mi sonrisa. No hay razón por la que tenga que ir. El plan lo ha hecho Peter. Que se lleve él a los niños. A nadie le importará. Excepto a mí. Porque entonces ellos estarán cerca de Jonas y yo no. Podrán poner sus toallas junto a la suya en la arena caliente. Y la idea de no verlo me llena de una necesidad dolorosa y punzante de tocarlo, de rozar su mano bajo una ola, de una avidez. Una adicción. Un canto de sirena. «De sirena con pene», pienso y me río en voz alta.

—¿De qué te ríes? —pregunta Maddy.

—De nada. —Me contengo—. No me río de nada.

—Eso es un poco raro, mamá —dice ella mientras vuelve a su libro—. Reírse de nada. Es de payaso siniestro.

Se rasca una picadura de mosquito en el tobillo.

—Cuanto más te rasques, más te picará.

Los niños siguen en pijama. En la manga de Finn se ha endurecido una gota de cera de vela de anoche, cuando vinieron a dar las buenas noches a los adultos borrachos.

—Antes os hemos oído cantar —señaló Finn entrando por la puerta mosquitera con una expresión traviesa que decía: «Ya sé que tendría que estar en la cama pero aquí estoy».

—Por el amor de Dios, ¡si ya teníais que estar dormidos! —dije yo.

—Es que hacéis demasiado ruido —dijo Maddy—. Jack sí que está dormido. Se ha quedado frito.

—Ven aquí. —Me senté a Finn en el regazo—. Pero solo cinco minutos.

Se inclinó hacia delante para arrancar una estalactita del costado de una vela. Le cayeron unas gotas en la manga.

—¿Puedo soplar las velas?

—No, no puedes.

—¿Nos vas a acompañar a la cama? He oído algo entre los arbustos. Creo que igual es un lobo.

—Aquí no hay lobos, tonto —dijo Maddy—. Voy a por un vaso de leche.

Finn se bajó de mi regazo y fue a hacerse un ovillo en el sofá al lado de Peter, quien siguió hablando con Gina y le acarició la espalda como si fuera un gato. Al otro lado de la mesa, enfrente de mí, John Dixon, el padrino de Anna, y mi abuelastra, Pamela, discutían con la madre de Jonas sobre el anidamiento de las aves costeras.

—Esa playa es nuestra —decía Pamela—. ¿Qué derecho tienen los de Parques Nacionales a acordonarla?

—Estoy completamente de acuerdo. Menudos pájaros —dijo Dixon riéndose a grandes carcajadas de su propio chiste.

—La playa es propiedad de la Madre Naturaleza —dijo la madre de Jonas—. ¿De verdad os importa más tener donde poner la toalla que la extinción de una especie?

—¿Puede abrirme alguien la puerta? —Maddy salió de la despensa con dos vasos de leche.

Peter se levantó, un poco tambaleante, abrió la puerta del porche y le revolvió el pelo.

—¡Papá, que se me cae! —exclamó Maddy riendo mientras se le derramaba la leche.

Finn se puso a cuatro patas y sorbió el charco de leche del suelo.

—Soy un gato —dijo.

—¡Cochino! —Maddy me mandó un beso—. Buenas noches, mamá. Te quiero. Buenas noches a todo el mundo.

—Buenas noches, tesoros —contestó Peter mientras se recostaba en el sofá—. Y no quiero volver a veros.

Miré a Jonas arrancar una gota de cera seca de la vela igual que acababa de hacer Finn. La moldeó con los dedos, distraído. Primero hizo una bola, luego un cisne, luego una tortuga, un cubo, un corazón, como si sus dedos estuvieran expresando sus pensamientos en forma de figuras de plastilina. Y entonces caí en la cuenta de que cuando conocí a Jonas tenía más o menos la edad de Finn. Un niñito adorable. Imposible imaginar que mi hijo pequeño y greñudo se convertirá algún día en un huracán en la vida de alguien. Jonas me miró y se dio cuenta de que lo miraba.

—Mimáis mucho a esos niños —dijo mi madre cuando Maddy y Finn desaparecieron en la oscuridad del sendero—. En mis tiempos a los niños había que verlos pero no oírlos.

—Ay, si pudiéramos hacer eso contigo, Wallace... —intervino Peter.

—Tu marido es malísimo —dijo mi madre, complacida—. No sé cómo has podido soportarlo tantos años.

—El amor es ciego, gracias a Dios. O al menos mi mujer lo es. —Peter se rio—. Ese es el secreto de mi felicidad.

—En mis tiempos, simplemente nos divorciábamos y nos volvíamos a casar —observó mi madre—. Era mucho más fácil. Estimulante incluso. Como comprarse ropa nueva.

—Bueno —dije—. Yo no lo recuerdo exactamente así. Y si estuviera aquí Anna, te garantizo que estaría de acuerdo.

—Ay, por favor —respondió mi madre con desdén—. Salisteis perfectamente. Si tu padre y yo hubiéramos seguido casados, a saber cómo habrías terminado. Puede que fueras una sosa y una ñoña. Igual te habrías hecho directora de hotel. Los divorcios son buenos para los niños. —Se puso de pie y empezó a recoger tenedores de la mesa—. Las personas desgraciadas siempre son más interesantes.

Sentí la indignación de siempre crecer en mi interior, pero Jonas se inclinó hacia mí y susurró:

—No le hagas caso. Cuando bebe dice cosas que no piensa. Ya lo sabes.

Asentí con la cabeza, me serví una copa de *grappa*, le ofrecí la botella. Nuestros dedos se tocaron cuando la cogió para servirse él.

—Un brindis. —Levantó su copa.

—¿Por qué brindamos? —pregunté, haciendo chocar las copas.

—Por el amor ciego.

Sus ojos no se apartaron de los míos en ningún momento.

Esperé unos minutos para levantarme de la mesa.

Mamá estaba en el fregadero, de espaldas a mí.

—Me vendría bien un poco de ayuda con estos platos, Eleanor. El agua caliente se niega otra vez a calentarse.

—Enseguida vengo. Voy al baño.

—Haz pis en los matorrales. Yo lo hago siempre.

Salí por la puerta de atrás, esperé en las sombras preguntándome si lo había interpretado bien, pensando en cómo me sentiría de estar equivocada, allí plantada como una ridícula chica de dieciséis años. Se abrió la puerta del porche y unas pisadas se acercaron por el camino de arena. Jonas se detuvo, miró alrededor en la oscuridad, me vio. Guardamos silencio, con el susurro de la brisa procedente del lago y los mugidos de las ranas toro de fondo.

—¿Me estabas esperando, Elle?

—Shhh. —Le puse los dedos en los labios. Dentro, un tenue arrullo de voces. Algo en el tocadiscos.

—Date la vuelta —susurró y me levantó la falda—. Apoya las manos en la pared.

—¿Me vas a detener?

—Sí —dijo.

—Pues date prisa.

—¡Mamá! —Tirándome de la camiseta—. ¡Mamá! Pero ¿me estás escuchando? —dice Maddy—. ¿Podemos ir a bucear o no?

—Ayer encontramos un nido de peces —comenta Finn—. Igual hay huevos.

—¿Entonces? ¿Podemos ir? —pregunta Maddy—. ¡Mamá!

Sacudo la cabeza para ahuyentar mis pensamientos y trato de recomponerme.

—Las gafas y las aletas están en la primera cabaña —consigo decir. Me siento sucia, contaminada, loca por restregarme bien por dentro hasta quedar limpia. Y con el corazón roto. Porque sé que la radiación ya se ha colado por el desgarrón que hay en mi traje de protección nuclear y no sé si sobreviviré.

1973. Mayo, Briarcliff, Nueva York

Es una hermosa mañana de finales de primavera. Mi padre se casa. Llevo vestido de encaje, zapatos de charol, medias blancas hasta la rodilla. Tengo seis años. Mi padre se casa con su novia, Joanne. Joanne es una novelista superventas, un «partidazo», nos dice mi padre el día que la conocemos. «No hay nada más atractivo que una mujer fuerte», dice. A Joanne le huele el pelo a productos de Herbal Essences.

«Lo que pasa es que a tu padre le gusta que le den órdenes». Joanna se ríe. Y se besan delante de nuestras narices.

Joanne no tiene más que veinticinco años. «¡Casi podríamos ser hermanas!», le dice a Anna. Es bonita y robusta y tiene un abrigo de piel de borrego. Me preocupa que el borrego tenga que vivir sin su piel. Se han mudado a las afueras y mi padre va cada día a la ciudad a trabajar, pero cuando está allí ya casi no lo vemos.

Joanne conduce un Mustang rojo nuevo. Según mi madre el rojo es una horterada, le digo a Joanne la primera vez que veo el coche. Deberías haberlo comprado azul. Y ella finge una carcajada. El azul es de buen gusto, insisto. No sabes ni lo que hablas, interviene Anna y me pellizca fuerte en el brazo.

A Joanne le cae bien Anna, pero conmigo «no encaja». Se lo dice a mi hermana, quien me lo repite. A veces Joanne va a la ciudad y se lleva Anna a pasar un «día de chicas»: ver escaparates en la juguetería FAO Schwarz, comer en Schrafft's, patinar sobre hielo en Central Park. Le compra en Marimekko un bolso fucsia y naranja con botones plateados brillantes que parecen monedas de veinticinco centavos. Le encanta la espesa melena castaño oscuro de Anna y le enseña a cepillársela diez minutos al día para que brille.

Cada noche a las seis en punto, Joanne se toma un whisky con soda mientras mi padre hace la cena y abre el vino para que respire. Le gusta cocinar con chalotas y me deja sentarme en un taburete alto de la cocina para que le ayude a pelar las zanahorias. Cocina en una sartén negra de hierro que tiene que lavar con aceite en lugar de con agua y jabón. Eso la echaría a perder, explica. Dice que el aceite la cura y yo le pregunto: «¿De qué la cura?».

Joanne no soporta que mi padre tenga que pagar nuestra manutención. Los domingos por la noche, cuando nos lleva a la estación de tren, nos da una hoja de papel doblada, una lista de cosas que ha descontado de la «paga» de mi madre: «8 rebanadas de pan, 4 cucharadas de mantequilla de cacahuete, seis yogures, dos pasteles de pollo congelados, una cena congelada Swanson de filetes rusos...».

Ahora estoy viendo a mi padre camino del altar. A mi lado, en el banco, la abuela Myrtle está sentada muy erguida, con el sombrero casquete torcido y los labios apretados. A ella tampoco le gusta Joanne. La última vez que Joanne y mi padre nos dejaron en casa de mis abuelos llevábamos las maletas llenas de ropa sucia. «Esa mujer es una guarra —dijo mi abuela—. Y más vaga que un gato al sol. Puede que tu padre se graduara cum laude en Yale, pero de cintura para abajo no tiene cerebro. ¿Cómo ha podido elegir a semejante mujer? Ahora voy a ver si tenéis liendres».

Miro los pliegues de encaje blanco en mi regazo, me pellizco una costra en la rodilla. Tengo las piernas cubiertas de cicatrices de impétigo y de costras de caerme en el suelo de cemento debajo del laberinto del parque. La abuela Myrtle me coge la mano y me da un apretón reconfortante. Me gusta el tacto de su alianza de plata gastada contra mis nudillos. Deja nuestras manos cogidas en mi regazo. Estudio las venitas azules del dorso de su mano. Cuánto la quiero.

Anna va de azul marino. Se ha puesto regordeta y Joanne pensó que el color le favorecería. Doy golpecitos nerviosos en el suelo con el zapato. Anna me da una patada en la espinilla. Me han dicho que me esté quieta. Un haz de luz roja atraviesa el altar en la parte delantera de la iglesia. Veo que procede de una gran vidriera policromada. Es la sangre de Cristo que mana de sus heridas abiertas. Entonces pasa mi padre a mi lado, en dirección al sacerdote. Corro al pasillo y me tiro a sus pies, le agarro la pernera del pantalón y no la suelto. Intenta liberarse de mí sin dejar de sonreír a los invitados, pero yo me aferro. Soy una furia de encaje blanco, mocos y lágrimas. Mi padre avanza despacio simulando no saber que tiene una niña pequeña agarrada al tobillo. Soy una rémora.

Mi padre y yo hemos llegado al altar. El organista empieza a tocar la *Marcha nupcial*. Los invitados se ponen de pie, algo inseguros. Joanne viene hacia nosotros por el pasillo echando chispas, con un velo grande y vaporoso que tapa su furia. Ha elegido un vestido minifaldero de satén bajo el cual asoman sus gruesas piernas. Parecen salchichas embutidas en unos zapatos diminutos. Pasa por encima de mí, coge a mi padre de las manos, le hace al cura una señal con la cabeza. Yo estoy en el suelo, enroscada alrededor de los tobillos de mi padre mientras dicen los votos. Por qué no llevará bragas, pienso cuando dicen «Sí, quiero».

1973. Noviembre, Tarrytown, Nueva York

Este fin de semana nos toca con mi padre. Se supone que estamos con él en fines de semana alternos, pero es la primera vez que lo vemos en un mes. Han tenido numerosos compromisos. Joanne tiene demasiados amigos y todos quieren conocer a su santo, nos dice. «¿Quién es el santo? —pregunto—. ¿Lo conocemos?».

La casa es marrón. En el jardín hay unas cuerdas colgando de un árbol donde antes había un columpio. Detrás, unas rocas conducen a un estanque pequeño y embarrado. No se puede nadar en él, dice mi padre, pero en invierno se helará y podremos patinar. El cuarto de estar es largo y estrecho con un gran ventanal de vidrio plomado con vistas al «lago», como lo llama Joanne. «Es imposible encontrar casas con vistas al agua» dice. La única habitación de la casa sin enmoquetar es la cocina.

Sábado por la tarde. Anna y yo estamos sentadas en el suelo de la cocina jugando a las tabas. Fuera, la lluvia golpea las ventanas, es un día implacablemente plomizo. Voy por diez y estoy a punto de tirar, cuando entra Joanne blandiendo su cepillo de pelo. Le quita unos cabellos y los agita en el aire mirándome.

—Has usado mi cepillo, Eleanor. Cuando te lo prohibí expresamente.

—No lo he usado —digo, aunque sí lo he hecho.

—Ha habido un brote de piojos en vuestro elegantísimo colegio nuevo. Ahora voy a tener que hervirlo. —Está furiosa—. Como me quede sin cepillo le voy a mandar la factura a vuestra madre. Son púas de cerdas naturales.

—¡No he sido yo!

—Los pelos son rubios. No pienso tolerar que se mienta en esta casa.

Se agacha y nos quita las tabas.

—¡Devuélvenoslas! —grito.

Llega mi padre del garaje.

—Venga, chicas. Nada de peleas ni de mordiscos.

—No me hables como si fuera una niña, Henry —dice Joanne.

—Nos ha quitado las tabas sin que hayamos hecho nada y no nos las quiere devolver —señalo.

—Elle ha usado el cepillo de Joanne sin pedir permiso —interviene Anna.

—¡Eso no es verdad! —exclamo.

—No es más que un cepillo —dice mi padre—. Estoy seguro de que a Joanne no le importa. ¿Os he contado alguna vez que vuestra abuela fue campeona de tabas en su colegio? —Abre el congelador y mira en el interior—. ¿Os apetece pastel de pollo para cenar? Jo y yo vamos a salir esta noche.

—No quiero que salgas —protesto—. Siempre sales.

—Vamos a estar aquí al lado. Hemos encontrado una canguro estupenda que vive cerca.

—¿Podemos ver la televisión? —pregunta Anna.

—Lo que queráis.

—No me gusta vivir aquí —digo—. Esta casa es fea. Quiero irme a la mía.

—Cállate —me ordena Anna—. Deja de estropearlo todo.

Me echo a llorar y salgo corriendo de la habitación.

A mi espalda oigo a Joanne decir, también entre lágrimas de furia:

—No lo soporto más, Henry. No me he casado contigo para hacer de madre.

Me tiro sobre la cama y entierro la cara en la almohada.

—La odio, la odio, la odio —repito como si fuera una plegaria.

Cuando viene mi padre a consolarme, le doy la espalda y me encojo como un bicho bola.

Me sienta en su regazo y me acaricia el pelo hasta que dejo de sollozar.

—Esta noche no voy a ir a ninguna parte, ratita. No pasa nada. No pasa nada.

—Es mala.

—No lo hace aposta. Esto es difícil para las dos. Joanne es una buena mujer. Por favor, dale una oportunidad. Hazlo por mí.

Me acurruco más en sus brazos y digo que sí con la cabeza, consciente de que miento.

—Buena chica.

—Por el amor de Dios, Henry —dice Joanne cuando mi padre le informa de que se queda en casa con nosotras—. Hace semanas que hicimos este plan con los Streep.

—Lo vas a pasar muy bien. Además, los Streep son más bien amigos tuyos. Y seguro que Sheila ha cocinado algo riquísimo. Llevo semanas sin ver a mis niñas.

—Es sábado por la noche. No pienso salir sola.

—Pues mejor todavía. Quédate en casa con las niñas y conmigo. Podemos ver una película, hacer palomitas.

—La canguro ya está de camino. Es muy tarde para avisarla. —Joanne le da la espalda a mi padre y se mira en el espejo del pasillo para ponerse unos grandes aros de oro. Se alisa las cejas y se pellizca con fuerza ambas mejillas.

—Le pagaremos lo que ha tardado en venir hasta aquí. Seguro que lo entiende.

Miro el reflejo de Joanne en el espejo y observo fascinada cómo se le hinchan y deshinchan las aletas de la nariz una y otra vez. Su boca es una raya furiosa. Cuando se da cuenta de que la estoy mirando, sonrío triunfal.

Pero al final gana ella. Cada fin de semana a partir de ese día, cuando mi padre nos recibe en la estación de tren, nos sube al coche y nos deja en casa de los padres de Joanne, a media hora de distancia. Siempre hay alguna excusa: Joanne tiene la regla y se encuentra mal; están tratando la casa contra la podredumbre seca; los han invitado a una fiesta en una casa en Roxbury y Joanne cree que nos vamos a aburrir, pero el fin de semana siguiente estaremos con él, lo promete. Cuando nos dice adiós con la mano desde el coche, su expresión es siempre triste y sé que es por mi culpa.

El padre de Joanne, Dwight Burke, es un poeta famoso. Tiene una voz rasposa muy bonita y se pone traje y chaleco para desayunar. Cuando se sube a su estudio por las mañanas se lleva un vaso de bourbon. Su mujer, Nancy, es una mujer corpulenta y afectuosa. Católica. Lleva un rosario en el bolsillo del delantal y me pregunta si creo en Dios. Hornea panes redondeados con mucha mantequilla y llama «almuerzo» a la comida de mediodía. Siempre va bien peinada. Son de esos padres sobre los que solo he leído en los libros. Hogareños y amables. No puedo entender cómo han tenido de hija a esa vaca horrible.

El hermano pequeño de Joanne, Frank, vive con sus padres. Tiene quince años. Frank fue una sorpresa. «Una bendición», nos cuenta Nancy cuando Anna pregunta por qué Frank es mucho más joven que Joanne. «Quiere decir que soy una equivocación», dice Frank. Tiene el pelo rapado a lo militar y acné. Cuando se agacha con sus pantalones chinos le vemos la raja del culo.

Los Burke viven en una casa de ladrillo blanca de tres plantas rodeada de delfinios y laderas fragantes de pachisandras desde las que se divisa la cinta del río Hudson. La casa está llena de perros labradores color chocolate con nombres como Cora y Blue y de un persistente olor a levadura. Los domingos por la mañana vamos a misa.

Anna y yo tenemos nuestra propia habitación en una pequeña entreplanta detrás de la cocina. Se llega por una escalera que no se ve y que sale de la puerta del escobero de la despensa. Nancy lo llama «cuarto de servicio». Nadie más usa esta parte de la casa. Nuestras ventanas divididas en rombos dan a una escarpada pared de roca gris que rezuma agua helada procedente de algún punto de su interior.

Anna y yo volvemos a llevarnos bien. Jugamos a las estatuas en el jardín, hacemos muñecas recortables sentadas en las escaleras de madera o leemos libros hechas un ovillo en la cama. Nadie nos molesta. Nadie grita. Cuando es hora de almorzar, Nancy hace sonar un cencerro y bajamos corriendo al comedor, donde siempre está la chimenea encendida, incluso en pleno verano. A Nancy le encanta tenernos en su casa, nos dice. Nos asfixia con besos y abrazos y nos deshace las maletas y guarda la ropa en los cajones de una cómoda de madera de nogal.

Frank tiene un cuarto de juegos en la parte de atrás de la casa donde cría ratones, hámsteres y jerbos en acuarios. Ninguno pierde de vista a Waldo, la boa constrictor que vive en un gran terrario con ellos. Por las noches, después de cenar, Frank nos obliga a mirar mientras da de comer a su serpiente crías diminutas de ratón. Recién nacidas. Le suplico que me deje salir de la habitación, pero bloquea la puerta. La habitación huele a serrín de cedro y a miedo.

—¿Os lo estáis pasando bien ahí dentro? —nos pregunta Nancy desde la cocina, donde está terminando de fregar los platos.

—Estamos dando de comer a Waldo —grita Frank—. Ten. Coge esto.

Le pone a Anna en la palma de la mano un ratoncito sin pelo que se retuerce sin parar.

—No quiero.

Anna intenta devolverle el ratón, pero Frank se mete las manos en los bolsillos.

—Si no das de comer a Waldo tendrá hambre por la noche. Igual se intenta escapar. ¿Sabías que una cría de boa constrictor puede estrangular y matar a una persona en segundos?

Anna abre la tapa del terrario, cierra los ojos y suelta la cría de ratón. La miro caer en una pila blanda de virutas de chopo. Durante cinco largos segundos, parpadea y mira a su alrededor, aliviada de estar viva. Waldo repta hacia delante y a continuación ataca. El ratón ha desaparecido. Solo queda de él un bultito del tamaño de una canica en la garganta de Waldo. Miramos mientras los músculos lo transportan al estómago en movimientos sinuosos, como de arcadas.

Frank adora a su serpiente, pero adora aún más a sus hámsteres. Los cría y luego los vende para sacarse un dinerillo. Son sus posesiones más preciadas. Un fin de semana, Goldie, su hámster favorita, se escapa. Frank está histérico. Sube y baja las escaleras a todo correr, mira debajo de los sofás, saca los libros de los estantes mientras la llama. Está convencido de que uno de los perros se la ha comido y le da una patada en la espinilla a la labrador más vieja, Mabel, que gime y se aleja cojeando.

—¿Pasa algo? —pregunta Nancy desde la cocina, donde está haciendo estofado de carne.

Frank se vuelve hacia mí. Me acusa de haberle dado a Goldie a Waldo para que se la coma. «Sé que te parezco feo —me acusa—. Te oí decirlo». Me aprisiona contra la pared de la escalera. Le huele el aliento a Cheetos y a leche. Miro el polvo naranja neón que se le ha acumulado alrededor de los labios mientras le juro que no he sido yo.

Esa noche, cuando Nancy tira de la manta de Anna para arroparla, el cuerpo inerte de Goldie cae en la cama. Ha muerto aplastada entre la cama y la pared. Nancy coge una escoba y un recogedor, abre la ventana y tira a Goldie al macizo de hortensias.

Frank mira desde la puerta. De su garganta sale un gorgoteo agudo. Arruga la cara y hace muecas, los bultos del acné están rojo oscuro. Estoy segura de que se está ahogando. Lo miro, fascinada, preguntándome si morirá. Pero lo que hace es soltar un sollozo ahogado. Anna y yo nos miramos, horrorizadas, y a continuación nos echamos a reír. Frank sale corriendo, avergonzado. Permanezco atenta a sus pisadas en nuestra escalera de madera, oigo un portazo. Nancy está de espaldas a nosotras con la vista fija en la oscuridad.

Al fin de semana siguiente, cuando llegamos a la estación, nuestro padre nos dice que vamos a pasar el fin de semana con él y con Joanne. Dwight y Nancy han pensado que será lo mejor.

6

11.30 horas

En la familia de mi madre, «divorcio» no es más que una palabra de ocho letras. Letras que podrían fácilmente sustituirse por «me aburro» o «mala suerte». Tanto su madre como su padre se casaron tres veces. Mi abuelo Amory, el que construyó el Palacio de Papel, vivió en su casa junto al lago hasta el día de su muerte, cortando leña con botas de montaña, pescando, navegando en canoa, observando el ecosistema cambiante del estanque. Estudiaba los nenúfares, las grandes garzas azules. Contaba tortugas pintadas tomando el sol en los troncos que se pudrían y se ennegrecían en las aguas someras. Las esposas iban y venían, pero el estanque seguía siendo suyo. Él lo había descubierto, por azar, en la espesura. Un día en que, con dieciocho años, salió a cazar armado con un rifle encontró el agua fresca y pura, el fondo de arena blanca, y bebió. Al morir, el abuelo Amory le dejó la casa a Pamela, su tercera y última mujer. Solo ella había demostrado merecérsela, solo ella comprendía su poderoso atractivo, su alma, la religión del Estanque. A mamá le dejó el Palacio de Papel. Su hermano Austin, que nunca regresó de

Guatemala, no quería saber nada del lugar. En cambio para mi madre lo significaba todo.

En la pared de mi despacho en la Universidad de Nueva York hay una fotografía en blanco y negro de mi madre cuando era una muchacha en Guatemala. Mi despacho es el paraíso de un acaparador compulsivo: estantes rebosantes de libros, la mesa oculta bajo pilas de trabajos de fin de grado, cabos de lápiz, trabajos de literatura comparada pendientes de calificar, una planta de aguacate deprimente y propia de mujer mayor que no puedo tirar porque Maddy me la «hizo» por mi cumpleaños cuando tenía seis años. Solo están despejadas las paredes blancas, desnudas a excepción de una única fotografía. En ella mi madre está a lomos de un caballo palomino. Tiene largas trenzas y lleva una blusa bordada de estilo campesino, tejanos con los bajos enrollados, huaraches de cuero. Tiene quince años. Detrás de ella, un niño vestido de blanco se acerca desde la carretera polvorienta empujando una carretilla de madera: los campos se extienden hacia riscos de lava en las estribaciones rocosas de un volcán envuelto en bruma. Mi madre tiene una mano en la perilla bruñida de su silla de montar de vaquero. En la otra lleva una mazorca de maíz. Sonríe a la cámara, relajada, feliz... con una despreocupación y una libertad que nunca le he visto. Tiene los dientes blancos y rectos.

Me dijo que la fotografía se la hizo el apuesto jardinero, que el niño pequeño era su hijo; que, segundos después de tomar la fotografía, el niño golpeó al caballo con la carretilla y este se sobresaltó, echó a galopar por el prado y la tiró. Mi madre se rompió el brazo y dos costillas. Nunca volvió a subirse a un caballo. Al otoño siguiente, dejó Guatemala para ir a un elegante internado en Nueva Inglaterra donde jugaba al tenis vestida de blanco e iba a la capilla cada mañana. Nunca miró atrás.

Siempre me ha encantado esa fotografía. Me recuerda al *David* de Miguel Ángel, un momento esculpido para la eternidad en el instante previo a tirar con la honda, justo antes de que todo cambie; a lo aleatorio de las circunstancias que nos hicieron torcer a la izquierda o a la derecha en una encrucijada, o simplemente a sentarnos en una carretera polvorienta y no seguir camino nunca. Ese niño, esa carretilla, ese caballo, ese otoño, la decisión de mi madre de dejar Guatemala, de volver aquí, al Bosque... hicieron posible que yo esté hoy en el estanque.

Desde el porche miro a Finn y a Maddy chapotear donde no cubre. Maddy señala algo que se mueve cerca de los nenúfares. Finn retrocede, pero Maddy lo coge de la mano, maternal. «No pasa nada. Las serpientes de agua son inofensivas», la oigo decir. Miran la cabecita negra del animal trazar curvas en zigzag a través de los juncos. «¡Mira! ¡Gobios!», dice Finn y los dos desaparecen juntos debajo del agua. Los extremos amarillo chillón de sus tubos de bucear dibujan ochos en la superficie.

—¿Ha visto alguien mis gafas de sol? —Mi madre sale al porche desde la cocina—. Sé que las dejé en la librería. Alguien ha debido de cambiarlas de sitio.

—Están aquí. En la mesa —digo—. Donde las dejaste.

—Voy aquí al lado un momento. Le prometí a Pamela que le llevaría una jarra de leche y dos huevos.

—Deberías haberle dicho a Peter que le hiciera la compra.

—De eso nada. Cualquiera con sentido común sabe que es mejor huir de tu marido como si fuera la peste cuando empieza a echar humo por las orejas. Pero tú, Eleanor, insistes en acercarte con una cerilla y quemarnos el pelo a todos. Así que me largo con mi jarra de leche y mis huevos. Volveré cuando tu marido y tú dejéis de portaros como niños pequeños delante de vuestros hijos. Deberías intentar no ser tan imposible, querida. Es un buen hombre. Un hombre razonable. Tienes suerte de tenerlo.

—Lo sé.

—Y tómate algo para la resaca —dice mi madre—. Tienes malísima cara. En la nevera hay ginger ale.

Mi madre siempre ha estado un poco enamorada de Peter. No es de extrañar. Es un hombre maravilloso. Un nogal altísimo. Amable pero nunca débil. Con la fuerza de un río. Terco, considerado, estimulante. Con un acento británico muy sexi. Nos hace reír. Me adora. Adora a sus hijos. Y yo lo adoro a él, con un amor tan profundo y tan fuerte como las raíces de un árbol. Hay veces en que quiero arrancarle las extremidades una a una, pero seguramente esa es la definición del matrimonio. Un rollo de papel higiénico puede desembocar en la tercera guerra mundial.

Mi madre desaparece entre los árboles al fondo de nuestra playa con la cesta de huevos en una mano y una jarra de leche en la otra. Tres minutos después la oigo decir: «¡Eeeooo!», cuando sale del bosque y entra en la propiedad de mi abuelo. Lleva muerto muchos años, pero siempre será su casa. Una puerta mosquitera que se abre, se cierra, risas entrecortadas, Pamela que exclama: «¡Pero bueno!». Aunque Pamela tiene diez años más que mi madre, son muy amigas. «Es casi la única persona de por aquí a la que todavía soporto —dice mi madre—. Aunque sería un descanso que se vistiera de otro color que no fuera morado. Y, por su manera de cocinar, se diría que ha inventado el botulismo.

Tenía un trozo de queso azul en la nevera que luego resultó ser mantequilla. Todos dicen que mi padre murió de viejo, pero sospecho que Pamela lo envenenó sin querer».

Hay ruido de grava y arena, el coche de Peter aparcando. Me preparo para lo que esté por venir. ¿Todo? ¿Nada? ¿Algo a medio camino? Qué momento de impotencia. De no saber qué esperar. Lo oigo acercarse por el camino de entrada y se me cae el estómago a los pies. Doy la espalda a la puerta mosquitera, me acomodo en el sofá en una postura neutral y cojo un libro de forma que tampoco él pueda interpretar la expresión de mi cara. Puro judo. Pero Peter pasa de largo junto al porche y se dirige hacia las cabañas.

—¡Jack, abre! —Aporrea la puerta de la cabaña—. Sal ahora mismo.

Me giro e intento descifrar la expresión de Peter desde donde estoy. Jack sale y se sienta al lado de su padre en los escalones. No los oigo, pero veo que Peter habla con vehemencia, que Jack lo escucha con expresión taciturna y de pronto se echa a reír. Todo mi cuerpo se relaja, aliviado. Mi marido y mi hijo alto y desgarbado se levantan y echan a andar hacia mí. Ambos sonríen.

—¿Está usted más calmada, señora mía? —dice Peter. Se mete la mano en el bolsillo para coger sus cigarrillos, se palpa los bolsillos buscando un mechero—. Aquí te traigo a tu avergonzado hijo. Ya ha entendido que se ha portado como un cabroncete y que nunca jamás debe hablar así a su madre. Pídele perdón a tu madre.

Le revuelve el pelo a Jack.

—Lo siento, mamá.

—Y... —lo anima Peter.

—Y nunca jamás volveré a hablarte así —dice Jack.

Peter me coge de ambas manos y me hace levantarme del sofá.

—Alegra esa cara, gruñona. ¿Ves como tu hijo sí te quiere? Y ahora, ¿rumbo a la playa o qué? —Va hasta la puerta del porche y les grita a Maddy y Finn—. ¡Eh! Salid del agua. Nos vamos en cinco minutos.

Se salpican el uno al otro y se meten debajo del agua sin hacerle caso.

—Entonces, ¿puedo llevarme el coche? —dice Jack.

—Ni en sueños, colega.

—¿Por lo menos podéis dejarme en casa de Sam?

Han pasado dos segundos y Jack vuelve a ser el adolescente engreído al que han despojado injustamente de sus derechos. Debería irritarme. Pero en este momento en el que tengo el corazón girando fuera de su eje, que se comporte de manera tan predecible es como un chaleco salvavidas. Le ofrezco una mejilla.

—Dame un beso, niño insufrible.

Me besa de mala gana, pero sé que me quiere.

Peter consulta su reloj.

—Mierda, vamos tardísimo. Tú reúne a las criaturas, Elle. Yo voy a llevar las cosas al coche. Jack, llama a Sam y dile que te recoja al final de la carretera en diez minutos.

Grito a Finn y a Maddy una vez más y bajo el sendero en dirección al cuarto de baño. La bolsa de goma con cremallera donde guardamos las cremas de sol ha desaparecido misteriosamente. Sé que anoche la dejé en la despensa. Abro el amplio cajón inferior del armario empotrado de la ropa blanca en el que mi madre mete todo lo que encuentra tirado por la casa y que le parece poco estético. Por supuesto la bolsa está ahí, junto con unas chanclas de Maddy que he estado buscando y un bañador húmedo de Peter que a estas alturas ya tiene ese hedor a moho de una prenda olvidada tres días dentro de la lavadora. Sepultado en el fondo del cajón hay un termo grande con estampado escocés que mi madre tiene desde que yo era más pequeña que Maddy. En otro tiempo tenía una elegante taza beis de plástico que se encajaba a la parte de arriba. Desenrosco el tapón y huelo el termo. Debe de hacer veinte años desde que mi madre lo usaba. Y sin embargo aún conserva un levísimo olor a café rancio dentro de sus paredes de plástico rígido. Lo aclaro, lo lleno en el grifo de la bañera, doy un sorbo. El agua tiene un ligero sabor metálico a cañerías. Necesito hielo.

Al final del camino me detengo un instante y miro a mi adorable marido doblar la esquina con tres tablas de *bodyboard* encima de la cabeza, un montón de toallas debajo del brazo y los niños pisándole los talones. No me lo merezco.

—Peter —lo llamo.

—Sí.

—Te quiero.

—Pues claro, pequeña cretina.

7

1974. Mayo, Nueva York

Es la época de los cerezos en flor. La colina detrás del Metropolitan Museum es un mar de color rosa. Si pudiera me lo comería. Trepo a las ramas bajas de un árbol y me escondo bajo una bóveda de flores. Por entre los pétalos veo los jeroglíficos antiguos del obelisco de Cleopatra.

Debajo de mí, mi madre extiende un mantel de cuadros en la pendiente moteada de sol, saca un plato de papel de la cesta y vacía en él una bolsa de cremallera llena de huevos duros pelados. Desdobla un cuadrado de papel de aluminio lleno de una mezcla de sal y pimienta, moja en ella el extremo puntiagudo de su huevo y da un mordisco.

—Mmm —dice en voz alta para sí.

Saca el termo de dibujo escocés rojo de la cesta, desenrosca la taza de plástico de la parte superior y se sirve café con leche.

—Eleanor, bájate de ahí. No tenemos todo el día.

Bajo con cuidado. Llevo el maillot y las medias nuevas debajo del jersey y no quiero enganchármelos. Del parque vamos a ir directamente a mi primera clase de ballet.

—Toma. —Mi madre me da una bolsita de papel marrón y un tetrabrik pequeño de leche—. Hay de mantequilla de cacahuete y mantequilla y de Leberwurst.

Es sábado y el parque está concurrido, pero nadie más se molesta en escalar unas rocas y después bajarlas para llegar a este bosquecillo secreto. Encuentro un lugar seco en la hierba, extiendo mi chaqueta y me siento al lado de mamá. Está enfrascada en una novela, así que comemos en silencio. Sobre nosotras, el cielo es azul inmaculado. Oigo el chasquido lejano de un bate de béisbol, unos vítores alegres y repentinos. Las rocas huelen a flores y a limpio. Es el primer día verdaderamente primaveral y se están aireando al sol después de un largo invierno de hibernar debajo de capas de nieve y caca de perro.

—He traído galletas de nuez pacana —dice mamá—. ¿Quieres el último huevo duro?

—Tengo que hacer pis.

—Pues vete detrás de esa roca.

—Así no me sale.

—No seas ñoña, Eleanor. Tienes siete años. ¿A quién le va a importar?

—Llevo maillot y medias.

—Bueno, pues entonces tendrás que aguantarte hasta que lleguemos. —Dobla la esquina de la página, guarda el libro en el bolso y empieza a retirar las cosas del almuerzo—. Ayúdame a recoger esto.

Las clases de ballet son un regalo de mi padre... que yo no quiero. Yo quería dar gimnasia, como las demás niñas de mi curso. Volteretas y pinos puente. Anna dice que soy demasiado corpulenta para hacer ballet. Y lo peor de todo es que me he perdido la primera clase, así que las otras chicas sabrán más que yo.

Mamá consulta su reloj.

—Son las tres menos cuarto. Si no nos damos prisa vamos a llegar tarde.

Para cuando llegamos al estudio de Madame Rechkina, las niñas ya están en fila delante de la pared cubierta de espejos con moños impecablemente recogidos en redecillas negras. Yo estoy sin resuello y tengo las medias todas sucias de barro.

—Mamá, llegamos tardísimo.

—Tonterías.

—Tengo que ir al baño.

—Seguro que aguantas. —Abre la puerta del estudio y me da un empujón suave—. Te veo dentro de una hora.

Madame Rechkina me recibe con una sonrisa tensa y hace un gesto a las niñas para que me dejen sitio en el centro de la habitación. Ocupo mi puesto. Pongo los pies en primera. La pianista empieza a tocar un minueto.

—*Plié, mesdemoiselles.* —Madame pasea por la habitación, corrigiéndonos—. *Plié encore!* ¡Brazos elegantes, por favor!

Miro a la niña que tengo delante de mí e intento copiarla.

—*À la seconde* —dice Madame.

Separo los pies y doblo las rodillas. Y entonces ocurre. Un gran charco se forma en el suelo de madera barnizada debajo de mí, se extiende veloz y me empapa los bordes de las zapatillas rosa de ballet. Oigo un chillido detrás de mí. La música se para. Salgo corriendo bañada en lágrimas y dejando un rastro de huellas húmedas en el suelo prístino y me encierro en el cuarto de baño.

—¡Señorita Josephine! —Oigo a Madame llamar a su ayudante—. Una fregona, *s'il vous plaît. Vite, vite!*

El fin de semana siguiente mi madre me obliga a volver.

—Eleanor —me dice con voz seria—, en esta familia no somos cobardes. Hay que plantar cara a los miedos. De lo contrario habrás perdido la batalla antes de que empiece.

Le suplico que me deje quedarme en casa con Anna, pero no me hace ni caso.

—No digas tonterías. ¿Crees que esas niñas nunca han hecho pis?

—No en el suelo —dice Anna y se ríe tan fuerte que tiene que sujetarse el estómago.

12.30 horas

El aparcamiento de la playa es como un horno. Bajo del coche al asfalto lleno de arena y aúllo de dolor.

—Me cago en todo. —Me subo de un salto en el Saab—. Creo que me acabo de quedar sin piel en la planta de los pies. —Busco a tientas mis chanclas en el suelo del coche delante de mi asiento, las encuentro encajadas debajo del asiento del pasajero.

—Deberíais poneros calcetines. La arena va a estar abrasando. —Le doy a Finn un par de calcetines blancos de deporte que saco del bolso—. ¿Maddy?

—No me hace falta. Llevo sandalias —dice.

—Se te van a quemar los lados de los pies.

—Mamá. —Maddy me mira incómoda—. No pienso ponerme sandalias con calcetines. Es una horterada.

—¿Qué tiene de malo llevar sandalias con calcetines? —Peter sale del coche y empieza a descargar cosas del maletero—. Es el uniforme de los ingleses en el extranjero.

Espero a que hayan salido todos del coche para bajar el parasol del coche y mirarme en el espejo. Me paso los dedos por el pelo, me pellizco las mejillas, me bajo el pareo y me lo ato a la cadera. Veo la camioneta destartalada de Jonas aparcada un poco más adelante.

Peter abre la puerta del coche.

—Venga. —Me coge la mano y tira de mí para ayudarme a salir.

Cojo un montón de toallas y el termo de agua helada del asiento trasero.

—Y pórtate bien con Gina cuando nos diga que llegamos una hora tarde. Nada de Eleanor la bruja. Solo Eleanor la simpática.

—Simpática soy siempre.

Le lanzo una patada al culo cuando pasa a mi lado, pero consigue esquivarla.

Cuando trepamos a la duna aparecen cien sombrillas. Monocolor. De rayas. Rojas, blancas y azules. El agua está color turquesa transparente, por una vez. Ni marea roja ni porquería. Un día de playa. Un día de *Tiburón*. Niños jugando al frisbi, haciendo castillos de arena y excavando profundos fosos a su alrededor que se llenan de agua procedente de un manantial subterráneo. Muchachas despampanantes que alardean de su cuerpo en biquini y simulan no darse cuenta de que las miran. Escudriño en busca de Jonas. Siempre se va hacia el lado izquierdo.

Peter los localiza antes que yo. Han montado un toldo a rayas amarillas y blancas. Parece una carpa de circo, cerrado por tres lados pero abierto al mar. Gina está junto a él sacudiendo una toalla fucsia, haciéndonos señales. Maddy y Finn bajan corriendo la duna hacia ella, con Peter detrás. Yo remoloneo, me preparo para lo que pueda pasar. ¿Y si Peter ve que algo ha cambiado entre Jonas y yo? ¿Y si Gina se dio cuenta cuando los dos desaparecimos? Intento recordar la habitación justo antes de salir por la puerta de atrás. Jonas en la mesa, recostado en su silla, fuera del resplandor de las velas. Peter tumbado en el sofá, Gina riendo de algún comentario que acababa de hacer Dixon. Mi madre sirviendo *grappa* en tacitas de café, recogiendo platos, lavando vasos en el fregadero. Estoy casi segura de que Gina estaba de espaldas a mí. Jonas está sentado en la arena, mirando el mar. Respiro hondo. En mi familia no somos cobardes.

1976. Julio, Back Woods

Estoy flotando en una balsa azul de goma. Tengo los ojos cerrados y la cara al sol. En el rojo opaco bajo mis párpados danzan motas negras. Voy a la deriva, escucho el sonido de mi respiración al coger y soltar aire, dejo que la brisa salada me empuje hacia el centro del lago. No hay otra cosa que no sea yo. Solo estoy yo. Es un momento perfecto. Dejo colgar el brazo sobre el borde de la lancha, abro los dedos, noto la resistencia del agua al pasar entre ellos. Imagino que soy un pato. De un momento a otro, una tortuga mordedora subirá desde las frías profundidades y me agarrará las patas amarillas y puntiagudas, me arrastrará al abismo. A lo lejos oigo el repiqueteo de unos remos de madera que alguien tira al fondo de una canoa. Anna y su amiga Peggy han remado hasta la otra orilla del lago. Desde allí, la playa está solo a un corto paseo. Cuando abro los ojos solo distingo las llamas diminutas de sus chalecos salvavidas naranja brillante mientras arrastran la canoa a la orilla y desaparecen entre los árboles.

Mi madre y su nuevo novio, Leo, han ido al pueblo a recoger a los hijos de él a la parada de los autobuses Greyhound. Vienen a pasar diez días con nosotros. Leo es un músico de jazz de Luisiana. Saxofón. Tiene una barba negra tupida y se ríe mucho. Cree que el ejercicio físico es para los débiles. Su comida preferida son las gambas. Anna no está segura de si le cae bien, pero a mí me parece simpático.

Rosemary y Conrad, los hijos de Leo, viven con su madre en Memphis. Tienen un fuerte acento sureño y empiezan cada frase diciendo «chicos». Rosemary tiene siete años. Es apocada. «Sosa —dice Anna—. Y huele raro». Conrad tiene once, uno más que yo. Es achaparrado, con gafas de culo de botella y ojos saltones. Cuando te habla se acerca demasiado. Solo hemos coincidido una vez, en una cafetería, cuando vinieron a Nueva York a visitar a su padre. Rosemary pidió un filete poco hecho y habló del pecado original.

—Su exmujer lo quiere muerto —le dice mi madre a una amiga por el teléfono de la cocina—. Si fuera por ella, Leo no volvería a ver a sus hijos. —Baja la voz—. Si te soy sincera, a mí no me importaría, pero ni se te ocurra comentarlo. No son unos niños demasiado gratos. Claro que supongo que, en realidad, a muy pocas personas les gustan los hijos de los demás. Leo dice que el niño odia meterse en el agua, así que tenerlo en el estanque con este calor infernal va a ser una auténtica pesadilla. Esperemos que por lo menos se bañe en la bañera.

Nos ha dicho que nos portemos muy bien.

En el centro del estanque, donde el agua es más profunda, bosques de algas crecen desde el fondo. A los peces les gusta esconderse ahí. Me pongo boca abajo y me asomo al borde de la lancha. La sombra que proyecto crea una lente que me permite ver con nitidez todo lo que hay debajo. Un banco de gobios nada con movimientos veloces y espasmódicos entre tallos de nenúfar y hierbas en descomposición. Una tortuga pintada nada lentamente a través del verde turbio hacia la superficie. Mucho más abajo, un pez luna vigila su nido con un vaivén alerta y perezoso. Me inclino hacia delante y meto la cara en el agua con los ojos abiertos. El mundo se convierte en un suave borrón. Sigo así todo lo que me permiten los pulmones, escuchando los sonidos del aire. Si pudiera respirar debajo del agua, me quedaría así para siempre.

Al otro lado del lago oigo cerrarse la portezuela de un coche, la risa atronadora de Leo. Ya están aquí.

12.35 horas

Jonas está apoyado hacia atrás sobre los codos, el pelo negro brillante pegado a la cabeza como un pato cubierto de alquitrán. Le cuelga de los hombros una camisa ligera de algodón blanca. Una chispa de sol destella en su alianza. No se gira cuando nos acercamos. Me pregunto si se debe a que es incapaz de enfrentarse a mí, a lo que hemos hecho. O quizá desearme todos esos años era lo importante y ahora no soy más que otra persona con la que ha follado y a la que tiene que tratar. O es posible que también él quiera evitar este momento de constatación, conservar su antigua vida un instante más, antes de que todo cambie. Porque, de una forma u otra, eso es lo que va a pasar.

Peter se sienta a su lado, señala alguna cosa en el horizonte. Jonas se inclina hacia él para contestar. De la arena suben ondas de un calor mareante.

—¡Hola!

Gina grita con los ojos entornados y viene por la arena hacia mí. Miro el piercing de su ombligo aparecer y desaparecer debajo de la camiseta de su tankini. Finn y Maddy han extendido sus toallas cerca y se están poniendo crema protectora el uno al otro.

Jonas sigue sin girarse, pero me parece ver cómo se le tensan un poco los antebrazos.

Miro a los niños; siento un terror creciente.

—¡Pero, Elle! —dice Gina poniéndose delante de mí.

—Mamá —me llama Finn—, necesito que me ajustes las gafas.

Abro la boca para hablar, pero no me sale nada. «Lo que tengas que decir —pienso—, dilo en voz baja, por favor».

—Llevamos más de una hora esperándoos. Los sándwiches van a estar totalmente reblandecidos.

Ordeno a mi voz que se mantenga calmada, que no se altere, convencida de que la expresión de mi cara me está traicionando. Las manos me tiemblan debajo del montón de toallas.

—Lo siento muchísimo. Deberíamos haber llamado. He tenido una pelea tonta con Jack esta mañana y una cosa llevó a la otra. Déjame soltar estas toallas y voy en un momento a la tienda a comprar más sándwiches.

Gina me mira como si me hubiera vuelto loca.

—Tierra llamando a Elle. ¡Estaba de broma! No me puedo creer que pensaras que me he enfadado por unos sándwiches. —Se ríe, pero por espacio de un milisegundo una expresión extraña le atraviesa la cara y me pregunto si se ha dado cuenta de que se me ha revuelto todo por dentro.

—Pues claro que no. —Me obligo a reír—. Estoy fatal. No sé si es la pastilla para dormir o la premenopausia.

Gina me coge del brazo y me lleva con los demás.

—Qué bien que hayáis llegado. Jonas se niega a meterse en el agua. ¿No hace un día bellísimo?

—Hace demasiado calor.

—Juro por Dios que nunca os entenderé a los de Back Woods. Tenéis una vida perfecta en el sitio más maravilloso del planeta y lo único que se os ocurre decir es: «Hace demasiado calor». Jonas lleva toda la mañana insoportable. Al agua patos —les dice Gina a Finn y a Maddy—. Tonto el último, ricuras. Es hora del mambo.

Menea un poco el culo. Maddy me mira con expresión de puro horror, pero la siguen hasta el agua y echan una carrera a ver quien se zambulle antes.

—A ver, señora mía —me dice Peter—. Pásame el agua, anda. Me muero de sed.

Apunto y le lanzo el termo. Traza curvas en el aire y aterriza perfectamente recto a sus pies.

—Así se hace —dice Peter.

Entonces Jonas se gira. Se pone de pie y se sacude la arena de las palmas de las manos, camina hacia mí con los brazos extendidos, me coge las toallas, se acerca para besarme en la mejilla.

—Te he echado de menos —me susurra al oído.

—Hola —digo en voz baja. No puedo más. Esto es insoportable—. Yo también te he echado de menos.

Me pasa la yema de un dedo por el brazo y me estremezco.

—¿Quién se viene al agua? —nos dice Peter—. Hace un calor de la hostia.

1977. Febrero, Nueva York

Quinto curso. Día de nieve. Anna y yo estamos pasando la semana en casa de su padrino, Dixon. Papá y Joanne están viviendo en Londres —a él lo han trasladado en el trabajo— y mamá y Leo han ido a Detroit para una actuación. Se casan en mayo. Dixon es el amigo «molón» de mi madre. Todo el mundo lo adora. Tiene pelo largo rubio oscuro recogido en una coleta y conduce una camioneta. Conoce a Carly Simon. Mamá dice que no necesita trabajar. Son amigos íntimos desde que tenían dos años; de no ser por eso, creo que él ni le dirigiría la palabra. Hicieron preescolar juntos y veranearon juntos en Back Woods, bañándose desnudos y cogiendo almejas y chirlas en el barro cuando estaba la marea baja. «Y eso que yo odiaba el marisco —dice mamá—, pero Dixon te convence de cualquier cosa». Hace mucho tiempo Anna le preguntó a mamá por qué no se había casado con Dixon. «Porque es un calavera», contestó mi madre. Y yo pensé en huesos.

Los Dixon viven en un apartamento enorme en la calle Noventa y cuatro Este, muy cerca de Central Park. La hija, Becky, es mi mejor amiga. Anna y la hermana mayor de Becky, Julia, son de la misma edad, pero nunca han hecho buenas migas. Julia es gimnasta. Hace dos años su madre las abandonó para irse a vivir a una comuna, así que Becky y yo pasamos la mayor parte del tiempo sin que nadie nos vigile, jugando al juego del cordel, yendo a Central Park en patines, inventándonos recetas asquerosas que nos obligamos mutuamente a comer. Esta mañana hemos hecho batidos en la batidora con levadura de cerveza y flan de fresa instantáneo. Dixon dice que le importa una mierda mientras comamos. La última vez que mamá nos dejó en casa de Dixon nos dejó ver *Defensa*, de John Boorman, en la televisión y nos pasamos el resto del fin de semana gritando: «¡Chilla como un cerdo!». A mamá le dio un ataque, pero Dixon le dijo que no fuera tan estrecha de miras y tan puritana. Es la única persona que le puede hablar así a mamá.

Una extraña quietud se ha apoderado de la ciudad. Por la ventana solo se ven ráfagas de un blanco cegador. Escucho el ruido metálico del vapor caliente en las cañerías cuando se expanden y se contraen. En el apartamento hace un calor seco agobiante y la cubierta metálica del radiador me quema las piernas cuando me inclino y, con todo el peso de mi cuerpo, trato de abrir la pesada ventana, que se niega a ceder.

—¿Puede ayudarme alguien, por favor? Necesito aire.

Pero nadie se mueve. Estamos jugando al Monopoly y Anna acaba de caer en Marvin Gardens. Necesita pensar.

Dixon y su nueva mujer, Andrea, llevan toda la mañana en su habitación con la puerta cerrada.

—Tienen un colchón de agua —dice Becky, como si eso lo explicara todo.

Andrea y Dixon se conocieron en una sauna ceremonial en Nuevo México. Andrea está embarazada de seis meses. Están casi seguros de que Dixon es el padre.

—No me cae mal —responde Becky cuando mi madre le pregunta qué opina de su nueva madrastra.

—A mí me parece agradable —digo.

—¿Agradable?

Mi madre me mira como si se acabara de tragar un hueso de aceituna.

—¿Por qué es eso malo?

—Agradable es lo contrario de interesante.

—Nos habla como si fuéramos personas mayores, lo cual mola bastante —dice Becky.

—Pues no lo sois. Tienes once años —le dice mi madre a Becky.

—La otra noche en la cena me preguntó si me hacía ilusión que me viniera la regla —comenta Becky.

Es la primera vez que he visto a mi madre quedarse sin palabras.

—Elle —me llama Anna—, te toca.

Me siento a su lado en el suelo del cuarto de estar y tiro los dados. Me gusta el olor de los suelos de madera de esta casa. Es la misma cera que usa mi madre.

Estoy mirando hacia el pasillo largo y estrecho que lleva a las habitaciones tratando de decidir si debo usar mi carta de «Salir de la cárcel» o no, cuando se abre una puerta. Dixon sale al pasillo desnudo. Se rasca los huevos, distraído. Detrás de él sale Andrea. Arquea la espalda como un gato y estira los brazos. «Qué polvo tan bueno hemos echado», dice. La luz es tenue, pero lo vemos todo: su vello púbico pelirrojo y tupidísimo, su pelo crespo a lo Janis Joplin, su sonrisa de satisfacción.

Dixon pasa a nuestro lado en el cuarto de estar, se acuclilla junto al tocadiscos y pone la aguja en un elepé. Veo pelo oscuro asomar por la raja de su trasero.

—Escucha los coros de este tema —dice—. Clapton es un genio.

Miro fijamente la carretilla plateada en miniatura que tengo en la mano deseando que me trague la tierra. Becky me da un empujón, un poco demasiado brusco.

—¿Tiras o qué?

8

12.45 horas

—¿No te bañas? —pregunta Peter.

—Dentro de cinco minutos. Necesito recuperarme de la travesía del desierto.

Le quito el termo y bebo a morro.

—Qué sexi —dice Peter—. Tengo una mujer criada entre lobos.

Jonas ríe.

—Lo sé. Yo era uno de ellos.

Peter me pasa la crema de factor de protección 50.

—¿Me pones en la espalda?

Me arrodillo detrás de él y me pongo crema en la mano. No sé cómo, pero ya se las ha arreglado para manchar el bote de arena y el tacto terroso me irrita mientras le extiendo la crema por los hombros. Jonas me mira frotar la piel de Peter.

—Hala. —Le doy a Peter una palmadita en la espalda de propina—. Ya estás oficialmente protegido del sol. —Me seco las manos en una toalla y repto hasta la sombra del toldo—. Esto es otra cosa —digo.

Peter se pone de pie y coge una tabla.

—No tardes —dice—. No me quiero quedar arrugado como una pasa esperándote.

En cuanto Peter se va, deseo haberme ido con él, porque ahora Jonas y yo estamos solos y en mi vida me he sentido más incómoda. Hemos estado juntos en esta playa mil veces desde que éramos pequeños, hemos paseado por la línea de pleamar buscando erizos y conchas nacaradas, espiado alemanes desnudos grimosos desde lo alto de las dunas y hablado de cómo sería ahogarse en el mar. Pero ahora mismo, aquí, acurrucada en la sombra de este toldo, me siento como si estuviera con un perfecto desconocido.

En el lateral de la lona hay una ventanita de malla. A través de ella veo a Jonas, sentado a pocos centímetros de mí, pero completamente separado. Está concentrado, dibuja alguna cosa en la arena con el filo de una concha. Desde donde estoy no consigo ver qué es.

—¿Dónde está el joven Jack? —pregunta sin levantar la vista.

—Protestando.

—¿Protestando contra qué?

—No he querido dejarle el coche.

—¿Por qué no?

—Porque estaba siendo un gilipollas —digo y se ríe.

Gina nos llama desde la orilla con un gesto del brazo. Jonas le devuelve el saludo, se inclina hacia la ventanita de malla.

—¿Puedo entrar?

—No.

—Entonces, ¿me puedo confesar?

—No estoy segura de que tres Avemarías vayan a servir de algo —respondo.

Apoya la palma de la mano en la malla.

—Elle...

—Calla —digo. Pero pongo mi mano contra la suya. Nos quedamos así, callados, inmóviles, palma contra palma a través de la delgada malla.

—Llevo enamorado de ti desde los ocho años.

—Eso es mentira —contesto.

1977. Agosto, Back Woods

En la bóveda de ramas de árbol sobre mi cabeza hay una ventana. Estoy tumbada en la orilla musgosa de un arroyo mirando ese cuadrado casi perfecto de cielo. Es completamente azul y, al minuto siguiente, pasa una nube igual que una pintura en el techo de una iglesia. Entra una gaviota en el plano. Sigo oyendo sus chillidos ávidos, fúnebres, mucho después de que desaparezca de la vista. Me meto la mano en el bolsillo y saco un caramelo masticable Tootsie Roll. Aquí es donde vengo ahora casi cada día. De vez en cuando mi madre me pregunta dónde he estado y cuando le contesto: «Por ahí», parece contentarse. Podría haberme subido al coche de un asesino en serie para ir al pueblo y no se habría enterado. Es como si solo existieran Leo y Anna. Discuten por todo. Es así desde que mi madre y él se casaron. Me da terror sentarme a la mesa a cenar. La cosa empieza bien, con Leo dándonos una charla sobre China o sobre por qué siguen siendo importantes los papeles del Pentágono. Pero enseguida arremete contra Anna. No le parece bien su amiga Lindsay. Viste como una ramera; de cuerpo está muy desarrollada, pero le falta un hervor: creía que Jemer Rojo era un color de barra de labios; sus padres votaron a Gerald

Ford. ¿Cómo es que Anna no ha sacado más que un aprobado alto en matemáticas? ¿Cómo puede quedarse sentada sin ayudar mientras nuestra madre nos sirve? Lleva una falda demasiado corta. «¿Y por qué la miras, pervertido?», dice Anna y, cuando Leo se levanta de la silla, corre a su habitación y se encierra con llave.

«Son las hormonas —le dice mi madre a Leo en un intento por poner algo de paz entre los dos—. Todos los adolescentes son una pesadilla. Y las niñas aún más. Espera a que Rosemary llegue a la pubertad». Leo ha prometido hacer un esfuerzo. Pero desde que vinimos al bosque la cosa ha empeorado. Leo ha decidido «que hasta aquí hemos llegado». Manda a Anna a nuestra cabaña si le contesta y mamá se niega a intervenir. «Lo siento, pero no puedo estar haciendo de árbitro todo el día», le dice a Anna. Anna se tumba en la cama negándose a llorar y me grita si intento entrar. Una mañana de julio, Anna y Leo tuvieron una pelea tan monumental durante el desayuno que mamá estrelló un huevo contra la pared de la cocina. «De verdad que no lo soporto ni un minuto más. Me voy aquí al lado a ver a mi padre y a Pamela». Me dio un plátano. «Te recomiendo que busques otro sitio donde pasar el día si no quieres quedarte sorda».

Iba camino del mar, pensando en maneras de envenenar a Leo, en que tendría que ser yo quien salvara a Anna puesto que mamá no estaba dispuesta, cuando tropecé con una raíz y se me soltó la chancla. Me senté en el camino para meter otra vez la tira de goma en el ojal. Bajo las ramas bajas de los árboles había un sendero apenas visible, probablemente un lugar de paso de ciervos. Me interné en el bosque y lo seguí hasta que empezó a clarear y terminó en unos matorrales de zarzaparrilla. Iba a dar la vuelta cuando reparé en que oía ruido de agua corriente. Lo que no tenía sentido, porque todo el mundo sabe que en esa parte del bosque no hay agua corriente. Por eso los Peregrinos continuaron hasta Plymouth después de tocar tierra en el cabo. Aparté las zarzas una a una con la toalla, crucé por encima de la maraña de ramas tratando de no arañarme demasiado las piernas y al salir de la espesura me encontré en un pequeño calvero. En el centro borboteaba del suelo un manantial de agua dulce formando un estrecho arroyuelo. Los árboles altísimos habían retrocedido, dejando una alfombra de musgo aterciopelado. Me tumbé junto al arroyo y cerré los ojos. «Un envenenamiento sería demasiado obvio», pensé. Quizá Anna y yo deberíamos escaparnos de casa, venirnos a vivir aquí. Podríamos construir una casa en los árboles con una plataforma y un tejado hechos de ramas. Tendríamos agua potable; podríamos pescar en la playa… muy temprano, antes de que se despertara nadie; comer arándanos rojos y azules para no tener escorbuto. Empecé a hacer una lista mental de las provisiones que necesitaríamos: frascos vacíos de café instantáneo Medaglia d'Oro para guardar cosas herméticamente, cerillas de madera, velas, anzuelos y sedal, un martillo y clavos, una pastilla de jabón, dos tenedores, una muda, sacos de dormir, repelente de insectos. Mamá se arrepentiría de haber dejado a Leo castigar a Anna y de no ponerse nunca del lado de su hija. Quizá no inmediatamente, pero con el tiempo nos echaría de menos.

Pero ya es casi septiembre y los únicos suministros de supervivencia que he conseguido reunir son dos latas de café oxidadas, unos viejos alicates y unos pocos cabos de vela. Sobre mí, en lo alto del cielo, una bandada de pájaros dibuja una uve de victoria, igual que un pensamiento fugaz atravesando el cielo azul desconchado. Una sombra cae sobre mi cara. Me quedo inmóvil. Intento hacerme invisible.

—Hola. —Un niño pequeño, de unos siete u ocho años, me mira desde arriba, se ha acercado con tal sigilo que no lo he oído llegar. Tiene una mata de pelo oscuro que le llega a los hombros. Ojos verde pálido. Va descalzo—. Soy Jonas —dice—. Me he perdido.

No parece ni alterado ni asustado.

—Yo soy Elle —contesto.

He visto a su familia en la playa. Su madre es una mujer de pelo crespo que nos grita si dejamos los corazones de manzana en la arena. Viven en alguna parte de Back Woods.

—Estaba siguiendo al águila pescadora —dice, como si eso lo explicara todo. Se sienta a mi lado en la orilla musgosa y mira al cielo. Durante un largo rato ninguno hablamos. Yo escucho los ruidos del bosque, el agua del manantial golpeteando las rocas. Sé que Jonas está conmigo, pero, no sé cómo, se ha convertido en una sombra.

—Es una ventana —dice al cabo de un rato.

—Ya lo sé. —Me levanto y sacudo migas de tierra del trasero de mis pantalones vaqueros cortos—. Deberíamos volver.

—Sí —dice con una expresión infantil, seria.

Tengo ganas de reír pero en lugar de ello lo cojo de la mano, lo acompaño por el camino y se lo devuelvo a su madre. Y ella me da las gracias con un tono que me parece que es de reproche.

12.50 horas

—No es mentira.

Finn, Maddy y Gina han ido por donde cubre hasta el borde del bancal, donde empieza la abrupta caída del lecho marino. Detrás de ellos, Peter nada, arrastrando la tabla sobre las crestas de las olas. Tengo ganas de llorar.

—Claro que lo es. ¿Te acuerdas de la noche del pícnic en la playa, cuando me presentaste a Gina? Me dejaste clarísimo que te habías enamorado de ella y que «gracias a Dios», te habías olvidado de mí por completo. Y eso debió de ser hace veinte años. Así que…

—Eso lo dije solo para hacerte daño.

—Me acuerdo perfectamente de dónde estaba yo. Que era, mira por dónde, en esta misma playa. Me acuerdo incluso de lo que llevaba puesto. Me sentí como si de pronto me hubieran vaciado el cuerpo, fue como cuando se te cae el estómago a los pies en una montaña rusa.

—Llevabas vaqueros —dice Jonas en voz suave—. Con los bajos mojados.

Maddy coge una ola y surfea hasta la orilla. Cuando llega a la arena, se pone de pie y hace un bailecito triunfal antes de volver corriendo al agua.

—Joder, joder, joder. ¿Qué hemos hecho?

Estoy consternada. Por lo de entonces. Por lo de ahora. Por todo.

—Lo que teníamos que haber hecho hace mucho.

—No —digo.

—Anoche fue la mejor noche de mi vida. Nuestra primera noche.

Sacudo la cabeza, toda yo un sollozo.

—No —digo—. Hace años que es demasiado tarde para eso.

Me suelta la mano y es como si me hubieran abofeteado. Ahora estoy desesperada por recuperarlo. Entonces algo me roza la pierna. Jonas ha metido la mano por debajo de la lona. Me sube por la pierna, encuentra el interior de mi muslo.

—Me gusta esta parte de ti —dice.

—Estate quieto. —Aparto su mano.

—Piel suave, como de bebé.

Sus dedos me tiran del bañador.

—Hablo en serio, Jonas. Están ahí mismo. Estoy viendo a los niños.

—Están a casi un kilómetro. Túmbate. Cierra los ojos. Yo vigilo.

—No —digo.

Pero me tapo la cintura con una toalla y me tumbo en la arena de espaldas. Detrás de mi cabeza, junto a la tienda de nailon, oigo pisadas. El arañazo contra la arena de una pestaña de velcro suelta. Los golpes secos de una pelota de goma contra raquetas de madera. Un olor a aceite de coco flota en el aire.

Jonas me aparta el bañador, recorre la línea de mi pubis, me mete solo la punta del dedo.

—Gina está ahí mismo —susurro—. Peter.

—Shhh —dice—. Están muy lejos. Pasado el rompiente. Estoy viendo a tu marido ahora mismo.

Me mete todo el dedo y lo saca tan despacio que casi no puedo respirar, me abre con las yemas de los dedos. Gimo, ruego por que el viento se haya llevado el sonido. Entonces me folla con los dedos, fuerte, deprisa. Muevo las caderas, empujando contra sus dedos, deseando que me meta toda la mano. Estoy en una playa llena de gente. Mis hijos juegan en las olas. Y saber que Gina y Peter están a tiro de piedra me excita más de lo que me ha excitado nada nunca.

—Gina está saliendo del agua —susurra Jonas.

Me pellizca con fuerza el clítoris. Me corro con cien estremecimientos y ahogo un grito mientras Gina viene hacia nosotros por la playa.

—No es demasiado tarde —dice Jonas.

Se limpia la mano en la arena y va al encuentro de su mujer.

9

1978. Septiembre, Nueva York

La apatía entre el final del verano y la vuelta a las clases. Es un día para comprar zapatos nuevos en Stride-Rite, para comer un pretzel salado mientras lees un tebeo. Nada de tormentas de truenos y relámpagos, nada de granizo o azufre, solo un día mudo, encapotado. Pero hoy Anna se va interna a un colegio en New Hampshire para empezar secundaria. Su autobús sale a mediodía de la esquina de la calle Setenta y nueve con Lexington. La semana que volvimos a la ciudad, Leo llegaba a casa de un concierto cuando vio a Anna y a su amiga Lindsay en la esquina de nuestra calle pidiendo dinero. Le estaban contando a un hombre con traje que las habían atracado y necesitaban dinero para volver a casa en autobús. El hombre se sacó un billete de diez dólares del bolsillo y se lo dio a las niñas para que cogieran un taxi. Leo esperó a que el hombre se fuera para salir de entre las sombras.

—Anna —preguntó con amabilidad—, ¿qué hacéis aquí? Es tarde. ¿No deberíais estar en casa?

—Estaba acompañando a Lindsay a la parada del autobús —contestó Anna.

—Eso no es lo que pienso.

—Es que tú no piensas.

—He visto lo que estabais haciendo.

—No me digas. ¿Y qué estábamos haciendo?

—Mentir. Robar. Portaros como dos rameras baratas de la calle Catorce.

—Mira que eres pervertido —dijo Anna.

Leo extendió la mano.

—Dame el dinero ahora mismo. Ya decidiremos tu madre y yo lo que hacemos contigo.

—Se cree que puede darme órdenes —dijo Anna burlona a Lindsay—. Pero no es mi padre. Gracias a Dios. Vámonos de aquí.

—Tu padre se ha largado —dijo Leo.

—No se ha largado. Vive en Londres.

—Si quisiera veros, lo haría.

—Que te follen —contestó Anna—. Ah, no, espera. Que eso es precisamente lo que quieres, ¿no?

Leo dice que no recuerda haber levantado la mano para cruzarle la cara a Anna, pero Lindsay me contó que su expresión daba a entender que quería hacerle daño. Ahora, cada vez que Leo la ve se siente como un monstruo. Uno de los dos tiene que irse. Así que se irá Anna. A mí no me importa que se vaya. La semana pasada me pilló probándome uno de sus sujetadores y me rompió en dos el comentario de texto de mis deberes de verano. Pero también me da pena. Porque sé que está asustada y que echa de menos su casa incluso antes de irse. También sé que le gustaría que nuestra madre la hubiera elegido a ella.

Me siento en el borde de su cama y la miro guardar sus últimas cosas en la maleta. Cojo unas bolas locas que cuelgan del pomo de la puerta.

—No toques mis cosas. —Me quita las bolas y las mete al fondo de su armario—. Y como te pongas mi ropa te mato.

—¿Me das esto? —Saco un número viejo de *Tiger Beat* de su papelera. Donny Osmond me mira fijamente.

—Bueno. —Anna se sienta encima de su maleta y tira de la cremallera hasta cerrarla, luego pasea la vista por la habitación, preocupada, como si hubiera olvidado algo. Hay una botellita de Love's Fresh Lemon en su secreter. Va a cogerla.

—Toma. —Me la da—. Como no voy a estar para tu cumpleaños...

Ha quitado los carteles de las paredes, pero quedan chinchetas por todas partes y rectángulos oscuros y borrosos que parecen marcos vacíos. Es todo lo que queda de las cosas de Anna: un trozo del cartel de *Sweet Baby James*, de James Taylor; el resto está arrugado en la papelera.

—¿Por qué no me puedo quedar con tu cuarto? —pregunto—. ¿Por qué se lo queda él?

Anna rompe a llorar.

—Te odio —dice.

Lo peor de todo es que van a sustituir a Anna. La madre de Conrad ha decidido que no puede con un niño de trece años. Ella se queda con la rara de Rosemary con su obsesión macabra por los cantos gregorianos y el pecado original, y a nosotros nos toca Conrad. El horrible y pasmado de Conrad, con su bajo y grueso cuerpo de luchador. Anna dice que es porque su madre lo pilló haciéndose una paja en el baño. Vamos a recogerlo al aeropuerto después de dejar a Anna en el autocar del colegio. A Anna le da miedo viajar sola, y mamá lo sabe, pero Leo insistió en que mamá estuviera para dar a su hijo la bienvenida a la familia, de manera que no puede llevar a Anna en coche a New Hampshire. «No puedo estar en dos sitios a la vez», le explicó a Anna.

—Deberías irte a vivir con papá —le digo.

Anna va hasta su mesa, abre el último cajón y saca un sobre azul de correo aéreo.

—Le escribí este verano. Le conté lo mal que me llevo con Leo. Le pregunté si podía irme a vivir con él a Londres.

Me da el sobre.

La carta de papá es breve. Dice que le gustaría que Anna fuera a vivir con él, pero que ahora mismo no se pueden permitir un apartamento más grande. Andan justos de dinero y Joanne necesita intimidad para escribir. Si de mí dependiera, aclara, por supuesto que podrías venir. Está seguro de que las cosas mejorarán. Leo es un buen hombre. La firma dice: «Te quiere, papá».

—No ha querido que vaya —observa Anna.

—Dice «si de mí dependiera» —señalo.

—Es que depende de él, idiota —replica Anna.

Cuando llega la hora, Anna se encierra con pestillo en el cuarto de baño. Abre el grifo al máximo, pero la oigo llorar. Leo se ha ido a hacer unos recados de última hora, de manera que no hay despedidas furiosas. Bajamos en silencio en el ascensor. Vemos subir el descansillo de cada planta hasta que el ascensorista detiene la manilla de cobre con un gesto brusco y abre la puerta de hierro.

—*Bon voyage* —dice Gio, nuestro enjuto portero, cuando cruzamos el vestíbulo con los ojos fijos en el suelo ajedrezado de mármol—. Vuelve pronto, Anna. Te vamos a echar de menos.

Anna consigue sonreír.

—Parece que eres el único.

Mira a mi madre con expresión glacial.

—¿Les pido un taxi, chicas?

—No, gracias, Gio —responde mi madre—. Nos las arreglaremos. Si vuelve mi marido, por favor dígale que hemos llevado a Anna al autobús. Eleanor, ayuda a tu hermana con la maleta.

Subimos despacio por la avenida Lexington y pasamos delante de Lamston's, de la farmacia, de la cafetería que sirve batidos de zarzaparrilla y bajamos hasta la esquina donde espera el autocar del internado.

—Igual es como el campamento —le digo a Anna—. Siempre has querido ir a un campamento de los de quedarte a dormir.

—Igual. —Anna me coge del brazo—. Ojalá vinieras conmigo —murmura. Es lo más amable que me ha dicho jamás.

—Lo siento —respondo.

Metemos la maleta en el portaequipajes y seguimos allí juntas, sin movernos.

—No le dejes ganar —dice Anna.

Y, sin dirigir la palabra a mi madre, se sube al autobús y no mira atrás.

13.15 horas

Estoy metida en el mar hasta las rodillas. Cada vez que rompe una ola contra mí, tenso los músculos de las piernas, me pongo de lado, me agarro a la arena con los pies. No quiero que me lleve.

Peter y los niños siguen mar adentro, flotando en sus tablas. Examino el agua a su alrededor en busca de aletas de tiburones. En busca de sombras. Hace mucho tiempo que no nado aquí con inocencia. Cada vez que venimos a la playa, imagino que se nos acerca un tiburón. Soy la primera que lo ve. Imagino mis gritos de advertencia, el chapoteo frenético cuando todos vienen medio nadando medio corriendo hacia mí, hacia la seguridad, hacia la orilla. Me imagino gritando para pedir ayuda y, a continuación, cuando no veo a nadie, mi zambullida rabiosa en dirección al peligro. Cómo los rescato de las fauces del tiburón, cómo arriesgo mi propia vida para salvar a mis hijos. Y cada vez hay otro pensamiento que me asalta: si solo estuviera Peter en el agua, ¿iría nadando a rescatarlo?

Peter me saluda con la mano.

—¡Hora de comer! —grito y le hago un gesto para que saque a los niños del agua.

Peter mira por encima del hombro una enorme ola que se acerca y empieza a impulsarse con las manos con todas sus fuerzas. Coge la cresta de la ola y pasa a mi lado. Su expresión es de felicidad pura.

Gina ha montado el pícnic a la sombra de la tienda. Veo el hueco que ha dejado mi cuerpo en la arena, junto a un montón de sándwiches de atún en un plato de papel.

—Jonas ha ido a buscar un cuarto de baño. —Gina reparte vasos de limonada—. Mira —dice—. Es adorable. —Señala el dibujo de Jonas en la arena. El que no podía ver yo desde la tienda. Es un corazón. Dentro de él ha escrito: «Te quiero solo a ti».

Gina da a los niños una bolsa con zanahorias baby.

—¿Te imaginas tener un marido así de romántico? —le pregunta a Maddy.

—Qué suerte tienes, Gina —contesta Maddy.

—Desde luego —digo yo.

—Perdón. ¿Y yo qué soy? ¿El último mono? —interviene Peter.

—Más o menos —responde Maddy—. Pero muy gracioso.

—Me encantan los monos —comenta Finn—. Yo quiero tener uno.

Miro a Jonas, que vuelve de los cuartos de baño por encima de la duna.

—Qué pasa contigo, tío —dice Peter—. Te has perdido unas olas geniales. Una rompiente perfecta.

—Ya lo sé —contesta Jonas—. Estaba demasiado ocupado coqueteando con tu mujer.

Se tumba a mi lado en la arena con las manos entrelazadas detrás de la cabeza. Noto el calor de su piel junto a la mía. El pequeño espacio entre los dos es denso. No es aire, sino agua. Nuestra proximidad ilícita me estremece.

—Te la cedo por un módico precio —responde Peter riendo—. He estado esperando al comprador perfecto.

Se mete el último trozo de sándwich en la boca.

—Les diré a mis abogados que hablen con los tuyos —le dice Jonas a Peter mientras deja que su brazo roce el mío. Me permito aspirar su olor un instante antes de incorporarme y separarme de él.

—Ja, ja —digo.

Peter tiene una mancha de mayonesa en la mejilla.

—Tienes sucio ahí —le indico.

Humedezco el pico de mi toalla con un poco de saliva y se lo limpio.

—Puaj —dice Finn.

—No es más que saliva, bobo. Y oye, Peter. No vuelvas a decir «Qué pasa contigo, tío». Nunca.

Gina está ocupada decorando con piedrecitas y trozos negros de alga seca la silueta del corazón que Jonas dibujó para mí en la arena. Maddy la está ayudando a coger piedras y conchas. Vuelve corriendo con una galleta de mar.

—¡Mirad! —dice como si hubiera encontrado el tesoro de Sierra Madre.

—Es perfecta —comenta Gina y la pone en el centro de la palabra «amor».

No soy capaz de mirar a Jonas.

—Deberíamos irnos —le digo a Peter.

—Yo quiero quedarme más —gimotea Finn.

—Nada de gimotear —le reprendo.

—Yo también quiero quedarme —interviene Maddy.

—Me estoy achicharrando.

Peter consulta su reloj.

—Los niños lo están pasando bien. Podemos quedarnos media hora más.

Tiene razón. Los niños están felices. No es culpa suya que me haya follado a Jonas.

—Dejadlos con nosotros —propone Gina—. Luego os los llevamos.

—Me parece muy bien —contesta Peter antes de que me dé tiempo a negarme—. Cuando vengáis podéis daros un baño en el estanque. Así os quitáis la sal.

—Perfecto —dice Gina.

Miro a Jonas deseando que ponga alguna excusa. Sonríe divertido.

Peter empieza a recoger nuestras cosas.

—¿Quedamos sobre las tres?

—Muy bien —responde Jonas en general pero mirándome a mí—. Si me esperas para tu baño de la tarde, te acompaño luego a nadar en el estanque, Elle.

—Yo mientras haré margaritas —dice Peter.

—Resérvame una —le pide Gina.

En el coche, Peter me pone una mano en el muslo.

—Por fin solos, preciosa.

—No gracias a ti. Estaba intentando librarme de ellos. Ahora van a volver al campamento y se quedarán hasta la hora de la cena.

—Pero ahora tenemos tres horas libres. He pensado que podíamos darnos un baño en Black Pond.

Se acerca y frota la nariz contra mi cuello.

—Desnudos —dice con su voz «insinuante»—. Ese bañador me pone cachondo.

—¿Mi viejo bañador negro y raído te pone cachondo?

—En realidad lo que me pone cachondo es mi vieja esposa blanca y raída.

Me río. Es lo que tiene Peter.

—Vamos. Será divertido. —Me mete la mano entre las piernas y me acaricia el muslo por donde se me ha abierto el pareo—. ¿Cuándo fue la última vez que follaste en un sitio público?

Se me tensa la pierna. El recuerdo de la mano de Jonas.

—¿Sabes qué? Que es una gran idea —digo y me intento tapar la pierna—. Hace siglos que no vamos.

—Estupendo —responde, pero retira la mano.

10

1979. Junio, Connecticut

Por la cristalera del comedor de la casa de mis abuelos, donde estoy poniendo la mesa para cenar, la vista alcanza hasta la granja vecina al otro lado de las redondeadas colinas. Sus vacas rumian junto a la alambrada de espino. La última luz broncínea del verano se refleja en las copas de los árboles que hay detrás. Mi padre y Joanne se van a divorciar. Mi padre nos dice que es porque echa demasiado de menos a sus niñas y Joanne se niega a volver a Estados Unidos. Nos ha elegido a nosotras. Estamos pasando juntos el mes de junio.

En el cuarto de estar, donde están viendo las noticias de las seis, mi padre y la abuela Myrtle discuten en voz baja. Rodeo la mesa de puntillas y pongo un tenedor de plata encima de cada servilleta, un cuchillo de plata a la derecha, mientras trato de oír lo que dicen con cuidado de no hacer ruido.

—No me vengas con monsergas —oigo que le comenta la abuela Myrtle a mi padre—. Esa mujer insufrible te puso los cuernos. Y, en mi opinión, lo que te ha pasado es una bendición. —Sube un poco el volumen del televisor—. Me parece que me estoy quedando sorda.

—Te equivocas, madre —responde mi padre—. Echaba de menos a las niñas.

Pero hay una apatía en su voz que me hace pensar en habitaciones vacías.

—Esas dos niñas son lo único que has hecho bien en esta vida —dice la abuela.

Oigo a mi padre levantarse e ir al mueble bar, oigo el ruido de hielos al caer en un vaso de bourbon.

En nuestro dormitorio junto a la cocina, Anna está tumbada en su cama mirando al techo.

—Necesito salir de aquí —dice cuando entro yo.

Solo llevamos dos días en este lugar y ya quiere irse. Su compañera de cuarto en el internado, Lily, la ha invitado a pasar tres semanas en el «chalé» de verano que tiene su familia en Newport.

—Son socios del club de campo. Su hermano, Leander, es profesor de tenis.

—Ni siquiera sabes jugar al tenis —digo.

—Dios, qué pesada eres.

—Si te vas, no voy a tener nada que hacer.

—No estoy dispuesta a pasarme aquí un mes solo porque papá haya decidido volver.

Se pone de pie y saca una revista de su bolso, vuelve a tumbarse.

La miro leer.

—Deja de mirarme —dice.

—¿Quieres que vayamos mañana a bañarnos?

—No.

—¿No quieres ir a montar en bicicleta?

No me contesta.

Me siento en el borde de mi cama y paseo la vista por la habitación.

—Si tuvieras que elegir entre beber Tab o Fresca el resto de tu vida, si solo pudieras elegir una de las dos cosas, ¿cuál sería? —pregunto.

—No tengo por qué elegir.

—Ya lo sé, pero hipotéticamente.

—Hipotéticamente te puedes llevar una torta como no te calles.

—Papá se pondrá triste si te vas.

—Por favor —dice—. No tiene ningún derecho a hacernos sentir culpables por que haya vuelto. Nos abandonó. Y, ahora que está aquí, ¿se supone que tenemos que darle las gracias?

Llaman con suavidad a la puerta. Papá asoma la cabeza.

—Ahí están mis niñas —dice con alegría—. La cena ya casi está. La abuela ha hecho estofado.

—No tengo hambre —responde Anna.

Papá se sienta en la cama a su lado.

—¿Qué lees, peque?

—Una revista.

Anna no se molesta en levantar la vista.

—Habéis crecido una cabeza desde que os vi en Semana Santa. ¿Qué tal ha ido el trimestre de primavera? —le pregunta a Anna—. Me ha dicho tu madre que sacaste un sobresaliente en francés. *Mademoiselle, tu es vraiment magnifique!*

Su lamentable acento francés queda flotando en el aire. Anna lo mira con desdén.

—Bueno —dice papá—. Lavaos las manos y venid a ayudar a la abuela a poner la mesa.

—Cierra la puerta al salir —contesta Anna.

Debe de ser temprano. Delgadas franjas de luz gris pasan por entre las láminas de las persianas y rayan la colcha de mi cama. Una tórtola llama a su pareja. Escucho su llanto triste y hueco. Anna duerme. De la cocina llegan susurros. Salgo de la cama y camino sin hacer ruido por el suelo de linóleo. Nuestra puerta está entornada. Mi padre está sentado a la mesa de la cocina con la cabeza entre las manos. La abuela Myrtle está amasando una tarta en la encimera, de espaldas a él. La miro añadir mantequilla a la masa, echar un chorrito de agua helada.

—Hay un autobús a las once y veinte el viernes por la mañana. He mirado el horario. Va hasta New Haven.

Abre un armario y saca un paquete de azúcar.

—Anna está enfadadísima conmigo —dice mi padre.

—¿Y se puede saber qué esperabas, Henry? Es una chica de quince años que casi no conoce a su padre. Va a necesitar una falda de tenis. Mañana podemos ir a Danbury.

—Madre, dime cómo puedo arreglar esto.

—No tengo nada que decirte. Esto te lo has guisado tú, ahora te lo tendrás que comer tú también.

Desde la ventana de mi cuarto miro a mi abuelo ya colina abajo, en el huerto, arrodillado en la tierra húmeda. Está desbrozando el ruibarbo y a su lado tiene una cesta llena de tirabeques. Se cierra una puerta mosquitera. Mi padre cruza el césped en dirección al abuelo. La abuela Myrtle saca un rodillo de amasar de un cajón inferior.

Me pongo los pantalones cortos vaqueros y una camiseta y voy a desayunar. En la mesa me espera medio pomelo, con los triángulos rosa cuidadosamente separados de la piel y azúcar morena espolvoreada formando una costra dulce. Al lado hay una cuchara de plata y una servilleta de lino. Beso a mi abuela en su mejilla blanda y cubierta de suave pelusa (como los patos recién nacidos), me siento a la mesa.

—Había pensado llevaros luego a Anna y a ti a nadar en la piscina de los Wesselman. —Me besa la coronilla—. Tienes que ponerte un sombrero, Eleanor. El sol te ha quemado el pelo. Lo tienes casi tan blanco como yo.

—Me pica la frente con los sombreros.

—Después podemos sacar algún libro de la biblioteca. Para cenar voy a hacer chuletas de cordero. Y puedes ayudarme a coger espárragos del huerto.

—No quiero que se vaya Anna —digo.

—Los espárragos no son fáciles de cultivar, no sé si lo sabes. Esta primavera a tu abuelo le preocupaba que los ciervos y los conejos se comieran todos los brotes.

—No voy a tener a nadie con quien estar.

—No hay razón para que tu hermana se quede sin vacaciones de verano solo por que tu padre decidiera casarse con esa mujer espantosa. —Mi abuela me pasa un plato de tostadas de pan blanco untadas con mantequilla y un frasco de mermelada de manzana silvestre. Se sienta a mi lado—. Y en cuanto a ti, Eleanor, tienes temple. Dios sabe que Anna es dura como piel de toro, pero tú eres una estoica. —Se sirve un vaso de suero de leche—. La culpa de que tu padre sea un débil la tengo yo. Lo malcrié.

A nuestra espalda rechina uno de los tablones del suelo. Es mi padre. Un reloj de pared encima del fogón marca los segundos. Fijo la vista en una tostada, avergonzada por mi padre, deseando poder desaparecer, ahorrarle esta humillación.

—Elle y yo estábamos hablando de ir a la piscina —le dice mi abuela como si no hubiera pasado nada—. He llamado a los Wesselman. Me ha dicho Joy que sus arándanos están cargaditos de frutos.

—Hoy me gustaría llevar a las chicas a nadar a la cantera —responde mi padre.

—Ya he hecho la masa para una tarta. —La abuela se levanta, abre y cierra algunas puertas de armario—. Esos cubos para coger bayas tienen que estar en alguna parte.

Espero a que mi padre insista, pero mira por la ventana de la cocina con las manos en los bolsillos.

—El nogal negro que plantamos padre y yo el año pasado ha crecido mucho —dice.

—Abuela, la verdad es que preferiría ir a la cantera con papá. A coger arándanos podemos ir más tarde.

Mi padre se pone más recto, se vuelve hacia mí con una sonrisa tan ancha que me da tristeza.

—Pues claro, cariño —me dice la abuela—. Si eso es lo que te apetece hacer, me parece un plan perfecto.

La cantera está escondida en una majada entre dos colinas que se levantan detrás de la granja de los Straight. He convencido a Anna de que venga con nosotros. Ahora que sabe que se va el viernes está de mejor humor. Los tres subimos la pendiente con las toallas en la mano siguiendo un camino de vacas hacia una ancha extensión de pasto. En la cima redondeada de la colina pacen vacas blancas y negras que espantan moscas de sus traseros con la cola y tienen las ubres llenas a reventar de leche con sabor a hierba. Todo el prado está salpicado de boñigas, algunas lo bastante secas para servir de combustible, otras aún blandas y humeantes. Al final del prado, a la sombra de un bosquecillo, está la cantera, una poza profunda y transparente, con paredes de granito resbaladizas por el musgo y la humedad y cornisas irregulares ideales para zambullirse en el agua helada. Pero primero tenemos que cruzar el prado de boñigas.

Mi padre se quita los mocasines, los sujeta en paralelo, muy juntos, como para una inspección militar. «Os echo una carrera», dice con una sonrisa, y empieza a atravesar el prado saltando con agilidad para esquivar las bostas. Lleva viniendo aquí desde que era un niño. «¡Tonto el último!», grita sin darse la vuelta. Parece tan feliz y despreocupado que yo también me siento feliz. Anna se saca las zapatillas sin usar las manos y echa a correr detrás de él, intentando alcanzarlo. Yo la sigo, riendo, con el viento en la cara, la toalla ondeando detrás de mí como un estandarte. Las vacas se mueven y mastican a nuestro alrededor, se mecen y menean el trasero con suavidad, ajenas a unas niñas que pasan a su lado como una exhalación.

14.00 horas

La carretera a Black Pond casi no se ve, la franja central está cubierta de una maleza tan crecida que araña la parte inferior del coche, un ruido como de viento en la pradera. Delante de nosotros, el camino traza curvas, se bifurca, vuelve a bifurcarse una y otra vez antes de terminar en una cerca de madera rota. Al otro lado de la cerca se adivina un sendero. Salgo del coche y sigo a Peter cuesta abajo, esquivando montoncitos de excrementos de coyote, grises por el pelo de conejo, y cardos hasta una playita de arena. Black Pond es el lago glaciar más pequeño del bosque, un lugar que solo «los del Bosque» conocemos. Nuestro estanque es grande y de agua transparente, su belleza reside en su tamaño, kilómetro y medio de azul prístino, color cielo. Este otro estanque es más viejo, más sabio y consumido, como si guardara demasiados secretos. Un lago insondable rodeado de espesura que vive la mitad del día en sombra.

La playa está intacta, cubierta de agujas de pino. Hace tiempo que no ha venido nadie aquí. Cuando era niña, aquí era donde hacíamos pícnics. Era el destino de las excursiones especiales. Y, cada vez que veníamos, teníamos que hacer memoria de qué desvío de la carretera había que coger, qué bifurcación. Es fácil perderse. Una vez que vine con Anna había una pareja desnuda en la playa haciendo el amor. La mujer estaba tumbada de espaldas con los enormes muslos muy abiertos y el hombre jadeaba encima de ella. Había algo obsceno en la escena. No en el sexo, que me asustó y me fascinó, sino en la manera en que el cuerpo de la mujer quedaba aplastado contra el suelo como una masa sin hornear, y en que no pareciera importarle que los viéramos. Retrocedimos y corrimos de vuelta a casa riendo de vergüenza y de placer.

Peter y yo nos sentamos en la orilla. Se saca un cigarrillo del bolsillo. Lo enciende.

—¿Te acuerdas de la primera vez que me trajiste aquí? —dice.

—En nuestro primer verano juntos.

—Sigo pensando que seguramente fue el momento más romántico de mi vida.

—Pues eso no deja en muy buen lugar el resto de nuestra vida juntos.

Peter se ríe, pero lo que digo es verdad. Lo traje aquí una tarde para darnos un baño. Luego, cuando estábamos haciendo el amor en la arena de la orilla, recordé de pronto la pareja desnuda, las piernas muy abiertas de la mujer, la carnalidad de la escena y gemí tan fuerte que resonó en todo el estanque. En ese momento se corrió Peter. Siempre he sabido que había algo malvado en mi interior, una perversión secreta que he tratado de ocultarle. Que confío en que no vea nunca.

—Oye —dice mientras me coge la mano—, te debo una disculpa.

—¿Por qué?

—Por esta mañana. Por anoche. Sé que te disgustó que no leyera el poema de Anna.

—Me disgustó en el momento. Pero Jonas lo leyó de maravilla. Y lo que de verdad importa es que se lea cada año en su recuerdo.

—Aun así lo siento. Me porté como un patán y lo lamento.

—Todos habíamos bebido demasiado. No tienes nada por que disculparte, de verdad.

«Nada».

—Ahora mismo, en el coche, cuando te he puesto la mano en el muslo, has dado un respingo.

—No he dado ningún respingo —digo odiándome por mentir—. De hecho, me gustaría que hicieras cosas así más a menudo.

Apaga el cigarrillo en la arena, me mira escéptico, como si quisiera asegurarse de que digo la verdad.

—Pues entonces muy bien. —Se acerca a mí, me besa. Le saben los labios a humo. A sal. A pocos metros de nosotros, una tortuga de caja se baja de un tronco y se mete en el agua.

Me pongo de pie y empiezo a quitarme el bañador.

—¿Qué hay de ese baño?

No puedo hacer el amor con él ahora. No después de lo que acabo de hacer con Jonas. No puedo traicionarlo, humillarlo también de esta manera. Intenta cogerme, pero echo a correr, corro hacia el agua que espero me purifique. Peter me persigue, desnudo, palmeando la arena con los pies.

Nado sin aliento hacia el lado umbrío del estanque intentando mantenerme a diez brazadas por delante. Pero él es más rápido, más fuerte, me alcanza por detrás, complacido.

—Te pillé.

Pega su erección a mi espalda mojada.

—Hay que posponer —digo liberándome de su abrazo—. Tenemos que irnos ya a casa.

—Por cinco minutos no pasa nada —contesta Peter.

—Exacto. —Río—. Pero yo necesito por lo menos diez.

Luego me zambullo y me alejo de él, nado hacia la playa, hacia mi ropa y siento que hacia mi alma también.

1979. Julio, Vermont

Hilera tras hilera. Un mar de verdor trémulo. Nunca he visto tanto maíz. Los maizales de William Whitman son interminables, formidables. Se prolongan por las colinas hacia su granja como un batallón enemigo. Whitman es el amigo de toda la vida de Leo. Son íntimos desde la escuela elemental. El domingo es el cumpleaños de Whitman y nos ha invitado a pasar el fin de semana en su granja de ciento veinte hectáreas en el norte de Vermont.

—Whit se vino aquí desde Filadelfia hace unos años, después de que muriera su mujer —nos cuenta Leo mientras recorremos el interminable camino de tierra que en algún momento, le promete a mi madre, llegará a la granja. Mi madre está convencida de que nos hemos equivocado de desvío—. Lo dejó todo: un elegante despacho de abogados, una casa preciosa en Chestnut Hill.

—Creo que tendríamos que haber cogido ese desvío a la izquierda —dice mamá.

—¿De qué murió? —pregunto yo. Conrad y yo vamos apretados contra ventanas opuestas para hacer sitio a una funda de guitarra baqueteada en el asiento del medio.

—Uy, es una historia horrible —responde Leo—. Whit y su hijo Tyson se habían ido de fin de semana de chicos. Para intimar. Ty debía de tener unos diez años.

—¿Cómo que intimar? —Mamá está intentando leer el mapa en la luz menguante—. Suena feo, incluso un poco obsceno.

Leo ríe.

—Para nada. Era uno de esos programas de YMCA para padres e hijos. De jefes indios. Gran Búho, Pequeño Búho... Lobo Poderoso, Osezno Poderoso. Hacer fogatas. Abalorios. Tallar puntas de flecha.

Mi madre lo mira sin entender, como ni siquiera fuera capaz de absorber el concepto.

—Como los Boy Scouts —explica Leo—. Pero, bueno, el caso es que volvieron de la excursión el domingo por la noche. Louisa estaba en el suelo del recibidor, la habían apuñalado tantas veces que tenía el vestido teñido de rojo. Whit dijo que el pobre Tyson se quedó callado. No emitió un solo sonido. No soltó ni una lágrima. Luego se tumbó en el suelo de mármol, se hizo un ovillo junto al cuerpo de su madre, pegó la nariz a la suya y escrutó sus ojos sin vida. Whit dijo que fue como si buscara su alma.

—Qué cosa más triste —digo.

—El niño jamás se recuperó. Casi no habla.

—Es retrasado —dice Conrad sin levantar la vista de su revista *Mad*.

—Conrad... —Leo no levanta la voz, pero el tono de advertencia es inconfundible.

—Es totalmente retrasado —dice Conrad en un susurro teatral—. Yo lo conozco.

Las manos de Leo se tensan en el volante. Desde que Conrad vino a vivir con nosotros el año pasado, Leo ha estado esforzándose por evitar cualquier conflicto. Es importante para él que Conrad no sea desgraciado viviendo con nosotros. Pero, por muy amable que sea Leo con él, salta a la vista que a Conrad le gustaría estar en Memphis y que, igual que Anna, desearía que su madre lo hubiera elegido a él. Se pasa la mayor parte del tiempo en su cuarto —el que era de Anna— con la puerta cerrada, escuchando a ABBA y a Meatloaf, haciendo pesas o viendo *M*A*S*H* en su televisor con antena incorporada. El cuarto apesta a pies: un olor vomitivo, húmedo y agrio.

Llegamos a la granja al anochecer. Whitman y Tyson nos esperan en el camino de entrada, con tres perros saltando a sus pies.

—Hemos oído ese viejo cacharro tuyo a más de un kilómetro. Podíamos haber ido andando a buscaros. —Whitman le da a Leo un abrazo de oso—. Y tú, Wallace, sigues estando para mojar pan.

—Cuánto tiempo, muchacho —dice Leo y le da una palmada en la espalda.

Tyson es sorprendentemente guapo. Alto, con un peto gastado, cara amable.

—Soy Elle —digo con la mano extendida.

Pero aparta la vista, timidísimo. Da una patada al suelo.

—Tyson debe de tener tu edad, Conrad. —Whitman coge nuestro equipaje y entramos en la casa detrás de él—. Coge esas bolsas, Ty. Ponlas en el altillo.

Whitman es lo opuesto a su hijo. Bajito, desenvuelto, habla sin parar… tan deprisa que no sé cómo le da tiempo a respirar. Me recuerda a un gallo de dibujos animados, con esa risa que es como un cacareo ronco, el acento sureño, la manera ágil, brusca de moverse. Me cae bien.

Dentro de la casa, la cena está servida.

—Estofado de conejo y guiso de alubias y maíz. Desde que dejamos Philly estoy hecho todo un granjero —dice orgulloso—. El pan lo he hecho yo mismo esta mañana. Toda la comida de esta mesa viene de nuestro huerto. Incluso los conejos.

—¿Cultivas conejos? —dice Conrad pinchando su estofado.

Whitman ríe.

—Los conejos los cazamos. Son una amenaza. Una plaga. Tenemos que tender trampas si queremos que las hortalizas sobrevivan. Pero aquí lo que se mata se come. Aunque tampoco comemos conejo tan a menudo. Ty se dedica a quitar las trampas cuando no lo veo. No soporta los chillidos.

Su hijo está sentado en un extremo de la larga mesa, comiendo estofado de conejo en silencio.

Whitman se vuelve hacia mí.

—¿Has oído alguna vez chillar a un conejo?

Niego con la cabeza.

—No es agradable. No puedo culpar a mi chico. —Whitman se echa hacia atrás en la silla—. Y hablando de plagas, los ciervos están este año peor que nunca. —Se vuelve a mirar a Conrad—. Sabes lo que quiere decir eso, ¿verdad, muchacho?

Conrad niega con la cabeza.

—Mañana por la noche cenamos venado.

Conrad parece horrorizado. Whitman ruge de risa.

—Conrad es poco aventurero con la comida —dice Leo mientras se corta otro trozo de pan. Su barba es un nido de migas—. Si de él dependiera, se alimentaría de palitos de pescado y *whoppers.*

Yo me meto en la boca una gran cucharada de estofado.

—Deberías probarlo, Conrad —digo.

—Ya lo he hecho —responde Conrad—. Está buenísimo.

—De eso nada. Lo único que has hecho es removerlo con el tenedor.

—Acusica —escupe Conrad.

—Mentiroso —escupo yo a mi vez.

—Que te follen.

Tyson se ha quedado muy quieto, como si quisiera que se lo tragara la tierra.

—No os preocupéis. —Whitman rompe la tensión—. Yo no comí más que huevos al plato con crema hasta los doce años. Mañana voy a hacer espaguetis con albóndigas. Y no, jovencito, no he matado a una vaca de un tiro. Lo que me recuerda que, si alguno quiere darse un paseo por el bosque, que se asegure de llevar algo color rojo intenso. Últimamente estoy teniendo problemas con cazadores de ciervos que se cuelan en la propiedad cuando no es temporada.

—Odio a los cazadores —digo.

—Ah, pues yo no tengo ningún problema con ellos si lo que buscan es poner comida en la mesa —responde Whitman—. Pero estos cazan por diversión. No tienen conciencia. Dejan que los animales se desangren. Ni siquiera son capaces de pegarles un tiro en la cabeza. Una vergüenza. Mis perros los encuentran en el bosque. Vuelven a casa con el hocico sucio de sangre reseca.

—Creo que voy a vomitar —dice Conrad.

—Conrad...

Leo tiene aspecto de ir a estallar de un momento a otro.

—Cuando era pequeña, en Guatemala, tuvimos un perro —interviene mamá—. Se metía en el gallinero y les arrancaba las cabezas a las gallinas a mordiscos. El jardinero le pegó un tiro.

—¿En Guatemala? —Whitman levanta una ceja, le llena la copa a mi madre.

—Mi madre nos llevó a vivir allí cuando yo tenía doce años.

—¿Por qué a Guatemala?

—Un divorcio desafortunado. Eso y que el servicio era barato. En aquellos días podías tener una cocinera por ocho centavos la hora. Nanette estaba acostumbrada a vivir bien. Pero odiaba Guatemala con toda su alma. Estaba convencida de que un lugareño iba a atacarla con un machete.

—¿Sigue viviendo allí?

—Murió hace unos años. No la mató un machete. Mi hermano Austin nunca se fue. Se casó con una chica de por allí. Odia Estados Unidos. Cree que somos todos un atajo de salvajes. —Ríe, baja la copa—. Es ornitólogo. Especialista en loros, la cosa más inútil del mundo.

—Me encantan los loros —dice Tyson en voz baja.

Después de cenar, Whitman nos lleva por una escalera casi vertical hasta un desván diáfano, con techos altos y vigas vistas. En el suelo hay tres camas hechas en colchones en el suelo.

—Dejaré encendida la luz del baño en el piso de abajo —dice—. No quiero que os tropecéis en la oscuridad. Espero que a nadie le den miedo los murciélagos.

—Jo, papá —dice Conrad cuando se va Whitman—. ¿Vamos a dormir todos en la misma habitación?

—Será divertido. Como ir de camping —contesta mamá, aunque tampoco parece muy convencida.

En algún momento durante la noche me despiertan unos susurros en la oscuridad. Necesito un momento para que el oído se me acostumbre. Mamá y Leo están discutiendo. Mamá no parece feliz.

—Basta, Wallace. Ya está bien.

Oigo tirar de sábanas cuando Leo se aparta de ella.

—Llevamos semanas sin hacer el amor.

—¡Maldita sea! —sisea Leo—. Delante de los niños no.

—No haré ruido, te lo prometo.

Tengo que hacer pis, pero, si me levanto ahora, mi madre sabrá que los he oído. Se sentirá humillada. Y no soporto la idea.

—Estás borracha.

La voz de Leo es fría.

—Por favor, Leo —suplica mi madre.

Me tapo los oídos, me cubro la cabeza con la manta para no oír sus súplicas. Suena tan patética… Aterrada, desesperada. Quizá suena así un conejo cuando chilla.

Debe de ser temprano cuando me vuelvo a despertar. La casa entera duerme. La luz cenicienta del amanecer se cuela por un ventanuco abuhardillado. Conrad está encima de las mantas, vestido de pies a cabeza. Ni siquiera se ha quitado los zapatos. Leo y mi madre están de espaldas el uno al otro. Espero que cuando se despierten Leo le diga lo mucho que la quiere.

Bajo de puntillas por las escaleras, ávida de aire fresco. Fuera, la mañana es aún fría. No he visto la granja a la luz del día y es preciosa. Zarzas de rosas silvestres trepan y se derraman sobre las cercas de madera. En el huerto, hilera tras hilera de flores de calabacín, tirabeques con guías, una maraña de capuchinas color naranja que les lamen los tobillos. Tres conejos se están comiendo las lechugas.

Al final del jardín, los maizales se extienden hasta el pie de las colinas, donde oscuros bosques se alzan hacia un cielo que se tiñe de rosa. Me pongo el jersey y cruzo un campo de patatas que limita con el maíz. Su olor mohoso y dulzón sube y flota a unos metros del suelo.

Sigo un sendero ancho trazado por un tractor que atraviesa el centro de los campos, dividiendo el mar de maíz. Los tallos me flanquean a ambos lados igual que setos. Escucho su murmullo, sus susurros. Ojalá pudiera sacarme de la cabeza las palabras de mi madre.

Llevo casi una hora andando cuando me encuentro con una curva cerrada y me paro en seco. A menos de diez metros de mí hay un ciervo enorme. Un padre de Bambi, con cuernos altísimos que parecen árboles sin hojas en invierno. Me mira a los ojos y yo hago lo mismo, deseando que no salga corriendo. Entonces se oye un disparo. El ciervo abre los ojos sorprendido y cae. La sangre mana de un agujero en su garganta. Guarda un silencio blando, triste. Hay movimiento en el maizal, aparece el cañón de una escopeta. Retrocedo a la verde espesura, oculta de la vista de los cazadores. Aparece Tyson en el camino. Se limpia la boca con el dorso de la mano. Sus ojos son inexpresivos, mudos, son los ojos de un sonámbulo. Se agacha y se tumba en el suelo junto al animal moribundo. A su lado parece muy pequeño, un niño. Mira a los ojos al ciervo, observa sin pestañear cómo la vida se le escapa hasta desaparecer. Se arrodilla y, entonces, con un gesto que resulta a la vez hermoso y nauseabundo, se agacha y besa con suavidad al ciervo en la boca. Tyson me oye contener la respiración. Se pone de pie y prepara el arma.

—¡Tyson, espera!

Salgo al camino.

Me mira un instante y a continuación, antes de que me dé tiempo a decir otra palabra más, desaparece. Miro la superficie del maizal ondear a su paso.

Cuando vuelvo a la granja, Conrad está en el huerto con Whitman. Remueve el contenido de un cubo de agua en el que Whitman vierte un polvo marrón oscuro. Tyson está junto a ellos, tiene una manchita de sangre en la puntera de la bota.

—Buenos días, Elle —me llama Whitman al verme—. No sabíamos dónde habías ido.

—He ido a pasear entre el maíz.

Tyson me mira con atención. Me he pasado el camino de vuelta intentando procesar lo que he visto, de comprender por qué ha hecho algo tan cruel. Imagino el dolor que debe de sentir aún, la furia por que el asesino de su madre siga libre, impune. Y, aun así, lo que vi parecía más un acto de amor que de venganza mal dirigida.

Whitman me pasa un cubo.

—Ven a ayudarnos a echar esto.

—Huele fatal —digo—. ¿Qué es?

—Sangre de vaca seca. Ahuyenta a los ciervos y a los conejos. Tampoco soportan el olor. Solo un chorrito alrededor de cada planta. No hace falta una gran cantidad. Espero que tengáis hambre. Hay un montón de beicon en el horno. Y huevos que todavía estaban calientes cuando los cogí del gallinero.

Conrad y yo ayudamos a Whitman a verter sangre en su huerto mientras Tyson nos observa junto a las lechugas tiernas y los pepinos. Cuando terminamos, todo lo que hay vivo en el huerto de Whitman me huele a muerte.

11

16.00 horas

—¿Una copa?

Peter restriega con una lima el borde azul cobalto de una copa de margarita, luego le da la vuelta y la coloca sobre un plato con sal kosher.

—¿Ya estamos en horario de beber?

Entra mi madre mirando su reloj.

—Por supuesto que no.

Peter vierte un chorro considerable de tequila en una coctelera.

—En ese caso, no me voy a poder resistir.

Dios, cómo me irritan esas bromas de clase media acomodada en torno al alcohol.

—¿Dónde se habrán metido? —digo.

Jonas y Gina aún no han aparecido con los niños y, a cada minuto que pasa, estoy más nerviosa. Desde que Peter y yo volvimos de Black Pond no he hecho otra cosa que esperar a que aparezca Jonas. No he jugado al backgammon con Jack, no me he hecho una muy necesaria manicura, solo me he dedicado a releer un número viejo de *The New Yor-*

ker y a morderme las uñas. No han pasado ni veinticuatro horas y ya me dedico a contar el tiempo hasta estar con él, como si mi propia vida hubiera dejado de existir y ahora solo importara el tiempo entre él y él. Esta montaña rusa continua me enfurece. Imagino mi cavidad estomacal llena hasta los bordes de trocitos de uñas mordidas. Toda una vida de dolor que se quedó sin digerir. Cuando me abran en canal, eso es lo que encontrarán. Sedimentos extraños, afilados y quebradizos.

Jack está acurrucado a mi lado en el sofá, con la cabeza en mi regazo, leyendo algo en su teléfono. Desde este ángulo parece un niñito encantador y se me rompe el corazón. Me inclino para besarlo, pero me ahuyenta con el dorso de la mano.

—Sigo enfadado contigo —dice.

—Son unos maleducados por tenernos esperando. Déjame sitio. —Peter se apretuja a nuestro lado en el sofá tratando de que no se le derrame la copa.

—¿Quieres un sorbito?

—Cuando vuelva de nadar.

—Yo sí quiero —dice Jack.

Peter hace ademán de pasarle la copa.

—Ni se te ocurra. —Me pongo de pie después de apartar a los dos—. Me voy a nadar. Decidle a Jonas y a Gina que los veo otro día.

—¿Deberíamos preocuparnos? —pregunta mi madre desde la cocina.

—Gracias, mamá. Sí, probablemente se han ahogado todos. O han muerto abrasados en un accidente de coche.

Cierro de un portazo la mosquitera al salir.

—Tu mujer está siendo una pesadilla desde que se levantó esta mañana —le dice mi madre a Peter—. ¿Tiene la regla?

—Te he oído —grito y bajo hecha un basilisco hasta la orilla.

Doce enérgicas brazadas me llevan a la parte profunda. Me pongo boca arriba, con los brazos en jarras, y uso solo las piernas para impulsarme como una rana. Escucho el sonido ahogado del agua que burbujea a mi paso.

En el centro del lago, me doy la vuelta y hago el muerto boca abajo, abro los ojos e intento ver. Pero mis ojos no consiguen ajustarse a la penumbra verde del lago. Los sentidos me fallan, estoy sobrepasada. Imagino cómo sería ahogarse, hundirse en la oscuridad borrosa, luchar por volver a la superficie, beber agua como si fuera aire.

1979. Octubre, New Hampshire

Por la ventanilla del coche el otoño de Nueva Inglaterra discurre veloz en un borrón de amarillos y rojos con la irrupción ocasional de unos pinos. Es fin de semana de padres en el internado de Anna. Dixon, mamá, Becky y yo vamos a verla y a hacer noche allí. Nunca he estado en New Hampshire. «Yo tampoco», dice Anna cuando la llamo para decirle que vamos. «Nunca salimos del colegio. Estoy atrapada en un túnel del tiempo de ladrillo rojo con niñas que juegan al hockey y se alimentan de laxantes». Pero lo cierto es que Anna es mucho más feliz ahora. Casi nunca viene de visita a casa. Los fines de semana largos se queda con una compañera de habitación que vive más cerca del colegio.

Ir al fin de semana de padres fue idea de Dixon. Mamá no tenía intención, pero Dixon insistió. Anna es su ahijada. Le cae muy bien Leo, le dice a mamá, pero los matrimonios se terminan, los niños no.

—Bueno, eso no es del todo cierto —contesta mamá.

—No seas siniestra. Empiezas a hablar como tu madre —replica Dixon y le hunde el dedo en las costillas.

Dixon y Andrea, la del pelo crespo, han roto. Cuando nació el niño (en casa, en la bañera) enseguida quedó claro que no era de Dixon.

—Yo soy muchas cosas —nos dice Dixon—. Inteligente. Una maravilla en la cama, un experto en Walt Whitman. Lo que no soy es asiático.

—Encontrarás a alguien —asegura mamá—. Siempre lo haces. Dentro de unos dos segundos.

—Cierto —responde Dixon—. Pero nunca me duran.

—Eso es porque tienes un pésimo instinto y solo sales con taradas —señala mamá.

—Es mi talón de Aquiles —dice Dixon—. Y si tuviera dos dedos de frente, me habría casado contigo.

—Está claro.

—Para ser justos con Andrea, solo seguía su propia verdad.

—Más a mi favor.

Dixon se ríe.

—Da igual. Pero era un bebé muy guapo, ¿a que sí, Becks?

—Más o menos —contesta Becky—. La cabeza tenía una forma rara.

—Eso era temporal. El canal del parto de Andrea era muy estrecho.

Becky simula tener ganas de vomitar.

—¿Podemos no hablar de la vagina de Andrea, por favor, papá?

Becky y yo vamos apretujadas en el asiento trasero entre la bolsa de lona impermeable de Dixon y un capazo enorme de mamá que ha llenado de cosas de última hora que Anna se olvidó llevarse cuando se fue en septiembre.

—¿Por qué no puede ir esto en el maletero? —pregunto.

—El maletero está lleno de cajas. De vuelta a casa vamos a coger manzanas —responde mamá—. Haremos mantequilla de manzana —añade cuando gimo—. No te olvides de comprar pectina, Dix.

—Genial —dice Dixon—. Mantequilla de manzana.

Enciende la radio y mueve el dial por varias emisoras con ruido estático.

—Por favor, mira la carretera —le pide mamá.

—Prohibidas las clases de conducir.

En la única emisora que consigue sintonizar bien suena «Time in a Bottle».

—Esto no —dice mamá—. No soporto a Jim Croce. Es un ñoño.

—Un poco de compasión, Wallace. Al pobre lo mató un nogal.

—Pues eso no mejoró sus canciones.

Dixon sonríe y sube el volumen al máximo. Mi madre se tapa los oídos, pero sonríe. Siempre está más relajada en compañía de Dixon.

Nos desviamos por una carretera comarcal bordeada de muros de piedra y arces. Serpentea a través de pastos, graneros pintados de rojo, interminables huertos de manzanos con los árboles aún cargados de fruta. Al internado de Anna se llega por un sendero estrecho; señalan la entrada dos enormes columnas de granito y una discreta placa de bronce, sin lustre y casi ilegible. Lamont Academy. El largo camino de grava de la entrada desemboca de forma inesperada en amplias extensiones de césped salpicadas de árboles tan anchos que harían falta tres personas para abrazar sus troncos.

Lamont es más grande de lo que yo había imaginado, más imponente. Dormitorios comunes y aulas en construcciones de ladrillo rojo recubiertas de hiedra, una capilla de tablillas de madera blanca junto a la biblioteca con columnas de mármol. En el aparcamiento de suelo de grava, las alumnas reciben a sus padres con alivio y felicidad. Anna no está por ninguna parte. La encontramos sentada al sol en las escaleras que dan a su habitación. Tiene un libro de bolsillo en el regazo. Está llorando.

—¿Cómo ha podido morir Phineas? —dice mientras cierra el libro y se pone de pie—. Odio este libro.

—*Una paz solo nuestra* es el último sedante para adolescentes pijos. Lo sabe todo el mundo —dice Dixon.

—Con lo guapo que era —protesta Anna—. Era perfecto.

—Solo los buenos mueren jóvenes —dice Dixon.

—Eso es una tontería —dice mamá.

Anna y mamá están ligeramente separadas, igual que niños en un baile escolar, cada una esperando a que la otra dé el primer paso. Las cosas entre ellas no han vuelto a ser igual desde que Anna se fue al internado. Mamá ha intentado compensarla, pero hay en Anna un distanciamiento, una frialdad que no se fundirá jamás, como si su pasado estuviera en el espejo retrovisor, aún visible, pero ella tuviera la vista fija solo en la carretera delante de ella.

Mamá es la primera en ceder, cruza el espacio que la separa de Anna.

—Qué alegría verte —dice mientras la abraza—. Estás guapísima.

—Pensaba que al final no ibais a venir —comenta Anna.

—Pues claro que hemos venido —contesta mamá, molesta.

—El año pasado no vinisteis.

—Pero ahora estamos aquí. —Dixon le pasa un brazo a Anna por los hombros—. Y menudo día tan espléndido. Tengo que encontrar un baño antes de que me mee encima, pero luego quiero que nos hagas la visita.

—Por Dios, papá —dice Becky.

—Los padres de Lily nos han invitado a comer con ellos en el hotel —anuncia Anna.

—Pensaba que íbamos a comer en familia, pero ese plan también suena fenomenal. —Mi madre sonríe, pero me doy cuenta de que está decepcionada.

—Primero quiero enseñarle mi habitación a Elle.

Anna me coge de la mano como si siempre hubiéramos sido amigas íntimas.

Becky hace ademán de seguirnos, pero Dixon la detiene.

—¿Has visto el tamaño de este árbol, Beck? Debe de tener doscientos años.

Anna duerme en un dormitorio triple, un cuarto espacioso con altos ventanales, suelo de madera muy gastado y tres camas individuales pegadas a las paredes. En el alféizar, un hueso de aguacate derrama raíces blancas vellosas en un frasco de cristal lleno de agua turbia. La cama de Anna está sin hacer; reconozco su colcha de estampado de cachemira. En la pared encima de ella hay pegadas dos fotografías. Una es de Anna y sus compañeras de habitación delante de una piscina. La otra es de nosotras dos subidas a un árbol en Central Park. Nos estamos riendo.

Anna se sienta en su cama con las piernas cruzadas. Da una palmada en el espacio a su lado. El extremo del colchón se hunde cuando me siento.

—¿Sabes una cosa? —dice—. Y tienes que prometer-me que no se lo vas a contar a nadie.

—Vale.

—Lo digo en serio —insiste—. So pena de muerte. —Se acerca a mí—. El fin de semana pasado perdí la virginidad. —Suena tan orgullosa de sí misma, como si aquello fuera un gran logro, que quiero decir algo apropiado, algo que suene natural, adulto. Anna me está haciendo una confidencia. Pero lo único que me viene a la cabeza es olor a moho, sudor húmedo, mi madre suplicando. Tiro de un hilo suelto en la colcha de Anna. El tirón deja detrás un acordeón de tela.

—No sabía que tuvieras novio —respondo al fin.

—No lo tengo. Es un amigo del hermano de Lily. Tiene diecinueve años. Estuvimos allí el día de Cristóbal Colón.

—¿Qué tal fue?

—Regular. Pero aun así... Ya no soy virgen.

—¿Y si te quedas embarazada?

—No me he quedado. Me puse el diafragma de Lily.

—Qué asco.

—Lo lavé antes, tonta. Durante unas dos horas. —Ríe.

—Sigue siendo asqueroso —digo.

—Bueno, pero es mejor que quedarte embarazada. —Salta de la cama y va hasta la ventana, coge la planta de aguacate y la examina a la luz—. Tengo que cambiar esta agua.

—Yo voy a esperar —murmuro.

—¿Esperar a qué?

—A enamorarme.

Anna deja el frasco donde estaba, no dice nada, se queda dándome la espalda. La ventana que se había abierto entre las dos se ha cerrado.

—O igual no espero. No lo sé. —Intento arreglarlo—. Supongo que suena tonto.

—No. Creo que es buena idea —dice y se da la vuelta.

—¿De verdad?

—Para ti sí. No para mí. Yo no creo que me enamore nunca. No soy de ese tipo de personas.

Volvemos a casa de noche. El coche huele a manzanas recién cogidas. Becky y yo jugamos con un comecocos de papel en el asiento trasero.

—Di un número —dice, cuando le toca empezar.

—Tres.

Abre y cierra el papel puntiagudo tres veces.

—Di un color.

—Azul.

Desdobla el triángulo azul para adivinar mi futuro.

Dentro ha escrito: «Te tocará las tetas un chico gordo y grasiento». Tiene la caligrafía de una niña de ocho años.

—Mira que eres cerda. —Río—. Te toca.

Cojo mi comecocos y meto los dedos dentro de los triángulos de papel. Abro. Cierro. Abro. Cierro. Becky señala el rojo.

Abro la pestaña.

—Pronto llegará a tu vida un misterioso desconocido… —Becky lee lo que he escrito en un susurro— y te meterá el pene.

—Yo no he escrito eso. Pervertida —digo.

—Espera. —Becky se inclina delante de mí y abre la cremallera de la bolsa de su padre con cuidado de que este no lo oiga. Saca un libro blanco sin cubierta—. ¿Y dices que yo soy cerda?

El libro está lleno de dibujos en blanco y negro. Dibujo tras dibujo de una pareja haciéndolo. La mujer se parece a la que sale en *The Bob Newhart Show*, solo que desnuda. El hombre tiene pelo largo negro y barba. Lleva una camisa abierta y nada más. El pene le cuelga por debajo de los faldones de la camisa. Es repugnante. Pienso en Anna acostándose con ese tío universitario. La idea de mi hermana con alguien que apenas conoce me hace sentirme triste por ella y me pregunto si, en el fondo, no se arrepentirá de lo que ha hecho. Porque una vez hecho, no se puede deshacer.

Becky pasa página hasta otra ilustración: la mujer está apoyada contra una pared. El hombre está de rodillas con la cara en su entrepierna.

—Puaj —dice Becky—. ¿Puede haber algo más asqueroso? Seguramente sabe a pis.

—¡Qué asco!

Nos reímos tanto que nos duele el costado.

—¿De qué os reís? —pregunta Dixon desde el asiento delantero—. Quiero oír el chiste.

Becky mete el libro en la bolsa de su padre.

—Estábamos leyendo —contesto.

—Elle, sabes que si lees en el coche te mareas —dice mamá. Abre la guantera y saca una bolsa de plástico—. Por si acaso. —Me la da—. Pero, por el amor de Dios, si tienes ganas de vomitar, intenta aguantar hasta que podamos parar. El olor a vómito me da arcadas.

16.10 horas

Aguanto el dolor de pulmones hasta que, incapaz de soportarlo un segundo más, saco la cabeza del agua, desesperada por respirar. Algo me muerde el tobillo, algo afilado, veloz. Me entra el pánico al notar cómo tira de mí. Sale Jonas del agua. Se ríe al ver mi expresión de pánico.

—¿Estás loco? He creído que eras una tortuga.

Me alejo nadando, furiosa, pero me agarra la parte de abajo del biquini.

—Suéltame.

—No te pienso soltar.

—Eres un capullo.

—De eso nada. —Tira de mí hacia él—. Sabes que no lo soy.

—Habéis llegado tarde.

—Tus hijos son como peces. No había manera de sacarlos del agua.

—Ya lo sé. —Suspiro—. A veces me dan ganas de meter las tablas de *bodyboard* en una trituradora de madera. No sé de dónde saca Peter la paciencia.

Pataleamos para mantenernos a flote. Separados pero juntos.

—Gina sospecha algo —digo—. Hubo un momento incómodo al llegar a la playa.

A lo lejos veo a Maddy y a Finn perseguirse el uno al otro en la orilla. Detrás de ellos, mi madre está colgando un mantel blanco de lino en la cuerda de tender. Oigo un portazo, el eco de la risa de Gina. Jonas también lo oye. Aparto la vista de él.

—No pasa nada —dice.

—Claro que pasa. Lo mío no es normal. Debería estar muerta de culpa. Pero, en lugar de eso, hace un rato en la playa, con Gina, me sentía ufana. Como si hubiera ganado. Ese corazón en la arena…

—Has ganado.

—Decir eso es muy feo.

—Sí lo es. —Una de las cosas que más me han gustado siempre de Jonas es su capacidad para admitir sus limitaciones, la aceptación serena de sí mismo—. Quiero a Gina. Pero a ti te llevo en la sangre. Esto no es una elección.

—Claro que es una elección.

—No. Es lo que tengo que hacer. Y lo acepto. Esa es la diferencia entre tú y yo. La aceptación de la elección que hemos hecho.

—No quiero hablar de eso. —A pesar de los secretos que reveló mi hermanastra Rosemary cuando Peter y yo estuvimos en Memphis la semana pasada, por mucho que haya cambiado mi forma de pensar en el pasado, Jonas y yo siempre tendremos que ser el sacrificio, la penitencia—. No voy a dejar a Peter.

—¿Y ya está? ¿Esto ha terminado? —dice Jonas.

Aparta la vista de mí y la dirige al lado salvaje, deshabitado del lago. Mira los juncos, los carrizos, el lugar en el que nos convertimos en amigos del alma, un niñito escondido detrás de los árboles, a horcajadas en la rama baja de un árbol, paciente, silencioso como una sombra; y una niña desgarbada, furiosa. Que ese día se quería morir. El árbol sigue allí, pero las ramas ahora apuntan al cielo.

Jonas suspira.

—Han pasado muchos años.

—Sí.

—Ha crecido mucho.

—Suele pasar.

Asiente con la cabeza.

—Me encanta cómo los árboles crecen hacia arriba y hacia abajo al mismo tiempo. Ojalá pudiéramos hacerlo nosotros.

Solo tengo ganas de besarlo.

—Deberías volver.

—Le he dicho a Gina que volveré andando desde la otra orilla y que nos vemos en casa.

—No. Vuelve nadando a buscarla.

Jonas me mira y su expresión es inescrutable.

—Vale —dice—. Igual te veo en el campamento.

—Igual —respondo, odiando todo de la situación: la distancia que crea su cuerpo al alejarse del mío, ese viejo agujero que he llevado dentro tantos años y que se vuelve a abrir. Pero tengo que dejarlo ir, incluso si esto, si nosotros, es lo que he querido toda mi vida. Porque Jonas se equivoca: esto está mal y es demasiado tarde. Quiero a Peter. Quiero a mis hijos. Y ahí se acaba todo.

Lo veo alejarse nadando, veo cómo se ensancha el espacio entre los dos. Y entonces echo a nadar detrás de él, le hago sumergirse conmigo, le beso largo rato y con intensidad, allí en la penumbra borrosa, escondidos del mundo consciente, diciéndome que será la última vez.

—¿Estás intentando ahogarme? —dice cuando subimos jadeando a la superficie.

—Facilitaría las cosas.

—Joder, Elle. Me he pasado toda la vida esperando a lo de anoche. No quieras borrarlo.

—No tengo otro remedio. Lo voy hacer. Lo que pasa que todavía no tengo fuerzas para hacerle frente.

—No lo hagas.

Cruzamos el lago a mariposa, moviendo las piernas en tándem, desplegando las alas sobre el agua, nos tiramos sobre la playita de arena, nos sentamos juntos en el aire cálido.

12

1980. Abril, Briarcliff, Nueva York

Es domingo. Hemos tenido una primavera lluviosa, pero hoy hace un día perfecto, el sol luce con fuerza, todo está verde y en flor. Joanne le ha pedido a mi padre que se lleve las cajas que tiene en el desván de sus padres. Vamos por la carretera del Hudson con todas las ventanas abiertas. Desde que Joanne y mi padre se separaron, pasamos mucho más tiempo juntos. Se está esforzando mucho con Anna y conmigo, fue a visitarla al internado, pero no puedo evitar saber que, de seguir con Joanna, probablemente no sería así.

Papá nos ha preparado un pícnic: sándwiches de jamón y tomate, peras, encurtidos dulces, una botella de cerveza para él, un Yoo-Hoo para mí. Está de un humor excelente.

—Estaba deseando perder de vista a Joanne, pero me da pena perder a Dwight y a Nancy. Se han portado bien conmigo. Antes pararemos en algún sitio para comer. No quiero llegar demasiado pronto.

—Me encantaba esa casa. Olía fenomenal.

—Nancy se alegrará de verte. Ha estado un poco tristona desde que Frank se fue a la universidad.

Me alivia que Frank no vaya a estar. Pensar en su labio superior húmedo, en su asquerosa y gruesa serpiente me sigue dando ganas de vomitar.

—Hace muchísimo que no los veo. Anna y yo veníamos todo el tiempo.

—Todo el tiempo no —dice papá. Se para en el aparcamiento de la estación de tren de Tarrytown—. Al otro lado de la vía hay un buen sitio para hacer un pícnic.

En cuanto me bajo del coche se apodera de mí una tristeza difusa pero evidente. Hace años que no vengo aquí, pero esta es la parada en la que nos bajábamos Anna y yo de la línea Harlem-Hudson cuando veníamos a quedarnos con papá y Joanne antes de que se fueran a Londres, la parada en la que aprendimos a no ver a mi padre más allá del corto trayecto en coche a y desde la casa de los Burke.

Cruzamos la vía y encontramos un banco con vistas al Hudson. El río se desembaraza de los restos del invierno y se despereza en preparación para la primavera. Miro una rama de gran tamaño que flota río abajo, arrastrada por una corriente lenta y caudalosa. Mi padre saca su navaja suiza del bolsillo, despliega el abrebotellas y le quita el tapón a la cerveza. Siempre me ha encantado esa navaja, sus tesoros escondidos: las tijeras pequeñísimas, la lima de uñas, la sierra tamaño casa de muñecas. Tira de la hoja larga y empieza a pelar una pera madura en una espiral apretada y precisa.

—¿Por qué dejamos de quedarnos con los Burke, papá?

—Porque quería tener a mis hijas conmigo.

—Entonces, ¿por qué siempre nos dejabas allí?

—Bueno —dice—, eso era cosa de Joanne. —Corta un trozo de pera y me lo ofrece en la hoja de la navaja—. Cuidado, esta hoja es más afilada de lo que parece. Hay un trozo de queso Muenster en la bolsa.

Con mi padre todo es siempre culpa de otro.

—¿Te he contado alguna vez cómo me hice esta cicatriz? —Levanta el pulgar. Se acerca a mí. Espera unos instantes para crear efecto. Mi padre no cuenta historias. Las narra. Se hincha igual que un rabihorcado, rojo y pechugón. Espera a que su público le preste atención. Normalmente, cuando repite una historia finjo no haberla oído ya. No quiero herir sus sentimientos. Pero ahora mismo lo único que quiero es pincharlo. Desinflarlo. «Sí. Me la has contado veinte veces», pienso.

—El abuelo me regaló esta navaja cuando cumplí diez años. Me dijo que las navajas eran cosa de hombres, no de niños, que la usara con respeto. La primera vez que la usé me rebané el pulgar. Cuando intentaba quitarle el tapón a una botella de Coca-Cola con esta misma hoja. Necesité doce puntos. Salpiqué de sangre toda la bendita tienda. Como si me hubiera cortado la yugular. El abuelo me quitó la navaja durante un año. Me dijo que había cometido un grave error. Dijo que un niño que no sabe diferenciar entre un abrebotellas y una cuchilla está jugando a ser un hombre pero no lo es. Fue una lección poderosa. —A su espalda, un tren disminuye la velocidad al entrar en la estación, en dirección sur—. Tu abuelo me enseñó a tallar madera, no sé si lo sabes. Y a disparar recto. ¿Te acuerdas de la tortuguita de madera que te hice?

Niego con la cabeza, aunque está en un estante encima de mi cama, donde la tengo siempre. Le doy el queso a mi padre, cojo un sándwich de la bolsa de la comida. Levanto la rebanada superior de pan. Está impregnada de jugo de tomate rosa. Quito las semillas una a una, las tiro a la hierba. En el río, un barco navega contracorriente.

Enfilamos el camino circular de grava de los Burke a las dos en punto.

—Muy buena hora —dice papá, complacido consigo mismo.

En el porche, una labrador color chocolate dormita al sol. Viene a nuestro encuentro, se frota contra la pierna de mi padre y a continuación se queda inmóvil, como si ese sencillo gesto la hubiera aturdido.

—Hola, vieja amiga —dice papá mientras la acaricia—. ¿Te acuerdas de Cora? —me pregunta.

—¿La que era cachorrita?

—Ahora es una señora mayor. En años perrunos. —Llama a la puerta—. Holaaaa —llama—. ¿Nancy? ¿Dwight? ¿Hay alguien? —Pero allí solo está la casa en silencio—. Está el coche de Nancy. Debe de estar trabajando en el jardín trasero.

Abre la puerta y entramos.

Todo sigue tal y como lo recordaba: las tenazas y el recogedor de ceniza de latón reluciente apoyados contra la chimenea de ladrillo blanco. Los sillones de orejas raídos, tan de clase media. La alfombra persa gastada. En la mesa baja hay un jarrón con peonías del jardín, los pétalos sueltos están dispersos encima de libros de arte.

—¿Hola? ¿Hola? —Mi padre vuelve a llamar. Lo sigo hasta la cocina. La cafetera eléctrica se ha quedado encendida y despide el leve olor agrio a café quemado. Mi padre la apaga, pone el recipiente de vidrio bajo el grifo. Sisea y echa vapor cuando el agua entra en contacto con el cerco caramelizado y se tiñe de marrón.

—No está aquí atrás. Han debido de salir a dar un paseo. Voy a empezar a bajar cajas del desván. Ve a echar un vistazo a tu antigua habitación.

—Igual deberíamos esperar. Tengo un poco sensación de allanamiento.

—Los Burke son familia. Con Joanne o sin ella.

La puerta escondida que da a nuestro antiguo cuarto está abierta. Me detengo a medio camino, en el rellano de la escalera donde nos sentábamos Anna y yo a jugar con las muñecas. Nada ha cambiado: las mismas fundas de almohada de flores de cuando tenía seis años, los mismos tapetes de ganchillo en los muebles. Colchas guateadas de lunares. Recuerdo la expresión de dolor de Frank el día que encontramos su hámster, Goldie, aplastada detrás de la cama de Anna. Su forma de llorar. El gorgoteo agudo. El sol entra a raudales por las ventanas con parteluz. Encima de la adusta pared de roca, el cielo brilla. Los rododendros de Nancy están en flor. Nada ha cambiado. Y sin embargo nuestra vieja habitación me parece triste y hueca, unidimensional, como el escenario de una infancia feliz que, al echar la vista atrás, resulta ser solo paredes falsas y espacios vacíos. De pronto lo único que quiero es estar con mi padre.

Abajo, en la despensa, me detengo delante del antiguo cuarto de los hámsteres de Frank. Un letrero amarillento escrito en rotulador desvaído sigue pegado a la puerta: «NO ENTRAR SI NO QUIERES MORIR». Giro el pomo, entro en la habitación prohibida, sin ventanas. Mis ojos tardan un instante en acostumbrarse. Ahora es un almacén, hay cajas contra las paredes hasta el techo. Las jaulas de los hámsteres de Frank han desaparecido. Pero en el rincón del fondo, iluminado por el pálido resplandor de un neón, hay un terrario de cristal. Es cinco veces más grande de como lo recuerdo. Cuando me dirijo hacia él detecto un cambio sutil, un movimiento, sinuoso, reptiliano. Salgo de la habitación.

Nancy está sentada a la mesa de la cocina cortando manzanas.

—¡Ahí estás! —dice con voz alegre—. Hola, cariño.

Me siento pillada in fraganti por el foco de su sonrisa benévola.

Deja un corazón de manzana y se limpia las manos en el delantal.

—¿A que Waldo ha crecido mucho?

—Hemos llamado —explico—. Papá dijo que no pasaba nada si empezábamos a sacar sus cosas.

—Pues claro, cariño. Estaba echándome una siestecita. Desde luego te has convertido en una mujercita preciosa. Debes de tener ya quince años.

—Tengo trece. Cumplo catorce en septiembre.

—Imagino que tendréis sed después de un viaje tan largo. He hecho té helado. Dwight debe de estar a punto de llegar. Ha ido aquí al lado, a devolver un libro a su amigo Carter Ashe. —Va hasta la nevera y se queda delante sin abrirla, menea un poco la cabeza como para ahuyentar algún pensamiento—. Se ha perdido el almuerzo—. Debéis de tener sed. He hecho té helado.

Encuentro a mi padre en el desván rodeado de cajas y montones de viejas fotografías. El aire está caliente, cargado. Huele a pasado.

—Mira estas. —Me pasa un grueso sobre de estraza—. Todas mis viejas hojas de contacto y mis negativos. Hay algunas fotos maravillosas de tu madre.

Saco las hojas de contacto en blanco y negro y las miro. Incontables fotografías de mi madre con vestido de cóctel y perlas, echada en un sofá, sonriendo a la cámara. Anna en la bañera, envuelta en burbujas de jabón y con un colador en la cabeza. Mamá y yo en el parque infantil. Mamá me empuja en los columpios de niños pequeños; uno de mis zapatos rojos de hebilla se me ha salido. Al final del montón encuentro una serie de fotografías de los cuatro. En las escaleras del museo de Historia Natural, Anna y yo con vestidos de nido de abeja y merceditas a juego. Yo subida a hombros de papá. No recuerdo ninguno de esos momentos.

A la sombra de uno de los techos inclinados, encajadas contra el zócalo, hay tres cajas abiertas con el nombre de mi padre garabateado en rotulador negro. Están llenas de discos. Su colección de 78rpm en sobres de papel marrón, los elepés con fundas de cartulina gastadas. Paso el dedo por los lomos. Me gusta el sonido que hace. De esto sí me acuerdo.

Mi padre coge una fotografía desvaída del montón que tiene delante.

—Ven a ver esta.

Es una fotografía de papá con mamá. Están muy jóvenes. Están en un prado. Mi madre está tendida en la hierba con la cabeza en el regazo de mi padre. Lleva pantalones cortos estilo marinero y una blusa blanca con volantes, con los tres primeros botones desabrochados. Tiene los ojos cerrados. Mi padre la mira. Parece feliz de una manera que no reconozco. Detrás de ellos, a lo lejos, un volcán se eleva hacia un cielo descolorido.

—Acatenango. —Señala el volcán—. Tu madre y yo cogimos un avión a Guatemala para que yo conociera a tu abuela Nanette y a tu tío Austin. Menudo desastre fue. Tú no la llegaste a conocer, ¿verdad?

—No estoy segura. Igual cuando tenía pocos meses.

Mi padre asiente con la cabeza.

—Es verdad. Vino cuando estabas aún en el hospital. Después de tu operación. Vino a pasar las Navidades. Me trajo un tapiz bordado tradicional de María y José a lomos de un burro. Intentó convencernos de que era una antigüedad maya muy valiosa. —Ríe—. De hecho, probablemente esté en el fondo de alguna de estas cajas. Esa mujer era una fuerza de la naturaleza. No me podía ni ver. Dijo que tu madre se estaba casando por debajo de sus posibilidades. —Devuelve la foto al montón—. Por supuesto, tenía razón. Tu madre me quedaba grande. —Calla un momento. —Wallace y Leo parecen muy felices.

—Supongo.

Me coge la fotografía. La mira largo rato.

—Yo estaba enamoradísimo de tu madre.

—¿Y qué pasó? Porque tú eres el que se fue.

—Créeme que era la última cosa en el mundo que quería hacer.

—Entonces, ¿por qué os divorciasteis?

—Imagino que tu madre por fin se dio cuenta de que Nanette tenía razón respecto a mí.

Se ríe, pero me doy cuenta de que una parte de él está convencido de lo que dice.

—Eso es una estupidez —protesto—. Y Nanette tiene pinta de haber sido una bruja.

Papá sonríe.

—Bueno, en eso, señorita Elle, está usted en lo cierto. —Se pone de pie y se sacude el polvo de los pantalones—. Vamos a meter esto en el coche y a salir del baúl de los recuerdos.

Nancy nos da un abrazo de despedida en la puerta.

—Ojalá no tuvierais que iros —dice—. Estoy segura de que Dwight volverá en cualquier momento. Solo ha ido a devolver un libro.

Se queda en el porche y nos dice adiós con la mano.

La veo hacerse pequeña hasta desaparecer.

—Nancy parece triste. Sola.

—Dwight es un buen hombre, y un gran poeta, pero tiene sus demonios. El matrimonio no es todo felicidad —dice mi padre.

Dos días después mi padre recibe una llamada de teléfono de Joanne histérica. Han sacado el cuerpo de Dwight Burke del río Hudson. Llevaba desaparecido desde el lunes por la mañana.

—Fue a ver a su amigo Carter Ashe —le cuenta Joanne a mi padre—. Terminaron tomándose uno o dos bourbons de más. Ya sabes cómo es. Mi madre no quería que condujera, lo convenció de que se quedara a dormir. Según Carter, al amanecer papá cogió el coche y se fue al río. Para sacudirse la borrachera de la noche anterior.

«No hay mejor cura para la resaca que nadar en agua fría —dice mi padre cuando me cuenta lo del ahogamiento—, pero ese río puede ser una bestia poderosa».

16.30 horas

No hay nada más bello que Jonas al salir del agua. Pelo negro pegado a la nuca, goteando y desigual. Descalzo, vestido solo con unos pantalones cortos viejos, la piel resplandeciente, ojos observadores color verde pálido. Arranca una hoja de un arbusto y con cuidado le quita el tallo, los nervios, deposita la silueta delicada en la palma de mi mano. Tritura el verde arrancado de la hoja y lo agita bajo mi nariz.

—Mmm. —Aspiro su olor puro, mentolado—. Sasafrás.

—¿Sabías que las tribus nativas americanas lo usaban para curar el acné?

—Qué romántico —digo.

—¿Damos un paseo rápido hasta el mar?

El sol ha vertido un río de metal fundido en el océano. Un cormorán se zambulle en el oro líquido. Las olas crecen sin formar crestas. Los frailecillos picotean en los bancos de arena buscando piojos de mar y navajas. Aún quedan algunos bañistas rezagados de la tarde. Nos sentamos en una hondonada en lo alto de las dunas, escondidos detrás de una pantalla de hierba de arena. Estoy enamorada.

—Antes ha aparecido una foca en la playa —dice Jonas—. Hemos ido Finn y yo a verla. Tenía un tajo enorme. Daba la impresión de que un tiburón había intentado darle un mordisco.

—¿Por qué siguen emocionándose esos tontos de la playa cada vez que aparece una foca en el agua? Si están por todas partes... Son como palomas de mar.

—Las focas son animales bastante extraordinarios. Pueden beber agua salada y destilarla en agua dulce. Separan la sal en la orina. En quinto curso hice un trabajo sobre eso. Creo recordar que proponía que alguien construyera una desalinizadora usando vejigas de foca.

—Qué niño tan peculiar eras.

Jonas deja caer granos de arena por entre los dedos.

—¿Qué habéis hecho Peter y tú después de iros de la playa?

—No lo sé. Nada en realidad.

—Al llegar nos ha dado las gracias por quedarnos con los niños. Dijo que había sido agradable tener algo de tiempo para «estar solos».

—Jonas.

—Lo siento. —Parece tener diez años—. No lo puedo evitar.

—Sí puedes.

Pasa una brizna afilada de hierba por entre los pulgares, le hace un nudo y sopla por el agujero, una nota grave, como de tuba.

—Muy bien —digo—, pero has preguntado tú. Metimos las toallas mojadas en el maletero, aparcamos en un camino sin salida del bosque y echamos un polvo. Fue agradable. Hacía bastante tiempo desde la última vez.

—Estás mintiendo.

—Es mi marido, Jonas.

—Calla.

Mira al suelo y el pelo le cae sobre la cara. No le veo los ojos.

Suspiro.

—Fuimos a Black Pond a darnos un baño rápido. Luego me senté en el porche y leí de mi montón culpable de números atrasados de *The New Yorker* para hacer tiempo mientras te esperaba. ¿Por qué tardaste tanto? Casi me vuelvo loca.

Jonas levanta la vista y sonríe.

—Joder, cuánto te quiero.

Lejos, en el mar liso y vidrioso, una gruesa cabeza negra de foca rompe la superficie del agua. La veo aparecer y desaparecer por la costa.

—Yo también te quiero —digo—. Pero no estoy segura de que eso importe.

1980. Octubre, Nueva York

La clase de orquesta se alarga. Estamos ensayando para el concierto de invierno de la escuela intermedia. Yo soy segunda flauta.

—Fuera atriles todo el mundo. —La señorita Moody, nuestra profesora de música, nos habla mientras los estudiantes se dirigen hacia la puerta—. Coro es en esta misma aula a primera hora. —Viene hasta donde estoy sentada guardando las piezas de mi flauta—. Este fin de semana me gustaría que practicaras el primer movimiento, Eleanor. Y haz esos ejercicios que te di la semana pasada en clase. Tienes que fortalecer la embocadura si quieres llegar al do agudo. No querrás que te salga un sostenido.

Me cae bien la señorita Moody, pero puede ser muy irritante. Me pongo el anorak de plumas, meto la flauta en la mochila.

No son más que las cuatro y media pero ya da sensación de estar anocheciendo. Odio el cambio de hora. El viento de finales de octubre me traspasa la ropa cuando vuelvo a casa sola por la avenida Madison. En la calle Ochenta y ocho me paro en la papelería a comprarme una chocolatina 3 Musketeers. Cuando salgo de la tienda, hay un chico apoyado contra la pared del edificio. Es alto, con la cara cubierta de cicatrices de acné, lleva una cazadora de baloncesto universitario del equipo de St. Christopher's, la escuela católica del barrio.

—Hola. —Me sonríe, así que le devuelvo la sonrisa—. Bonitas tetas —dice cuando paso a su lado.

—Llevo anorak, imbécil.

Pero encojo los hombros y me alejo lo más deprisa que puedo por la calle oscurecida. Correría, pero sé que no debo parecer asustada. Estoy esperando a que se abra el semáforo para cruzar cuando oigo pasos a mi espalda. Es él, y tiene una sonrisa torcida y siniestra. Busco algún adulto al que acercarme, pero en la calle no hay nadie más. Se mete la mano en el bolsillo. Tiene una navaja automática.

—Ven aquí, gatita —sisea.

Vienen coches en las dos direcciones, pero lanzarme al tráfico me parece la opción más segura. Un taxi Checker está a punto de atropellarme y el conductor baja la ventanilla para gritarme. Pero sigo adelante, corriendo tanto que el aire frío me quema los pulmones. Al llegar al final de la cuesta, hago un giro brusco y me meto en el vestíbulo de un edificio con portero.

—¿Puedo ayudarla, señorita?

Estoy sin aliento.

—Me está siguiendo un hombre —jadeo.

El portero sale a la calle, mira en ambas direcciones.

—Aquí fuera no hay nadie —dice.

Me siento en el banco que recubre un radiador.

—¿Quiere que llame a alguien?

—No, gracias —respondo. Mamá ha ido a la prueba de sonido de Leo en el Village Gate. Es jueves, así que Conrad estará todavía en clase de lucha libre—. Vivo aquí al lado.

El portero comprueba de nuevo la calle y levanta los pulgares.

—Todo despejado, señorita.

Salgo detrás de él y miró manzana abajo, hacia Park Avenue. En la esquina hay una iglesia. Tiene las luces encendidas.

—Estaré bien —digo.

Pero en cuanto oigo las gruesas puertas cerrarse a mi espalda deseo no haber salido. Bajo la calle atenta a cada escalera de incendios, pegada a los coches. En las isletas centrales de Park Avenue ya están puestos los árboles de Navidad y las guirnaldas de luces trazan un camino por el centro de la avenida hasta llegar a Central Park. En primavera, ahí florecen macizos de tulipanes. Vuelven cada año con los cerezos en flor. En nuestra manzana los tulipanes son rojo intenso. Cuando empiezan a caerse los pétalos dejan hilera tras hilera de tallos desnudos coronados de unas vellosidades negras que parecen pestañas.

Cuando doblo por Park Avenue está allí, esperándome en las sombras, con la espalda pegada a la pared de la iglesia. Me agarra del brazo en un gesto veloz.

—Ven aquí, gatita. —Abre la navaja automática.

En clase hemos estado viendo documentales de salud pública. Cortometrajes en blanco y negro que nos advierten sobre la rubeola, comer virutas de pintura con plomo, los peligros de la heroína, la importancia de la autodefensa. Y entonces me acuerdo de que tengo que enfrentarme a mi atacante.

—No me gustan los chicos católicos —digo—. Tienen la piel rosa. Es asqueroso.

Le miro a los ojos mezquinos y juntos, a la cara picada de acné. Le clavo el tacón de mi zapato en el empeine lo más fuerte que puedo. Y luego echo a correr, jadeando, aterrorizada, más deprisa de lo que he corrido en mi vida, hasta que llego a mi casa y estoy a salvo.

17.00 horas

—Tengo que irme a casa.

Me levanto y me sacudo la arena.

—Antes quiero enseñarte una cosa.

—Le dije a Finn que lo llevaría a montar en canoa.

—Diez minutos.

Lo sigo por la cima de la duna hasta el lindero del bosque. Me coge de la mano y bajamos corriendo hasta los árboles. Jonas se detiene delante de unos matorrales crecidos.

—Es aquí.

No hay nada más que un verdor furioso.

—Mira debajo.

Me tumbo en el suelo y miro debajo de los matorrales. Allí, oculta por la vegetación, está la vieja casa abandonada. La que descubrimos Jonas y yo cuando éramos niños. Ya solo quedan de ella los cimientos y dos paredes de piedra, el resto ha sido devorado por zarzamoras y zarzaparrillas. La hierba índigo trepa por las paredes en ruinas, ahogándolas en belleza.

—¿Cómo has vuelto a encontrarla?

Se tumba en el suelo a mi lado. Señala un agujero donde en otro tiempo hubo una puerta.

—¿Te acuerdas de la cocina? ¿Y de que la habitación del centro iba a ser nuestro dormitorio cuando nos casáramos?

—Pues claro que me acuerdo. Me prometiste una olla para baño María. Me siento un poco estafada.

Se pone encima de mí, tira de la cuerda de la parte de arriba del biquini con los dientes de modo que se caiga, me lame los pechos igual que un perro grande y torpe.

—Para.

Lo aparto riendo, pero noto cómo se me hincha el sexo.

—Perdona, no lo puedo evitar.

Me mira a los ojos con intensidad, sin apartar la vista ni un instante, mientras me abre mucho las piernas. Me penetra. Cuando se corre, noto cómo eyacula, llenándome.

—No te muevas —susurro—. Quédate dentro.

Sin moverse baja la mano y, como un aliento levísimo, me toca con suavidad hasta que sollozo, grito, muriéndome de eternidad.

Nos quedamos así, entreverados. Dos cuerpos, una sola alma.

Lo abrazo más fuerte con las piernas, aprisionándolo, obligándolo a penetrarme más todavía. Agua y comida. Lujuria y dolor.

—Nunca deberías haberme abandonado —digo—. Esto es un desastre.

—Dijiste que querías a Peter.

—No esa vez. Digo después de aquel verano. No volviste.

—Me fui por tu bien. Para que pudieras empezar de cero.

—Pero no lo hice. Sin ti no tenía a nadie con quien hablar, no tenía forma de sacarme nada de aquello de la cabeza. Ni siquiera irme a vivir a otro país sirvió de algo.

Aparta la vista. Una tristeza insistente entre los dos. Se ha levantado un viento que agita los árboles sobre nuestras cabezas. Un aliso gris se balancea y de él caen piñas color verde hierba en miniatura sobre nosotros. Jonas me quita una del pelo.

—¿Le has hablado a Peter de Conrad alguna vez?

—Pues claro que no. Hicimos un pacto de sangre. Prácticamente me rebanaste la yema del dedo.

—Lo que quiero decir… —vacila— es que llevas casada mucho tiempo. Lo entendería.

—Ojalá Peter lo supiera. Odio que haya siempre una mentira entre los dos. No es justo para él. Pero no lo sabe. Y nunca lo sabrá.

Escucho el silencio de la espesura, el día que se disipa sutilmente. Una luz acaramelada se derrama sobre el suelo del bosque y convierte las agujas de pino en esquirlas de cobre. Mis palabras me llenan de remordimientos. Me libero del abrazo de Jonas, me incorporo y me ato la parte de arriba del biquini. Una garrapata avanza por una brizna de hierba. Parece una semilla de sandía diminuta. Me la pongo en la uña del pulgar, la aplasto por el centro y miro cómo separa las patas hasta asegurarme de que ha muerto. Cavo un agujero en la tierra, la meto y la entierro. Apelmazo bien la tierra.

—En fin —digo.

Jonas se sienta y me abraza, protector.

—Lo siento.

—Tengo que irme. Peter empezará a preocuparse.

—No.

Puedo oír mi propio dolor en su voz. Me agarra fuerte del pelo y me besa. Un beso áspero, violento, desquiciado. No quiero ceder, pero le devuelvo el beso con un amor que es igual que ahogarse. Una necesidad de respirar que me deja sin respiración. Luz de luna y cosas dulces y tiburones y muerte y compasión y vómito y esperanza todo junto. Es demasiado. Necesito volver a casa con mis hijos. Con Peter. Me separo, me pongo de pie, desesperada.

—Elle, espera —dice.

—Conrad lo estropeó todo —es cuanto digo.

Libro segundo

JONAS

13

1981. Junio, Back Woods

En nuestro estanque hay tortugas mordedoras: criaturas enormes, prehistóricas, que acechan en las profundidades, bajo el frío cieno. A última hora de la tarde salen de debajo del lodo y suben a la superficie vítrea como la obsidiana, donde enjambres de zapateros se impulsan por el agua igual que catamaranes veloces y febriles. Desde el porche cubierto se ve asomar las mordedoras, primero la cabeza como un puño negro feo, luego la cúspide de un caparazón negro. La distancia entre ambas siluetas es lo que te dice si estás viendo a la «Gran Tortuga», el macho abuelo de todas las demás, o solo a un miembro de su más pequeña —del tamaño de galápagos— progenie. Pocas personas lo han visto. Las gentes de Back Woods dicen que es un mito, o que lleva mucho tiempo muerto y que, en cualquier caso, las tortugas mordedoras son inofensivas. En cien años no han mordido a nadie. Pero yo sí lo he visto. Sé que está ahí fuera, alimentándose de ranas toro y crías de pájaro, atento al atisbo fugaz de una pata palmeada color naranja, al suave chasquido de un patito.

La primera vez que vi a Jonas, aquel día junto al manantial, no era más que un niño de cabello enmarañado que se había perdido siguiendo a un pájaro. Yo tenía casi once años, solo tres años más que él, aunque, cuando le cogí de la mano y lo llevé de vuelta al sendero, me sentí lo bastante mayor para ser su madre. Nunca imaginé que la segunda vez que lo vería, cuatro años después, aquel extraño niño me cambiaría irreversiblemente la vida.

Aquel día me desperté nerviosa, con una sensación de vacío, de añoranza en el pecho. Estaba asustada por un sueño que había tenido: un hombre que quería obligarme a comer patatas rellenas. Decía que me iba a matar. Yo le suplicaba que me dejara ver a mi madre una última vez. Había músicos tocando el banjo. Yo llamaba a los cristales, pero nadie me oía.

Anna dormía aún. Su diario de espiral se había caído de la cama y estaba abierto en el suelo. Tuve la tentación de leerlo, pero ya conocía su contenido. Busqué debajo del colchón y saqué el mío. Encuadernado en seda color jade, con un candado y una llave diminutos. Mamá me lo había comprado en Chinatown después de nuestro *dim sum* de todos los primeros de año. Anna había elegido una camiseta roja estampada con lo que parecían ser caracteres chinos, pero que si ladeabas la cabeza decía: «¡Que te den!». Mamá se compró un albornoz color lavanda. Para cuando llegamos a casa, yo ya había conseguido perder la llave de mi diario. Abrí el candado con un imperdible y lo rompí. Lo que no tenía demasiada importancia, puesto que en el diario solo escribía listas de cosas que tenía que hacer para ser mejor persona. Del tipo «¡Practica la flauta una hora al día!» o «¡Lee *Middlemarch*!».

La noche anterior había llovido mucho y el aire estaba cargado de humedad. El calor de primera hora de la mañana levantaba vapor en los senderos alfombrados de agujas de pino alrededor del campamento. Nuestra cabaña ya olía a moho. Me estaba haciendo pis.

Cerré despacio la puerta de la cabaña al salir y me dirigí al cuarto de baño, apartando piñas afiladas, mordisqueadas por ardillas, con los pies descalzos. Las toallas que habíamos puesto a secar estaban empapadas y pesadas, moteadas de trocitos de suciedad negra llovidos de los árboles.

Cuando me senté en el váter, vi que tenía sangre en la espinilla. Me la sequé con un trozo de papel higiénico y cogí una tirita del armario de las medicinas. Tenía una pierna apoyada en el váter y luchaba por abrir el desesperante envoltorio de papel encerado, cuando vi gotas de sangre en el suelo. Me levanté el camisón. Tenía la parte de atrás manchada de sangre. Por fin. Había esperado tanto tiempo ese momento que me miraba las bragas todos los días desesperada por alcanzar a mis amigas.

Rebusqué en el armario de la ropa blanca, encontré la caja de Playtex de Anna y me senté en el váter, mientras pequeñas gotitas de sangre caían en el agua. Sabía lo que tenía que hacer. Ya le había robado tampones unas cuantas veces, había probado a ponérmelos. Becky me decía que era tonta, pero a mí me preocupaba hacerlo mal y que el tampón me rompiera el himen. Me había estudiado el prospecto que venía en la caja, con sus pictogramas de un canal vaginal con forma de pulmón y de piernas acuclilladas para un posicionamiento correcto.

Estaba quitándole el envoltorio plástico, cuando llamaron a la puerta del cuarto de baño.

—¡No entres! —grité—. ¡Estoy yo!

—Pues date prisa. Tengo que mear.

Era Conrad.

—Haz pis fuera. ¿Qué eres? ¿Una niña?

—¿Y tú qué eres? ¿Una zorra?

Lo oí alejarse hacia el bosque. Había momentos en que Conrad resultaba soportable. A veces incluso me daba pena. Pero tenía esa apariencia depravada, insinuante..., la apariencia de alguien que se pasa el día lavándose las manos. Hacía poco había empezado a seguirnos a Anna y a mí cuando íbamos andando a la playa, siempre escondido. A veces, mientras tomábamos el sol en la arena caliente, lo sorprendíamos espiándonos desde lo alto de las dunas con la esperanza de vernos las tetas.

Me aseguré de que estaba echado el pestillo. Me volví a sentar en el váter, me levanté el camisón hasta la cintura y me quité las bragas para poder abrir las piernas lo suficiente. Coloqué el aplicador de plástico rosa y estaba empujando el cilindro cuando oí un ruido. La cara de Conrad estaba pegada al cristal de la pared de enfrente, con los ojos como platos fijos en mis piernas abiertas. Solté el aplicador del tampón, que rodó por el suelo del cuarto de baño.

—¡Fuera de aquí, pervertido! —chillé.

Me temblaba todo el cuerpo de furia y de vergüenza. Oí la risa nauseabunda de Conrad mientras se alejaba corriendo. A la mañana siguiente, todos sus siniestros amigos sabrían lo que había pasado. Me senté en el váter y lloré, queriendo morirme. En cuanto oí cerrarse la puerta de la cabaña de Conrad fui corriendo a la mía, escondí el camisón debajo de la cama, me puse el bañador y salí disparada hacia el estanque. Lo único que quería era alejarme lo más posible de Conrad. Nunca podría volver a mirarlo a la cara, eso lo tenía claro. Había varios remos apoyados contra un árbol.

Cogí uno, saqué nuestra canoa de fibra de vidrio de la maleza verde esponjoso y la empujé al agua con todas mis fuerzas, luego salté y me tumbé en el fondo mientras se alejaba de la orilla. Me abracé, miré el cielo de la mañana. «Así debe de sentirse un vikingo muerto», pensé, mientras la embarcación flotaba sin rumbo.

Cuando estuve lo bastante lejos de la orilla, me senté y remé todo lo deprisa que pude. Al llegar al centro del estanque había decidido que lo más sencillo sería ahogarme. Necesitaría algo pesado que me arrastrara al fondo. Era buena nadadora y sabía que terminaría por luchar por salir a la superficie. Si encontraba una piedra grande, podría sujetarla a la amarra de la canoa, enrollármela en el tobillo y saltar. Era posible que Conrad no admitiera nunca lo que había hecho, pero durante el resto de su miserable vida sabría que era el responsable de mi muerte.

Remé hacia la parte pantanosa y deshabitada del estanque, donde los tallos de cola de caballo sobresalían del agua igual que un ejército y las marañas delgadas como pelos de raíces de nenúfares acechaban para enredarse en los remos. Aquella zona de la orilla estaba siempre llena de restos glaciares, rocas y guijarros antiquísimos depositados tras la lenta retirada del hielo.

Al llegar a la zona menos profunda, hundí con fuerza el remo en el agua para tomar impulso y a continuación lo levanté bien alto, por encima de los nenúfares, mientras me deslizaba en silencio por entre la fina maraña. El suelo arenoso arañaba el fondo de la canoa. Me disponía a saltar y arrastrarla hasta la orilla, cuando oí un susurro.

—No te muevas. Quédate en la canoa.

Levanté la vista, sobresaltada. Jonas estaba sentado completamente quieto en la rama más baja de un pino bronco que me quedaba encima de la cabeza, sobre el agua. Casi camuflado. Sin camiseta, vestido solo con unos pantalones cortos desgastados verde militar y con las largas piernas colgando. Estaba más delgado que la última vez que lo había visto. Y más alto, claro. Debía de tener ya doce años por lo menos. La mata de pelo negro desordenado le llegaba hasta más debajo de los hombros. Pero sus ojos eran los mismos, tenían esa intensidad de alguien de más edad que tanto me había llamado la atención el día que me lo encontré en el bosque.

—Dame el remo —susurró.

—¿Por qué hablas en voz baja? —susurré también yo.

Señaló los juncos debajo de la canoa.

Me asomé al borde de la canoa para intentar ver lo que señalaba, pero desde donde estaba no distinguí nada.

—El remo —volvió a susurrar.

Me puse de pie con cuidado de no hacer zozobrar la canoa y le di el remo. Jonas se sacó del bolsillo una bolsa de plástico con algo que parecía carne picada cruda y untó con ello el extremo del remo.

—Mira.

Hundió el remo justo delante de mí.

Nunca se me irá ese sonido de la cabeza: el repentino y violento chasquido de madera al partirse el remo. Jonas se echó hacia atrás en la rama con todo su peso para levantar el remo. Entonces la vi salir de la lóbrega oscuridad, con la mandíbula cerrada alrededor de mi remo. Era la Gran Tortuga, tan ancha como un bote de remos. Una criatura prehistórica. Con cabeza de pollo. Y estaba enfadada. Jonas bajó de un salto a la orilla y tiró del remo con todas sus fuerzas. Tenía los dientes apretados.

—Necesito ayuda.

Fui hasta él con un gran rodeo para evitar a la tortuga y tiramos juntos hasta sacarla a tierra firme.

—Voy a soltar tu amarra —dijo Jonas—. Que no se vaya.

Corrió a la canoa y soltó la gruesa cuerda sujeta a la proa.

—Date prisa, por favor —supliqué. La tortuga iba avanzando a mordiscos por el remo hacia mí.

Jonas hizo un nudo corredizo con la amarra, se situó detrás de la tortuga y le rodeó con el lazo la cola cubierta de gruesas escamas.

—Ya es mía —dijo.

—¿Y ahora qué?

—Tenemos que subirla a la canoa.

La tortuga silbaba y daba sacudidas intentando liberarse de sus ataduras. Giraba y retorcía su largo cuello e intentaba sin éxito morder la cuerda sin que sus mandíbulas afiladas como cuchillas soltaran el remo en ningún momento. Centró su atención en mí con una furia impasible: estaba humillada por que la hubieran apresado, furiosa por verse expuesta al mundo, despojada de su dignidad, y empezó a subir por el remo. Venía a por mí, quería cobrarse su libra de carne y comprendí a la perfección cómo se sentía.

—Suéltala —dije.

—Ni de broma. —Jonas tiró más fuerte de la cuerda.

—Esto no está bien —insistí—. Y me va a comer.

—Llevo dos años intentando cogerla. Mis hermanos dicen que no existe.

—Bueno, pues ya la has cogido.

—Sí, pero no me van a creer.

—Entonces es que son idiotas.

—Según ellos, el idiota soy yo.

—No es un buen momento para discutir eso —dije, mientras la tortuga seguía acercándose a mí—. Pero si tu plan consiste en que subamos a una tortuga asesina que pesa cincuenta kilos a una canoa que puede volcar en cualquier momento, igual es que tus hermanos tienen razón.

Jonas sopesó la situación: la criatura gigantesca tirando de su yugo, mi cara de susto, la canoa de fibra de vidrio. Con un suspiro profundo, desató su trofeo. Yo solté el remo y retrocedimos.

Durante unos largos instantes la tortuga siguió avanzando. Luego, cuando fue dándose cuenta de que había recuperado su libertad, soltó el remo, nos dirigió una última mirada de desconfianza y dirigió su enorme cuerpo hacia el abrigo de las profundidades. La miramos reptar artrítica hasta la orilla y, cuando el agua la cubrió lo suficiente, alejarse a nado del peligro.

Del remo solo quedaba un palo astillado. Volvimos a atar la amarra y arrastramos la canoa por la orilla del estanque hacia mi campamento. En algún momento Jonas me cogió de la mano, igual que había hecho años antes, cuando lo saqué del bosque.

Conrad estaba sentado en la orilla viendo cómo nos acercábamos, con una sonrisa desagradable en su fofa cara. Su risa nauseabunda de por la mañana aún resonaba en mi cabeza, pero el sufrimiento y la vergüenza habían sido sustituidos por una furia gélida.

—¿Quién es ese? —preguntó Jonas.

—Mi horrible hermanastro. Lo odio.

—El odio es una emoción fuerte —dijo Jonas.

—Bueno, pues entonces lo odio con todas mis fuerzas.

—Hice una pausa—. Es un pervertido. Esta mañana lo he

pillado espiándome en el cuarto de baño. Más tarde lo voy a matar.

—Mi madre dice que no hay que ponerse a su altura.

—Con Conrad no hay altura posible. Es un rastrero.

—¿Qué le ha pasado al remo? —preguntó Conrad cuando estuvimos cerca de él.

Pasé a su lado sin contestar.

—Lo ha atacado una tortuga —dijo Jonas.

—Qué emocionante. —El tono despectivo de Conrad me dio ganas de tirarle el remo a la cara, pero seguí andando.

—Pues lo ha sido —dijo Jonas.

Juntos, sacamos la canoa a la orilla, le dimos la vuelta por si volvía a llover.

—Yo también he tenido una mañana emocionante —dijo Conrad.

Tensé la mandíbula. Pasara lo que pasara a continuación, no pensaba morder el anzuelo.

—No hago más que revivirla. Sin parar —continuó Conrad—. ¿Quién es tu amiguito?

—Jonas, te presento a mi hermanastro, Conrad. Se ha venido a vivir con nosotros mientras su madre decide si lo quiere o no con ella. Tengo el horrible presentimiento de que se va a quedar con nosotros para siempre.

—Qué más quisieras —dijo Conrad. Y, aunque había terminado poniéndome a su altura, su expresión de profundo dolor casi me compensó por la humillación del tampón.

—Ven —le dije a Jonas—. Vamos a contarles a tus hermanos lo que ha pasado.

Aquel verano Jonas se convirtió en mi sombra. Cuando iba a nadar, a remar en canoa en el estanque o en el mar, me estaba esperando en la orilla, seguro de que yo aparecería. Si iba andando por la playa o por el sendero que atravesaba el bosque, lo encontraba sentado en un tronco caído, dibujando en un pequeño cuaderno de abocetar que siempre llevaba encima la rama rota de un pino bronco, un escarabajo molinero. Era como si tuviera una brújula interna, un campo magnético que detectara siempre el norte. O quizá, igual que una paloma mensajera, identificaba mi olor en el viento.

A veces me descubría un excremento de coyote o un sendero que conducía hasta la hondonada en la que crecía la uva de oso, bajo la cual el suelo conservaba las huellas de un ciervo. Pasábamos gran parte del tiempo tumbados al sol en la playa ancha y desierta, retándonos mutuamente a nadar hasta más allá de lo prudente cuando había marea alta, cogiendo las olas, tratando de que no nos arrastrara la resaca. A menudo ni siquiera hablábamos. Pero, cuando lo hacíamos, hablábamos de todo.

Yo sabía que nuestra amistad carecía de sentido. Yo no era una niña solitaria, ni siquiera me sentía sola. Becky vivía al lado y tenía a Anna. Yo tenía catorce años y medio, él doce. Pero por alguna razón, aquel verano, cuando tantas cosas se estaban desmoronando, cuando empezaba a sentirme acosada, Jonas me daba seguridad.

Formábamos una pareja extraña. Yo, alta, pálida, con zuecos del Dr. Scholl y biquini, escondiendo mis incómodos pechos y nuevas curvas debajo de camisetas de cuello deshilachado heredadas de mi padre. Jonas, al menos treinta centímetros más bajo, siempre descalzo, vestido todos los días con los mismos costrosos pantalones cortos verdes y la misma camiseta de los Allman Brothers. Cuando, en una ocasión, le sugerí que era un hábito repulsivo y que una lavadora podía ser de gran utilidad, y él se encogió de hombros y me dijo que bañarse en el mar y en los estanques era antiséptico.

—Y, además —señaló—, eso que dices es de mala educación.

—Estoy siendo maternal —contesté—. Me siento responsable de ti.

—No soy un bebé.

—Ya lo sé —dije—. Eres un niño.

—Y tú una niña.

—Yo ya no.

—Y eso ¿qué quiere decir?

En cuanto abrí la boca quise darme de bofetadas.

—Nada —respondí—. Solo que soy mayor que tú.

Pero Jonas no estaba dispuesto a dejarlo ahí.

—No —insistió—. Has dicho que ya no eres una niña, y que yo sí soy un niño. No tienes por qué estar conmigo si no quieres. No soy responsabilidad tuya.

—Deja de portarte como un crío.

—Al parecer es lo que soy —respondió Jonas.

—Muy bien. Lo que tú digas —zanjé—. Yo ya soy una «mujer», como no deja de recordarme mi madre. Te juro que cada vez que la oigo tengo ganas de vomitar. «Eleanor, debes estar orgullosa. Ya eres una mujer».

Me miró con expresión seria, inquebrantable. Luego me puso la mano en el hombro y me dio un apretón afectuoso.

—Lo siento mucho —dijo—. La verdad es que suena fatal. Ven, ayer encontré una cosa genial. Por cierto —añadió sin volverse mientras caminábamos—, la educación sexual se da en quinto curso, así que ya sé que las mujeres sangráis.

—¡Qué asco!

—El poder de crear vida es algo hermoso.

—¡Ay, por Dios! —Le di una palmada en la espalda.

—Debes estar orgullosa, Eleanor. Ya eres una mujer —dijo imitando lo mejor que pudo a mi madre y echó a correr antes de que me diera tiempo a tirarlo al suelo.

En la espesura, en un bosquecillo de acacias blancas, Jonas había descubierto una casa abandonada cuyas paredes y tejado se habían podrido tiempo atrás y habían dejado solo la silueta de piedra de dos pequeñas habitaciones. Por todas partes crecían rosas silvestres y madreselva. Saltamos por encima de lo que quedaba de las paredes y nos detuvimos en el centro de lo que en otro tiempo había sido el hogar de alguien. Jonas encontró un palo y arañó un bulto en el suelo de arena hasta desenterrar una botella azul zafiro, desgastada como los cristales de la playa. Despejó un trozo de suelo y nos tumbamos uno al lado del otro a mirar las nubes aborregadas. Cerré los ojos y escuché el susurro de los pinos, aspiré el aroma a hinojo marino y enebro. Se estaba bien allí tumbada con él, en silencio. En silencio pero en sintonía, conversando sin palabras, como si cada uno oyera los pensamientos del otro y por tanto no necesitara decirlos en voz alta.

—¿Crees que aquí es donde estaba el lecho matrimonial? —preguntó Jonas al cabo de un rato.

—Qué niño tan peculiar eres.

—Estaba pensando en lo bonito que es este sitio y en que podríamos reconstruir la casa y vivir aquí cuando nos casemos.

—Vale. En primer lugar, tienes doce años. Y en segundo, deja de decir cosas raras —dije.

—Cuando seamos mayores nuestra diferencia de edad dará igual. Casi da igual ahora.

—Supongo que eso es verdad.

—Me lo tomo como un sí, entonces —dijo Jonas.

—Muy bien —contesté—, pero quiero una olla para baño María.

—Mis hermanos me toman el pelo contigo —me dijo Jonas una tarde cuando lo acompañaba a casa desde el estanque.

Yo conocía un poco a sus hermanos. Elias tenía dieciséis años. Anna y él habían hecho un curso de vela juntos dos veranos antes y en una ocasión se habían besado jugando a la botella. Hopper tenía los mismos años que yo, catorce. Era alto, con abundante pelo rojo y pecas. Nos habíamos saludado una o dos veces en los bailes de las noches de los viernes en el club náutico, pero eso era todo.

—Se meten contigo porque soy lo bastante mayor para ser tu canguro. Y no les falta razón. Es un poco raro.

—A Hopper le gustas —dijo Jonas—. Creo que por eso se mete tanto conmigo. Aunque supongo que eso no explica el comportamiento de Elias.

Reí.

—¿Hopper? Si casi ni he hablado con él.

—Deberías sacarlo a bailar alguna vez —dijo Jonas—. Mira. —Se agachó y cogió un huevo azul pequeño que había caído en la hierba alta junto al camino. —Han vuelto los petirrojos—. Me dio el huevo con cuidado. Era ingrávido, delgado como el papel—. Me preocupaba que los arrendajos los hubieran echado a todos.

—¿Por qué te portas bien con él si es tan capullo contigo?

—Es un capullo solo porque me ve como una amenaza.

—Lo que debería hacer es decirle que deje de meterse contigo.

—Por favor, no lo hagas —contestó Jonas—. Eso sería humillante.

Al doblar un recodo aminoramos el paso. Más adelante estaba la casa de los Gunther, la única propiedad de Back Woods delimitada con una cerca. Los Gunther eran raros. Austriacos. Reservados. Los dos eran escultores. A veces me los cruzaba en el camino cuando sacaban a pasear sus dos pastores alemanes. Aquellos perros me daban pánico. Cuando pasabas delante de la casa se acercaban a la cerca ladrando y babeando. Una vez, uno se soltó y mordió a Becky en la pierna.

Al acercarnos al camino de entrada a la casa de los Gunther oí a los perros ladrar y bajar la pendiente hacia nosotros.

—Vale —dije—, lo sacaré a bailar. Pero de verdad que dudo mucho que te vea como una amenaza. —Me reí.

Por lo general pasábamos corriendo delante de la casa de los Gunther. Pero ahora Jonas se paró en seco en mitad de la carretera.

—Gracias por la aclaración, Elle.

Los perros habían llegado a la cerca y estaban fuera de sí, rabiosos. Se abalanzaban contra la valla, no estaban acostumbrados a que no les hicieran caso.

—Tenemos que irnos —dije—. Van a romper la valla. —Pero Jonas seguía allí parado mientras los perros ladraban cada vez más fuerte—. ¡Jonas!

—Desde aquí ya puedo llegar a casa solo —dijo con frialdad.

Y se alejó por la carretera.

Apareció el señor Gunther a en lo alto de la pendiente.

—¡Astrid! ¡Frida! —llamó a sus perros—. *Herkommen! Jetzt!*

Cuando fui a la playa al día siguiente, Jonas no apareció.

—Papá —dice Conrad—. ¿Sabías que Eleanor es una asaltacunas? Está enamorada de un niño de diez años.

Es finales de verano. Mamá ha ido al vertedero antes de que cierren. Leo está en el fregadero limpiando un pez golfar que ha pescado esta mañana. Últimamente hay muchos por la costa, revolviendo las aguas cerca de la orilla.

—No es más que un chiquillo que me sigue a todas partes. Y tiene doce años, no diez —aclaro, pero noto que me pongo colorada.

—¿Quién te sigue? —pregunta Leo. Se ha pasado casi todo el mes de gira con una banda de jazz. Me alegro de que haya venido. Mamá es mucho más feliz cuando Leo está en casa.

—El niño ese, Jonas, que se pasa la vida aquí —responde Conrad—. Es el novio de Elle.

—Qué bien —dice Leo y desaparece dentro de la despensa.

Oigo caerse cosas y a Leo maldecir.

—No seas capullo. No es más que un crío.

Separo mi silla de la mesa y recojo mi plato.

—Exacto —contesta Conrad—. Y tú una asaltacunas.

—¿Sabe alguien dónde guarda vuestra madre el papel film? —pregunta Leo desde la despensa—. ¿Por qué no hace más que comprar papel encerado? ¿Quién usa papel encerado?

Anna ha estado sentada en el sofá intentando rearmar su anillo rompecabezas. Ahora, al olor de la sangre, levanta la vista.

—Vaya, Conrad —dice—. Te noto celoso. —Sonríe—. Me parece que le gustas a Conrad, Elle.

La cara de Conrad se retuerce en una mueca extraña. Se obliga a reír.

—¿Tú qué piensas, Elle? —continúa Anna—. ¿Te gusta Conrad? Quiere que seas su novia.

—Para, Anna —respondo—. Es repulsivo. —Y sin embargo siento una punzada incómoda de constatación, como si lo que ha dicho Anna me trajera a la mente algo que ya sé, pero que no logro recordar.

—Que te follen —le escupe Conrad a Anna.

Ella percibe su debilidad y estrecha el cerco.

—El incesto es bastante peor que asaltar cunas, Con.

Conrad da un salto y agarra con fuerza a Anna por el brazo.

—Cállate. Cállate o te lo parto.

—Tranquilízate —dice Anna provocándolo—. Solo intento ayudar. Quiero asegurarme de que sabes que es pecado antes de hacer algo de lo que puedas arrepentirte.

Leo sale al porche en el preciso instante en que Conrad le está dando a Anna un puñetazo en la cara.

—¡Conrad! —En dos zancadas está junto a su hijo, lo coge de la camiseta y lo aparta de Anna con manazas que apestan a pescado—. ¿Se puede saber qué narices te pasa? —Arrastra a Conrad por el porche y, al llegar a la puerta, le da tal empujón que se cae al suelo—. ¡Levántate!

Miramos a Conrad intentando contener las lágrimas.

—Menudo bebé —dice Anna con una sonrisa de desdén.

Vuelve al sofá, coge un libro y sigue a lo suyo como si no tuviera ni idea de la que ha montado.

El pícnic playero de despedida de Dixon siempre ha sido mi noche favorita del verano. Back Woods al completo se reúne para hacer una inmensa fogata en Higgins Hollow. Cogemos algas crujientes, ennegrecidas por el sol en la línea de pleamar, para usarlas como yesca, arrastramos maderos sarmentosos y los apilamos, miramos el fuego escupir brasas al cielo nocturno. Todos bailan y cantan. Al anochecer, encendemos bengalas y correteamos igual que luciérnagas. Los adultos beben demasiado. Los espiamos desde las dunas y jugamos al pañuelo. La gente cuece langostas y almejas en enormes ollas de esmalte moteado, envuelven mazorcas crudas remojadas en agua de mar en papel de aluminio y las ponen al fuego.

Nosotros somos de hamburguesas. Mi madre siempre insiste en llevar pepinillos dulces, mostaza y cebollas crudas que le dejan un aliento insoportable. Reparte rabanitos con sal como si fueran una exquisitez.

Este año, a Conrad no le permiten venir. Está castigado una semana. Suplica a su padre que no lo deje en casa. Incluso mamá intenta convencer a Leo de que cambie de opinión, pero este se niega.

—Dios sabe que últimamente está muy difícil —dice mamá.

Acaban de bañarse en el estanque. Anna y yo estamos sentadas en el porche comiendo helado de fresa.

—¿Y su habitación tiene que oler siempre a pies? ¿No puede hacer algo al respecto? Ese remedio para el pie de atleta que anuncian igual ayuda, ¿no crees? Le di un bote de talco, pero dice que le pica la piel cuando se lo pone. Tienes que hablar con él.

Miro a Leo secarse con una toalla como si sacara lustre a un gran coche blanco. Tiene el bañador dado de sí y la barriga le tiembla cuando mueve la toalla atrás y adelante. Parece un bebé gigante. Leo no es un gran nadador, pero mi madre lo está obligando a hacer ejercicio.

—No puede ser fácil para él vivir en esta casa, Leo. Con tantas mujeres. Tú has estado fuera casi la mitad del verano. Es difícil integrarse en una familia que no es la tuya. Necesita que tú te pongas de su parte.

—Lo que necesita es entender las consecuencias de sus actos.

—Lo que estás haciendo es marginarlo todavía más. Ponernos las cosas más difíciles a todos.

—Esto no tiene nada que ver contigo y las niñas, Wallace. Estamos hablando de mi hijo.

—Déjale que venga. Le encanta jugar a la Caza del Oso contigo. Es una tradición.

—Ningún hijo mío queda impune después de pegar a una niña —dice Leo.

—Seguramente la niña se lo merecía —contesta mamá.

A la mañana siguiente me quedo en la cama mirando el tragaluz. En los bordes se ha acumulado una capa de polen amarillo. Hace falta un buen chaparrón que lo limpie. Llevamos muchos días de cielo azul. Miro una araña trajinar en su tela. Una polilla seca cuelga de un filamento suelto, se mece con cada soplo de brisa. Me huele el pelo a hoguera y a kétchup. Alguien se está duchando. Un chorro de agua salpica hojas secas. El agua se detiene con un gemido. Conrad maldice al pisar una zarza. Cojo mi libro y lo abro por la página con la esquina doblada. El depósito de agua caliente tardará unos minutos en llenarse.

En nuestro campamento solo hay una ducha, sujeta a un árbol esmirriado junto al cuarto de baño y rodeada por una empalizada desgastada por los elementos que siempre está infestada de arañas. Nadie usa los ganchos oxidados para colgar las toallas. Las tendemos en las ramas bajas de un árbol. Un reguero de agua jabonosa discurre directamente de tu cuerpo a las hojas y sale al sendero, arrastrando agujas de pino, por eso está estrictamente prohibido hacer pis en la ducha. Si no, el camino al cuarto de baño empieza a oler igual que la parte trasera de un autobús Greyhound.

Pasados diez minutos, cojo mi toalla y mi acondicionador Wella Balsam. Por el camino me encuentro un charco jabonoso que la tierra absorbe poco a poco. Lo salto y aterrizo con un chapoteo en el extremo opuesto, salpicándome entera de lo que enseguida me doy cuenta de que es pis. Vuelvo hecha una furia por el sendero y aporreo la puerta de la cabaña de mi madre.

Aparece segundos después, atándose el albornoz con aspecto exhausto.

—Leo está durmiendo —susurra.

—¿Hueles eso? —Le enseño la pierna.

—Eleanor, no estoy de humor para olisquearte —dice—. Anoche se hizo tarde. Demasiados gin-tonics.

—Conrad ha hecho pis en la ducha.

—Bueno, eso es que por lo menos se lava. Es una buena noticia.

—Mamá, es asqueroso. Lo he pisado.

—Hablaré con él. Pero ya está castigado, así que Dios sabe de qué servirá.

—¿Por qué tiene que estar aquí?

Mi madre suspira y sale, cierra la puerta de la cabaña.

—¿Sabes qué te digo? Igual si Anna y tú fuerais más agradables con Conrad, no se portaría así. —Se frota las sienes—. ¿Te importa ir a la cocina y traerme agua y una aspirina?

—¿Por qué tiene que ser problema nuestro? ¿Por qué no se puede volver a Memphis con su familia?

—Nosotros somos su familia.

—Yo no.

—Haz un esfuerzo, Elle. Por Leo. —Se vuelve para asomarse a la habitación y comprobar que Leo sigue dormido—. Llévatelo a nadar contigo de vez en cuando. Invítalo a jugar al parchís. No te va a pasar nada por ello.

—Hace trampas. Y ni siquiera es capaz de llegar al centro del estanque.

—Inténtalo. Por mí.

—Muy bien —digo—. Le preguntaré si quiere venir a la playa hoy. Pero si se porta como un capullo, me debes cien dólares.

—Entonces más me vale dártelos ya. —Mi madre suspira—. Pero gracias.

Los restos de la hoguera de anoche todavía humean en la arena. Alguien ha hecho una barricada con madera de deriva alrededor para que la gente no se queme los pies. Hay un plato de papel boca abajo, unas cuantas mazorcas de maíz semienterradas.

—¿Y qué? —pregunta Conrad—. ¿Estuvo divertido?

—Sí.

—¿Quién había?

—Los de siempre.

Conrad empuja el plato de papel con el dedo gordo del pie. Aterriza con un ruido de arañazo, se desliza.

—¿Hizo mi padre la Caza del Oso?

—Pues claro.

Conrad parece disgustado.

—¿Quién hacía de perro?

—No sé, un niño. Siento que no pudieras venir —me obligo a decir.

Extendemos las toallas bien lejos del agua. La marea está subiendo. Me siento y saco una lata helada de Fresca de mi bolsa. Cuando la abro, la anilla se rompe y me quedo con ella en la mano y la lata sin abrir.

—Dame —dice Conrad y apuñala la lata hasta abrirla
con un trozo de concha afilado, me la devuelve.

—Gracias.

—¿Nos bañamos? —pregunta Conrad.

—Antes necesito pasar un poco de calor. Pero igual
hoy ni me baño. Con esas olas puede ser un poco duro.

—Creía que te gustaba el sexo duro —contesta Conrad y se ríe de su propio chiste malo.

Hago como que no lo he oído y abro mi libro. Conrad
sigue sentado y se rasca una picadura de mosquito que tiene
en la pierna. Al cabo de un rato se levanta y va hacia el agua.
Me tumbo boca abajo, aliviada por que se haya ido. Cierro
los ojos y apoyo la cabeza en los brazos. Estoy quedándome
dormida, cuando noto algo húmedo en la espalda.

—Mira lo que he encontrado —dice Conrad—. Creo
que Jonas y tú os lo dejasteis aquí anoche.

Saco un brazo y me quito lo que me ha puesto. Es un
condón usado. Chillo y me pongo de pie de un salto.

—¿Tú de qué coño vas? —grito y corro al mar a lavarme.

La primera ola me coge desprevenida y acabo debajo
del agua. Cuando intento salir a la superficie, me revuelca
una y otra vez. Necesito aire, pero me obligo a hundirme.
Encuentro el fondo y tomo todo el impulso que puedo. Salgo a la superficie sin aliento, me dirijo hacia la orilla y consigo salir antes de que pueda cogerme otra ola. Algunos
adultos han visto mis dificultades y corren a ayudarme.

—Estoy bien —los tranquilizo—. Estoy bien.

El bañador me pesa como un saco de arena. Me sacudo
suciedad, kril y algas. Una piedra rosácea cae al suelo cerca
de mis tobillos. Conrad está doblado hacia delante, riendo.
Paso a su lado sin mirarlo.

—Ha sido una broma —dice—. Alegra esa cara.

Cojo la toalla y el libro y me los guardo en la bolsa.

—Deberías bañarte —respondo—. Es un día perfecto para ahogarse.

—Me debes cien dólares —le digo a mi madre al llegar a casa.

—¿Dónde está Conrad? —pregunta.

—Con un poco de suerte, muerto.

—Voy a hacer sopa de almejas para cenar —contesta.

Por la mañana, cuando voy a la casa principal a desayunar, encuentro a Jonas sentado en el porche trasero. Conrad está dentro, comiendo un tazón de copos de maíz en su asqueroso albornoz marrón y leyendo *Espía contra espía*.

—Hola. —Me siento al lado de Jonas—. ¿Qué haces aquí?

—He venido a despedirme.

—Ah.

—Se supone que nos íbamos el sábado, pero mi madre pilló a Elias con una chica en las dunas la noche de la hoguera y, dicho con sus palabras, «no me gustó lo que la chica estaba viendo», en referencia al culo de mi hermano. —Suspira—. En fin. El caso es que esta tarde nos volvemos a Cambridge.

En el porche, Conrad deja el tebeo y para de masticar, con la cuchara suspendida encima del tazón. Sé que nos está escuchando, pero me da igual.

—¿Cuándo empiezas las clases? —pregunto.

—Como en dos semanas, creo.

—Secundaria, ¿no?

—Sí.

—Guau.

—Pues sí. —Jonas ríe con cierta tristeza—. Escuela de mayores ya.

En todos los días que he pasado con Jonas, este es el primer momento que me resulta incómodo. Pensar en las clases, en la vida real fuera de Back Woods, su vida en Cambridge, la mía en Nueva York, de pronto convierte nuestra diferencia de edad en una brecha enorme, insalvable.

—Ya lo sé —dice Jonas leyéndome el pensamiento—. Se hace raro. —Restriega el dedo gordo del pie contra la arena húmeda—. Había pensado que podíamos ir a nadar por última vez al lago.

—Tengo que ir al pueblo con Anna y mi madre.

—Bueno, entonces supongo que ya no nos vemos. —Jonas se pone de pie y me tiende una mano—. Hasta el verano que viene.

—¿Por qué no le das un besito de despedida? —interviene Conrad desde el otro lado de la mosquitera del porche.

—Cállate, Conrad —respondo mientras acepto la mano extendida de Jonas.

—Pégale un buen morreo con lengua.

—No le hagas caso —dice Jonas.

—¿Sabes qué? —contesto a Jonas—. Que sí que tengo tiempo para un baño rápido. Espérame un segundo.

—Corro a ponerme el bañador. Jonas ya está en el agua cuando vuelvo. Me zambullo y lo alcanzo—. Lo siento. Es un imbécil.

—Los chicos de su edad solo piensan en una cosa —dice Jonas.

Me río.

—Pero mira que eres raro.

—Ha sido un gran verano, Elle. Gracias —añade Jonas manteniéndose a flote delante de mí.

—Ha sido un placer —respondo—. ¿Hacemos una última competición de aguantar la respiración?

—No es una competición si siempre gano yo —dice Jonas—. Aunque tengo que reconocer que has mejorado un poco.

—Por favor —contesto riendo—. Soy campeona estatal.

—¿A la de tres?

Digo que sí con la cabeza.

Nos metemos debajo del agua y contenemos la respiración. Entonces, sin pensar, tiro de él hacia mí y lo beso.

Espero a que se marche Jonas para enfrentarme con Conrad.

—¿Por qué haces eso?

—¿El qué?

Conrad pasa las páginas del tebeo, se come una última cucharada de cereal reblandecido. De la comisura de la boca le cae leche. Miro cómo le baja por el mentón y el cuello igual que una gota de sudor blanquecino.

—Portarte como un cerdo.

—No deberías andar por ahí con un niño de doce años.

—Eso no es asunto tuyo.

—Me pone enfermo.

—¿A ti qué te importa?

—A mí nada —responde—, pero avergüenzas a la familia. —Se pone de pie y se me acerca mucho—. ¿Le has dejado que te meta la lengua?

Mi madre y Anna pasan junto a la casa de camino al coche. «Apunta peras —oigo decir a mamá—. Y filetes. Ah, y casi no nos queda bourbon.

—¿Le has dejado que te haga un dedo? —dice Conrad.

Me vuelvo hacia él.

—Me da vergüenza que me vean contigo —digo—. El que avergüenza a esta familia eres tú, no yo.

—Sí, claro.

—Es verdad. Nadie te quiere aquí, merodeando por los arbustos igual que un pervertido con tus espinillas repugnantes. ¿Por qué no te has ido con tu madre? Ah, perdona —digo—. Que ella tampoco te quiere.

La cara de Conrad se vuelve rojo oscuro.

—Eso es mentira.

—Ah, ¿sí? ¿Cuál es su número de teléfono? Vamos a llamarla y se lo preguntamos. —Voy hasta el teléfono de disco negro y levanto el auricular. Hay una lista con números importantes escrita en un trozo de papel. La leo y encuentro el número. Marco.

—Está sonando.

—Qué te den —contesta Conrad y sale corriendo de la casa. Está llorando.

—¡Eres un bebé! —le grito.

En la mano oigo una voz metálica, lejana.

—¿Sí? —dice alguien.

Cuelgo.

El castigo por mi crueldad con Conrad no tarda en llegar. Empieza con un picor bajo los párpados. Se me hincha la garganta. A última hora de la tarde tengo la cara llena de ampollas. No puedo ni abrir los ojos. El médico nos dice que solo hay una manera de intoxicarse así con hiedra venenosa: alguien en la hoguera debió de echar al fuego un tronco con hiedra cuando yo estaba sentada en el recorrido del humo y el aceite envenenado me entró directamente por los oídos, la boca, la nariz. Mi madre ha preparado para mí una cama plegable en la despensa en penumbra. Me tapa la cara y el cuello con una gasa húmeda empapada en loción de calamina. Parezco la leprosa de *Ben-Hur*. Me trae una infusión fría de manzanilla y una pajita. Deja un cuenco con hielo junto a la cama. Tragar es una tortura.

En el cuarto de estar, están todos jugando al póquer. Oigo fichas de madera caer en el bote. Anna y Leo están discutiendo sobre quién se tira mejor un farol. Mi madre ríe. Conrad ríe. Se me están secando los vendajes, se me pegan a las dolorosas llagas. Intento llamar, pero no me funciona la voz. Más risas. Golpeo el suelo con el pie y por fin oigo pisadas que se acercan.

—¿Mamá?

—Me manda a ver qué necesitas.

Es Conrad.

—¡Necesito a mi madre! —susurro—. Se me han pegado las vendas.

—Vale —dice, pero, en lugar de irse, se sienta en el borde de mi cama. Una burbuja de pánico me sube por la garganta. Me siento indefensa y me preparo para lo que pueda venir.

—¡Trae a mi madre! —grazno.

Noto que me mira.

—Espera —dice. Me retira con cuidado la gasa de la cara y la sustituye con un paño húmedo. —Voy a buscarla.

Anna llama desde la otra habitación.

—¡Conrad, te toca!

—¡Voy! —Pero no se va—. Si quieres te leo algo.

—Lo que quiero es que venga mi madre.

Se pone de pie. Mueve un pie atrás y adelante en el suelo de madera sin barnizar. Espero a que se vaya.

—Siento lo del condón —dice por fin—. No sé por qué lo hice.

—Porque quieres que todos te odiemos.

—Eso no es verdad.

—Entonces, ¿por qué eres siempre tan capullo?

—No quiero que me odiéis —contesta en voz baja.

—Pues es un poco tarde para eso, ¿no? —tercia Anna desde la puerta—. Deja de molestar a mi hermana, Conrad.

—No pasa nada —digo.

—Eso es porque no puedes abrir los ojos y no ves que te está mirando como un bicho pervertido.

Noto cómo Conrad se pone rígido.

—Vamos, tortolito, te estamos esperando.

—Para, Anna —digo—. No me estaba molestando.

—Como quieras —responde—. Tú sabrás lo que haces. Y, Conrad, si no vienes ahora mismo te sacamos del juego.

—Voy en un segundo —contesta él.

—Lo siento. —Me callo un momento—. Y siento mucho lo que dije de tu madre.

Conrad se sienta en el borde de mi cama.

14

1982. Enero, Nueva York

Me meto en la cama y espero. Enseguida oigo las pisadas con medias de mi madre al otro lado de mi puerta, en el largo pasillo de paredes forradas de libros de nuestra casa. Debería llevar zapatos. Los tablones viejos del suelo se astillan y atacan a cualquiera lo bastante temerario para ir sin calzar. Una carrera por el pasillo, un resbalón y una esquirla diminuta de madera oscura que se te clava en el pie a demasiada profundidad para sacarla con unas pinzas. A estas alturas ya domino el ritual lo bastante para llevarlo a cabo sola: encender una cerilla, esterilizar la aguja hasta que la punta se ponga roja, desgarrar la carne encima de la sombra de la astilla. Hurgar.

Mamá apaga la luz del pasillo al pasar por mi habitación. Odia desperdiciar electricidad. Permanezco atenta al sonido suave de la puerta de su habitación al cerrarse. En el cuarto de estar, Leo cierra el libro que está leyendo, tira de la cadenita de la lámpara con forma de jarrón Ming, empuja el butacón de madera. Se abre la puerta de su dormitorio, se vuelve a cerrar, esta vez con más firmeza. Susurros de buenas noches, el correr del agua en el cuarto de baño, el suave choque del vaso de plástico de enjuagarse al dejarlo en una esquina del lavabo de porcelana. Cuento los minutos. Estoy atenta al crujido de la cama bajo el peso de Leo. Mi pecho sube y baja con cada respiración. Escucho el susurro de sábanas de algodón. Espero. Sigo esperando. Se ha hecho el silencio. Con cuidado de no hacer el más mínimo ruido, salgo de la cama, giro despacio el pomo de la puerta. Todo sigue en silencio. En el pasillo oscuro como boca de lobo, palpo en busca del interruptor de la luz, la enciendo. Espero. Nada. Están dormidos, o demasiado cansados para que les moleste. Cierro bien mi puerta, me meto de nuevo en la cama, me tapo hasta el cuello. He hecho lo que he podido. Me siento más segura con la luz del pasillo dada.

Una noche de octubre, un mes después de volver de Cape Cod, me desperté de un sueño profundo. Lo que me despertó fue una brisa en los muslos. Recuerdo que pensé que me había destapado, pero, cuando fui a coger las mantas, me di cuenta de que tenía el camisón subido hecho un gurruño y las piernas, el estómago y los pechos completamente al descubierto. Y las bragas empapadas. Se me había adelantado la regla. Me sequé la mano en el camisón y me disponía a levantarme para ir al cuarto de baño cuando caí en la cuenta de algo: no había mancha oscura, no había sangre donde me había limpiado la mano. Me llevé la mano a la nariz, confusa. Un intenso olor acre que no reconocí. Una textura espesa, de papilla. Y entonces vi moverse algo en el armario. Había alguien allí, escondido en las sombras, en la oscura oquedad. No le veía la cara, pero sí el pene, blanco y carnoso contra la negrura, todavía erecto. Lo estaba estrujando y la punta brillaba con las últimas gotas de semen.

Me quedé helada, paralizada. Sin atreverme ni a respirar. En los últimos tres meses, cuatro mujeres habían aparecido violadas y estranguladas en la ciudad y aún no habían cogido al asesino. La víctima más reciente no tenía más de dieciocho años. La habían encontrado desnuda, flotando en el río, con las manos atadas a la espalda. Con cuidado, despacio, volví a tumbarme. Igual si pensaba que no lo había visto se iría sin hacerme daño. Cerré los ojos con fuerza y recé. Por favor, vete. No gritaré. No se lo diré a nadie. En el silencio dentro de mí estaba gritando tan fuerte que el sonido llenaba el vacío, era un terror casi incontrolable. Pasaron minutos. Por fin algo se movió. El movimiento callado de la puerta de mi habitación. Me permití abrir un poquito los ojos para asegurarme de que se había ido. Justo cuando se cerraba la puerta, Conrad se dio la vuelta.

Febrero

Al otro lado de la puerta oigo el crujido levísimo de un tablón del suelo.

—¿Elle? —Conrad susurra mi nombre para asegurarse de que estoy dormida—. Elle, ¿estás despierta?

Abre la puerta y se queda de pie junto a mi cama en la oscuridad. Al cabo de unos segundos se agacha, me sube el camisón por encima de los muslos, se abre la bragueta, se toca. Un sonido apagado, gomoso. No hagas ruido. Traga saliva. No te muevas. Debo fingir que duermo profundamente. Conrad cree que no tengo ni idea de que entra en mi habitación por la noche. Que me mira. Que se masturba. Por lo que él sabe no me entero de nada, soy del todo ajena a lo que hace. Como si me hubiera tomado un somnífero.

Y nunca debe saberlo. Mientras piense que sus visitas son un secreto, puedo comportarme con normalidad, sentarme a cenar en familia con él, pasar delante de su habitación de camino al cuarto de baño. Porque, en lo que a mí concierne, no ha pasado nada. Quizá si aquella primera noche el terror no me hubiera paralizado, si hubiera chillado y gritado. Pero entonces todo se habría sabido; la humillación, la suciedad. Cuando me desperté aquella noche, ya se había hecho una paja encima de mí, encima de mis bragas. Le había visto la punta del pene. Esa parte ya no se podía borrar, ni siquiera con un grito. A todos en mi familia se les quedaría esa imagen grabada. Yo habría quedado contaminada para siempre, sería objeto de lástima. Así que cargaré con el peso de la vergüenza antes que delatar a Conrad.

Sé que mi silencio lo protege. Pero también me protege a mí: a Conrad lo aterra ser descubierto, desenmascarado ante su padre, rechazado para siempre. Es la única arma que tengo. Cada vez que se acerca demasiado a mí ahora, simulo despertar y entonces se escabulle de la habitación antes de que lo sorprenda. Vuelve a su cubil. Estoy a salvo. Lo único que tengo que hacer es no quedarme dormida.

Marzo

Leo y Conrad están discutiendo.

—¡Maldita sea! —grita Leo—. No puedo con esto. No puedo... —Oigo puñetazos a una pared—. Es una vergüenza —grita Leo—. ¿Lo entiendes? ¿Lo entiendes?

—Papá, por favor.

—¡Recoge tu habitación!

Más golpes, patadas.

Acabo de volver a casa de mi trabajo de canguro y necesito hacer pis. Me asomo al largo pasillo. La puerta del cuarto de Conrad está abierta de par en par. Le dará vergüenza si se entera de que los estoy oyendo, pero tengo que pasar por delante de su habitación para llegar al cuarto de baño. Dejo mis cosas, cuelgo la chaqueta en el perchero y recorro el pasillo de puntillas esperando pasar inadvertida.

—Papá, por favor. Lo he intentado. Pero es que no lo entiendo.

—¿El qué no entiendes? —grita Leo—. ¿Que Des Moines es la capital de Iowa? Es geografía, no astrofísica. Si suspendes otra vez, te echan. ¿Lo comprendes?

—Sí, señor.

—Aquí no hay segundas oportunidades.

—No he cateado aposta, papá —dice Conrad, muy alterado—. Es que se me da mal.

—A nadie se le da mal la geografía. Solo a los vagos.

—Eso no es verdad —responde Conrad y se le quiebra la voz.

—¿Me estás llamando mentiroso?

—No. Me…

Leo me ve cuando paso sin hacer ruido.

—Pídele a Eleanor que te ayude. Este semestre ha sacado todo sobresalientes. Eleanor, ven aquí.

Me paro, pero no entro.

—No necesito su ayuda —contesta Conrad—. Voy a mejorar, lo prometo.

—A tu hermana le va bien porque tiene determinación. Se esfuerza y respeta lo que esperamos de ella.

—Lo que pasa es que se me da bien memorizar.

—No es mi hermana —señala Conrad.

Cuando me mira hay veneno en sus ojos.

—Tengo que ir al baño —digo.

—¿Leo? —Mi madre llama desde algún punto de las profundidades del apartamento—. ¿Te pongo una copa?

Tengo los ojos cerrados, pero noto el aliento húmedo de Conrad. Acerca mucho la cara a la mía en busca de indicios de vida. Me concentro en respirar acompasadamente, despacio. Se inclina aún más y me acaricia el pelo. Me revuelvo; finjo estar a punto de despertarme. Retira la mano y retrocede hacia las sombras, espera a ver si vuelvo a moverme. Me pongo de costado y me reacomodo. Eso basta para ponerlo nervioso. Cuando está a punto de irse dice algo en voz tan baja que casi no le oigo. Casi. «Uno de estos días te la voy a meter de verdad», susurra. «Te voy a dejar embarazada. ¿Quién pensará entonces que eres la hija perfecta?».

El vómito me sube por la garganta, pero lo contengo. No muevo un músculo.

Abril

La clínica está llena a rebosar de mujeres. Mujeres mayores, jóvenes y embarazadas. Enfrente de mí hay sentadas tres chicas puertorriqueñas. «Oye, mamacita —se burla una de mí—, ¿tienes novio?», y las otras ríen. Fijo la vista en el plástico naranja de mi silla. Fuera cae la nieve y mata las primeras flores de los cerezos. Tengo las botas de montaña empapadas. De camino desde el metro hasta el centro de planificación familiar, entre montículos de nieve en flor, casi me acobardo. Pero aquí estoy, esperando que digan el número que tengo en un papelito rosa, como si estuviera en un Baskin-Robbins.

La enfermera nos llama a cinco a la vez. Le doy la carta firmada que he falsificado en papel con membrete de mi madre en la que me autoriza a tomar anticonceptivos aunque solo tengo quince años. Casi ni la mira antes de dejarla encima de un montón de lo que probablemente son cartas parecidas. Me llevan a una zona separada por cortinas con las chicas puertorriqueñas y una mujer embarazada. Una orientadora nos habla de los peligros de la anticoncepción, de la opción de dar en adopción, y a continuación nos da un test de embarazo a cada una. La mujer embarazada dice que en su caso es desperdiciarlo, pero la enfermera dice que es el protocolo. Las tres chicas no dejan de mirarme con ojos asesinos. «¿Qué pasa, rubita? ¿Tu padre no quiere pagarte un médico de verdad?». Me llevo el test al cuarto de baño y hago pis en una tira de papel.

Mi madre cree que estoy pasando el día con Becky viendo *¿Victor o Victoria?* Incluso me ha dado dinero para palomitas y un refresco. Quiero contarle la verdad, suplicarle que me salve, pero no le puedo hacer eso. Le rompería el corazón, destruiría su matrimonio. Es tan feliz con Leo… y yo soy más fuerte que ella, lo bastante para cargar con esto. Es responsabilidad mía. Fui amable con Conrad, le abrí la puerta. «Tú sabrás lo que haces», dijo Anna aquella noche de la hiedra venenosa. Y tenía razón. Ahora, donde quiera que vaya, estoy atrapada por el peso de su cuerpo, su aliento húmedo, sus manos malolientes, sus carnes fofas y repulsivas.

Después de la sesión informativa nos llevan a un vestuario y nos dan batas de papel. «Quitaos todo, dejaos los zapatos», nos dice la enfermera. Hay una cola de mujeres con delgados vestidos de papel y gruesas botas de nieve sentadas en un banco alargado esperando su turno. Tardan dos horas en llamarme y entonces la enfermera me lleva a una consulta.

El médico lleva mascarilla. No le veo la cara en ningún momento, solo los ojos ausentes.

—Por favor, dígale a la paciente que se suba a la camilla y ponga los pies en los estribos —le dice a la enfermera.

—Solo necesito una receta de la píldora —digo.

El médico se vuelve a la enfermera.

—¿Le ha explicado que no puedo recetarle nada sin examinarla antes?

La enfermera asiente con la cabeza y me mira con impaciencia.

—Pues claro, doctor. Ha firmado los consentimientos.

Cuando me subo a la camilla, noto que se me desgarra el vestido de papel. ¿Cómo voy a volver al vestuario sin que me vean desnuda? Me tumbo y dejo que la enfermera me coloque las botas mojadas en los estribos metálicos. En la consulta hace calor, pero yo no dejo de tiritar.

Llaman a la puerta.

—Adelante —dice el médico.

Entra un hombre joven asiático en bata blanca.

—Tenemos aquí a un estudiante de medicina de Kioto que ha venido a estudiar nuestros métodos anticonceptivos. ¿Te importa si se queda a observar? —dice el médico. Le hace un gesto al joven para que se coloque a los pies de la camilla haciendo caso omiso de mi expresión de horror. Le tiende una mascarilla.

El joven me saluda con una inclinación de cabeza y los brazos estirados a ambos lados del cuerpo antes de meter la cabeza entre mis piernas y mirarme la vagina.

—Interesante —comenta—. El himen sigue intacto.

—Sí —dice el médico—. Ahora vas a notar frío.

15

1982. Noviembre, Nueva York

El agua baja en regueros por los cristales de las ventanas. Mi habitación es igual que una tumba. Sellada. Bostezo, me incorporo en la cama, miro hacia el patio interior. La fuerte lluvia se ha acumulado en el centro y ha formado un lago cuadrado. Un vaso de papel encerado navega por su superficie arrastrando un trozo de papel film como la cola de una medusa. Consulto el reloj. Tengo examen de historia a primera hora y he puesto el despertador a las seis para terminar de memorizar. Las 7.45. Me entra el pánico al darme cuenta de que me he dormido. Corro por la habitación guardando cosas en la mochila, repitiendo en voz alta: Ley del Timbre, Tributación sin representación, «el disparo que cambió el mundo». Me visto con lo que encuentro por el suelo y ya casi he salido por la puerta cuando me acuerdo de la píldora. Corro a mi cuarto, busco en el fondo del armario, saco la cajita color crudo y forma oval de dentro del patín de hielo donde la escondo y me trago el «martes».

La semana que empecé a tomar la píldora, Conrad dejó de venir por la noche a mi habitación. Al principio pensé que era algo temporal. Seis días después de mi visita al centro de planificación familiar, Conrad se fue a pasar las vacaciones de primavera en Memphis con su madre y la rara de Rosemary, a quien yo no había visto desde hacía tres años y que, a aquellas alturas, probablemente se habría metido a monja. Las primeras semanas después de que Conrad volviera me obligaba a mí misma a quedarme despierta por la noche atenta al crujido de un tablón del suelo, del susurro de su ropa, de una cremallera al bajar. Pero no pasó nada. Era como si me hubiera tomado una píldora mágica en lugar de anticonceptiva.

Conrad estaba distinto al volver de Memphis. Feliz. El viaje había sido todo un éxito. Su madre le había pedido que volviera en junio y se quedara todo el verano.

—Vamos a ir en coche a Nuevo México a ver a mi tío —nos contó durante la cena—. Rosemary ha calculado que entre Memphis y Santa Fe hay novecientas noventa y nueve millas. Así que vamos a dar un rodeo de una milla para que sean mil justas.

—Genial —dijo Leo—. ¿El tío Jeff?

—Sí.

—¿Sigue casado con aquella azafata?

—Linda.

—Eso. La del pelo cardado.

—Se han separado —dijo Conrad.

—Tu madre no la podía soportar. Decía que era una cazafortunas. Aunque casarte con un ortopeda no es igual a que te toque la lotería, precisamente. —Leo se sirvió una cucharada enorme de puré de patata—. ¿Me pasa alguien la mantequilla?

Conrad también tenía otra apariencia. Había dejado de abrocharse el primer botón de la camisa alrededor de la nuez, algo que antes le daba aspecto de asesino en serie, y había empezado por fin a usar el champú anticaspa que mi madre ponía siempre en el cuarto de baño. Por fin había conseguido entrar en el equipo de lucha libre del instituto. Incluso le gustaba una chica de su clase. Leslie. Una alumna de segundo que se había cambiado de centro en mitad del curso.

En junio, justo antes de irse a Tennessee a pasar el verano, Conrad, Leslie y yo fuimos juntos a ver *E.T.* Sentados en la sala de cine a oscuras, comiendo palomitas y mirando a un niño en comunión con un dedo larguísimo, caí en la cuenta de que, por primera vez en mucho tiempo, las cosas parecían casi normales.

Han pasado más de seis meses y no han vuelto los golpecitos en mi puerta, la silueta oscura junto a mi cama, las amenazas susurradas. No sé si es porque pasar el verano con su madre y Rosemary le ha hecho darse cuenta de que era un asqueroso pervertido, porque Leslie y él se pasan el día restregándose el uno contra el otro o porque las hormonas que tomo me han cambiado el olor. Pero, sea lo que sea, funciona.

Corro las ocho manzanas hasta el instituto con la lluvia golpeándome en el paraguas y el agua sucia de los charcos salpicándome los tobillos. Seguro que suspendo el examen. No me acuerdo de por qué es tan importante Paul Revere.

Diciembre

—Por fin te encuentro —dice mamá abriéndose paso por entre el grueso telón de terciopelo y desplomándose en una silla plegable de la sección de las violas, ahora vacía.

—Se supone que no puedes estar aquí —contesto.

—El concierto ha sido todo un éxito —afirma sin hacerme ni caso—, aunque ese director no tiene sentido del ritmo. Con estos precios, el colegio debería contratar a un músico mejor.

—¡Mamá! —La miro furiosa y muevo los labios para formar la palabra «Cállate». La mitad de la orquesta del colegio sigue entre bastidores, guardando sus instrumentos. El señor Semple, nuestro director, está cerca, charlando con los oboes.

—Debería hablar con él. Igual no se ha enterado de que lleva mal el compás.

—Como le digas algo te mato. —Desmonto las piezas de mi flauta, envuelvo con un pañuelo blanco la punta de la escobilla de limpiar y la meto por el hueco del cuerpo. Cuando la pongo vertical, de la punta cae un delgado hilo de saliva.

—¿Y a qué viene tocar un movimiento del cuarto concierto de Brandemburgo cuando se puede tocar el quinto? —Saca una barra de cacao del bolso y se pone en los labios—. Sea como sea, Eleanor, has sido la estrella del espectáculo. Ese solo de pícolo siempre ha sido mi parte preferida del *Cascanueces*. Esa escala ascendente tan caprichosa: *tarí tarí ta tarán, ti tit titorori pa pi...* —canta a voz en cuello.

—Ay, Dios mío, ¡mamá! Para. —Cojo la flauta travesera y la pícolo y las guardo en mi mochila.

—Los fagots sonaban a leche cortada.

Leo y Conrad nos esperan en el vestíbulo a la salida del auditorio.

—¡Bravo! —dice Leo—. Te has convertido en una flautista excelente, jovencita. —Se vuelve hacia Conrad—. ¿Qué te ha parecido?

—Ha estado bien.

—¿Solo bien? A mí me parece que Elle ha estado sensacional.

—No me gusta la música clásica.

Algunas de mis amigas se han acercado a felicitarme piando de excitación. «Has estado increíble...». «No sabíamos que tocaras tan bien». «¿Es difícil?». Me caen bien mis amigas, pero sé que no han venido a verme tocar un instrumento de viento. Han venido porque Jeb Potter, el chico más guapo del colegio, toca el timbal en la orquesta.

Conrad se acerca a nuestro corro.

—Hola —les dice a mis amigas—. ¿Qué tal? —Me pone una mano en el hombro—. Soy el hermano de Elle, Conrad.

—Hermanastro —puntualizo.

1983. 1 de enero, Nueva York

Si me como otra empanadilla, reviento. Estamos en un atestado restaurante de *dim sum* de Chinatown, sentados alrededor de una gran mesa redonda. Mamá y Leo tienen resaca y están siendo ligeramente desagradables con todo el mundo. Un camarero con un gran carro de metal humeante recorre con estrépito el restaurante sirviendo platitos blancos de una comida imposible de identificar. El aire está cargado de humo de cigarrillo, sudor y bullicio. El camarero le pone una cerveza delante a mamá y esta bebe directamente de la botella.

—Un clavo saca otro clavo —dice—. No han pasado ni veinticuatro horas y ya he incumplido mi propósito de Año Nuevo.

Miro a Anna y gimo.

—Me siento gordísima.

—Por favor —dice Anna—. Yo estoy como una garrapata.

Anna ha venido de la universidad a pasar las vacaciones. Está cursando el primer año en la UCLA. Comparte conmigo la habitación porque Conrad tiene ahora la suya. Mamá puso la cama plegable para Anna, pero el colchón está lleno de bultos y es demasiado fino por el centro. Se te clava la barra de metal. Así que le he dejado mi cama. Por la noche hablamos hasta quedarnos dormidas. Desde que fui a visitarla al internado, cuando me hizo una confidencia por primera vez, nos hemos hecho amigas.

—¿Quién quiere un bollito de carne de cerdo? —Leo coge dos platos del carrito. Conrad hace ademán de coger uno, pero Leo se lo impide. Conrad ha engordado últimamente—. ¿Rosemary?

Rosemary está pasando las vacaciones con nosotros. Sigue siendo apocada, con su pelo rubio oscuro apagado. Menuda para su edad. Triste. Tiene catorce años, pero lleva zapatos marrones de cordones de señora y faldas plisadas. Da la impresión de que la viste su madre. Rosemary no quería venir por Navidad, pero Leo insistió. Está encantado de tener a sus dos hijos bajo el mismo techo otra vez, mamá en cambio se está volviendo loca. No deja de inventarse excusas para ir a Gristedes. Por Navidad, Rosemary nos regaló a cada uno una campana de cerámica distinta, recuerdo de Graceland. Leo tocó villancicos en el saxofón y todos cantamos. Luego Rosemary preguntó si podía cantar su solo de la banda del instituto, *Lully Lullay*, que a mí siempre me suena como si alguien hubiera puesto un disco. Rosemary insistió en cantar todas las estrofas con los ojos cerrados, meciéndose atrás y adelante al son de la música. Anna me pellizcó el muslo tan fuerte que a punto estuve de gritar.

—Es como si siguiera siendo una niña pequeña —dice Anna más tarde aquella noche cuando ya estamos en la cama—. Tiene la piel traslúcida. Seguramente es de tanta religión.

—Deberíamos hablar del verano, Rosemary —dice ahora Leo—. Sería maravilloso que pudieras venir a pasar una buena temporada este año. Te hemos echado de menos.

Veo a mamá dándole una patada mentalmente a Leo por debajo de la mesa, pero sonríe a Rosemary, asiente con la cabeza, se termina la cerveza y hace un gesto al camarero.

—No puedo. En junio tengo el campamento de la banda de música—contesta Rosemary—. Y luego mamá y yo vamos a ir a Lake Placid.

—Mamá no me dijo nada de Lake Placid —interviene Conrad.

—Es un viaje de chicas. No estás invitado.

Conrad le coge el bollito de cerdo del plato y le da un mordisco. De los bordes de la masa blanca y pastosa rezuman trozos de carne marrón líquida.

—¿De verdad que todavía tienes hambre, Conrad? —pregunta Leo.

Febrero

El parque sigue lleno. Hace un frío que pela y empieza a anochecer, pero la señora Strauss, la mujer para la que trabajo de canguro después de clase, ha insistido en que me lleve a su hija de cinco años, Petra, al parque a tomar el aire, aunque estoy segura de que se ha dado cuenta de que estaba muerta de frío y con la nariz a punto de caérseme. Es una de esas mujeres que solo parecen agradables, de las que compran siempre en tiendas pijas como Bendel's y Bergdorf's, nunca en Bloomingdale's. Los Strauss viven en un edificio moderno de ladrillo blanco en la Setenta y cinco Este, con un toldo beis que cubre toda la acera hasta la calzada, de manera que los inquilinos puedan subirse a un taxi sin mojarse si llueve. El apartamento tiene puertas correderas que dan a una terraza con vistas a Central Park. Cuando la señora Strauss y su marido no tienen ganas de sacar a su braco de Weimar, le dejan cagar ahí fuera, y luego la mierda se congela formando unos horribles pegotes marrón grisáceo.

Sigo a Petra por el parque, del laberinto al tobogán y a los columpios. Los niños corretean en gruesos abrigos de lana y manoplas, con bufandas alrededor del cuello y narices llenas de mocos. Las niñeras están sentadas juntas en un banco sin hacerles ni caso, intentando llenar el tiempo entre el colegio y la hora de cenar con el menor esfuerzo posible.

—¡Empújame! —dice Petra.

Se me han olvidado los guantes. Las manos se me están poniendo azules cuando empujo la cadena metálica del columpio, impulsándola contra el viento más y más alto. Los árboles están desnudos. En el bolsillo del abrigo noto el peso del rollo de monedas de veinticinco centavos que he robado del cajón de la cocina donde la señora Strauss deja cambio para que la mujer de la limpieza pueda usar las lavadoras del sótano.

Salgo del ascensor y doy las buenas noches con un gesto de la mano a Pepe, el ascensorista. Alguien lo llama con el timbre desde unos pisos más arriba. Pepe cierra la pesada puerta de latón. La puerta exterior se cierra a mi espalda. Me paro en el vestíbulo y palpo mi cartera en busca de las llaves de casa. Ya desde el rellano oigo a Leo y a Conrad discutir otra vez. Gritan tanto que deben de estar oyéndolos en todo el edificio. Conrad chilla diciendo que su padre no entiende nada, que se lo estaba «guardando» a un chico del colegio. Que la hierba no era suya.

Me dejo caer en el suelo de baldosas ajedrezadas gastado del descansillo y apoyo la espalda contra la puerta principal. No pienso entrar.

—Estás castigado un mes —grita Leo.

—¡No puedes hacerme eso! Tengo entradas para la lucha libre en el Madison Square Garden. Es André el Gigante —grita Conrad—. Voy con Leslie.

—Dale las entradas a Elle.

—Las compré con el dinero que me dio mamá por Navidad. —Conrad se ha puesto a llorar—. Eres un capullo. Te odio.

Estoy haciendo los deberes de álgebra en la mesa de mi habitación, cuando aparece Conrad en la puerta.

—Aquí tienes, zorra.

Y me tira las entradas.

—¿Qué he hecho yo? —digo—. Odio los deportes.

Marzo

Me despierta ruido de papel. La cubierta naranja y blanca de un libro de bolsillo asoma por la rendija de mi puerta cerrada, que ahora tiene un pestillo de gancho. Miro con terror cómo *De ratones y hombres* va subiendo despacio. Tropieza con el gancho metálico, lo levanta y lo empuja. La cubierta del libro desaparece. Se gira el pomo de mi puerta.

—¿Mamá? —digo antes de que le dé tiempo de abrir—. ¿Eres tú?

Escucho el ruido de sus pisadas que retroceden por el pasillo antes de volver a asegurar la puerta.

Abril

Una llovizna triste no nos da tregua desde que llegamos a casa de nuestros abuelos en Connecticut. Mi abuela insiste en que abril lluvioso significa mayo florido y hermoso, pero el tiempo tiene más de pesadumbre que del verdor incipiente de la primavera. Anna y yo hemos venido a pasar dos semanas con los abuelos. La abuelita Myrtle ha tenido fibrilaciones últimamente y se encuentra algo débil. Le vendrá bien algo de ayuda en casa. Anna está de vacaciones de primavera y quiere pasar casi todo su tiempo libre con los abuelos.

—A saber si volveré algún día de California. Y para entonces igual están muertos —dice cuando me llama desde la universidad para contarme el plan.

—Qué bonito. Te vamos a echar mucho de menos.

—Pues tú sí —dice Anna.

—Ya lo sé. Ya lo hago.

Ahora Anna y yo estamos tumbadas en nuestras camas, donde hemos pasado la mayor parte de los tres últimos días leyendo los libros que la abuela nos ha sacado de la biblioteca. «Os mantendrán ocupadas hasta que se pase este tiempo tan feo», nos dijo dándonos un libro a cada una. *Guerra y paz* para Anna, *Cumbres borrascosas* para mí.

Me acerco el libro a la cara, olisqueo las páginas. Me encanta cómo huelen los libros de biblioteca: huelen más a importantes que los libros normales, un olor majestuoso, a antaño, a escalinata de un palacio de mármol, o a senador.

Anna bosteza, se despereza.

—Este libro es demasiado largo. Y demasiado ruso. Toda esa prosa viril, prepotente. Jamás me lo voy a terminar. Voy a buscar otra cosa en las estanterías.

Sola en la habitación, miro las gotas de lluvia deslizarse por la ventana. Miro la neblina. El manzano silvestre se ha convertido en un espectro en la niebla, con sus ramas negras húmedas llamando a los cristales. Me da igual si llueve durante todo un mes. Estoy feliz de estar aquí, a salvo, donde puedo pasar tiempo con mi divertida, brusca y sardónica hermana; donde puedo quedarme dormida sin temor, donde sé que mi abuela, por frágil que esté, me quiere con locura, hace gofres, insiste en lavarme el pelo en el fregadero de la cocina con champú Johnson's para bebé, como lleva haciendo desde que nací. Aclarando el leve olor a queroseno bajo el grifo de agua caliente con mi cabeza en un ángulo forzado y la nuca pegada al frío borde de loza del fregadero. Y sin embargo, incluso aquí, una necesidad inconsciente de estar alerta me despierta varias veces durante la noche. Espero un rato en la oscuridad reconfortada por los ronquidos de Anna antes de, por fin, caer de nuevo en un sueño inquieto.

—Tienes una cara horrible —me dijo Anna cuando llegó de California.

—Últimamente me cuesta dormir.

—Pues parece que te han dado un puñetazo en cada ojo.

Cuando Conrad empezó a entrar en mi habitación de noche, quise llamar a Anna para contárselo. Pero sabía que Anna se lo diría a mamá, incluso si le hacía prometer que no lo haría. Anna no es como yo. Disfruta plantando cara. Le importa una mierda lo que piensen los demás. No necesita gustar. Anna es una guerrera. Jamás habría dejado a Conrad salirse con la suya. Tampoco habría entendido por qué lo dejo yo seguir, que la única manera que tengo de protegerme de la vergüenza y la humillación que sentía era negando todo conocimiento. Pero si se lo contaba a Anna, ella arremetería contra Conrad, lo sacaría todo a la luz, me haría vulnerable a él de otra manera. Conrad sabría que yo había estado al tanto de su sucio secreto desde el principio. Y entonces dejó de ocurrir y pensé: en realidad no ha pasado nada terrible. Se tocaba él, pero a mí no. No tiene por qué saberlo nadie. Pero últimamente las visitas se habían reanudado y ahora deseaba habérselo contado a Anna cuando tuve la ocasión.

Vuelve Anna con el ejemplar del abuelo de *El gran Gatsby*.

Levanto la vista cuando entra.

—¿Ese libro no lo has leído como cien veces?

—Es una primera edición —dice con reverencia.

—¿Te ha dicho el abuelo que lo podías coger?

—No he querido molestarlo. Está arriba, en su estudio. —Se instala encima de su cama—. Además, no voy a leerlo. Solo quiero tumbarme y acariciarlo. Quién sabe, igual hasta le meto mano.

—Mira que eres tonta —contesto riendo.

—Lo soy —dice Anna—. «Es lo mejor que puede ser una mujer en este mundo: bonita y tonta».

—¿Podéis venir alguna a ayudarme a preparar la cena? —La abuela Myrtle nos llama desde la cocina—. Hay que pelar las patatas.

—Ya voy yo —le digo a Anna—. Tú quédate a magrearte con tu libro. ¿Puedo mejor pelar las zanahorias? —pregunto al salir de la habitación—. Pelar patatas se me da fatal.

—Siempre termino con unos bultos octogonales y dejando casi toda la patata unida a las pieles. La abuela Myrtle se sentirá decepcionada conmigo, algo que no soporto.

—¿Por qué no vas hasta el buzón a coger el correo? —me pide la abuela—. No he ido en todo el día. —Se acerca al fregadero y empieza a pelar patatas. Las mondas finas como cuchillas caen con elegancia en la pila. Me acerco por detrás y me restriego contra su mejilla con un rebuzno suave, como de poni.

—Pero ¡habrase visto qué niña tan boba! —dice. Pero sonríe—. Mis botas de agua están en el recibidor, si las necesitas.

Fuera, la llovizna se ha convertido en diluvio. Un relámpago atraviesa el cielo y siluetea lápidas al otro lado del camino. Segundos más tarde ruge el trueno.

Mayo

Me despierto envuelta en un sudor húmedo y con la espalda vuelta hacia la puerta. Me he quedado dormida sin querer. Una farola proyecta sombras de árboles como dedos de bruja en la pared de enfrente. No lo veo, pero está detrás de mí, junto a la cama. Mirándome. Tomando una decisión. Cambio de postura, finjo murmurar en fase REM, espero a que se vaya. Pero no se mueve. La punta de un dedo me toca el tobillo, me sube por la pierna trazando una línea, se detiene al llegar al dobladillo del camisón. Se pega contra mi muslo. Una presión húmeda, fofa. Entonces me doy cuenta. No es su dedo. Me aparto bruscamente sin poder evitarlo. Demasiado deprisa. Demasiado alerta.

—¿Elle? —susurra.

Me hago un ovillo, con los hombros cóncavos, las rodillas pegadas al pecho, gimo como en una pesadilla.

—No es un pavo real —murmuro. Doy manotazos al aire—. Tu casa está aquí.

Conrad retrocede hasta las sombras. Espera a que me tranquilice. Cuando mi respiración se enlentece, sale. La puerta se cierra detrás de él con un suspiro.

16

1983. Junio, Nueva York

Las ocho de la mañana y la ciudad ya está asfixiante y húmeda, con el olor gris polvoriento a aceras recalentadas, pis de perro, manchas de aceite en el asfalto, el perfume dulce y pálido de los tilos. Hoy nos vamos a Back Woods. El coche está aparcado en doble fila. Estoy ayudando a Leo a cargar las cosas. Nos esperan seis horas de viaje y quiere evitar atascos. Pero mamá todavía no ha conseguido coger el gato y el coche está a medio cargar porque Conrad, el encargado de bajar las maletas, se mueve tan despacio que parece nadar en miel.

—¿Puedes mover esas piernas tan cortas un poco más deprisa? —le apremia Leo.

—Gilipollas —contesta Conrad.

Leo no dice nada.

Mi madre se asoma a la ventana de nuestro apartamento del tercer piso.

—Elle, ¿querías llevarte el irrigador dental? Ah, y necesito que vayas un momento a Gristedes y me compres una caja de cartón. Algo que pueda usar de arenero de gato durante el viaje.

Cuando el coche está por fin cargado, mamá sale de nuestro edificio con una cesta de pícnic y un trasportín.

—Se había escondido debajo de la cama. —Pone el trasportín en el asiento trasero, me da la cesta de pícnic—. ¿Esto lo puedes llevar en los pies, Elle? Leo no quiere que paremos a comer. Hay una manzana y tres nectarinas. He hecho sándwiches de mantequilla de cacahuete y mayonesa, y de rosbif.

Se instala en el asiento delantero, se abanica con un sobre de correo basura que coge del salpicadero.

Pongo el trasportín en el centro del asiento para crear una pared entre Conrad y yo.

—¿Por qué no podemos tener un coche con aire acondicionado? —pregunta Conrad.

—Dentro de unas horas estarás dándote un chapuzón en el estanque.

Leo cierra el maletero de un portazo.

Bajo la ventanilla y entra una brisa húmeda. Estoy impaciente por llegar al Bosque. Anna va a pasar el verano en un kibutz en el norte de California, así que tendré nuestra cabaña para mí sola. Estoy apuntada a un curso de vela. Y este año estará Jonas. El año pasado sus padres estaban de año sabático en Florencia. Su madre está escribiendo una biografía de Dante. Me hace ilusión volverlo a ver. Me pregunto si habrá cambiado mucho, si me resultará demasiado infantil.

Hay caravana. En algún punto de Rhode Island, el radiador se recalienta. Leo aparca en el arcén cubierto de maleza entre maldiciones.

—De todas maneras, necesito estirar las piernas —dice mamá.

Unos veinte metros más adelante hay otro coche estropeado. Detrás, en un cartel gigantesco, un hombre con traje de chaqueta de estampado de cebra anuncia un concesionario de coches. Miro los coches circular despacio y siento un vago rencor, como si hubiéramos perdido el puesto que nos correspondía en la cola.

—He traído un bidón de dos litros lleno de agua, por si acaso —dice mamá—. Está en alguna parte detrás de ti, Conrad.

—Pásame esa agua, anda, Con. —Leo se suelta el cinturón de seguridad—. Tengo que dejar que salga el calor del capó. Que el radiador se enfríe.

Conrad vuelve la cabeza.

—Está muy atrás. No llego.

—Pues bájate y cógelo.

—Tú tienes que bajar de todas maneras.

—Ya voy yo —digo antes de que a Leo le dé tiempo a contestar.

Repto por encima del respaldo del asiento, busco detrás de bolsas de papel con comida, maletas, un cesto con peras, me estiro para alcanzar el agua.

—La tengo —gruño.

—Eres un ángel, Elle —dice Leo—. Tú y yo ya hablaremos, Conrad.

Su voz es fría y está llena de desprecio.

—Tú y yo ya hablaremos —se burla Conrad de su padre en susurros. Me mira con odio—. Lameculos.

Entre nosotros, en el asiento, el gato de mi madre maúlla quejumbroso y araña el trasportín.

Cuando llegamos a Back Woods es casi medianoche. El campamento lleva cerrado todo el invierno. Las canoas están guardadas en el porche. Está todo cubierto de polen y telarañas. Algún animal grande se las ha arreglado para entrar durante el invierno y ha tirado platos del aparador sin puertas. Hay esquirlas de gres repartidas por el suelo del cuarto de estar. Los ratones han hecho su nido anual en el cajón de los cubiertos. Hay mierda de ratón en las púas de los tenedores, placenta en las cucharillas. Hay que encender el agua caliente. Ninguna linterna funciona. Ninguno tenemos ganas de hacer las camas.

Hago pis en los arbustos, recorro el sendero hasta mi cabaña y me dejo caer en el colchón desnudo. Qué contenta me siento de estar aquí. Me quedo escuchando el estruendo y el croar de las ranas toro, la quietud de los árboles, mientras la luna llena entra por el tragaluz. Se quiebra una ramita. Algo se mueve cerca de mi cabaña. Contengo la respiración. Espero. Las pisadas se alejan hacia la orilla del estanque. Enseguida oigo un chapoteo y algo que recuerda al llanto de un niño. Me levanto y voy sin hacer ruido hasta la puerta mosquitera, escudriño la oscuridad dejando que mis ojos se acostumbren. Una mapache de gran tamaño acompañada de sus cuatro crías está pescando en la orilla. Se detiene, husmea el aire, presintiéndome, antes de reanudar su tarea. Mete la pezuña en el agua y saca un pez.

Con cuidado de no hacer ruido, salgo al sendero. La mapache se queda quieta, alerta. Doy un paso más. Vuelve su cara de bandido hacia mí y me enseña los dientes. En pocos segundos los mapaches han desaparecido entre los árboles. No queda rastro de ellos. Solo el suave murmullo del estanque. La luna resplandece tanto que puedo ver los guijarros bajo la superficie. Me quito el camisón y avanzo por el agua hasta que los juncos me llegan a la cintura, y luego me fundo con el estanque. Nunca me he bañado sola así: de noche, desnuda, en el silencio. Es una sensación suntuosa, furtiva.

Salgo y me sacudo para secarme, cojo el camisón de la rama. Subo los escalones de mi cabaña y cierro la puerta después de entrar.

Una mano sale de la oscuridad y me tapa la boca.

—Te he estado mirando —me susurra Conrad al oído.

Se me cae el estómago a los pies. Tengo todo el cuerpo frío por el terror. Grito, pero solo me sale un gemido ahogado.

—Deberías bañarte desnuda todas las noches. —Me pasa la mano por el cuerpo desnudo, suspira—. Tienes la piel suave, como de goma.

Me tira encima de la cama de un empujón.

Lucho por liberarme, pero me sujeta demasiado fuerte.

—Sabías que te estaba mirando —dice.

—Para, Conrad —suplico.

—Calientapollas. Si es que te gusta. Me dejas entrar en tu habitación de noche. Nunca me dices que me vaya. Sé que te haces la dormida.

Niego con la cabeza, forcejeo desesperada.

—Eso es mentira —consigo murmurar.

—Le he contado a todos mis amigos que te toco.

Entonces me penetra. Siento un dolor punzante cuando me desgarra el himen. Me abre en canal. Imagino a la madre mapache escuchando mis suaves gemidos de niño pequeño desde las ramas altas de los árboles. Cuando Conrad se corre, lloro.

Un azulillo cruza el cielo, vuela de rama en rama. Estoy tumbada en la tierra musgosa en lo profundo del bosque, junto a mi arroyo secreto, en posición fetal. Cuando se fue Conrad, corrí al cuarto de baño y me lavé con agua caliente del lavabo. Me saqué a Conrad del cuerpo restregándome con agua hirviendo. Pero no sirvió de nada. Ya no soy la misma. No puedo ir a casa. No me puedo quedar aquí. No pienso dejar que me estropee este lugar. El estanque es mío. El bosque es mío. Necesito dormir. La noche me odia. Soy la muerte andante.

Horas después me despierto, helada, tiritando, con la ropa empapada en sudor, aturdida. No consigo orientarme, sigo sumida en la niebla de un sueño que persiste y me esquiva. Quiero quedarme aquí, pero el aquí no lo permitirá. Me lavo la cara en el agua fresca del arroyo, me aliso el pelo. Me da asco mi carne. Tengo que volver a casa. Nunca podré volver a casa.

Me acerco al campamento con sigilo, espero en los arbustos junto a la despensa. Mi único objetivo es la invisibilidad: pasar sin que me oigan, encontrar un agujero, reptar dentro de él, cerrar los ojos muy fuerte, ver solo motas negras. La camioneta de Leo no está. Mi madre está en la cocina haciendo la cena. La miro por entre mi persiana de vegetación. Tararea mientras llena de agua una cacerola grande. Doy un paso en su dirección. Levanta la vista, alerta, igual que un ciervo, como si notara mi presencia. Cierra el grifo, va hasta la ventana, se asoma. Espero a que se dé la vuelta antes de salir de los árboles, entro por la puerta de la despensa.

—¡Ya estás aquí! —dice—. Llevo todo el día sin verte. Estaba empezando a preocuparme.

—He ido andando al pueblo.

—Antes ha venido tu amigo Jonas.

—¿Dónde están todos?

—Leo y Conrad han ido a la licorería. Se me había olvidado comprar cerveza. Estoy haciendo tacos de pez golfar para cenar.

—Me parece que no voy a cenar. Me duele mucho el estómago.

Mi madre corta un repollo en la encimera; un montón de huesos verde pálido.

—Mamá.

—¿Hmm? —dice sin girarse.

—Tengo que contarte una cosa.

—¿Me pasas la nata agria?

Limpia la hoja del cuchillo con un trapo de cocina y coge un montón de perejil lavado.

—¡Mamá!

—Por favor, no me llames así. Sabes que lo odio.

Oigo llegar un coche por el camino.

—Qué bien —dice—. Ya están aquí. Ya puedo hacer el pescado. —Vierte un poco de aceite de oliva en una sartén de hierro fundido y echa unos cuantos dientes de ajo machacados—. A ver, cuéntame —añade.

Se cierra la portezuela del coche.

—Creo que tengo fiebre.

Me toca la frente con el dorso de la mano.

—Estás un poco caliente. —Va hasta el fregadero y llena un vaso de agua—. Coge eso. En cuanto ponga el pescado al fuego te llevo una aspirina.

Bajo por el sendero hasta mi cabaña, me paro en la puerta, temerosa de entrar, de lo que voy a encontrar.

Lo extraño es que nada ha cambiado. No hay signos de violencia, ni olor a miedo. Mi suelo amarillo está reluciente y alegre. Mamá ha dejado un juego de sábanas de algodón limpias y fundas de algodón con estampado floral en un extremo del colchón. No ha cambiado nada excepto yo.

Paso cuatro días en mi habitación, temblorosa, llorando, consiguiendo evitar a Conrad por completo. De noche echo el pestillo, pongo una silla delante de la puerta. Mi madre cree que tengo una gripe intestinal. Me meto un dedo en la garganta, me obligo a vomitar en la basura toda la comida que me trae. Tiro de la cadena una y otra vez, simulando tener diarrea. Mi madre no deja que entre nadie en mi cabaña. «Ya solo faltaba que nos contagiases a los demás». Me trae cuencos de caldo de pollo con arroz y compresas frías. Mi madre no es una persona afectuosa, pero siempre ha sido una excelente enfermera. Cada día viene Jonas a verme, pero mi madre lo echa.

El lunes por la mañana, el primer día del curso de vela, me recupero de forma milagrosa. Mi madre no está convencida, pero prometo llamarla si me encuentro mal. El aire de mar me sentará bien, le digo. Me lleva en coche al club náutico y me deja en el embarcadero.

—Leo vendrá a recogerte a las cinco.

—Pensaba que me recogías tú.

—Es que Leo estará por aquí. Va a llevar a Conrad a Orleans a que se compre bañadores. Parece que los que se ha traído ya no le cierran.

—¿Para qué necesita Conrad un bañador nuevo? Casi no se mete en el agua. No quiero ponerme mala en el coche con Leo.

Mi madre suspira.

—Vale. Nos vemos a las cinco.

Miro la camioneta alejarse antes de dirigirme al muelle. Noto el cuerpo extraño, débil, transparente. Pero me alegro de estar lejos del campamento, de él.

En el muelle hay un grupo de niños esperando al instructor. Detrás de ellos, con las piernas colgando encima del agua, Jonas dibuja un boceto de alguna cosa del puerto que le ha llamado la atención.

—Hola —dice como si nos hubiéramos visto el día anterior.

—Cuánto tiempo. ¿Qué haces aquí?

—Aprender a navegar.

Me detengo a unos metros de él, temerosa de que huela mi vergüenza, pero se pone de pie de un salto con una sonrisa de oreja a oreja y viene a darme un abrazo de oso. Me sorprende lo mucho que ha cambiado: sigue moreno y desaliñado, sin camiseta, pero parece tener mucho más de catorce años. Debe de medir uno ochenta y se ha puesto muy guapo. Por un momento, mientras nos abrazamos, siento una extraña timidez. Ojalá me hubiera lavado el pelo.

—Estás distinto —digo apartándolo de mí—. Aunque llevas los mismos pantalones costrosos.

Se ríe.

—Solo que diez tallas más grandes, pero sí, ya me conoces, soy un animal de costumbres. ¿Qué tal te ha ido?

Me salva de tener que mentir la llegada del monitor de vela, quien nos grita que cojamos un chaleco salvavidas y subamos a bordo, tres en cada barca. Hay cinco veleros Sunfish amarrados en la bahía. Parecen bastones de caramelo, con las velas de rayas verdes, turquesa y limón, naranja, rojo y lavanda.

—Espero que no te moleste que venga al curso —dice Jonas cuando subimos a bordo—. Tu madre me contó que estabas apuntada. Me han llegado todas tus postales. Gracias.

—Pero qué dices. Si estoy encantada de verte —contesto. Y es verdad.

—Tú también estás distinta —dice Jonas.

—He tenido gripe intestinal. Soy una impura.

Sopesa mis palabras.

—No —responde—. No creo que sea por la diarrea.

—¡Qué asco!

—Desde luego.

—Seguro que estoy más gorda.

—Eso no es. Estás más guapa que nunca.

—Y tú más tonto.

Río. Pero me alegro de que piense así.

Una chica mayor que nosotros sube al barco y se apretuja entre los dos.

—Soy Karina —dice—. Hice el curso el año pasado.

—Coge la escota mayor. Nos aparta de un empujón.

Navegamos por la bahía con mar picado. Delante de nosotros, un barco vuelca. Alguien se pone de pie en la quilla y lo endereza. La vela mojada golpea contra el mástil. Los niños salen del agua, empapados y felices, escurriéndose el agua de las camisetas. Tiran de la botavara, recuperan el cabo. Nuestro monitor se desplaza por la flota de veleros en un pequeño esquife blanco con motor fueraborda.

—¡Listos para virar! ¡Firme a sotavento! ¡Ojo a la botavara! ¡Tirad de la escota!

—¿Habla en mandarín o en griego antiguo? —pregunta Jonas—. No consigo saberlo.

Reímos, pero una hora más tarde Jonas capitanea nuestro barco como un marinero profesional, marginando a la mandona de Karina, gritándome que recoja cabos, que haga nudos, que saque más el cuerpo. Nuestra vela orza, el barco vira y silba, no responde. Da lo mismo. Estoy feliz de poder respirar. Feliz de estar aquí con Jonas. A salvo de Conrad. «Lo voy a conseguir», pienso mientras nos alejamos del puerto cada vez más. Voy a sobrevivir a esto. No hace falta que nadie se entere. Meteré un cuchillo de cocina debajo del colchón. Si vuelve a tocarme lo mataré. Esa idea me anima. Cierro los ojos y dejo que el viento salado me curta la cara.

17

Julio

Domingo. Hoy no tenemos curso de vela. Jonas y yo hemos planeado comer en la playa. Cruzaremos en canoa y luego iremos andando hasta el mar para que Jonas pueda pescar en el camino de vuelta. Cuando llega, me encuentra en la cocina haciendo sándwiches de jamón y queso Muenster. Tengo un tarro de pepinillos encurtidos al eneldo en la cesta, un termo de té helado. Meto también una bolsa de cerezas, servilletas de papel y un paquete de galletas de chocolate. Jonas se reclina contra la encimera y me mira envolver los sándwiches en papel encerado y doblar las esquinas en inglete.

La puerta mosquitera se abre y se cierra de golpe. Conrad se sienta en la mesa del porche. Me meto en la despensa, entierro la cabeza en la nevera simulando buscar algo.

He cerrado con pestillo la puerta de mi cabaña todas las noches desde aquella, pero de día empiezo a sentirme a salvo, siempre que no me quede a solas con él. Siempre que no lo mire, nunca. Me he convertido en un caballo con anteojeras. Conrad actúa como si no hubiera pasado nada, pero está inusualmente solícito. Me saca la silla cuando me siento a cenar, me llena el vaso de agua. «Todo un caballero», dice mi madre y le sonríe.

—Hola, Conrad —dice ahora Jonas.

—¿Qué pasa con vosotros? —gruñe Conrad.

—Poca cosa. Elle está preparando comida para hacer un pícnic en la playa.

—¿Qué está haciendo?

—Sándwiches de jamón y queso.

—Igual me apunto.

—Vale —contesta Jonas.

El tarro de mostaza que tengo en la mano se me escurre y se hace añicos en el suelo, salpicando de amarillo Dijon todo lo que me rodea.

Me agacho y recojo los trozos de cristal.

—¿Estás bien? ¿Te has cortado? —pregunta Jonas y entra en la despensa para ayudarme.

—Estoy bien —murmuro—. Solo he puesto todo perdido de cristales y mostaza.

—Conrad quiere venir con nosotros.

—En la canoa no podemos ir tres.

—Yo puedo pescar más tarde. Las percas no se van a ir a ninguna parte.

—Deberías habérmelo consultado.

—¿Qué iba a hacer? ¿Responderle: «Espera un momento que voy a preguntarle a Elle si quiere que vengas... Lo siento, ha dicho que no»? Eso habría sido un tanto violento, por decirlo suavemente.

—Necesito papel de periódico mojado y una servilleta —le interrumpo.

—¿De verdad que estás bien?

—Perfectamente —contesto dándole la espalda—. No me lo preguntes más.

Enfilamos el sendero que va del campamento a la playa y cruzamos el bosque en fila india: primero Conrad, luego Jonas, luego yo.

Jonas no para de charlar con Conrad. Yo aflojo el paso y dejo que se adelanten. Cuando están fuera de la vista, me doblo hacia delante con una arcada. Estaba equivocada. No puedo hacer esto. No puedo estar con él. Sonriendo, desnuda a excepción de un biquini, nadando, sabiendo. Sabiendo que lo sabe. El pánico en mi interior es como una serpiente que saliera reptando por mi boca.

Desde algún punto del camino Jonas me está llamando.

—Me he hecho daño en un dedo —digo—. Luego os alcanzo.

Quiero darme la vuelta y correr a casa, recluirme en mi habitación. Pero lo que hago es cerrar los ojos y obligarme a tranquilizarme, a seguir avanzando. He recorrido este sendero tantas veces que conozco cada raíz, cada árbol. Sé que al doblar el recodo veré vides silvestres trepar por árboles y arbustos, racimos de uvas dulces de Concord colgando de los rododendros, restos de cultivos de hace cien años, cuando esta colina boscosa todavía era terreno agrícola. Sé que después de las vides el sendero se ensanchará e inclinará. Terminaré de subir la colina y bajaré hasta una hondonada que hay entre las dunas, donde un antiguo cortafuegos discurre paralelo al mar. Después, en la cima de la duna siguiente, me encontraré una cabaña de madera, ruinosa pero aún en pie, construida durante la guerra como puesto de vigilancia de submarinos alemanes. Anna y yo jugábamos en ella a las muñecas cuando éramos pequeñas. Me detendré allí y miraré el ancho océano. Mi océano. Conozco este sitio. Es mi sitio, no el suyo.

La playa está hermosa y amplia. Marea baja. Conrad ya está metido en el agua hasta las rodillas. La piel de la espalda brilla blanca en contraste con su feo bañador rojo. Tiene los hombros salpicados de acné. Escruto el mar deseando ver la aleta de un tiburón. Bajo corriendo la duna empinada y dejo que la toalla ondee detrás de mí como una vela.

Me siento a unos metros de Jonas.

—Ey.

Da una palmada en el hueco que hay libre en su toalla, pero hago caso omiso.

Conrad se zambulle en una ola que le da un revolcón. Sus gruesas piernas asoman del agua igual que los dedos de un gigante haciendo el signo de la paz, antes de que el mar lo enderece.

—¿Os habéis peleado a lo bestia o algo así?

—No. Solo lo de siempre. Es un capullo y lo odio.

—Entonces, ¿por qué te portas como si estuvieras enfadada conmigo?

—No me porto de ninguna manera. Has echado a perder un día agradable. Tampoco es tan grave.

—No he echado a perder el día, Elle. Es precioso, perfecto. Mira el agua. Incluso Conrad se alegra de estar aquí.

—Pues demos gracias a Dios por ello. —Me pongo de pie—. Voy a dar un paseo por la playa. Que lo paséis bien. No hay sándwiches suficientes para los tres.

—Te puedes comer los míos si me prometes dejar de portarte como una chiflada.

—No hables tan alto —le grito y me voy hecha una furia hacia la orilla, odiándome. Conrad ha estropeado el estanque, ha estropeado el Palacio de Papel, me ha estropeado a mí. Pero no pienso dejar que se interponga entre Jonas y yo, que ensucie con su negra tinta de calamar la única cosa que sigue siendo mía.

Conrad está saltando olas de espaldas a mí. Voy hasta la línea de la marea, cojo una piedra negra descascarillada de pedernal. «Es mi corazón», pienso mientras se la lanzo con todas mis fuerzas, apuntando a la cabeza. La piedra no le da, desaparece en el mar a menos de un metro de él. Siempre he tirado piedras como una niña, y lo odio. Es una flaqueza mía visible a ojos de los demás. Miro el suelo en busca de una piedra mejor. Cada vez que la marea retrocede, aparecen cien agujeritos en la arena mojada y lisa donde las almejas se han apresurado a enterrarse, huyendo del agudo ojo de la gaviota. Encuentro la piedra perfecta: gris, del tamaño de una mandarina, con una franja blanca en el centro. Cuando me pongo de pie, Conrad me está mirando. Me guardo la piedra en el bolsillo para después y me alejo, sigo el borde del mar hasta que estoy tan lejos de él que, cuando giro la cabeza, no es más que una mota insignificante.

Cuando vuelvo a casa de la playa, Jonas me está esperando en los escalones de mi cabaña, sosteniendo algo en las manos en forma de cuenco.

—Mira.

Me enseña una rana de árbol del tamaño de un botón.

—Guay —digo—. Estoy casi segura de que estás tocando pis de rana. Cuando las coges te mean en la mano. —Paso a su lado y empujo la puerta de mi cabaña.

—Sí —dice Jonas—. Es una reacción instintiva al miedo.

—Bueno, pues hasta el lunes, supongo.

—Elle, espera. Perdóname. —Deja la rana en el suelo, la mira alejarse a saltitos.

—¿Por qué?

—No lo sé. Es que estás enfadadísima conmigo. Por favor no lo estés. ¿No he tenido ya castigo suficiente? Ese tío solo sabe hablar de lucha libre y de Van Halen, los dos temas de conversación que más odio.

Parece un niño pequeño. Me siento fatal. Nada de esto es culpa de Jonas, pero no hay nada que pueda decir para hacerle comprender, porque no hay nada que pueda ser dicho.

—Da gracias de que no hayan sido los *Grandes éxitos de Bread* —contesto, y me siento a su lado—. Siento haber estado tan antipática.

A las tres semanas de curso de vela, a Jonas y a mí nos pasan del Sunfish a un Rhodes. Nos dan a cada uno una pequeña insignia de las que se pegan con la plancha. Jonas es un marinero nato, pero como segunda de a bordo yo no lo hago mal tampoco. El barco tiene capacidad para seis tripulantes, pero nuestro monitor quiere que seamos «autosuficientes», capaces de navegar con una tripulación de dos. Así que hoy Jonas y yo somos nuestro propio equipo. Lleva toda la mañana lloviznando y estamos lejos de la bahía, vestidos con impermeables amarillo chillón. El viento está caprichoso, cambia de dirección cada diez segundos. Me he dado contra la botavara tantas veces que Jonas ya ha dejado de reírse de mí.

—Esto es ridículo —grito.

—Estoy de acuerdo. Vamos a volver. —Tira de la escota e intenta virar, pero el viento se niega a colaborar. La embarcación cabecea en las olas, con la vela aleteando, flácida.

—Deberíamos pedir que nos remolquen —digo. El monitor vendrá a buscarnos si hace falta.

—De ninguna manera. Es la primera vez que salimos solos. Seguro que levanta.

Pero lo que ocurre es que empieza a llover con tal fuerza que se me llenan los oídos del agua que me chorrea del pelo. Ya no veo el muelle. Cerca, en la bruma, nuestro monitor está remolcando otro barco.

—Voy a llamarlo.

—Espera cinco minutos más.

—Estoy muerta de frío.

Jonas se pone de pie. Forcejea con el foque.

—Vale. Solo cinco.

Me subo el cuello y me acurruco en la cabina.

Jonas se apoya en el mástil y escudriña la lluvia como si buscara respuestas.

—¿En qué piensas? —digo.

Una gaviota sale volando de la niebla y se posa en la proa. Ladea la cabeza y mira a Jonas sin parpadear. Jonas es el primero en apartar la vista.

—No quiero que te enfades —responde.

—No lo haré.

Se sienta a mi lado con un suspiro de resignación.

—¿Habéis hecho Conrad y tú algo alguna vez?

—¿Cómo que si hemos hecho algo? —Hablo escupiendo las palabras—. ¿Algo como qué? ¿De qué estás hablando? ¿Por qué me preguntas eso?

—Es por una cosa que dijo el día de la playa después de que te fueras.

Me preparo.

—¿Qué? ¿Qué dijo?

—Dijo que le dejas meterte mano. Que os enrolláis. Que no debería hacerme ilusiones.

Dejo escapar una carcajada histérica. Se me empieza a cerrar la tráquea.

—Eso es asqueroso.

Se ríe, aliviado.

—Bueno, técnicamente no sois parientes, pero solo de imaginarlo me entraban ganas de vomitar.

—Pero ¿qué le pasa a ese tío? No sabes cómo lo odio. Preferiría morirme a dejar que me toque —digo con voz temblorosa.

—Nunca me creí que le hubieras dejado.

Me obligo a no llorar delante de Jonas, pero las lágrimas se escapan contra mi voluntad.

—Olvídalo, Elle. Conrad estaba bromeando, haciendo el capullo. —Coge la parte de debajo de su camiseta y empieza a secarme la lluvia y las lágrimas de las mejillas—. Entonces, ¿puedo volver a hacerme ilusiones?

—Soy demasiado mayor para ti —digo, aunque no estoy segura de creer algo así.

—Ya sé que piensas eso, pero te equivocas.

—Y tú eres demasiado bueno para mí.

Y esto sé que es verdad.

Busca en su impermeable, saca una chocolatina de menta aplastada y la parte en dos.

—¿Comemos?

Hay algo tan adorable en todo lo que hace, algo en su gesto que me rompe el corazón y me hace llorar otra vez.

—¿Qué pasa? ¿Odias la menta?

Se me escapa un sollozo, mitad risa, mitad dolor. Conrad me lo ha robado todo. Nunca volveré a ser adorable. Nunca volveré a estar limpia. Siempre imaginé que mi primera vez sería con alguien de quien estaría enamorada. Alguien como Jonas. A estas alturas estoy llorando ya de forma incontrolable, vomitando todo el miedo y la vergüenza que he estado reprimiendo en forma de enormes arcadas e hipidos.

—Para, Elle, por favor. Siento haber sacado el tema. Soy un idiota.

Intento parar, recobrar el aliento, pero, cuanto más lo intento, más lloro. Entonces nos envuelve una bruma que sube del mar, tan espesa que amortigua mis sollozos, que nos convierte a los dos en espectros.

—Disfruta haciéndose el superior conmigo. Eso ya lo sabemos. No tenía que haberte dicho nada. Por favor, deja de llorar.

Quiero contárselo todo, quitarme este peso de encima, pero no puedo. Jonas tiene apenas catorce años y esta bandada de cuervos que ha anidado en mi estómago tengo que sobrellevarla sola. Las heridas de mi interior cicatrizarán y sanarán, aunque sea de mala manera. Y la próxima vez estaré preparada, armada con algo más que pastillas. A lo lejos oigo el tañido de una campana de aviso.

—Deberíamos volver —consigo decir entre mocos, lágrimas y sollozos.

—No lo entiendo, Elle. Por favor, no llores más. Lo importante es que no es verdad. —Está angustiado, desconcertado—. ¿Ha pasado algo que no me has contado?

Fijo la vista en mis zapatillas empapadas. En el fondo del barco se han acumulado más de dos centímetros de agua. La toco con la suela, levantando pequeñas salpicaduras, me seco la cara con la manga de mi impermeable de plástico.

Noto cómo me escruta, intentando entender.

—¿Te ha hecho daño Conrad?

—No —digo en un susurro.

—¿Lo juras por tu vida?

Asiento con la cabeza, pero mi cara debe de delatarme, porque de pronto el cuerpo de Jonas se queda blando, como si la afilada cuchilla de un descubrimiento le hubiera dejado sin huesos.

—Dios.

—No puedes contar nada. Nunca. Nadie lo sabe.

—Elle, te prometo que no te volverá a tocar.

Me río, pero es una risa amarga, hueca.

—Eso es lo que me prometí a mí misma la primera vez que entró en mi habitación.

Una sombra de gran tamaño pasa bajo el velero. Se demora un momento antes de desaparecer en la bruma. El barco se mece ligeramente mientras le cuento todo a Jonas.

18

Agosto

Los días más bonitos del verano llegan después de fuertes lluvias. Nubes blancas esponjosas flotan en un cielo más intensamente azul; el aire es tan refrescante que se puede beber. Me despierto habiendo olvidado, es posible que incluso sonriendo, antes de que me asalte el recuerdo y quiera ahuyentarlo. Algo cruje al otro lado de la puerta de mi cabaña, los peldaños se hunden con un gemido hueco. En la mosquitera aparece la cara de mi madre.

—¿Por qué te cierras? —dice sacudiendo el pestillo.

—Es que a veces se atasca.

Salto y quito el pestillo.

—Coloca esto, por favor. —Deja un montón de ropa blanca limpia y doblada en mi cama—. A Leo se le ha ocurrido que puede ser divertido sacar el barco viejo de mi padre. —El velero ligero de mi abuelo lleva todo el verano aparcado en un remolcador al final del camino de entrada, acumulando agujas de pino—. Hemos pensado salir sobre las once, para aprovechar la marea, así que vamos. No te entretengas.

—Creo que me voy a saltar la excursión, si no te importa. No estoy de humor.

—Leo quiere pasar el día en familia. Podemos comer de pícnic y luego navegar hasta la Punta.

La Punta es el final literal del cabo, una lengua de arena que dibuja una curva sobre la amplia ensenada igual que un abrazo protector, la última barrera entre civilización y mar abierto. Desde la grada de la playa se puede navegar hacia la Punta, echar el ancla en las aguas poco profundas, cálidas y tranquilas de la bahía resguardada, ver cangrejos corretear entre algas, buscar almejas cuando retrocede la marea. Pero basta un paseo de tres minutos por la Punta para encontrarse cara a cara con el mar, sin que nada se interponga entre ti y Portugal, a excepción de algún que otro yate en busca de un puerto seguro, de pesqueros en lontananza camino de las ricas aguas del banco Stellwagen en busca de atún rojo y fletán o de ballenas saltando.

—¿Por qué tengo que ir? ¿Por qué no podéis ir Leo y tú solos? Aparte de que no cabemos todos.

El velero tiene apenas capacidad para dos personas, tres como máximo. Y Leo es tan grande que prácticamente ocupa lo que dos.

—Vamos a ir de dos en dos. Conrad viene también.

—Ni de broma. No pienso salir a navegar con Conrad.

Mi madre suspira.

—Elle, te lo pido por favor.

—Es una idea malísima. En el agua es como un gato gordo y gigante.

—No seas cruel. No es propio de ti.

—Es la verdad.

—¿Por qué te pones tan desagradable? ¿Se puede saber qué te ha hecho Conrad?

Mi madre niega con la cabeza, consternada.

—Vale, pero solo si viene también Jonas.

—Ya te lo he dicho. La idea es pasar un día en familia.

—Mamá, en serio. Piénsalo. Si volcamos en la bahía, Conrad no servirá de nada. A poco que el mar esté algo picado, yo sola no podré enderezar el barco. Así que, o bien nos apretamos las dos con Leo y Conrad en la lancha, y en ese caso nos hundiremos seguro, o necesito a Jonas para que me ayude a navegar.

—Pues muy bien —dice—. Hace un día demasiado bonito para discutir.

En el camino de entrada, Conrad y Leo están intentando enganchar el remolcador con la barca al coche, pero se les escapa todo el tiempo de las manos. Los veo morirse de risa de lo inútiles que son, fascinada por la extrañeza de la normalidad, la asistolia de lo cotidiano.

—Nunca le pidas a un saxofonista que haga un trabajo de hombres —dice Leo cuando ve que los miro—. Ven a echarnos una mano. Conrad, tú sujeta mientras Elle encaja el gancho.

Vacilo, trato de inventarme una excusa, pero no se me ocurre nada.

—Venga, Elle —insiste Leo—. Este remolcador no se va a enganchar solo. —Me da el gancho de metal—. Sostén esto mientras Conrad y yo levantamos.

—Ya está todo, chavalitos.

Aparece mi madre sonriendo. Deja una nevera portátil en el asiento trasero.

Conrad y Leo acercan el remolque. Al incorporarse, Conrad me tira sin querer el gancho que tengo en la mano. Se agacha a cogerlo y me lo da.

—Perdona, Elle —dice, en voz tan baja que casi no la oigo.

Jonas nos espera al final del camino, sentado en el borde de la carretera. Parece relajado, va desnudo de cintura para arriba, como siempre, pero en sus ojos hay desconfianza, preocupación.

—Sube, Jonas —dice mamá—. Conrad, hazle sitio.

Jonas se sienta al lado de Conrad y pega el cuerpo a la ventana del coche simulando mirar los árboles. Nunca he visto a Jonas apartar la vista de nada, jamás he visto su cuerpo retraerse. Y sé que es porque lo he encadenado, le he arrebatado su ligereza de cervatillo, el brote verde de su médula espinal. Lo he obligado a conspirar, a cargar con mi mentira. Es como si le hubiera robado la virginidad.

—Igual tenemos que desplegar el espinaker —le digo— para poder coger el viento de la popa.

En el bosque el día era precioso y tranquilo, soplaba la brisa justa para navegar, pero cuando llegamos a la bahía el viento ha arreciado. Olas recorren el puerto en zigzag y agitan las embarcaciones fondeadas. Casi no ha salido ningún barco.

Las primeras veces que intentamos sacar el barco, el mar lo devuelve a la orilla sin que nos dé tiempo a bajar la orza. Conrad aúlla de dolor cuando el barco le golpea en la espinilla. Mi madre mira desde la playa y nos da instrucciones inútiles.

—Subid todos —dice Leo—. Un último empujón.

—No va a poder ser, Leo —contesto desde el barco—. El mar está demasiado picado.

—Seguramente tienes razón. Pero ya que hemos llegado hasta aquí…

—Creo que voy a pasar —dice Conrad. Salta a la vista que está nervioso.

—Venga, vente. Va a ser divertido —dice Jonas.

Pero hay una crueldad en su tono que nunca le he oído.

En ese momento Leo aprovecha un respiro entre dos olas, nos empuja fuerte y de pronto estamos escorados, navegando. El viento tensa la vela blanca. Conrad está sentado en la popa con las piernas colgando y los pies rozando el agua como dos grandes señuelos color rosa.

—No soporto ni mirarlo —me dice Jonas entre dientes.

—Tienes que fingir que no pasa nada. Me lo prometiste.

—¿Por qué? —susurra Jonas—. ¿Cómo puedes dirigirle la palabra?

—No puedo. Pero tampoco tengo mucha elección, ¿no te parece? Vivo con él.

—Pero es que sí la tienes. Si tu madre lo supiera…

—Mi madre no lo sabrá nunca. Jamás.

—No puedes dejar que se vaya de rositas, Elle.

—¡Cállate! —siseo—. ¡Mete las piernas! —le grito a Conrad—. Te puede morder un tiburón.

Jonas me da la espalda con una mueca furiosa. Las olas espumean y muerden nuestra pequeña embarcación a medida que coge velocidad.

Conrad se cruza de piernas. Tiene las plantas de los pies muy encallecidas y finos pellejos en los talones, donde se ha estado arrancando la piel muerta. Me mira, sonríe.

—Tenías razón. Esto mola.

Escupe el chicle en el mar. Lo veo hundirse en la espuma de una ola. Saco una lata de Fresca de la nevera.

—¿Quieres?

Le tiro la lata a Conrad.

—Gracias.

Arranca la anilla de aluminio y la tira por la borda.

—No deberías hacer eso —le dice Jonas—. Se puede atragantar un pájaro.

—Sí, claro. Como si me pudiera ver alguien —replica Conrad despectivo.

—No se trata de eso —responde Jonas—. Además, te veo yo.

—Creo que lo superaré.

—Gilipollas —murmura Jonas.

La costa se hace más pequeña a nuestra espalda. Apenas distingo a mi madre saludándonos con el brazo desde la playa. Una gran ola nos levanta y luego nos deja caer con un golpe seco.

—Joder —le grita Conrad a Jonas cuando el agua le empapa la ropa—. Pensaba que te habíamos traído porque sabes navegar.

—Hazlo tú —dice Jonas y suelta la caña del timón.

—Capullo. —Conrad se pone de pie y empieza a acercarse a nosotros.

Noto un cambio en el mar cuando nuestro pequeño velero pierde el control de las olas.

—Jonas, por favor, no seas tonto. Vamos a volcar.

Otra ola nos rompe encima.

—Nos estamos alejando demasiado —digo—. Afloja la escota o nos vamos a pasar la Punta.

—Muy bien —contesta Jonas—. Voy a virar. —Tira de los cabos y se prepara para girar—. Conrad, siéntate. Cuidado con la botavara —grita.

Conrad le hace una peineta. Me sonríe. Tiene unos dientes que parecen pastillas de chicle.

Cuando le golpea la botavara lo veo perder el equilibrio y caer al mar. Sale a la superficie un instante después, pataleando detrás del barco.

—¡Para! —le grito a Jonas—. ¡Para el barco!

Jonas suelta la escota de la vela mayor y el barco pierde velocidad. Hay un salvavidas naranja bajo cubierta e intento desatarlo, pero el nudo mojado se me resbala en los dedos.

—¡Socorro! —grita Conrad mientras el barco se aleja cada vez más de él—. ¡Sacadme de aquí!

Es presa del pánico, le cuesta respirar.

—Quítate la sudadera, te está arrastrando hacia el fondo —le grito mientras lucho por liberar el salvavidas.

—Joder, zorra estúpida, tírame esa cosa de una vez.

—Eso intento —digo.

Pero lo que hago es sentarme, aturdida. Jonas pone una mano encima de la mía, no me deja moverla.

Cuando llega la siguiente ola, Conrad asoma del agua con cara de terror. Alarga un brazo hacia mí.

Libro tercero

PETER

19

1989. Febrero, Londres

Corro por Elgin Crescent hacia la estación de metro de Ladbroke Grove para intentar coger el último tren a Mile End. Es tarde, y el aire húmedo de la noche me hiela los huesos. He bebido demasiado y tengo la vejiga a punto de explotar. Estoy considerando la posibilidad de agacharme entre dos coches, cuando un hombre corpulento me sale al paso y me pide el monedero. Lleva la cabeza afeitada y una esvástica tatuada en el cuello. Los pubs acaban de cerrar y están echando a la gente a la calle, pero no pienso decir no a un hombre con un cuchillo. Le doy el dinero que llevo en el bolsillo.

—El anillo —dice.

—No es bueno —digo—. No tiene valor.

—Que me des el puto anillo, zorra —dice y me pega un puñetazo en el estómago.

Me doblo hacia delante. En el interior de mi cabeza la frase «Deja de hacer tonterías» se desplaza como si fuera un rótulo, pero por algún motivo no consigo vincular el pensamiento con mis acciones.

El hombre me coge la mano e intenta sacarme el anillo.

—Que te den —digo y le escupo en la cara.

Se la seca con la manga antes de darme tal revés que me castañetean los dientes.

Lo tengo bien merecido.

1983. Agosto, Back Woods

El cuerpo de Conrad tarda tres días en aparecer en la orilla, a varios kilómetros por la costa. Lo encuentran una vecina y sus dos hijos pequeños. Al principio creen que el cadáver hinchado es una foca muerta. Los cangrejos le han mordisqueado las orejas. Estoy en mi cabaña debajo de una manta, escondiéndome del llanto de Leo, cuando se abre la puerta y entra Jonas. Está tiritando y pálido. Repto de debajo de las mantas y me abrazo a él. Apoyo la cabeza en su hombro. No le veo la cara, pero da igual. Sé que está llorando porque yo también estoy llorando.

—Lo siento —susurro—. Lo siento muchísimo.

Nos quedamos así largo rato, abrazados en silencio, con el corazón de Jonas latiendo pegado al mío.

—Esto no lo puede saber nadie —dice—. Pacto de sangre.

—Nadie —contesto.

Hay un imperdible en mi escritorio. Nos pinchamos el dedo pulgar, apretamos hasta que nos sale una gota de sangre y entonces los juntamos.

Jonas se limpia la mano en sus pantalones cortos. Busca en sus bolsillos y saca un anillo de plata con una piedra verde de cristal y me lo pone en la palma. Cierro con fuerza los dedos alrededor de él. Está frío, uno de los engastes de metal que sujeta el cristal me pellizca la línea de la vida.

—Te quiero, Elle —dice.

Me pongo el anillo en el dedo anular, le cojo la mano. Yo también lo quiero a él.

El verano siguiente Jonas no viene a Back Woods. Está en un campamento en el norte de Maine, me explica su madre con sequedad cuando voy a su casa. Ese verano Jonas me escribe una única carta. Las moscas negras son terribles, dice, pero está aprendiendo a construir una canoa de corteza de abedul. Ha visto un alce gigante. ¿Sabía yo que hay un mamífero que se llama perezoso? En el lago hay tortugas mordedoras. Me echa de menos más que a nada en el mundo, dice, pero es mejor así. Y aunque sé que tiene razón y que yo soy la que nos hizo esto, me siento rota, abandonada. Como si no hubiera escogido ir al campamento por mi bien, sino por el suyo.

1989. Febrero, Londres

Caigo al suelo y escupo una bocanada de sangre en la acera.

—Ya me has hartado, zorra cretina.

Me quito el anillo de Jonas y se lo estoy dando al hombre cuando sale alguien de las sombras detrás de él.

—Oye, para.

—Que te den, puta —dice Cara de Cerdo. Y a continuación cae redondo al suelo.

El otro hombre parece ligeramente sorprendido. Lleva en la mano una llave de cruz.

—La tenía en el maletero —dice, y señala con la cabeza hacia un Rover abollado aparcado detrás de él.

Es alto y flaco, debe de tener veintimuchos años y lleva una chaqueta de pana apolillada y una bufanda de lana delgada en esta gélida noche de febrero. Los británicos siempre insisten en comportarse como si el clima no existiera. Cuando empieza a llover a cántaros se limitan a subirse el cuello de la chaqueta. Mientras me levanto del suelo me fijo en que lleva zapatos Oxford marrones hechos a medida.

—Más vale salir de aquí echando leches —dice—. Cuando vuelva en sí va a estar un poco cabreado. ¿Te llevo a algún sitio?

—¿No deberíamos llamar a la policía?

—Ah. —Sonríe—. Eres americana. Eso explica la estupidez de pasear sola por Londres de noche.

Aún no he recuperado del todo el aliento, pero consigo decir, furiosa:

—Igual estoy más segura quedándome con él.

—Pues muy bien. Como quieras. —Se saca una cajetilla de Rothmans del bolsillo de la chaqueta, enciende uno, vuelve a meter la llave en el maletero de su coche y lo cierra—. ¿Estás segura de que no quieres que te lleve a algún sitio? ¡Joder! —Quita una notificación de multa del parabrisas.

Cara de Cerdo sigue inconsciente a mis pies, pero ahora gime. Miro fascinada cómo le sale de la boca abierta un fino hilo de aliento blanco igual que humo de cigarrillo. Tengo la tentación de pegarle una patada.

—¿Eres un asesino en serie?

Se ríe.

—Sí, pero esta noche libro. Hace demasiado frío.

—Pues la verdad es que agradecería que me llevaras.

—Soy Peter.

Me tiende la mano.

1983. Agosto, Memphis, Tennessee

El funeral es en Memphis. Mi madre conoce a la exmujer de Leo a la sombra de un viejo magnolio, junto a una tumba abierta. Miro las gotas de sudor que le bajan al pastor por la garganta hasta el alzacuellos blanco. Leo toca «Taps» con el saxofón mientras bajan el ataúd de Conrad a la tierra húmeda. A mitad de camino se le quiebra el aliento. El saxofón se hace eco de un sollozo roto. Yo tengo los ojos secos. Sé que debería llorar. Quiero llorar, pero no puedo. No tengo derecho. La exmujer me mira con odio y estoy convencida de que lo sabe todo. Lleva medias de cristal y zapatos salón terminados en punta. Tiene a Rosemary, de ojos desorbitados y piel pastosa, apretada contra su delgado vestido negro de algodón. Rosemary me sonríe y me saluda con un pequeño gesto de la mano, como si acabara de descubrirme en las gradas durante un partido de baloncesto. A su madre le fallan las piernas. Rosemary la sostiene, aparta la vista de mí.

Más tarde Leo nos lleva a mamá, a Anna y a mí a comer algo rápido en un restaurante chino donde todos los platos llevan palmito y ninguno decimos palabra. A las tres lo dejamos en su antigua casa para la recepción. Es algo destartalada, de listones blancos, con un porche cubierto sostenido por grandes columnas. Son corintias, nos dice Leo, ausente. Resultan demasiado elegantes para la casa, demasiado optimistas, y eso me entristece. En el jardín delantero hay dos árboles de Júpiter, el suelo debajo de ellos está alfombrado de flores que se han caído y ahora son trocitos de papel de colores. Junto a la puerta principal hay un paragüero en forma de caimán con la boca abierta. No me imagino a Conrad viviendo aquí.

Mamá le aprieta la mano a Leo.

—¿Seguro que no quieres que entre contigo?

—Es mejor que no. Necesito estar un rato con ellos.

Mamá asiente con la cabeza.

—¿A qué hora te recogemos?

—Cogeré un taxi hasta el motel —dice Leo.

Desde el coche de alquiler lo miramos desaparecer en la casa de madera combada. Del interior llega el sonido de un ventilador de pie. Alguien llora.

Casi hemos llegado al motel cuando mamá sale de la autopista y se para en un centro comercial.

—Parada técnica —dice. Nos da cinco dólares a cada una—. Compraos lo que queráis.

Se mete en una farmacia.

—¿Qué coño hacemos con diez dólares en un centro comercial de Memphis? —pregunta Anna.

—¿Tomarnos un helado?

—Lo último que necesito son más calorías. Prefiero morirme.

—Muy bonito —contesto.

—¿Qué pasa? —dice—. ¿Quieres estar gorda?

—¿«Prefiero morirme»?

Me mira sin comprender.

—Muy considerado por tu parte —señalo.

—Ah, es verdad. Mierda. —Durante un momento su cara pierde toda expresión. Entonces se echa a reír. De pronto yo también me río, una risa aguda, histérica, tanto que al final me ruedan lágrimas por las mejillas.

—Niñas. —Mamá viene hacia nosotras. Lleva una bolsita de papel blanca de la Farmacia de Fred. Su hermosa cara tiene expresión cansada, ajada—. Contadme el chiste. Me vendría bien reírme un poco.

—Debió de ser la semana antes de la muerte de Conrad —oigo decir a mi madre por el teléfono de su habitación—. Desde entonces no hemos hecho el amor.

Llevamos ya unos cuantos días en Nueva York. La ciudad está pegajosa. De las calles sube ese olor a plátano vomitado de la basura que se pudre. Hagamos lo que hagamos, terminamos con grandes manchas de sudor en los sobacos de la camiseta. Los aparatos de aire acondicionado gotean agua caliente y rancia en las aceras. Nuestro apartamento está asfixiante y claustrofóbico, hay polvo, polillas y un olor dulzón a cucarachas en las paredes. Todos odiamos estar aquí, pero Leo no puede volver al Bosque. Se culpa del accidente; él fue quien insistió en salir a navegar aquel día. Él fue quien empujó la barca a pesar de lo fuertes que eran las olas. Por las noches sus pensamientos, la culpa escapan a su control. Pasea por el cuarto de estar con un whisky en la mano y se lamenta ante mi madre como un disco rayado de «si hubiera hecho esto o aquello», en busca de respuestas que no va a encontrar. ¿Por qué no lo obligó a llevar chaleco salvavidas? ¿Por qué estaba el salvavidas atado con un doble nudo? ¿Cómo no se dio cuenta nadie? ¿No vio Conrad la ola que se acercaba? ¿Se enteró de algo?

—No —digo con voz estrangulada—. No lo vio venir.

Ahora que Conrad no está, Anna ha recuperado su antiguo cuarto. Cada vez que Leo pasa por delante, la mira como si su presencia allí fuera una traición.

—Necesito salir de esta puta casa y volver al colegio —me dice Anna—. Es como vivir en un depósito de cadáveres con una cabra furiosa.

No tiene ningún sentido, pero entiendo lo que quiere decir.

—No me pidas eso —grita Leo—. No lo soporto. No lo soporto.

—No es culpa mía —suplica mi madre.

Tienen cerrada la puerta de la habitación, pero oigo los gritos a través la pared que la separa de mi cuarto. Hay un fuerte golpe y, a continuación, ruido de cristal roto.

—Deshazte de él —grita Leo.

—Para —chilla mi madre—. ¡Para! Esa lámpara era de mi abuela.

—A la mierda tu abuela.

—Por favor. Te quiero.

Se abre la puerta del dormitorio y Leo pasa delante del mío como una exhalación, sale del apartamento, del edificio, a la calurosa noche. Mi madre llora en su habitación. Me obligo a oírla hasta que no puedo soportarlo más y me tapo la cabeza con una almohada.

Cinco semanas más tarde Leo nos dice que se marcha. Hace las maletas, guarda su saxofón y le da a mi madre un beso de despedida.

—No te vayas. Por favor, no te vayas —suplica esta.

Lo coge del brazo, sintiéndose sola ya, antes de que se vaya. Cuando se cierra la puerta, va hasta la ventana y espera a que Leo aparezca abajo, lo mira bajar por la calle, alejarse de ella. Ya se le nota el embarazo.

1984. Mayo, Nueva York

El bebé de mi madre muere en el parto. El cordón umbilical se rompe, el niño no puede respirar, se asfixia en líquido amniótico. Lo intentan todo para salvarlo. Rasgan y tiran, le desgarran a mi madre la pared vaginal, el perineo; los médicos gritan, las enfermeras corren de un lado a otro. Es un varón. Diminuto y azul, como un niño de Picasso. Leo ha desaparecido sin dejar un número de teléfono, así que nunca llega a saber que se le han ahogado dos hijos.

Mi padre viene conmigo al hospital a recoger a mamá. Empuja la silla de ruedas hasta la acera con cuidado de no coger ningún bache. Hay un taxi Checker esperándonos. La canastilla de mi madre con ropa de bebé lavada y doblada cuelga del respaldo de la silla de ruedas. Mi madre no se da cuenta, cuando nos alejamos en el taxi, de que mi padre se la ha dejado ahí. Por el parabrisas trasero miro la canastilla balancearse y luego quedarse quieta.

Los cerezos de la Quinta Avenida están en flor y bañados de luz de sol.

—Me encanta esta época del año —dice mi madre—. Deberíamos hacer un pícnic. Podemos hacer sándwiches de pepino.

Tiene la mirada vacía.

—De momento vamos a llevarte a casa —responde mi padre—. Elle ha hecho sopa y he metido un aguacate maduro y una lechuga de Boston en la nevera. Cuando estés instalada iré a comprar una botella de bourbon. Nos vendrá bien a todos.

—Tengo que localizar a Leo. Tengo que contárselo.

—Sí —dice mi padre—. Estoy en ello.

Hay algo diferente en su voz, una autoridad y una ternura que no reconozco. Mientras el taxi nos lleva a casa, caigo en la cuenta de que, por primera vez en mi vida, tengo padre y madre.

El taxímetro avanza despacio.

—¿Crees que esto habría pasado si no se hubiera ido? —dice mi madre.

Tiene el pelo pegado, su fuerte y hermosa cara está hinchada y roja.

Mi padre le coge la mano.

—No digas tonterías —contesta—. Hicieron todo lo que pudieron. No ha sido culpa de nadie.

—De alguien tiene que ser —replica mi madre.

Y estoy de acuerdo.

20

1989. Febrero, Londres

Cuando estamos a medio camino de Mile End, le pido a Peter que pare para poder hacer pis. Esto es Londres, lo que equivale a decir que a partir de las once no hay un puto sitio abierto.

—¿No puedes aguantar cinco minutos? —pregunta.

—Si pudiera aguantar, no estaría hablando de bajarme las bragas delante de un desconocido para mear en plena calle.

—Vale. Entendido. Perfecto. —Peter para el coche en una calle estrecha, empedrada—. Cuando quieras.

Me agacho detrás de un árbol y rezo por que no haya nadie mirando por las ventanas de las casas adosadas que hay detrás. En la pálida luz de una farola mis muslos resplandecen, blancos. Gimo, tengo el estómago dolorido por el puñetazo de Cara de Cerdo. Debajo de mí, se forma un charco en el suelo helado. Aparto los pies cuando está a punto de mojarme los zapatos. Nunca he sentido un alivio tan puro. Cuando me incorporo para subirme los vaqueros y las bragas, Peter me mira desde el coche. Se ríe cuando lo descubro, se tapa los ojos simulando consternación.

17.45 horas

Tengo la cabeza llena de abejas, del escozor áspero y dulce del día. No consigo desembarazarme de él. La vuelta a nado desde la orilla opuesta del estanque ha lavado a Jonas de mi piel pero sigue aquí, atrapado en mis pensamientos, mientras espero delante de la cocina con el bañador y la toalla mojados a que hierva el agua. Revivo el momento en que me alejé nadando a mariposa, en que lo dejé solo en la orilla. Su expresión de dolor. En el punto más profundo del estanque, donde el agua verde se ennegrece, me detuve a recuperar el aliento, pataleando, temerosa de darme la vuelta y ver a Jonas, temerosa de regresar a Peter, a mi vida.

—Tienes que estar arrugada como una pasa —dice mi madre mientras coge del estante una vieja lata negra de té Hu Kwa—. Jonas y tú habéis estado un montón de horas fuera. Estábamos a punto de mandar a la Expedición Donner.

—No sé si habría servido de gran cosa —contesto riendo—. Y no han sido horas. Fuimos a ver un momento el mar. Cuando atardeció había una luz preciosa.

—Esta noche va a haber luna llena —comenta.

Detrás de nosotras, Peter y los tres niños están jugando al parchís. Miro de reojo para ver si Peter está escuchándonos, pero acaba de sacar dobles y está concentrado en cerrar el paso a los demás.

—¿Había gente? —pregunta mi madre.

—Estaban los Biddle acampados a la derecha, hacia Higgins Hollow. Y solo le he visto la falda morada, pero estoy casi segura de que era Pamela dando su paseo diario. Aparte de eso, la playa estaba bastante vacía. Por fin han quitado los carteles de los frailecillos.

—Gracias a Dios. —Mi madre levanta la tapa de la lata de té con una cuchara—. Toma. —Me la da, quita el hervidor del fuego—. El agua ya tiene que estar caliente.

—Por Dios, Wallace —dice Peter—. Deja que hierva el agua. Para eso podías servirme una taza de pis caliente. Y ni si te ocurra encasquetarme esa porquería de Lapsang Souchong. Es una basura.

—Lo ahúman sobre agujas de pino —responde mamá.

—Peor me lo pones.

—Este marido tuyo es un poco mandón —susurra mi madre, pero me doy cuenta de que le gusta. Devuelve el hervidor al fuego y se va en busca de un té inglés normal.

Finn se levanta de la mesa y viene a darme un abrazo.

—He encontrado un huevo de tiburón en la playa.

—¿Un huevo de tiburón? —pregunto, incrédula.

Se mete la mano en el bolsillo y saca lo que parece ser un saquito negro arrugado con dos cuernos de diablo.

—Mira. Dice Gina que es un saco vitelino. De una cría de tiburón.

—Todo el mundo dice eso, no sé por qué. Pero en realidad es de raya. Se llama bolsito de sirena.

—Lo que no tiene ningún sentido, a no ser que la sirena sea gótica —apunta riendo Peter.

Se lo devuelvo a Finn.

—Déjalo en el aparador para que no se rompa.

—Igual este año para Halloween debería disfrazarme de sirena —dice Maddy.

—Excelente idea. Aunque puede ser complicado ir por las casas sin pies —señala Peter—. Ven a jugar la próxima partida con nosotros, esposa mía.

—No estoy muy de humor para un parchís. Tengo que quitarme este bañador mojado.

—Eso desde luego. Vas a coger una infección de orina.
—Mi madre sale de la despensa con un paquete de diez rollos
de papel higiénico—. Lleva esto al cuarto de baño, anda. Se
ha terminado. No sé cómo conseguís terminarlo todo tan
deprisa. Sois como un enjambre de langostas.

—Tu hija tiene una vejiga del tamaño de un guisante
—dice Peter—. Es todo culpa suya.

—Mentira —contesto—. No creo que hayas cambiado
un rollo de papel higiénico en tu vida.

Peter se vuelve hacia los niños.

—En nuestra primera cita, vuestra madre se bajó las
bragas e hizo pis delante de mí.

—Qué asco —dice Jack.

—No era una cita —puntualizo—. No eras más que un
tipo que me llevaba en coche de vuelta a mi residencia. Y era
o eso o hacerme pis en tu coche, algo que probablemente
habría pasado desapercibido porque aquel coche era asqueroso. Olía a carne podrida.

—No, no —ríe Peter—. Yo te gustaba. Me di cuenta
en cuanto te vi agachada debajo de un árbol con esas bragas
blancas.

—Para nada.

—¡Haced el favor! —Jack simula una arcada.

—Y además, acababa de salvarte la vida.

—Vuestro padre fue todo un héroe —concedo.

Por supuesto, los pequeños se ríen.

—Dixon y Andrea nos invitan a hamburguesas —dice
mi madre—. Han organizado una barbacoa en el último
momento. Les dije que iríamos sobre las seis y media-siete.

—Uf —protesto.

—Que no se me olvide, les he dicho que llevaremos
una cebolla roja.

—¿No podemos cenar tranquilamente en casa? Todavía me estoy recuperando de anoche.

—Tenemos la despensa vacía —dice mamá—. No ha ido nadie al supermercado.

Hay sed de acusación en cada sílaba.

—Hay un paquete de pasta. Y guisantes congelados.

—En cualquier caso, no tengo ganas de cocinar.

—Cocino yo. Se supone que esta noche va a llover.

Peter levanta la vista del tablero de parchís.

—No me importa llevarme a los niños si prefieres quedarte en casa.

—Es que... hemos vuelto de Memphis no hace ni veinticuatro horas y no hemos dejado de socializar. Necesito una noche tranquila.

Necesito tiempo para pensar.

—Pues la vas a tener —contesta Peter.

Voy hasta él, le pongo las manos en los hombros, me inclino y le doy un beso.

—Eres un santo.

—No me distraigas —dice—, estamos jugando a un juego muy serio.

Y acto seguido se come una de las fichas amarillas de Finn.

Al salir de la Casa Grande, me paro y miro a mi familia. Finn tira los dados con un cubilete de cartón. Mi madre echa agua hirviendo en una vieja tetera marrón. Del pitorro sube una columna de vapor. Mira el té hundirse antes de servirlo en una taza de gres usando un colador de bambú. Escudriña el azucarero, frunce el ceño y se va a buscar algo.

Peter se sube la manga y saca músculo.

—¿Veis esto? —les dice a los niños—. ¿Lo veis? Conmigo no se mete nadie.

Le revuelve el pelo a Maddy.

—Estate quieto, papá.

—Gruñona.

Le da un abrazo de oso y le besa la coronilla con un rugido.

—Hablo en serio. —Maddy se ríe.

Jack se levanta de la mesa y va hasta la encimera de la cocina, coge una ciruela del frutero.

—Pásame esa taza de té, ¿quieres, cariño? —le pide Peter—. A tu senil abuela se le ha olvidado dármela.

—Te he oído —dice mi madre desde la despensa.

Bajo por el sendero con ese crujido de agujas de pino bajo mis pies descalzos que tan bien conozco. Huelo la promesa de lluvia en el aire. Hay una toalla húmeda tirada en las escaleras de la cabaña de los niños. La recojo y la cuelgo en la rama de un árbol. Se han dejado encendida la luz de dentro. Entro y la apago antes de que la puerta mosquitera se cubra de un mar de polillas y escarabajos verdes. La cabaña está hecha un desastre. Cuando Anna y yo vivíamos aquí era igual, un caos de partes de abajo de biquinis, brillo de labios, zuecos y peleas. Recojo la ropa sucia del suelo y la meto en el cesto, devuelvo un jersey al cajón de Maddy, cuelgo un bañador húmedo de un gancho. Sé que son cosas propias de un *Manual básico para maleducar a los hijos*. Que son ellos los que tendrían que ordenar la habitación, pero, ahora mismo, concentrarme en una tarea tan sencilla y directa me resulta calmante. La cura de mi madre a todos los males: «Si estás deprimida, ponte a ordenar el cajón de la ropa interior».

La manta áspera color beis grisáceo de Jack está medio caída; las almohadas se han quedado arrugadas entre el colchón y la pared. Tiro de la cama. Algo cae al suelo con un golpe sordo. Palpo a ciegas el suelo lleno de telarañas y encuentro un cuaderno de tapas negras. Su diario. Mi críptico hijo, que estos días apenas se da por enterado de mi presencia, que me evita, que se cierra en banda. Y ahora tengo todas las respuestas en la mano.

El reloj despertador Braun de la estantería marca los segundos. Cierro los ojos y me llevo el cuaderno a la nariz, aspiro el olor de las huellas dactilares de Jack, de sus secretos más íntimos, de sus anhelos. No tendría por qué saberlo. Pero yo sí. El conocimiento puede ser poder, pero también un veneno. Dejo el cuaderno donde lo encontré, empujo la cama contra la pared y la deshago. No quiero cargar con más secretos.

1984. Octubre, Nueva York

Alguien está cocinando en nuestro apartamento oscuro y de aire cargado. Si tengo suerte será hamburguesa, maíz congelado y espinacas a la crema. Pero no me hago ilusiones. Anoche mi madre cocinó un pollo entero envuelto en celofán. Últimamente está distraída.

—Ya estoy en casa —digo.

La encuentro en la cocina salteando higaditos de pollo y cebolla en una sartén de hierro fundido, con un delantal encima de la falda vaquera. En la mesa ya hay un cuenco de arroz y un frasco de kétchup, de las paredes cuelgan fuentes de barro esmaltado, en un tarro de cristal hay especias, guindillas rojas secas que nunca se usan. Un agarrador sucio se ha caído al suelo.

—El ensayo de la orquesta se ha retrasado —digo y me agacho a cogerlo.

—Dame el orégano, anda —me pide sin levantar la vista.

Abro el armario donde guardamos la comida. Los cristales de las puertas están pintados de blanco para que no se vea lo que hay dentro: una caja de galletas de trigo Shredded Wheat, tres latas de gelatina de consomé, comida para gatos, una lata caducada de batidos adelgazantes Metrecal. Aparto un envase de mostaza Colman y cojo el orégano.

—He hablado antes con Anna —me cuenta—. Me ha llamado desde Los Ángeles. Sonaba muy bien. Aunque sigo sin entender cómo se puede graduar uno en comunicaciones. Es como graduarse en comer. Ve a lavarte las manos y cenamos.

El apartamento está en penumbra. Voy por el pasillo dando luces. Desde que Leo se marchó el año pasado, mamá se ha obsesionado con ahorrar energía. Yo le insisto en que se gasta más encendiendo y apagando luces que dejándolas encendidas, pero dice que eso es una leyenda urbana.

El agua caliente tarda un rato en salir de los grifos del cuarto de baño y, cuando lo hace, me abrasa. Me seco las manos en la cazadora vaquera, tiro la mochila en mi habitación. El gato se ha hecho un ovillo encima de mi cama. Al otro lado del patio interior veo a mi madre por la ventana de la cocina, poniendo la mesa para las dos. La miro dejar tenedor y cuchillo junto a cada plato, también una copa de vino. A medio camino de la cocina, me paro y vuelvo corriendo a apagar la luz de mi cuarto. Es un gesto sin importancia, pero que significa mucho para mi madre.

«Qué raro no haberlo visto antes», pienso. Mi viejo diario está abierto encima de mi mesa. Me acerco a él despacio, como si pudiera saltar y morderme. Lo cojo, temerosa de lo que pueda haber encontrado mi madre, con el corazón desbocado, y paso páginas de mi vida.

Hoy es el último día de clase. ¡Yupiii! Mañana voy con Becky a Gimbels a comprar bañadores. Voy a usar mis ahorros. Mamá dice que me ayuda con quince dólares más. Becky me ha dicho que este verano en el Town Hall van a enseñar meditación trascendental los miércoles por la noche y quiere que vayamos a probarlo.

Paso unas cuantas páginas.

¡¡Mañana nos vamos a Back Woods!! Me muero de ganas de ver a Jonas.

Lista de cosas que hacer este verano:
Leer 12 libros
Practicar la flauta todos los días
¿Vegetariana?
Aprender a navegar a vela
Adelgazar 7 kilos.

Y debajo de la lista:

Me muero de miedo. Y si me lo vuelve a hacer. ¿Y si vuelve a meterse en mi cuarto? Lo odio. Me quiero morir...

Mamá no puede enterarse nunca jamás de esto. Saberlo le arruinaría la vida.

Lo odio
Lo odio
Lo odio

Paso a la siguiente página.

No me viene la regla. ¿Y si estoy embarazada? Por favor, Dios, no dejes que me quede embarazada.

Después de eso hay una entrada más, con la hoja sucia de lágrimas y la tinta azul emborronada.

Hoy han encontrado el cuerpo de Conrad en la playa. La señora que lo encontró dijo que tenía los ojos abiertos. No puedo respirar. ¿Por qué no le tiré el salvavidas? Soy una enferma.

Y, después, solo páginas en blanco.

Apago la luz de mi habitación y miro por la ventana. En algún lugar del piso de arriba una vecina empieza a calentar la voz, a cantar escalas de soprano que suben y bajan por las paredes del patio. Mi madre cierra la ventana de la cocina, se sirve una copa de vino, se la lleva a los labios y se la bebe de un trago. Se sirve otra copa. Lo sabe. Hace bastante que nadie ha barrido el patio. El suelo está lleno de menús de comida a domicilio, de bolsas de plástico. En una esquina hay dos latas vacías de comida para gatos: uno de los porteros da de comer a los animales abandonados contraviniendo las reglas de la comunidad de vecinos. De algún punto de arriba cae una repentina lluvia de guisantes. Golpean el cemento como bolas de granizo. Anna y yo solíamos hacer lo mismo: en cuanto mamá se daba la vuelta, tirábamos por la ventana del patio brócoli, zanahorias cocidas, palitos de pescado, lo que fuera que no quisiéramos comernos. Si se enteró, jamás dijo una palabra.

Cuando entro en la cocina no levanta la vista. El aire de la habitación está cargado, oprime. Empujo la ventana para abrirla unos centímetros. En mi plato hay ya servidos arroz e hígados de pollo encebollados. Al otro lado de la puerta oigo el zumbido y la respiración sibilante del ascensor al detenerse en uno de los pisos de arriba.

Mamá deja la copa de vino en la mesa de madera, me saca una silla, me pasa el frasco de kétchup. Ninguna habla.

—Hoy he estado mirando en tu armario —dice al fin—. Se me ocurrió que estaría bien donar tus patines de hielo a la colecta benéfica del colegio. Se te han quedado pequeños. —Niega con la cabeza, como si intentara ordenar la imagen que tiene en ella—. ¿Cómo pudo pasar algo así?

Hay en su voz un matiz insoportable de desesperación.

—Lo siento mucho, lo siento mucho. —Una lágrima de agua salada aterriza en mi arroz y desaparece, engullida en un mar de blanco.

—¿Por qué no me lo contaste? —Estudia mi cara.

—No quería que me odiaras.

Fijo la vista en el suelo de la cocina.

—Nunca podría odiarte. A quien odio es a él.

—Lo siento, mamá.

—No fue culpa tuya. Yo soy la que lo metió en tu vida. De haber sabido que te estaba haciendo daño... Me alegro de que ya no esté. —Me coge la mano y la aprieta con demasiada fuerza—. Dios, si es que tenía que haberlo visto. ¿Cómo pude no verlo? —Las yemas de los dedos se me ponen rosas, luego blancas. Hay algo en la expresión de mi madre que llevo mucho tiempo sin ver. Dureza. Una chispa de luz—. Si vuelvo a verlo alguna vez, te juro por Dios que lo mato.

—¿Cómo?

—Debería poner una denuncia para que detengan a Leo. Debería llamar a la policía.

18.15 horas

Apago la luz de los niños y cierro la puerta al salir lo más deprisa que puedo para que no entren los mosquitos. La superficie del estanque empieza a estar quieta como la tinta, la brisa del anochecer ahuyenta las últimas notas cálidas del final de la tarde. Oigo a Peter rugir de risa en la Casa Grande. Una vez, después de aquella noche, Leo llamó a mi madre borracho desde algún bar. Le suplicó que lo dejara volver, juró que aún la quería, que era el amor de su vida. Mi madre le colgó el teléfono.

21

1989. Marzo, Londres

Peter y yo nos acostamos en nuestra tercera cita. Me lleva a un restaurante indio de mala muerte en Brick Lane, lleno de vapor y clavo. «Westbourne Grove es para turistas. Este es un indio de verdad», me asegura. Después me invita a subir a su apartamento para una copa rápida y me sorprendo a mí misma aceptando. Rara vez salgo con hombres y mucho menos me voy con ellos a su casa. Pero Peter es un periodista especializado en economía y, por alguna razón perversa y anticuada, el hecho de que escriba sobre dinero me hace confiar en él; como si alguien con un trabajo así no pudiera ser peligroso.

Vamos en coche a su casa bajo una lluvia incesante, con las ventanas empañadas, olor a diésel, calidez. Peter vive en Hampstead, que está casi en la otra punta de Londres. Al llegar a un paso de cebra, Peter frena para dejar que cruce un hombre mayor. Baja la ventanilla unos centímetros, enciende un cigarrillo. El hombre mayor cruza despacio la avenida, pasito a pasito, con el cuello subido para protegerse de la lluvia y las manos pálidas y arrugadas aferradas a un paraguas. Peter no me mira cuando me coge la mano por primera vez con los ojos fijos en la luz amarilla parpadeante del semáforo, en la cortina de agua.

—¿Te molesta?

Parece casi tímido, y me sorprende.

Doblamos por una calle estrecha, hacemos un cambio de sentido para entrar en una bonita plaza empedrada y nos detenemos delante de una hilera de casas georgianas.

No he terminado de salir del coche y ya estoy empapada. El agua nos cae a chorros desde todas partes, forma charcos, aporrea la puerta de la casa de Peter.

—Esta lluvia es una locura —digo.

—¿Qué lluvia? —Peter ríe mientras corremos a ponernos a cubierto.

El apartamento de Peter es precioso, mucho más grande de lo que me había esperado, con techos altos decorados con molduras de escayola, grandes ventanales que dan al parque con cristales tan viejos que se han deformado, puertas de seis cuarterones con pomos de latón en forma de huevo, suelo de madera de pino sin barnizar. Una chimenea de verdad. En las paredes del recibidor hay ganchos de madera de los que cuelga una gran cantidad de chaquetas de tweed y pana, un Barbour lleno de barro. Debajo, con las punteras hacia la pared, una hilera de bonitos zapatos y botas de piel gastada.

—Te pido disculpas por adelantado —dice Peter y tira las llaves sobre un baúl que hay en la entrada—. Esto parece un vertedero.

Por todas partes hay periódicos viejos, ceniceros llenos de colillas, un frasco de mostaza a la antigua en la mesa baja, un traje de raya diplomática en el respaldo de una butaca.

—Mi madre —explica cuando me fijo en las gruesas cortinas de terciopelo, los retratos de antepasados, las alfombras turcas repartidas aquí y allí—. Tiene muy buen gusto.

—Tienes razón. Es una pocilga —digo.

—Para ser justos, no contaba con tener visita.

—Me alegro.

—Qué criaturas tan extrañas sois los americanos.

—Lo que no veo es ningún aguafuerte —explico.

Peter se ríe.

—No me subestimes. Ven, te voy a enseñar el dormitorio.

Vacilo, una parte de mí quiere seguirlo, otra parte quiere salir huyendo. Pero lo sigo.

A diferencia del cuarto de estar, el dormitorio de Peter está sorprendentemente ordenado, la cama hecha con las esquinas en inglete.

—Dios, eres preciosa —dice. Su voz es franca, directa, segura de lo que sabe—. Vamos a quitarte toda esa ropa mojada.

Cuando empieza a desabotonarme la camisa doy un respingo. Han pasado seis años desde Conrad. Y, aunque me he dado unos cuantos besos borrachos, nunca he dejado que un hombre me toque debajo de la ropa.

Peter se dispone a bajarme la cremallera de los vaqueros, pero le sujeto la mano.

—Perdona. Creía... —dice.

—No, no pasa nada. Es que prefiero hacerlo yo.

Me tiemblan los dedos mientras termino de desabotonarme la camisa, me bajo los vaqueros, salgo de ellos. Estoy delante de Peter vestida solo con bragas y sujetador. La lluvia ha arreciado, un laberinto de riachuelos cubre los grandes ventanales. Detrás de Peter, en una cómoda alta estilo Tudor, hay un cartón sin abrir de Rothmans, una pera a medio comer. Me desabrocho el sujetador, dejo que caiga al suelo. Se acerca a mí, me pone las manos en los pechos.

Estoy temblando de los pies a la cabeza.

—Tienes frío.

Me coge en brazos y me lleva a la cama.

Me hace el amor despacio, sus dedos recorren mis curvas, deja que reaccione a sus caricias, nuestros cuerpos altos y delgados se entrelazan, la lluvia en los cristales, el olor a tabaco, sus brazos fuertes, musculosos. Cuando me va a penetrar, cierro fuerte los ojos y me armo de valor. La forma en la que cojo aire me delata.

—¿Quieres que pare? —susurra.

—No.

—Podemos parar —dice.

—Me ha dolido un poco. Nada más.

Peter se queda completamente quieto.

—¿Eres virgen, Elle?

Me gustaría contarle la verdad, pero lo que digo es:

—Sí.

De manera que lo nuestro empieza con una mentira.

1989. Diciembre, Nueva York

La estación de metro de la calle Ochenta y seis es un lugar desolado y sucio, con las vías llenas de chicles pegados y trocitos de papel. La estación tiene salidas a las cuatro esquinas de una calle ancha y fea. Anna y yo salimos por la esquina noroeste a una ráfaga de viento gélido que se me mete por debajo del anorak de plumas. Se me ha olvidado lo fría que puede ser

Nueva York. En la acera, el castañero está acurrucado al calor de su brasero asando castañas gordas y boquiabiertas. El aire huele dulce y delicioso.

Doblamos en Lexington Avenue y sorteamos montículos de nieve sucia con nuestras botas de tacón. A las seis de la tarde la luz se ha marchado y la sustituyen halos exiguos y ácidos de las farolas y una oscuridad pantanosa.

—Anda que… menuda gilipollas —dice Anna.

Venimos de nuestra merienda de Nochebuena anual con papá en su apartamento de Greenwich Village, donde nos ha presentado a su nueva novia. Mary Kettering es una pelirroja de Mount Holyoke con labios finos y nariz afilada como un lápiz. Cuando nos sonreía, su boca se convertía en una raya enfadada que la retrataba instantáneamente.

Llevo una bolsa llena con nuestros regalos. Están envueltos, pero por lo mucho que pesan sé que son libros otra vez. Mi padre finge que los ha elegido especialmente para nosotras, pero sabemos que los coge de la mesa de libros gratis de su editorial. Todos los años nos regala libros intrascendentes con dedicatorias trascendentes escritas en tinta azul de pluma estilográfica. Por lo menos tiene una caligrafía elegante, memorable y se le dan bien las palabras.

—A ella tampoco le hemos caído bien —digo.

—Ese es el eufemismo del año —responde Anna—. Nos ha odiado a muerte. ¿Y qué me dices de cuando se ha puesto a hablar de los Hamptons? —Anna se mete un dedo en la garganta y finge una arcada—. Y encima Southampton, ni siquiera Water Mill. ¿Cómo puede besarla papá? Puaj. Es como un esqueleto asqueroso de pajarillo.

—Mira que eres mala —contesto riendo. Desde que vivo en Londres he echado de menos a mi hermana más de lo que puedo expresar con palabras—. Igual habría sido más simpática con nosotras si no hubieras puesto los ojos en blanco cada vez que abría la boca.

A favor de papá hay que decir que logró sobreponerse a lo incómodo de la situación y que parecía verdaderamente feliz y orgulloso de habernos reunido a todos. Después de beberse el té, se echó dos dedos de bourbon en la taza, puso «Rock the Casbah» en su nuevo tocadiscos y se puso a bailar dando unos saltitos ridículos. Iba descalzo, con unos Levis de pana viejos, y tenía los empeines peludos. De cada pie brotaban espesos mechones. Era fascinante. Mary marcaba el ritmo con su mocasín de borla.

—No es más que otro cuento de terror en el largo historial de cuentos de terror de papá —dice Anna.

—Igual es más simpática de lo que pensamos.

Me resbala el pie en un trozo de hielo y me caigo.

—Creo que esa es la manera que tiene Dios de decirte que no —responde Anna riendo.

La bolsa se ha roto y nuestros regalos están desperdigados por la nieve a medio derretir de la acera.

Me pongo a cuatro patas y empiezo a recoger paquetes.

—Ayúdame.

Anna ya va a más de diez metros por delante.

—Déjalos. Nos vamos a congelar. Y además no queremos esos estúpidos libros para nada —dice y sigue andando.

—¿En serio? Pues muy bien. Le contaré a papá que no quieres sus regalos.

—Tú misma —contesta sin darse la vuelta—. Que se los dé a Mary. Oh la laaaa..., qué contenta se va a poner. Qué alborozo. Un ejemplar en tapa dura de las putas *Citas de Bartlett*.

Una mujer que pasea un galgo vestido con jersey y calentadores de pata de gallo se detiene, me mira reptar recogiendo los paquetes. A mi lado, el perro se apoya en sus temblorosas patas traseras y caga en la nieve.

Alcanzo a Anna cuando está entrando en el portal de nuestro edificio.

—Muy bonito —digo—. Gracias por tu ayuda.

El viento cruel entra con nosotras por las puertas batientes y Mario, el portero nuevo, corre a cerrarlas. Un abeto falso en el vestíbulo destella con luces de colores. En la repisa de la chimenea, al lado, hay enchufada una menorá con bombillas gruesas y trémulas color naranja.

—Señoras —dice Mario invitándonos a entrar en el ascensor—, Feliz Navidad.

—Feliz Janucá —le corrige Anna.

Mario parece desconcertado.

—Somos judías —dice Anna.

Entramos en el ascensor.

—¿Cómo que judías? ¿A qué ha venido eso?

—Podríamos serlo. Él qué sabe.

—¿Por qué estás siendo tan gilipollas? —pregunto.

—Porque me pone enferma.

—¿Mario?

Anna me dirige esa mirada suya de «¿cómo puedes ser tan idiota, joder?».

—Papá.

Nos sacudimos la nieve de las botas, las dejamos escurrir en el felpudo. La puerta de nuestro apartamento está, como siempre, abierta. Las luces están apagadas. Mamá está sentada en una butaca en el centro del salón, iluminada por una lámpara de pie a su espalda, con el gato atigrado enroscado en el regazo.

—Pareces Anthony Perkins —comenta Anna mientras se quita el abrigo—. Te hemos traído galletas de jengibre.

—Por favor, no deis un paso más —dice mamá.

—¿Crees que está poseída? —me pregunta Anna en un susurro teatral—. Mamá —añade con voz normal—, estás muy rara.

Cuelga su abrigo en el armario de la entrada e intenta pasar, pero mi madre se lo impide.

—Vuestro padre ha llamado después de que os fuerais. Al parecer su novia, Mary, dejó una bolsa grande de marihuana en una lata de café y después de vuestra visita ha desaparecido.

—¿Mary fuma hierba? —dice Anna—. Estás de broma.

—Ojalá estuviera de broma. Ojalá —contesta mamá—. No quiero hacer esto, pero tu padre me ha obligado a prometérselo. Por favor, quitaos la ropa, las dos, y vaciad vuestros bolsos.

—Te has vuelto loca. —Anna ríe—. ¿Te crees que tengo cinco años?

Mamá suspira.

—Ya lo sé. Es absurdo. Pero se lo prometió a Mary y me ha pedido que respete su petición.

—Yo ni siquiera fumo hierba —señalo.

—Dile que coja su bolsita de hierba y se la meta por la vagina —dice Anna.

—Anna.

—No la conoces, mamá. Es repugnante. Tiene colmillos de pterodáctilo.

—No lo dudo. —Mi madre se quita el gato del regazo y se pone de pie—. En cualquier caso, le he prometido a vuestro padre que insistiría en que me dejarais registraros, y ya lo he hecho. No le prometí que lo haría. Ahora voy a prepararme un ponche y a meterme en la cama.

—Espera —digo—. ¿De verdad te ha pedido que nos quitaras la ropa y nos registraras? ¿En Nochebuena? ¿Sabes qué? Que a tomar por culo. Venga. —Me desnudo, me quito la ropa interior y se la tiro a mi madre.

Me la devuelve con un suspiro de hartazgo.

—Estoy ya muy mayor para estas cosas —responde.

—¿Que tú estás mayor? Yo tengo veintitrés años, joder. Dile a papá que no le voy a volver a hablar en la vida.

—Tienes que depilarte —observa Anna y se aleja por el pasillo.

Llamo a Peter desde mi habitación. En Londres es casi medianoche, pero sé que estará despierto intentando terminar un artículo a tiempo.

—Mi madre acaba de intentar que me quite la ropa para registrarme. Feliz puta Navidad.

—¿Perdón? —dice Peter.

—La nueva novia de mi padre nos ha acusado de robarle su alijo de hierba.

Peter ríe.

—¿Ha encontrado algo?

—Que te den, Pete. No tiene gracia.

—Tiene muchísima gracia. Aunque, si así es como hacéis las cosas en tu familia, voy a tener que pensarme lo de ir para Año Nuevo.

—No te molestes en venir —digo—. Voy a coger el próximo vuelo a Londres. He terminado con esta gente.

—Es una pésima idea. Tendrás que comerte el salmón frío con mayonesa al eneldo de mi madre, que sabe a vómito. E ir a la misa del gallo. Y dormir en una habitación helada con paredes de piedra y ventanas medievales. Sola. Porque otra cosa no le parecería apropiada a mi madre.

—Creía que ya le gustaba a tu madre.

Los padres de Peter son muy pijos. El padre es diputado. Cuando no están en su casa de campo de Somerset, viven en una mansión en Chelsea con vistas al Támesis. Cazan y se toman un Pimm's Cup con la comida. Caminan a paso ligero y vestidos de tweed por los páramos. Su madre es la clásica mandona con collar de perlas. Después de mi quinta cita con Peter, le insistió en que me llevara para poder inspeccionarme. Bebimos jerez en un amplio cuarto de estar con suelos de madera barnizada; caoba con incrustaciones de cerezo, me explicó. Encima de la chimenea de mármol colgaba una elegante pintura abstracta. Recientemente había empezado a interesarse en «los modernos». Me senté en el borde de un sofá de terciopelo verde savia y pensé en Becky Sharp mientras cruzaba y descruzaba las piernas. La madre de Peter apenas consiguió disimular su desdén cuando le confesé que nunca había montado a caballo. Me congracié un poco con ella cuando supo que estaba haciendo un posgrado en literatura francesa en Queen Mary y tenía intención de ser profesora. «Aunque harías mucho mejor en estudiar alemán, claro. Mucha más profundidad y ninguno de esos excesos vulgares», dijo antes de volver a llenar su copa.

—Sí que le gustas —me contesta ahora Peter—. Mucho, para ser americana. Dicho esto, me ha dejado muy claro, clarísimo —dice con énfasis—, que le parece poco apropiado que esté con una chica a la que recogí en una esquina. Podrías ser una cualquiera.

—Ja, ja.

—Oye, no te agobies. Dentro de cuatro días estaré ahí. Arreglaremos todo esto. Por cierto —Peter se ríe—, tengo muchísimas ganas de colocarme con tu padre.

—A mi padre no lo vas a ver —respondo—. Porque no pienso volver a hablarle ni a verlo en mi vida.

—Creía que ese era el motivo de mi visita —dice Peter—. Que me presentaras a tu padre para poder pedirle tu mano en matrimonio.

—Joder, Peter. Deja de hacer bromas con todo. Te veo a la salida de la recogida de equipajes.

Cuelgo el teléfono, me tumbo de espaldas y miro el techo. Hay grietas en la escayola. Trocitos de pintura descascarillada. En algún apartamento del piso de arriba están cocinando con ajo y cebolla. El patio interior huele muchísimo. Mi cama individual —en la que duermo desde los cinco años— se me queda corta. En la estantería encima de mi mesa, junto a la tortuga de madera que me talló mi padre cuando era pequeña, hay un juego completo e inútil de la *Enciclopedia Británica* que rescató mi madre de un contenedor cuando yo tenía diez años, tirado a la basura por anticuado. «El saber es el saber», dijo mi madre. Me levanto y saco el volumen 4, *Botha a Cartago*, del estante. Escondida en su interior hay una hoja de papel doblada en un cuadrado pequeño y toda cubierta de palabras. Una frase escrita una y otra vez. Parte castigo parte encantamiento. «Debería haberlo salvado». Vuelvo a doblarla, devuelvo la enciclopedia al estante. Fuera, el viento levanta ráfagas de nieve seca del suelo de cemento. Salgo al pasillo en busca de Anna. La puerta de su habitación está entornada. Está sentada delante de su mesa, de espaldas a mí, haciéndose un porro.

22

1989. Diciembre, Nueva York

El vuelo de Peter llega puntual, pero yo me retraso muchísimo. El tren expreso a JFK se estropea en Rockaway y tenemos que esperar en el andén a que pase otro. El aguanieve da paso a una fuerte nevada y noto cómo se me empiezan a congelar las pestañas. Por eso odio recoger a gente en el aeropuerto. Es un gesto que casi siempre da mal resultado. Cuando Peter salga del túnel de la terminal después de un vuelo de ocho horas estará cabreado y de mal humor por no verme allí dando saltos de alegría. Y aunque voy corriendo al puto JFK y me golpean la cara miles de gélidas agujas de aguanieve, me siento culpable y resentida. Debería haberle dicho que se cogiera un taxi.

Para cuando entro en Llegadas Internacionales estoy sudorosa, sin aliento y preparada para discutir. Lo veo antes de que me vea a mí, sentado encima de su bolsa de lona, recostado contra la pared mugrienta del aeropuerto, leyendo un libro. Cuando me ve sonríe.

—Justo a tiempo —dice y se levanta para darme un beso gigantesco—. Dios, cómo te he echado de menos, preciosidad.

He preparado a Peter para nuestro apartamento oscuro, para la obsesión de mi deprimida madre por ahorrar electricidad, para su manera lenta y torpe de moverse, como si se hundiera bajo su propio peso.

—Ha tenido que ser una Navidad de lo más alegre —dice.

Pero, cuando llegamos, todas las luces del apartamento están encendidas. Un leño artificial chisporrotea mudo en la chimenea. Suena bossa nova de un elepé rayado.

—Mamá, ya hemos llegado —grito.

—Estoy aquí —canturrea desde la cocina—. Dejad fuera las botas si están mojadas.

Muevo la cabeza, perpleja.

—Igual fue ella la que robó el costo de Mary.

Peter me mira irónico antes de entrar en la cocina.

Mi madre está delante de la nevera. Lleva el pelo recogido en un moño. Se ha puesto lápiz de labios y una blusa de seda roja.

—Peter. —Lo besa en ambas mejillas—. Ya estás aquí. ¿Qué tal el vuelo?

—Muy bien. Con algunas turbulencias, pero poca cosa.

—Aquí llevamos todo el día con tormentas de nieve. Nos preocupaba que no os dejaran aterrizar.

—¿Dónde está Anna? —pregunto—. Dijo que estaría aquí.

—La ha llamado no sé qué amiga de la facultad de Derecho. Salió corriendo.

—Lo siento —le digo a Peter—. Me hacía ilusión que estuviera aquí cuando llegaras.

Mamá saca una coctelera de plata y tres copas de martini del congelador.

—¿Aceituna o limón?

—Limón, gracias —contesta Peter.

—Así me gusta. —Mi madre le sirve una copa.

En la mesa de la cocina hay queso, paté y un cuenquito con pepinillos en salmuera. Ha sacado la tabla para queso de palisandro de las ocasiones especiales, con ese cuchillito irritantemente curvo que les regalaron a mi padre y a ella hace un millón de años por su boda.

Levanta su copa.

—Por el nuevo año. Qué alegría poner por fin cara a un nombre. No me habías dicho que era tan guapo, Elle. —Prácticamente está aleteando las pestañas—. Chinchín.

Tengo la sensación de estar dentro de una de esas películas en blanco y negro de la alta sociedad donde todos viven en apartamentos con techos de cuatro metros de alto y se ponen una estola de piel para ir a comer. De un momento a otro Cyd Charisse sacará una pierna enfundada en una media negra de detrás de la puerta mientras una doncella uniformada sirve canapés y un perrito blanco corretea de un lado a otro.

Hacen chocar sus copas. Yo levanto la mía para brindar, pero ya han bebido. Mi madre coge a Peter del brazo.

—Vamos a sentarnos al cuarto de estar. He encendido la chimenea. Elle, trae los aperitivos. He comprado un trozo de Stilton en Zabar's. Decidí que era una apuesta segura.

Peter la sigue y me deja allí plantada con la copa en la mano.

—Ah, y ha llamado tu padre. Dos veces —añade mi madre sin volverse—. Vas a tener que llamarlo en algún momento. Qué agradable es tener a un hombre en la casa, Peter —la oigo decir mientras desaparecen en la habitación contigua.

Sé que todos los esfuerzos de mi madre —el caluroso recibimiento a Peter— son por mí. Y lo último que quiero es que la primera reacción instintiva de Peter sea tipo *Huida del castillo del terror*. Pero cuando oigo a mi madre aullar de risa por algo que acaba de decir Peter, solo tengo ganas de abofetearla.

—Me cae bien —dice Peter más tarde, mientras arrastra su bolsa de viaje hasta mi habitación—. No es para nada como me la describiste.

—¿Una bruja narcisista?

—Lo que me dijiste es que ha estado muy triste. Y que le gusta ahorrar energía. Nunca me hablaste de lo atractiva que es.

—¿Queso Stilton? ¿Porque eres inglés? Llevamos comiendo galletas saladas, mantequilla de cacahuete y sopa de lata desde Navidad. Créeme, esta no es nuestra vida normal.

—Entonces, ¿es por mi encanto británico?

—No, lo que pasa es que es una machista asquerosa. Y además me pidió que me quitara las bragas delante de ella en Nochebuena. Y de regalo me dio unos guantes feísimos y un abrebotellas. Así que igual es sentimiento de culpa navideño.

Peter se para a examinar las estanterías del pasillo. Saca un viejo libro de texto mío.

—*Los caribú y la tundra de Alaska*. Perfecto para leer en la cama. —Lo abre y pasa las páginas—. Ah, genial, has subrayado las partes interesantes. Eso me ahorrará tiempo.

—Mi madre no cree en tirar libros.

Devuelve el libro a la estantería atestada.

—Me parece muy glamurosa. Elegante. Me sorprende que no se haya vuelto a casar.

—Puedes dormir con ella esta noche, si quieres. Su cama es más grande que la mía.

—Oye, oye.

—Por fin traigo un hombre a casa a que mi madre lo conozca y su primera reacción es ponerse a coquetear con él. ¿Se puede saber a qué viene eso? En los últimos años mi madre apenas ha tenido energía para lavarse el pelo. Entre perder a Leo y perder el hijo que esperaba... Lleva tanto tiempo deambulando por la casa con expresión de derrota que se me había olvidado que alguna vez fue atractiva. Se pasa casi todo el día en camisón. Solo se molesta en vestirse para cruzar la calle y entrar en Gristedes a comprar la carne en oferta porque está a punto de caducar.

—O sea, que le gusta vivir peligrosamente. —Peter se ríe.

—Para —digo y echo a andar por el pasillo.

Me sigue hasta mi habitación e intenta abrazarme, pero lo rechazo.

—Elle, acabo de cruzar el Atlántico en plena tormenta para ver a mi preciosa novia, de la que, para que conste, estoy asquerosa y completamente enamorado. Estoy exhausto. Lo único que he comido en las últimas doce horas es un trozo de queso mohoso. Y tengo los calcetines mojados. —Se sienta en la cama y me atrae a su regazo—. Trátame bien.

—Ay. Tienes razón. —Hundo mi cabeza en su pecho—. Debería alegrarme de que la hayas animado. Y me alegro. Es que los últimos días han sido una mierda. Y te echaba de menos.

—Ya lo sé. Por eso he venido. —Se tumba en mi cama individual del año de la polca. Le sobresalen los pies por el borde—. Mmm —dice—. Igual tengo que dormir en la cama de tu madre, después de todo.

—Mira que te odio, joder, Pete.

—Lo sé. Igual que todas las mujeres. Es mi encanto secreto.

Y no puedo evitar reírme.

1990. 1 de enero, Nueva York

Año Nuevo y, si hemos de guiarnos por hoy, va a ser una auténtica mierda de año. Hace un frío polar, tengo el estómago revuelto por el atracón anual de *dim sum* en un restaurante ruidoso y con exceso de calefacción en Chinatown, donde he comido unas diez cosas de carne al vapor de más que ni siquiera me apetecían y mi madre se ha puesto a discutir con el camarero por la cuenta. Ahora Peter me está presionando para que le devuelva a mi padre sus llamadas.

—Es Año Nuevo. El momento perfecto para una rama de olivo —dice mientras bajamos por la calle Mott bajo un viento helador.

—Mierda, me he dejado un guante en el restaurante.

—Seguramente se lo están dando de comer a algún pringado —contesta Peter.

—Mira que eres idiota.

Veinte minutos después estamos apretados dentro de una cabina de teléfono a pocas manzanas del apartamento de mi padre. Tengo ganas de dar una patada a Peter. Tapo el auricular con la mano.

—Esto ha sido una idea malísima —susurro furiosa.

—Eso es algo entre Mary y tú —está diciendo mi padre.

—¿Cómo puede ser algo entre Mary y yo? —salto.

—Tenéis que resolverlo entre las dos.

—Entre Mary y yo no hay nada. La he visto una vez en mi vida.

—Lo sé —dice mi padre—. Quiero que eso cambie. Es una persona importante para mí.

—¿Y yo qué soy?

—Elle…

—Te convenció de que tus hijas eran unas ladronas drogadictas.

Se queda callado.

—Mira. Mary cometió una equivocación. Lo sé. Yo también cometí una equivocación. Lo siento mucho. ¿Podemos olvidarnos ya del tema?

—Como quieras. Pero si piensas que existe un mundo en el que yo vaya a poner un pie en la misma habitación que esa mujer con labios de pollo es que has perdido la cabeza.

—Por favor, no empeores las cosas.

—No intentes que esto parezca culpa mía.

Suspira.

—Mary y yo estamos prometidos. Nos casamos en marzo.

—La acabas de conocer.

—Ya sé que es un poco pronto, pero Mary dice que no hay razón para esperar. Estamos enamorados.

—Guau. —Un trozo de empanadilla china grasienta me sube por la garganta.

—Necesito que me digas que te parece bien.

—Eres penoso.

Cuelgo el teléfono.

—Ha ido muy bien —dice Peter.

Miro el auricular que tengo en la mano. Alguien ha tallado la palabra «coño» en la parte de atrás. Y una carita sonriente.

—Se van a casar.

—Ah.

—¿Por qué te habré hecho caso? Debería haber colgado en cuanto mencionó su nombre.

—No intentes que esto parezca culpa mía —dice Peter.

—¿Hacerme burla? ¿Eso es lo que se te ocurre? Mi padre acaba de decirme que se va a casar con una mujer a la que Anna y yo hemos visto una vez. Que es horrible. A la que se le ve el plumero. Y que es una falsa.

El vapor de mi aliento cubre el cristal que tengo delante. Despejo una ventanita con el dorso del guante, miro la calle.

—Y, una vez más, no nos elige a nosotras.

Sé que estoy a punto de llorar, lo que me pone todavía más furiosa. La debilidad es lo único que he heredado de mi padre. El cielo del atardecer se tiñe de color pedernal. Una ráfaga furiosa de viento empuja un matasuegras de «Feliz Año Nuevo» por la acera. Lo miro hasta que cae a la calzada y desaparece.

—Elle, eres tú la que está convirtiendo esto en un o ella o yo.

—¿Qué quieres decir con eso?

—Que la que os acusó fue ella, no él. Tu padre está en una situación difícil. Te quiere. Y al parecer también la quiere a ella.

—Ni siquiera la conoces —digo cortante—. Necesito un aliado, Pete, no un testigo imparcial.

—Sé que ahora te parece una traición, pero en cuanto te tranquilices verás que esto no es un ataque a tu persona.

—Cuando me tranquilice. Qué gran consejo.

Peter abre la boca para decir algo, pero se lo piensa mejor.

—Tienes razón. Lo siento. Ahora, por favor, ¿podemos salir de esta cabina? Por mucho que me guste estar sudoroso y pegado a ti, aquí empieza a oler como en un prostíbulo.

—¿Y tú qué sabes de cómo huele en un prostíbulo?

Empujo la puerta de acordeón y echo a andar.

Peter me sigue al frío intenso. Se ha puesto a nevar.

—Elle. Para. —Me coge de la manga—. Por favor. Te quiero. Esto no es una pelea entre tú y yo. —Tira de mí hacia un portal, a resguardo del viento—. Estoy defendiendo a tu padre porque quiero que hagáis las paces. Y así poder conocerlo antes de volver a Londres. No quiero tener que volver a esta ciudad de frío infernal.

Manzana arriba aparece un taxi. Peter sale a la calle y lo para.

—Vámonos a casa. Nos metemos en esa camita tuya tan triste y hacemos los propósitos de Año Nuevo. —El taxi para—. El mío va a ser dejar de intentar ganar en nuestras discusiones.

—Vete tú. Nos vemos allí.

—Elle...

—No pasa nada. Estamos bien. Pero tienes razón, necesito tranquilizarme. Necesito pasear hasta que se me pase.

—Y así, como quien no quiere la cosa, he ganado nuestra primera pelea. —Peter me coge los dos extremos de la bufanda, me los enrolla alrededor del cuello, me cala más el gorro—. No tardes.

Miro las luces traseras del taxi doblar la esquina y alejarse, desaparecer en un halo de nieve. La calle está desierta. Nadie en sus cabales quiere salir con un tiempo así. Las lágrimas se me han secado en las mejillas igual que témpanos finos como un chorrito de pis. Bajo la cabeza y subo por la calle Bank en dirección al edificio de mi padre.

Todas las luces de su apartamento en el segundo piso están encendidas. Llamo al timbre y espero. Por las ventanas de vidrio grabado de las gruesas puertas de entrada del edificio de piedra arenisca veo un cochecito de niño aparcado en el hueco de la escalera, la bicicleta de mi padre con el candado puesto, apoyada contra un radiador desconchado. Empiezo a notar los dedos de los pies dentro de las botas como si fueran cubitos de hielo. Doy patadas al suelo para reactivar la circulación, llamo una vez más, esta vez dejando el dedo pegado al timbre. Nada. Sé que está en casa, pero no puede oír el timbre si tiene cerrada la puerta de su habitación. En la cafetería griega de la esquina tienen un teléfono de pago que ya he tenido que usar alguna vez.

Bajo los peldaños cubiertos de sal, camino por la nieve calle arriba. La mayoría de las casas están iluminadas y alegres. Atisbo techos de salones, cocinas desordenadas, paredes de ladrillo visto. El aire huele a leña y a satisfacción. Mi aliento se condensa en un humo blanco en los remolinos de nieve gris parduzco. Los cubos de basura, rebosantes de botellas de champán vacías y cajas de pizza a domicilio, ya están cubiertos de nieve. Hace un frío de la hostia.

Solo es una manzana, pero cuando llego al café tengo la cara petrificada.

—Cierre la puerta —dice un hombre detrás de la caja registradora antes de que me dé tiempo a entrar.

El lugar está medio vacío. Hay unas pocas personas de aspecto tristón sentadas en las mesas de vinilo rojo, comiendo huevos y beicon para combatir la resaca. En la barra, dos hombres mayores toman café.

El teléfono está al fondo del todo, junto al baño. Camino entre las mesas, unos cuantos taburetes pegajosos, la máquina de tabaco. Hay un tipo al teléfono discutiendo acaloradamente. Tiene pelo ralo y graso. De rata. En el saliente de la pared a su lado hay un montón altísimo de monedas de diez centavos. Me quito el guante, me saco el gorro y meto la mano en el bolso en busca de cambio. El hombre mete más monedas en la ranura y me da la espalda. Me apoyo en la pared, espero a que termine.

Una camarera deja una porción de pastel de plátano en la barra, rellena una taza de café. El encargado se sujeta un lapicero detrás de la oreja y cobra una comanda escrita en papel verde pistacho.

—Perdone —digo cuando veo al hombre del teléfono coger más monedas—. ¿Va a tardar mucho?

—Estoy hablando, señora.

—Solo necesito hacer una llamada rápida. De dos segundos.

Tapa el auricular con la mano.

—A mí qué me cuenta. —Se acerca al teléfono y sigue hablando—. Perdona —dice—, era una chiflada.

Junto a mí, en la pared, hay un espejo antiguo de Coca-Cola. Me veo de refilón. Tengo el pelo disparado en todas las direcciones, electrificado, las mejillas rojas por el viento y el calor seco. Parezco una vagabunda. A mi espalda oigo silbar la cafetera. Suena la campanilla de la puerta y una ráfaga de viento me da en la nuca.

Acabo de decidir que mi padre no se merece tanto esfuerzo, cuando el tipo del teléfono grita: «Que te den, gilipollas». Mueve varias veces la palanca de devolver monedas y comprueba el compartimento hasta asegurarse de que no se deja ninguna por equivocación. Saco diez centavos y me acerco al teléfono.

—Sí que tenemos prisa, ¿eh, señora?

Se toma tiempo para abotonarse el abrigo, cerrándome el paso.

—Capullo —le digo cuando se dirige hacia la puerta.

Unas cuantas personas levantan la cabeza, pero la mayoría sigue comiendo.

El teléfono suena seis veces antes de que alguien conteste. Es Mary.

—Hola, Elle. Feliz año. —Su voz es como melaza. Incluso por teléfono la oigo sonreír de mentira.

—Feliz año, Mary. ¿Se puede poner mi padre, por favor?

—Tu padre está descansando.

—Tengo que hablar con él. —Me la imagino con su conjunto de punto verde brillante, sus ojos pequeños y calculadores.

—Preferiría no molestarlo.

—Estoy aquí al lado. He llamado al telefonillo, pero no me habéis contestado.

—Sí.

—¿Le puedes decir que se ponga, por favor?

Trato de no perder la calma.

—No creo que sea buena idea. Lo has alterado mucho. Ha intentado salir de casa sin zapatos. No sabes qué preocupación.

—Pásame a mi padre, por favor.

No consigo hablar sin que se me note lo enfadada que estoy.

—Creo que los dos necesitáis algo de tiempo para tranquilizaros.

—¿Perdón?

—Antes has estado de lo más maleducada con él.

—Eso es algo entre mi padre y yo.

—No —dice. Y esta vez no se molesta en disfrazar su veneno—. Esto es algo entre tú y yo.

Respiro hondo, intento controlar el odio que siento por esta mujer, el dolor de corazón por todas las promesas rotas de mi padre, por la promesa que me hizo aquel verano después de que Joanne y él por fin se separaran.

Era agosto. Anna tenía un trabajo de verano ayudando en una casa con niños en Amagansett y Conrad estaba en Memphis, así que yo me iba a quedar con mi padre mientras mamá acompañaba a Leo en una gira por Francia. Papá le había alquilado a Dixon su apartamento para el verano.

De camino a Logan, mamá y Leo me pusieron en un Greyhound, con dinero para comprarme un bocadillo y algo de beber si el autobús paraba en un área de servicio y coger un taxi que me llevara desde Port Authority hasta el apartamento de papá.

—¿Por qué no me puede recoger en la estación de autobuses? —pregunté.

—Por el amor de Dios —exclamó mamá—, tienes trece años. Me dijo que te esperaría haciendo la cena.

—Vale. Pero luego no os enfadéis conmigo si me secuestra un chulo en busca de adolescentes fugitivas y termino de prostituta a los catorce años.

—Ves demasiada televisión —contestó mi madre.

Cuando me desperté al día siguiente tardé un instante en reconocer dónde estaba. Un cuarto a oscuras. Luz tenue de conducto de ventilación. Olor a un detergente que no era el de mi casa. La cama nido, marcas de cera en las paredes, sábanas de flores marrones. La habitación de Becky. Lo último que recordaba era a mi padre dándome una de sus pastillas para dormir. Me froté el sueño sin sueños de los ojos y salí al largo pasillo en su busca. Estaba sentado ante una gran mesa de roble en el cuarto de estar amplio y luminoso del apartamento de Dixon leyendo un manuscrito, vestido con su uniforme de fin de semana: vaqueros Levis, pies descalzos, Lacoste azul marino desgastado, leve aroma a jabón de Castilla con menta.

Levantó la vista y sonrió.

—Hola, peque.

—¿Qué hora es?

—Casi las tres. Has dormido diecisiete horas. ¿Tienes hambre? Hay medio sándwich de pavo en la nevera.

—No, gracias. ¿Por qué no me has despertado?

—También puedo hacer café. —Apartó el manuscrito—. ¿Tomas café?

—No me dejan.

—Yo sí te dejo.

Lo seguí hasta la cocina y me senté en uno de los taburetes de la barra. Sacó un paquete de café en grano de la nevera.

—Hay que guardarlo en la nevera, si no los granos pierden sabor.

Lo miré moler el café y detener el molinillo eléctrico en dos ocasiones para agitarlo.

—Hay que asegurarse de que está bien molido —dijo antes de sacar dos tazas de cristal del armario. Calentó leche en un cazo. Mi padre es muy maniático en la cocina—. Me encanta esta canción. —Subió el volumen de la radio y empezó a tararear «Rhiannon»—. ¿Quieres un panecillo inglés?

—Vale.

Sacó un tenedor del cajón, pinchó varias veces el panecillo, lo abrió en dos y lo metió en la tostadora.

—Qué alegría tenerte aquí —comentó metiéndose una mano en el bolsillo—. Te he hecho una copia de la llave. —Me sonrió como si aquello fuera un gran logro, sacó la banqueta al lado de la mía—. Bueno, pues ya estoy divorciado por fin.

No estaba segura de qué esperaba que dijera, si tenía que alegrarme por él o sentirlo. Opté por el silencio.

—Joanne me lo puso muy fácil. Me dio un ultimátum: o mi matrimonio o mis hijas. Y, evidentemente, no había mucho que pensar. —Hizo una pausa teatral—. Anna y tú no lo sabíais, pero a Joanne nunca le gustó que yo tuviera hijas.

Fingí sorpresa, intenté no reírme.

El pan tostado saltó.

—Siento haber pasado tan poco tiempo con vosotras. Joanne lo hacía todo muy difícil. En cualquier caso —dijo mientras sacaba una barra de mantequilla y un frasco de mermelada inglesa de la nevera—, se acabó lo que se daba. Adiós muy buenas. A partir de ahora vamos a ser tú, yo y Anna. Nadie volverá a interponerse entre nosotros. Lo prometo.

—Mary —susurro furiosa al teléfono ahora—. Vete a decirle a mi padre que tengo que hablar con él. Y dile que, si no se pone, no volveré a hablarle. —La oigo tomarse unos instantes para pensar—. No tomes esta decisión por él, Mary, si es lo que estás pensando. Créeme, te pasará factura.

Deja el teléfono en la encimera. Oigo los pasos de Mary en dirección al dormitorio. La oigo hablar con mi padre. Al cabo de unos minutos, coge el auricular.

—Dice que muy bien, si es lo que quieres.

—¿Le has advertido de que es la última vez que llamo?

—Sí —contesta con dulzura—. Le he repetido tus palabras una por una.

Me siento enferma, como si me hubieran dado un puñetazo en el estómago.

—Bueno, pues entonces supongo que no hay nada
más que decir. Que lo paséis bien en la boda. La última vez
que mi padre se casó, la novia no llevaba bragas. Deben de
gustarle los coños al aire.

Cuelgo el teléfono, me meto corriendo en el baño de
la cafetería y tengo unas cuantas arcadas encima del váter
hasta que se me van las náuseas. Nunca he sido capaz de
provocarme el vómito, por mucho que lo intente. Lo odio.
Odio su debilidad. Todo lo que nunca ha hecho por nosotras. Todo lo que nos prometió. Las traiciones sin fin. Me
echo agua fría en la cara. Estoy llena de manchas rojas y
tengo los ojos inyectados en sangre, pero al menos puedo
respirar. Necesito respirar. Necesito a Peter.

Estoy casi en la calle, cuando me llama alguien desde
una mesa:

—¿Elle?

Le ha cambiado la voz. La tiene más grave, lógicamente. Pero la reconocería en un coro de mil voces. Llevo tantos
años imaginando este momento... Cómo sería. Quiénes seríamos. En mi versión, yo llevo un borrador de mi tesis sobre Baudelaire y llego tarde a una reunión con un profesor
de chaqueta de pana; o salgo del estanque después de nadar
vigorosamente, morena, en forma, madura, segura de mí
misma. Me paso los dedos por el pelo revuelto y electrificado. Podría salir por la puerta, dejarle pensar que se ha equivocado de persona.

—Elle —vuelve a decir Jonas en su voz suave, tranquila, un sonido monosilábico, pero perfecto, como una camisa bien planchada.

Y me doy la vuelta.

Está distinto. Menos silvestre, menos indómito. Lleva el abundante cabello negro muy corto. Pero tiene la misma mirada color verde mar, inquebrantable, pura.

—Guau —digo—. Madre mía, qué raro es esto.

—Desde luego —responde—. Guau.

—¿Qué haces aquí?

—Tenía hambre.

—¿No deberías estar en Cambridge con tu familia? Es Año Nuevo.

—Elias ha tenido un niño. Están todos en Cleveland. Hopper es el padrino. Yo tenía demasiado trabajo. ¿Cuál es tu excusa?

—Estaba rompiendo con mi padre. Vive aquí al lado.

Asiente con la cabeza.

—Es algo que se veía venir. ¿Quién era el tipo de pelo grasiento al que le estabas chillando?

—Yo qué sé, un capullo.

Sonríe.

—Entonces, ¿no era tu novio?

—Muy gracioso. —Me siento en el banco al otro lado de la mesa—. No me puedo creer que seas tú. Te has hecho mayor.

—Siempre te dije que pasaría, pero te negabas a creerme. —Debajo del abrigo de lana raído lleva una camisa desvaída y vaqueros llenos de pegotes de pintura de colores.

—Tienes pinta de loco —señalo.

Pero, si he de ser sincera, está fabuloso.

—Tú estas guapa.

—Estoy hecha una pena y los dos lo sabemos.

Saco unas cuantas servilletas de papel del dispensador metálico de la mesa y me sueno la nariz. Lo miro, tratando de asimilar lo que veo. Me sostiene la mirada sin pestañear, con esa misma expresión vagamente desconcertante que tenía cuando nos conocimos, ojos de viejo en la cara de una persona joven.

—Oí que vivías en Inglaterra —dice.

—Sí. En Londres.

Jonas señala un edificio de apartamentos anodino en la esquina.

—Yo vivo ahí.

—Pero si odias la ciudad.

—Estoy en Cooper-Union. Estudiando pintura. Me queda un año para terminar.

Viene la camarera y se queda esperando hasta que nos damos por enterados de su presencia.

—¿Quieres café? —pregunta Jonas—. ¿O te has pasado al té?

—Café.

—Dos cafés —le dice a la camarera—. Y dos dónuts de azúcar.

—Yo no quiero dónut.

—Vale. Pues un dónut —le indica a la camarera—. Lo compartiremos. Bueno. ¿Y qué haces en Londres?

—El posgrado. En literatura francesa.

—¿Por qué allí? ¿Por qué no aquí?

—Está más lejos.

Jonas asiente con la cabeza.

—Bueno —digo—. Pues han pasado siete años.

—Siete años.

—Nunca volviste al Bosque. Desapareciste.

—Me gustó el campamento.

—No hagas eso. Nunca se te dio bien ser frívolo.

Me coge la mano, toca el anillo.

—Lo sigues teniendo.

Me quito el anillo, lo dejo en la mesa. El baño de plata se ha ido por algunas partes y el engaste apenas sujeta el cristal verde.

—Es la primera vez que me lo quito desde que me lo diste.

—Me sorprende que no hayas muerto de gangrena.

—El año pasado me atracaron. En Londres. Un cabeza rapada. Intentó quitármelo pero me negué. Le dije que no tenía valor. Me dio un puñetazo en el estómago.

—Madre mía.

—Había un hombre. Me rescató. Sigo teniendo el anillo gracias a él.

La camarera deja dos tazas de café en la mesa entre nosotros.

—Se han terminado los dónuts de azúcar. Hay de canela o de crema y chocolate.

—Me parece que no queremos nada —digo—. ¿Me trae un poco de leche?

Coge un cuenco con cápsulas de leche en polvo de una mesa vacía.

—De canela —pide Jonas.

Miro a la camarera alejarse.

—Estoy con él ahora. Con el del anillo. Peter. Está aquí. Bueno, en casa de mi madre.

—Qué bien. —A Jonas no parece preocuparle. Coge una cápsula de leche del cuenco. Le quita el aluminio, la vuelca en su café—. ¿Y a qué se dedica?

—Es periodista.

—¿Vais en serio?

—Supongo que sí.

Jonas da un mordisco a su dónut. Le deja una capa de canela en los labios.

—Bueno, pues espero que le hayas dejado claro que ya estás prometida conmigo.

Me río, pero, cuando miro a Jonas, su expresión es completamente seria.

—Debería irme. Me está esperando.

—Quédate. Si te quiere te esperará. Yo lo hice. Lo hago.

—Jonas, no.

—Es la verdad.

—No me esperaste. Te fuiste.

—¿Qué se suponía que tenía que hacer, Elle? ¿Volver al verano siguiente y fingir que no había pasado nada? ¿Apuntarme a clases de vela? ¿Poner una mentira entre los dos? Sabes que no podía hacer eso.

Todos estos años he pensado en él, le he echado de menos, he tenido ganas de pasear con él por los senderos tranquilos, con nuestras almas entrelazadas. Pero ahora que lo tengo delante, lo único que veo es lo mucho que se han separado nuestras vidas.

—Igual tienes razón. No lo sé. Solo sé que ya no hay un «nosotros». —Y la verdad de esta afirmación es casi insoportable—. Ni siquiera nos conocemos. Ni siquiera sé dónde vives.

—Sí lo sabes. Vivo al otro lado de la calle en ese edificio tan feo.

—Sabes lo que quiero decir.

—Soy exactamente la misma persona que era entonces. Quizá algo menos raro.

—Espero que no. —Río—. Esa rareza fue siempre tu mejor cualidad.

Jonas coge el anillo de piedra de cristal verde y lo mira a la luz.

—Deberías tener cuidado con él. Es valioso. Me gasté todos mis ahorros en él.

—Ya sé que tiene mucho valor.

—No siento lo que pasó.

—Pues deberías. Los dos deberíamos.

—Te estaba haciendo daño.

—Habría sobrevivido.

Jonas vuelve a dejar el anillo en la mesa, delante de mí. Está entre los dos. Ese pequeño objeto, tan feo, tan hermoso.

—No lo llevo puesto porque me lo dieras tú. Lo llevo para que me recuerde lo que hicimos.

La camarera vuelve a nuestra mesa llevando una jarra de Pyrex con café.

—¿Más café? —pregunta.

—No, gracias —digo.

—¿Quieren algo más?

—Solo la cuenta. —Me pongo el abrigo y me levanto—. De verdad que me tengo que ir.

Me da el anillo.

—Toma. Es tuyo. Aunque te recuerde a él.

—No.

—¿Por qué no?

Podría mentir. Lo haría si fuera cualquier otra persona.

—Porque también me recuerda a ti —digo con tristeza.

Jonas saca un bolígrafo y arranca un trozo de servilleta.

—Este es mi número de teléfono. Para cuando recuperes la sensatez. No lo pierdas.

Doblo el frágil papel, me lo guardo en el monedero.

—Hace un frío insoportable en la calle.

Me pongo el gorro, me enrollo la bufanda alrededor del cuello.

—Te echo de menos —dice.

—Yo a ti también —respondo—. Siempre. —Me inclino y le beso en la mejilla—. Me tengo que ir.

—Espera —dice Jonas—. Te acompaño al metro.

Cuando salimos de la cafetería la nieve cae en gran cantidad, a puñados. Jonas me coge del brazo, me mete la mano fría, sin guante, en el bolsillo de su abrigo. Recorremos las siete manzanas sin hablar, escuchando la nevada muda. El silencio entre nosotros es algo natural, familiar, como caminar en fila india por el sendero que baja a la playa o deambular por el bosque, algo que vibra de cosas no dichas.

La boca gris y abierta del metro llega antes de lo que me gustaría, exhalando personas envueltas en prendas de abrigo, desaliñadas, en su rancio aliento de hormigón.

—No tienes por qué echarme de menos, que lo sepas.

Retiro mi mano de la suya y se la pongo en la mejilla.

—Ya lo sé.

Me atrae hacia él tan rápido que no me da tiempo a reaccionar. Me besa con la intensidad de cada día, cada mes, cada año que nos hemos querido. Este no es nuestro primer beso. El primero fue hace mucho tiempo, debajo del agua, siendo niños, cuando nos dijimos adiós por primera vez sabiendo que no sería la última. Pero ahora, cuando me separo de él, el dolor es insoportable. No lo he encontrado, lo he perdido. Vacilo, al borde del precipicio del pasado, deseando desesperadamente arrojarme al vacío por él, sabiendo que no puedo. Jonas es animal, Peter es mineral. Y yo necesito una roca.

—Adiós —digo. Y ambos entendemos lo que eso significa.

—Elle... —me llama mientras bajo las escaleras del metro.

Me paro, pero esta vez sin girarme.

—Peter no es el del anillo —dice—. El del anillo soy yo.

23

1991. Febrero, Londres

Hampstead Heath está desierto. Solo hay unos pocos amantes de los perros de aspecto lúgubre, separados entre sí y mirando a sus animales temblorosos correr en libertad, con las patas flaquísimas sucias de barro, divirtiéndose a expensas de sus amos. Llueve. No un chaparrón exuberante, fecundo, sino esa llovizna incesante que cae de un cielo plomizo, opresivo, específicamente diseñado para ponerte los nervios de punta. Un perro negro corre campo a través persiguiendo una pelota roja en la llovizna.

Me he mudado al apartamento de Peter en Hampstead, con sus techos altos y magníficos y sus cornisas de escayola. Las paredes están cubiertas de estanterías llenas de libros encuadernados en piel sobre construcción de buques o sobre Agripa, y Peter los ha leído todos. Por las noches, cuando vuelve de la City, encendemos un fuego de verdad en la chimenea y nos acurrucamos en el sofá bajo edredones de plumas mientras me lee en voz alta del libro más aburrido que encuentra hasta que le suplico que pare y me haga el amor.

El apartamento sería maravilloso si no lo hubiera decorado su madre a base de austeros sofás de terciopelo con garras de león a modo de patas y grabados de perros de caza que llevan en la boca aves flácidas y muertas. Peter ha pegado un cartel de The Clash encima de una ilustración del Hermano Conejo especialmente cruenta y ha puesto kilims en los respaldos de los divanes. Pero todavía siento la presencia de su madre, espiándonos a través del ojo de un ancestro de aspecto imponente cuyo retrato cuelga encima de nuestra cama. Sé que no le hizo gracia que me viniera a vivir aquí. Una novia americana es aceptable siempre que todo se termine una vez vuelva a su espantoso país.

En días como hoy, cuando Peter está en la oficina y yo estoy sola en casa intentando terminar mi tesis, caminando por las habitaciones, comiendo Nutella directamente del frasco, sin producir nada, tengo la sensación de que me mira desde las paredes, desde los techos, como si los hubiera revestido con su desaprobación. Si supiera hasta qué punto la merezco...

Al final de nuestra calle hay un viejo pub con una terraza optimista para los días soleados. Detrás está el parque, con sus praderas salvajes, temerarias, y sus bosques en pleno centro de la ciudad. Los bosques aquí son sarmentosos, druídicos, con raíces que se extienden igual que dedos buscando a ciegas un pasado que aún recuerdan. Los unen pequeñas veredas, caminos erosionados que desaparecen en profundas hondonadas fecundas, en descomposición, que ocultan madrigueras de zorro y también a los hombres que acuden aquí cuando anochece en busca de una mamada.

Casi todas las tardes paseo por el parque y dejo que mis pensamientos se aireen después de demasiadas horas delante de una máquina de escribir. Esta tarde tengo pensado dar una larga caminata, desde la colina del Parlamento hasta Kenwood House, pero la lluvia empieza a caer cada vez más fuerte, inundando el mundo, así que cambio de rumbo y atajo en diagonal por la explanada hacia casa, pasando junto al estanque para hombres.

Hay dos señores mayores de pie delante del estanque público con gorros de natación azules a juego y bañadores holgados, con la piel pálida, traslúcida como papel crepé y una lluvia constante que les cae por la espalda. Los veo casi todos los días. Es algo muy británico, lo de disfrutar de una obligación, hacer uso del derecho de un ciudadano a nadar en el estanque frío y poco apetecible de un parque público solo porque se puede. La misma razón por la que la madre de Peter insiste en cruzar siempre por el jardín de su vecino o por las pocilgas de la granja, espantando patos y gansos al subir por la escalera del portillo: porque es una servidumbre de paso y porque el placer de pasar, de allanar legalmente, es mucho más puro que la comodidad de dar un rodeo.

Ahora, mientras avanzo deprisa por delante del estanque, veo a los ancianos ejercitarse en el agua con brazadas perfectamente acompasadas, dos cabezas de tortuga mordedora azul brillante en un mar sombrío. El agua debe de estar helada.

Estoy a punto de salir del parque cuando oigo gritos a mi espalda. Una mujer con un perrito agita los brazos y chilla. Un hombre al otro lado de la explanada la oye y echa a correr, pero yo estoy más cerca y llego antes.

—Se está ahogando —grita señalando frenética el estanque—. Yo no sé nadar.

En el agua veo solo una cabeza azul.

—Estaba aquí. —La mujer señala—. Estaba aquí mismo, pidiendo ayuda. Pero no sé nadar.

—Llame a Emergencias —grito.

Cuando quiero darme cuenta estoy en el estanque, me quito las zapatillas de una patada, dejo el abrigo y el jersey gordo en algún lugar del suelo detrás de mí. El agua está más caliente de lo que esperaba, más limpia. En seis brazadas rápidas me reúno con el hombre. Está pataleando, tiritando de susto y sus ojos aterrorizados inspeccionan la superficie del agua en busca de su amigo.

—Era nuestro tercer largo —dice—. Siempre hacemos seis.

—Vuelva a la orilla —le ordeno.

Me sumerjo y busco en la oscuridad una mancha de incoherencia, de color. Salgo para tomar aire y me zambullo de nuevo, esta vez a mayor profundidad, hasta el fondo lleno de juncos. Delante de mí veo un atisbo de azul.

La ambulancia llega cuando estoy casi en la orilla, sin aliento, arrastrando el peso muerto del anciano. Dos técnicos de emergencias se meten a ayudarme, pero los rechazo.

—Sálvenlo —digo jadeando—. Sálvenlo, por favor.

Su amigo tirita en la pequeña pasarela de madera. La mujer le ha puesto su abrigo por encima. Miramos a los técnicos aporrear el pecho triste y blanco, respirarle en la boca. Contengo el aliento, espero el chorro de agua de sus pulmones, los ojos que se abren sorprendidos, como si acabara de escupir una rana viva. En la zona poco profunda y embarrada, el gorro azul de goma lame la orilla.

Peter ya está en casa cuando llego, tumbado en el incómodo sofá, leyendo. Debe de llevar poco tiempo, porque solo hay una colilla en el cenicero y su taza de té todavía humea. Me paro en el umbral, descalza, formando un charco en la estera de fibra de coco.

—Te ha pillado la lluvia —dice Peter y deja el libro—. Voy a encender la chimenea.

Soy incapaz de moverme, mi corazón es como un objeto pesado, empapado.

—Ven, anda —añade Peter y viene a darme un beso distraído—. Vamos a quitarte esa ropa mojada.

—Un hombre mayor se ha ahogado en el estanque.

—¿Ahora mismo?

—Nada allí todos los días. Con su amigo.

—¿Y estabas allí? Pobre ratita mía —dice.

Estoy aturdida, demasiado aturdida para sentir nada.

—Ni siquiera había llegado al fondo. Seguía bajando cuando lo alcancé.

—Espera un momento —me interrumpe Peter—. A ver. ¿Me estás diciendo que te tiraste a salvarlo? ¿Al estanque para hombres?

—El agua estaba oscura, pero vi su gorro de natación.

—Por Dios, Elle.

Peter coge un cigarrillo, lo enciende.

—Los de la ambulancia ya estaban cuando lo saqué a la orilla. Parecía un feto, de esos que conservan en formol.

—Podías haberte ahogado. ¿A qué coño estabas jugando? —dice con voz ronca de amor y de preocupación.

Aparto la vista. Ojalá pudiera contárselo, explicárselo. Que necesitaba salvar a aquel hombre. Una gota de agua en el mar. Pero no puedo.

Me rodea con los brazos, me estrecha contra él.

—Voy a prepararte un baño caliente.

—No. Agua no.

Peter me quita la ropa mojada allí mismo, me lleva a nuestra cama. Se mete debajo de las sábanas conmigo, vestido de pies a cabeza, me abraza desde detrás. Me gusta el tacto de su camisa, de la hebilla de su cinturón, de sus pantalones, tan de tela, tan concretos, contra mi piel desnuda.

—Deberías quitarte los zapatos —digo.

—Voy a ir a hacerte un té. No te muevas. De hecho, ya no vas a volver a salir de este apartamento.

Mi piel se niega a entrar en calor. Me tapo más con las mantas, pero mi cuerpo sigue temblando. No puedo dejar de pensar en el cuerpo del hombre hundiéndose, en el abrazo amniótico de la muerte, en su elegancia al bajar. Escucho a Peter llenar el hervidor eléctrico, el tintineo de cubiertos cuando abre un cajón. Imagino cada uno de sus movimientos: elegir con cuidado una taza que sabe que me gustará, poner dos bolsas de PG Tips en lugar de una, dejar el té cuarenta segundos más de lo que lo dejaría yo, verter la cantidad justa de leche para teñirlo de beis rosáceo, no demasiado pálido, disolver una cucharada generosa de azúcar.

—¿El whisky lo quieres en el té o aparte? —pregunta cuando me trae el té.

—Necesito volver a casa —digo—. Estoy harta de la lluvia.

—¿Qué lluvia?

24

1993. Septiembre, Nueva York

La gata se ha tumbado cuan larga es en un alféizar soleado, junto a un tiesto con geranios. Agita su larga cola atrás y adelante como si fuera una enredadera, desprendiendo pétalos que caen al suelo de madera. Uno de ellos le ha aterrizado en el lomo y se posa leve en su pelo color tortuga igual que una salpicadura de pintura roja. Suena el teléfono, pero no hago caso. No estoy de humor para hablar con nadie. Hoy odio a todo el mundo.

Peter se está tomando el café mientras lee el periódico en la cocina de nuestro apartamento sin ascensor del East Village.

—¿Te importa cogerlo? —dice—. Puede ser de la oficina.

A Peter es a quien más odio de todos. El apartamento apesta a tabaco, hay huellas de tinta de periódico en las paredes, en los interruptores de la luz, en los respaldos de las sillas. Habíamos planeado irnos al campo este fin de semana por mi cumpleaños, pero Peter ha tenido que cancelarlo. Demasiado trabajo. Y, aun así, no entiendo muy bien por qué, tiene tiempo para leer el periódico del domingo y tomarse un café. Sus calzoncillos sucios esperan amontonados en el suelo cerca de la cama a que yo los recoja y los eche a lavar. Ha comprado leche desnatada. Odio la leche desnatada, su tenuidad, su color azul venoso.

Antes de cogerlo, dejo que el teléfono suene dos veces más, solo para irritarlo, pero el contestador se me adelanta.

—¿Eleanor? —Es un hilo de voz temblorosa, desconcertada—. ¿Eleanor? ¿Eres tú?

Descuelgo el teléfono.

—Abuela, estoy aquí —grito, temerosa de que esté colgando, como si mi voz pudiera interrumpir su acción.

Ahora que mi abuelo ha muerto, mi padre y la Arpía han decidido sacar a la abuela Myrtle de su granja de Connecticut y meterla en una residencia. No una bonita, de esas con una larga entrada circular rodeada de aligustre oloroso y con enfermeras apacibles que te meten en la cama con un tazón de sopa caliente y te leen en voz alta, sino un agujero en Danbury que apesta a orinales, con un puñado de auxiliares de enfermería mal pagadas. Un bloque de hormigón de aspecto institucional, con suelos sucios, pasillos color morado sin ventanas.

Le he prometido que no lo voy a permitir. Que se va a quedar en su casa. Ya le ha dicho a mi padre y a Mary que no van a tener que pagar a una enfermera que esté con ella las veinticuatro horas, si ese es el problema. Está como una rosa. Puede cuidarse sola. Hay una chica de por allí que puede hacerle la compra, limpiar un poco, coger el correo del buzón al pie de la colina. Se las arreglará. Porque eso es lo que le preocupa a la Arpía: gastar su potencial herencia en enfermeras privadas. Mi padre me ha prometido que no la meterán en la residencia si encuentra una solución que nos parezca bien a todos. Les preocupa que se caiga, dice, y a no ser que yo esté dispuesta a pasar todos los fines de semana con ella para que la chica pueda descansar… «Haré lo que haga falta», contesto.

—Eleanor —dice ahora la abuela con voz temblona—. ¿Eres tú?

—Sí, abuelita.

—Tengo miedo. —Está llorando. Nunca la había oído llorar.

—Abuelita, ¿por qué lloras? ¿Qué ha pasado?

—No sé dónde estoy. —Empieza a sollozar.

—No llores, abuelita. Por favor, no llores.

—Me han metido en ese sitio. Hace frío. No encuentro la lamparita de lectura. ¿Dónde está todo el mundo? Estoy asustada, Elle. Por favor, ven a buscarme.

La ira se apodera de mí, una furia rojo escarlata.

—Espera. ¿Dónde estás, abuela? ¿Dónde te han llevado?

—No lo sé. No lo sé. Vinieron y me trajeron aquí.

Su voz es frágil, infantil.

—¿Quiénes fueron?

—Mary y su amiga. Me dijo que me había subido la tensión. Que tenía una cita con el médico en el hospital. Llamé a Henry. Me dijo que me fuera con ella. No sé qué hacer. ¿Dónde están mis mantas?

—Abuela, tengo que llamar a papá. Voy a solucionar esto. Te voy a sacar de ahí antes de esta noche. No te preocupes.

—Está oscuro. No hay ventanas. No puedo respirar. ¡Tienes que venir ya!

Suena confusa, aterrorizada, como un caballo atado en un establo en llamas.

Me muero por abrazar el cuerpo frágil y huesudo de mi abuelita.

—Voy a solucionar esto. Voy a ir a buscarte.

—¿Quién es? —dice.

—Llegaré dentro de unas horas. Intenta tranquilizarte.

—No te conozco —insiste.

—Soy yo. Eleanor. Voy a llamar al control de enfermería ahora mismo. Me voy a asegurar de que te cambian a una habitación con ventana.

—No te conozco —repite.

Ahora oigo una voz de hombre de fondo diciéndole a la abuela que se esté quieta. Se le cae el teléfono, pero la oigo resistirse en la cama. «No me toques», grita. Quien sea que está con ella cuelga el teléfono.

Cuando llego a Avis, hay cola. La mujer detrás del mostrador parece pensar que trabaja en una oficina de correos. Sale un encargado de un despacho y hay un suspiro colectivo de alivio. Pero en lugar de ponerse a atender, teclea un código de desactivación en su ordenador, dice alguna cosa que provoca una carcajada bonita y falsa a la mujer y vuelve a meterse en el despacho.

—Perdón —digo—. ¿Puede salir alguien más a atender?

—Señora, voy todo lo deprisa que puedo. —Como para subrayar sus palabras, la mujer se baja de su taburete y, a paso de tortuga, va hasta la impresora. Espera a que salga un contrato.

—Perdón —repito con la esperanza de apelar a su bondad—. Me está esperando mi abuela en el hospital. No era mi intención armar barullo.

—Todos tenemos cosas que hacer.

Se vuelve hacia el hombre que tiene delante, esboza una sonrisa de mártir y pone los ojos en blanco. Quiere hacerle saber que está de su parte, pero de la mía no.

Llego a la residencia quince minutos antes de que cierren. Cojo el bolso, salgo del coche y echo a correr. Cuando llego a la recepción estoy sin aliento.

—Vengo a ver a mi abuela.

La mujer detrás del mostrador me mira sin comprender, como si fuera la primera vez que alguien va allí de visita. Consulta su reloj.

—Se ha terminado el horario de visitas.

—No. Todavía quedan quince minutos. ¿Myrtle Bishop?

Suspira. No le pagan lo bastante para aguantar estos marrones.

—Lo siento —responde—, llega demasiado tarde.

Prácticamente doy una patada en el suelo.

—Vengo en coche desde Nueva York. Había caravana. Es mayor y frágil, y me está esperando. ¿No puede tener un gesto de amabilidad?

—Señora —dice—, la señora Bishop murió hace una hora.

Enterramos a la abuela al lado del abuelo, en el viejo cementerio que hay cruzando la carretera. Se me ocurre que pasó casi toda su vida mirando el lugar donde ahora se pudrirá su cuerpo. Estamos bajo un cielo amenazador junto a la tumba abierta. El cementerio ha crecido colina arriba. La vieja tumba del suicida donde jugábamos Anna y yo está ahora rodeada de gentes de bien, normales. Anna está a mi lado, elegante y delgada en un vestido negro de lana. A la abuela le gustaría. Me aprieta la mano con fuerza cuando la primera paletada de tierra cae con un golpe seco contra la madera ebanizada. Empieza a caer una lluvia que repiquetea en el ataúd como un acompañamiento musical. Mi padre está al otro lado de la tumba, enfrente de mí, con los hombros sacudidos por el llanto.

El paraguas se le baja. Las gotas de lluvia aterrizan en su sombrero negro de fieltro. Tengo el corazón en un puño desde que murió la abuela, con los pensamientos atrapados en un bucle de arrepentimiento y autorrecriminación. ¿Por qué no intervine antes? ¿Por qué no corrí a protegerla en cuanto mi padre y Mary amenazaron con llevársela? Ha sido la única persona de mi vida que me hacía sentir segura cuando era niña, que me protegía de los fantasmas, me leía por las noches, me daba de comer proteínas y verduras, la única cuyo amor nunca flaqueó. Y le fallé. Murió de miedo, literalmente.

El pastor cierra su ejemplar gastado de su *Libro de oración común*. Los sollozos de mi padre se han vuelto desesperados, guturales. Se arrima tambaleante a Mary. Esta abre los brazos para rodearlo con ellos pero mi padre pasa de largo y me abraza a mí. Por un momento me siento triunfal cuando veo la raya roja de los labios de Mary apretarse de humillación.

Estrecho a mi padre contra mí, siento el frío mojado de su gabardina en la mejilla.

—No tienes derecho a llorar —le susurro al oído.

Después del funeral, todos cruzamos la calle y subimos por el camino en cuesta hasta la casa. Ha escampado, pero los árboles del huerto —los manzanos y ciruelos aún cargados de fruta sin recoger— lloran en la hierba alta que hay bajo sus ramas.

Dejo a Anna y a Peter preparando bebidas en el cuarto de estar, hablando sobre el caso en que trabaja ahora mismo Anna. Es procesalista en un exclusivo despacho de abogados en Los Ángeles. «Bueno, habría preferido que estudiaras algo artístico, pero supongo que está bien que hayas encontrado un trabajo donde puedas usar esa vena peleona tuya», dijo mi madre a modo de felicitación cuando Anna llamó para decir que la habían contratado. Voy por el pasillo hasta nuestra antigua habitación junto a la cocina. Está exactamente igual que siempre: las dos camas hechas, nuestros libros infantiles preferidos en la estantería, una lata de tabaco roja llena de cabos de ceras de colores. Sé que si entro en el cuarto de baño de invitados y palpo la balda encima del váter, encontraré una cajetilla de cigarrillos mentolados escondida donde cree que nadie dará con ella. Lo más maravilloso de mi abuela, entre otras muchas cosas maravillosas, es que con ella todo sigue siempre igual. El encantador aroma a limonero de la casa, las botellitas de ginger ale en el fondo de la nevera para los días calurosos. El dedal de plata que le dio su madre cuando era una niña, guardado en la caja color lavanda de su escritorio.

Abro el armario de nuestra habitación. Por lo que a mí respecta, que papá y la Arpía se lo queden todo. De todas maneras es lo que van a hacer. Que Anna se pelee, si quiere, por la cama con dosel y por la primera edición de *El gran Gatsby*. Yo solo quiero quedarme una cosa. Busco debajo de la pila polvorienta de juegos de mesa: la vieja caja de Scrabble y las damas chinas. El Juego de la Vida. Mi mano busca nuestra caja de los tesoros llena de las muñecas recortables que hacíamos Anna y yo. Pero no está. Saco todo lo que hay en el armario y lo amontono en el suelo. Miro en los roperos, debajo de la cama. Nada.

Anna está en el salón hablando por el móvil. «No, sigue por la 22. Hasta pasado Pawling». Su nuevo novio, Jeremy, acaba de llegar en avión desde Los Ángeles. «Y no corras. Las carreteras están mojadas y al entierro ya no llegas».

En el cuarto de estar, las visitas comen galletas saladas y queso Brie con una copa en la mano. Mi padre está solo en el sofá, mirando a la nada. Hay una mancha de barro en uno de sus brillantes zapatos negros de piel. Parece perplejo, como si esperara que su madre saliera de la cocina con el delantal puesto y un plato con galletas de azúcar.

—Papá. —Me siento a su lado—. Estoy buscando una caja de latón que estaba siempre en el armario de nuestra habitación. La última vez que miré seguía ahí. ¿Sabes dónde pudo ponerla la abuela?

—¿La de las muñecas recortables? —dice.

—Sí —contesto—. He buscado por todas partes.

—La sobrina de Mary estuvo aquí con nosotros hace unas semanas. Le gustaron. Mary le dijo que podía llevárselas.

Me pongo de pie.

—Pues entonces me voy. Cuanto antes salgamos todos de esta casa, antes podrás venderla.

Busco en la estantería detrás de su cabeza, saco la valiosa primera edición de *El gran Gatsby* de mi abuelo.

—Esto me lo llevo para Anna.

Peter conduce de vuelta a casa, toma las curvas resbaladizas de la carretera asfaltada a demasiada velocidad. Nuestras luces largas iluminan el camino en la noche lluviosa. Delante del coche, los árboles se inclinan desde ambos lados como enormes sombras chinescas. La radio está apagada. Cierro los ojos y escucho el vaivén de los limpiaparabrisas. No puedo hablar. Ni siquiera puedo llorar. Patinamos en una curva cerrada, pero Peter endereza el coche, acelera. No le pido que vaya más despacio. Agradezco que ponga distancia entre mi pasado y mi presente.

—Lo odio —susurro por fin.

—Entonces yo también. —Peter quita la mano del volante, me pasa el brazo por los hombros—. Ven aquí, anda
—dice y tira de mí hacia él.

El coche da un bandazo, pero no me importa.

25

1994. Abril, Nueva York

Echo la silla hacia atrás, me desperezo. Tengo la sensación de llevar diez horas corrigiendo trabajos. Cojo el teléfono y llamo a Peter a la oficina.

Contesta al segundo timbrazo.

—Hola, preciosa. Te echo de menos.

—Pues entonces es una suerte que estés a punto de verme. Ya no trabajo más. Si tengo que leerme otro trabajo de grado lleno de lugares comunes sobre «El feminismo y Colette» o «La apología de la homosexualidad en Gide», lo mismo me pego un tiro. ¿Quieres que te recoja en la oficina y vamos juntos?

—Necesito terminar este artículo. Mejor quedamos allí, por si me retraso.

—No te retrases. Odio estas cosas.

Una multitud de parásitos del arte simulando que el emperador no va desnudo. Los padres de Peter vienen a Nueva York para la inauguración de la Bienal del Whitney y hemos quedado allí con ellos.

Lo oigo encender un cigarrillo, dar una calada.

—Solo porque a ti no te guste el arte conceptual no quiere decir que el resto del mundo se equivoque.

—Te contesto con tres palabras: Michael. Jackson. Bubbles.

—Dice mi madre que este año la exposición va a ser muy «política».

—¿Dónde nos van a llevar a cenar?

—A algún sitio que estará bien. Tienen muchas ganas de verte.

—Tienen muchas ganas de verte a ti. Yo soy la mujer que secuestró a su hijo y lo trajo a vivir entre salvajes.

Peter se ríe.

—Llegaré en cuanto pueda. Lo prometo.

Me bajo del metro en la Setenta y siete con Lexington. Es una tarde de primavera cálida, perfecta: el perfume dorado de las acacias de tres espinas, las típicas casas brownstone de Nueva York que absorben los últimos rayos de sol. Al llegar a la esquina del Whitney, me siento en la escalera de entrada de una de ellas y me cambio las zapatillas deportivas por unos zapatos planos, me pinto los labios de rojo, me subo un poco las tetas. Llevo mi vestido de fiesta favorito, de lino azul pálido, pero el escote es un pelín exagerado y, si no me las levanto y las separo, mis tetas acaban pareciendo un culo de bebé.

El Whitney es una casa de locos, el puente de hormigón de la entrada está atestado de cuerpos, como un tren expreso en hora punta. Todavía no he entrado y ya estoy cabreada. En la puerta, una mujer me da una chapa que dice: «No me imagino queriendo ser blanco». Cojo una copa de vino de una bandeja que pasa y me adentro en la multitud. Si hay un incendio moriré pisoteada.

Hemos quedado con los padres de Peter en los ascensores, pero aún no han llegado. Encuentro un hueco cerca de la pared y me recuesto contra ella, me bebo el vino, miro a la gente guapa circular. Un camarero de pelo oscuro con una bandeja de copas de champán pasa junto a mí camino de la gente.

—¿Te puedo coger una? —digo, pero con el barullo no me oye. Le tiro de la manga para llamar su atención antes de que sea engullido. La bandeja traza un zigzag y por un momento parece que se le va a caer, pero consigue no perder el control y mantener todas las copas verticales. No se derrama ni una gota.

—Imbécil —le oigo murmurar mientras sigue su camino dejándome sin champán.

Conozco esa voz.

—¿Jonas?

El camarero se vuelve y me mira con el ceño fruncido. No es Jonas.

Mientras lo miro alejarse se apodera de mí una tristeza, una desilusión de la que ni siquiera era consciente, una sensación de puñetazo en el estómago, como si me hubieran conmutado una pena de muerte y, segundos más tarde, me hubieran dicho que la conmutación era un error. Han pasado cuatro años desde la cafetería. Desde que Jonas me dio aquel beso. Desde que hice caso omiso del mensaje que me dejó en el contestador de mi madre al día siguiente, consciente, mientras lo borraba, mientras tostaba un bagel, mientras le llevaba a Peter un café a la cama, de que Jonas era lo que podría haber sido mi vida. Quizá incluso lo que debería haber sido. Consciente de que ya era demasiado tarde.

Peter es lo que ha sido mi vida. Tenemos una buena relación. Excelente. Cada uno está enamorado de la realidad del otro, que incluye desatascar váteres, tener mal aliento por la mañana, correr a la tienda a comprarme Tampax, quedarnos dormidos viendo a David Letterman, atragantarnos con wasabi. Pero nada de eso importa ahora. Meto la mano en el bolso y saco mi monedero, lleno de recibos que tengo que tirar, tarjetas de taxistas que prefiero aceptar antes que herir sus sentimientos reconociendo que no los voy a llamar, unas cuantas fotos viejas, una tarjeta de crédito sin saldo. Mis dedos palpan los huecos detrás del bolsillo transparente desde donde me mira la fotografía horrenda del carné de conducir. Saco una servilleta de papel doblada. El número de teléfono está borroso, pero legible.

Hay un teléfono público en un rincón del vestíbulo, cerca de la tienda de regalos. Jonas contesta al cuarto timbrazo y esta vez sé que es su voz.

—Soy yo —digo.

Silencio. El bullicio del vestíbulo a mi espalda es ensordecedor. Me pego el auricular a la oreja y me tapo la otra con el dedo índice en un intento de crear una burbuja de silencio.

—Soy yo —repito, esta vez más alto.

Entra un hombre en el Whitney con un traje de vinilo rosa; la mujer que lleva del brazo le saca una cabeza y viste chaqueta de Chanel y unas medias transparentes que no cubren su desnudez. Los veo repartir besos al aire por el vestíbulo.

—Jonas, ¿estás ahí? Soy Elle.

Le oigo suspirar.

—Te he reconocido. ¿Me llamas porque estás borracha?

—Pues claro que no. Estoy en el Whitney.

—Ah —dice—. Creía que estabas en Londres.

—Nos hemos vuelto. Me ha parecido verte hace un momento. Había un camarero. Estaba convencida de que eras tú.

—Pues no.

—Ya lo sé. Estás al teléfono.

Espera a que yo siga hablando.

—El caso es que estaba aquí sola rodeada de un montón de gilipollas vestidos de Fiorucci *vintage*, esperando a Peter, y he pensado…

—… has pensado: «Hablando de gilipollas… ¿qué será de Jonas? Nunca le devolví la llamada, pero seguro que se alegra de tener noticias mías durante cinco minutos mientras hago tiempo hasta que llegue mi novio…».

—No seas gilipollas —respondo—. Te estoy llamando ahora.

—¿Por qué?

—No lo sé.

Guarda silencio.

A mi espalda hay una nube de sonidos.

—De acuerdo —dice.

—Gracias a Dios. Ya estaba pensando que no se te iba a pasar el enfado.

—Era mi intención. Pero al parecer soy blando como la mantequilla. ¿Cómo estás?

—Estoy bien. Volvimos el año pasado. Echaba de menos esto. En Londres llueve.

—Eso he oído.

—A Peter le salió un trabajo en el *Wall Street Journal*. Vivimos en Tompkins Square Park, así que tengo vistas al parque. Y a los yonquis. —Hago una pausa—. Quería haberte llamado.

—¿Y por qué no lo hiciste?

—Me pediste que eligiera —contesto.

Jonas suspira.

—Te pedí que me eligieras a mí.

El operador nos interrumpe para pedirme que inserte diez centavos si quiero hablar tres minutos más. Meto una moneda en la ranura, espero a oír el tintineo de confirmación.

—Bueno —dice Jonas con tono de «tengo ganas de colgar el teléfono»—, estoy trabajando, así que te voy a dejar.

—¿Puedo verte?

—Claro. Tienes mi número. —Hay repliegue, frialdad en su voz, y me entra un pánico repentino, agudo. Todavía no lo he perdido, pero sé, con cada átomo de mi cuerpo, que está a punto de cerrarme la puerta—. ¿Qué tal mañana?

—Mejor dentro de dos semanas —responde.

Al otro lado del vestíbulo veo a Peter y a sus padres abrirse paso entre la gente, en dirección a los ascensores. Me vuelvo para que no me vea.

—Por si sirve de algo, te he llamado porque cuando pensé que el camarero eras tú me hizo mucha ilusión. Me sentí feliz. Pero luego resultó que no eras tú y me di cuenta de que necesitaba verte en ese mismo instante. Que no podía esperar. No podía respirar si no oía tu voz inmediatamente. Seguía teniendo tu número en el monedero. Busqué un teléfono y marqué.

—Suena un poco melodramático, incluso para ti —dice Jonas.

Me río.

—Sí, un poco. Pero es la verdad.

—Pues entonces ven ahora —susurra.

Peter consulta su reloj, escudriña el vestíbulo. Me agacho detrás de un hombre grande con esmoquin morado. Si consigo escabullirme antes de que me vea Peter, puedo llamarlo desde la calle, decirle que me encuentro demasiado enferma para venir. Puedo ir al centro a ver a Jonas y estar en casa cuando vuelva Peter. El hombre grande se gira, me mira como si yo fuera un ratoncito asustado. Lleva la cara pintada como un payaso.

—Buenas tardes —dice. Tiene voz aguda, como de niña pequeña.

Le sonrío y trato de actuar como si agacharme en medio de un montón de gente fuera algo normal. Ladea la cabeza, me estudia un instante con sus labios rojos de payaso fruncidos antes de seguir camino. Oigo que me llaman. Por la ventana que ha dejado el hombre payaso con su esmoquin morado Peter me ha visto.

—Qué bien. —La madre de Peter simula besarme en ambas mejillas—. Estábamos empezando a preocuparnos.

—Se me habían caído las llaves —le digo a Peter.

El elegante padre de Peter está a su lado, con su abundante pelo plateado peinado hacia atrás y traje de Savile Row. Parece mayor que la última vez que lo vi. Tiene arrugas alrededor de los ojos.

—Imagino que tendréis *jet lag.* —Le doy un abrazo torpe. Incluso después de tantos años, los padres de Peter siguen intimidándome con sus modales, su adhesión a un misterioso código de conducta de clase alta británica. Por mucho que me he esforzado por aprender sus reglas, cada vez que estoy con ellos tengo la sensación de dar pasos en falso. Y, lo que es peor, de no saber cuál es el paso en falso.

—Yo he dormido algo de siesta en el hotel —dice el padre de Peter.

—No creemos en el *jet lag* —dice la madre.

—Pensaba que iba a llegar tarde —dice Peter—. He venido corriendo desde el metro. Casi me da algo.

Me besuquea. Noto cómo su madre arquea las cejas. Las demostraciones públicas de afecto no están nada bien vistas. Son casi peores que las medias con costura.

—Es de tanto fumar —dice la madre—. Eleanor, tienes que obligarlo a dejarlo.

—Yo ya estaba aquí —comento—. Es que he ido al cuarto de baño.

Vacilo, mientras trato de pensar en una excusa, la que sea, para salir de aquí. Jonas me espera. Si le doy plantón, no volverá a perdonarme. Peter me coge de la mano.

—¿Subimos? —Su padre llama al ascensor—. Hemos reservado en Le Cirque.

El ascensor empieza a bajar. Lo oigo acercarse y sé que es ahora o nunca.

—Id subiendo —digo justo cuando se abren las puertas—. Tengo que ir al baño.

Peter me mira, desconcertado.

—Creía que acababas de ir.

—No me encuentro muy bien —explico—. La barriga.

—Sí que pareces un poco sofocada. —Me toca la frente mientras con la mano libre sujeta las puertas del ascensor.

—Si no te encuentras bien, Eleanor, deberías irte a casa. No tiene sentido que nos contagies —señala la madre de Peter.

—Madre, por favor.

—Igual tiene razón —intervengo.

La madre de Peter parece tan encantada con su pequeña victoria que casi me siento absuelta.

—Entonces me voy contigo —replica Peter.

—No. Quédate con tus padres. Estoy bien. Voy a estar perfectamente.

El timbre del ascensor suena, impaciente.

—Peter —dice su madre—. Hay gente esperando.

—Ve —insisto—. Nos vemos en casa.

Espero a que se cierren las puertas del ascensor antes de correr a la calle y parar un taxi.

Jonas está delante de su edificio con las manos en los bolsillos, mirando un árbol ralo de la acera encerrado en un gran macetero de madera. Casi no lo reconozco. Continúa siendo Jonas, pero ahora es ancho de hombros, musculoso: un hombretón. Sigo su mirada hasta un halcón de gran tamaño que está posado en una de las ramas altas.

—Es un ratonero de cola roja —dice Jonas—. Debe de estar cazando ratas.

—Qué asco.

—Aun así —contesta—. Un ave de presa en Greenwich Village.

—Ese podría ser el título de las memorias de mi madrastra.

Jonas se ríe.

—¿Cómo lo haces?

—¿El qué?

—¿Cómo consigues hacerme reír incluso cuando te odio? —Me mira directamente a los ojos, no hay mentiras detrás de sus iris verde agua—. Si te soy sincero, tenía la esperanza de que estuvieras vieja y gorda. Toda fofa y británica. Pero estás guapísima. —Frunce el ceño, se pasa los dedos por el pelo oscuro. Lo lleva otra vez largo, más descuidado. Va vestido con su ropa de trabajo, vaqueros y una camiseta sucia de pintura. Huele a trementina. Tiene una mancha ocre en la mejilla.

Hago ademán de limpiársela, pero no me deja.

—Tienes pintura —señalo.

—No se toca.

—No seas tonto.

Lo abrazo y no lo suelto. Me gusta sentirlo tan cerca. Cuando me separo, tengo pintura fresca en el vestido de lino.

—A eso me refería —dice.

—Mierda. Me gustaba este vestido.

Calle abajo, a lo lejos, veo a una pareja del brazo cruzar en un semáforo. Por un segundo creo que son mi padre y Mary y una sensación podrida y marchita me atenaza por dentro.

—¿Qué pasa? —pregunta Jonas.

—Me ha parecido ver a mi padre —digo—. Ya no le hablo.

—¿Qué pasó?

—Metió a la abuela Myrtle en una residencia. Contra su voluntad. Murió al día siguiente. Me llamó por teléfono. Estaba asustada y sola. Fui a buscarla, pero llegué demasiado tarde. Nunca se lo perdonaré.

Sobre nuestras cabezas, el halcón sale persiguiendo a un pájaro más pequeño. Lo miro volar en círculos.

—He mentido a Peter y a sus padres. Les he dicho que estaba mal del estómago.

—Lo siento —dice. Pero veo en sus ojos que está feliz de que haya mentido a Peter para verlo a él.

—No me mientas —contesto—. No tiene sentido.

Sonríe. La verdad de todo entre nosotros.

—Había pensado que podíamos comprar unas cervezas aquí al lado y dar un paseo hasta el río.

Las ventanas del apartamento de mi padre están abiertas. Alguien —Mary, claro— ha puesto unos bonitos maceteros llenos de hiedra trepadora y geranios blancos. Jonas y yo paseamos del brazo por las estrechas calles empedradas. Bajamos Perry y cruzamos West hasta un viejo muelle cubierto de caca de perro seca y viales de crack. Encontramos un trozo medianamente limpio y nos sentamos. Dejamos colgar las piernas por el borde.

—Pensaba que sería romántico, pero la verdad es que es bastante asqueroso —dice Jonas.

—Se me había olvidado lo bien que me caes.

—Lo mismo digo —responde—. Al resto de la gente la odio un poco.

Me da una cerveza y se abre una él.

—Nunca te he visto beber. Qué gracioso —observo.

Pero no resulta gracioso, sino triste, pensar en todo lo que nos hemos perdido.

—Sí. —Da un trago de cerveza—. Y tantas cosas.

Miramos el agua en silencio. Pasa flotando una cucharita rosa de plástico. De Baskin-Robbins probablemente. No hay incomodidad. No hay tensión. Solo familiaridad, ese vínculo entre los dos que nada podrá desplazar.

Jonas se mira la rodilla, se frota una mancha de pintura.

—No esperaba tu llamada. Creo que pensé... Estuve mucho tiempo esperando. Y luego dejé de hacerlo.

—Me resultaba demasiado duro —digo.

—¿Y ahora?

—No lo sé.

Se termina la cerveza, coge otra.

—Entonces, ¿tienes intención de casarte con ese tío?

Aparto la vista. A nuestra espalda, el tráfico de la autopista West Side se ha detenido. No muy lejos oigo el sonido ascendente y descendente de una sirena. Un taxista toca el claxon con insistencia, un gesto inútil, igual que dar otra vez al botón del ascensor cuando ya está encendido. Otro conductor le toca la bocina por tocar la bocina, grita «Que te den, gilipollas» por la ventanilla. A medio kilómetro detrás de ellos veo la luz circular de una ambulancia que trata de abrir-se camino entre coches poco colaboradores.

—Quizá. —Suspiro—. Es probable.

Mira hacia el río caudaloso.

—Prométeme que me avisarás antes.

—Vale.

—No me des una sorpresa. Odio las sorpresas.

—Lo sé. Te lo prometo.

—Pues no te olvides.

El sol se ha puesto por fin detrás de un cielo naranja intenso. Pilotes que una vez sostuvieron los hace tiempo desaparecidos muelles sobresalen del agua en grupos de dos, negros contra el cielo en llamas.

—Es tan bello que duele —comento.

—Que te quede claro —dice—. Nunca voy a querer a nadie como te quiero a ti.

26

1996. Agosto, Back Woods

Es Anna, no yo, quien insiste en que vayamos a la hoguera de final del verano. No recuerdo la última vez que fui y no tengo demasiadas ganas. Pero Anna ha venido sola de visita a Back Woods. Últimamente viene poco a la costa este —le resulta casi imposible librar en el trabajo ahora que es socia del bufete— y Jeremy, su novio de Orange County al que no soporto, opina que el Palacio de Papel es una chabola inmunda: los peldaños hundidos de las escaleras a las cabañas, los techos de cartón prensado con manchas circulares de pis de ratón o del lento goteo de sus placentas. Ninguno hemos tenido nunca el valor de investigar lo que hay arriba. Y los mosquitos, que, según insistió Jeremy la primera y única vez que vinieron Anna y él hace cuatro años, no existen en Manhattan Beach. Desde entonces no ha vuelto.

—Vivimos en la playa, nena —le dijo a Anna en el desayuno después de la segunda noche aquí—. Este sitio es genial, pero ¿para qué lo queremos cuando podemos estar en nuestro apartamento? Con el aire acondicionado a tope, relajándonos en la terraza con una botella de buen chardonnay.

—Por eso nos encanta este sitio —dije yo—. No hay chardonnay.

He intentado comprender por qué está mi hermana con Jeremy. Por lo que lo conozco, representa lo que más detestamos. Pero quizá esa es la razón.

—Es extraño —comentó mi madre cuando salió al porche con su taza de café y su novela—. «Manhattan» y «playa» son dos de las cosas mejores del mundo. Pero, si las juntas, solo obtienes mediocridad.

—¡Mamá! —dijo Anna.

—Me encanta teneros a las dos aquí. —Mamá se sentó en el sofá de crin y se arrellanó, abrió el libro por la mitad—. Anna, espero que le hayas explicado a tu novio que aquí no tiramos de la cadena después de hacer pis. —Dio un sorbo al café—. Recordadme que llame al fontanero para cambiar la fosa séptica. Salta a la vista que está llegando agua contaminada al estanque. —Señaló los nenúfares—. ¿Cómo se explica si no que haya tantas algas?

Este verano, cosa milagrosa, los jefes de Jeremy lo han invitado a un simposio de marketing en Flagstaff justo la semana que Anna y él tenían reservada para venir al cabo.

—No me puedo creer que hayas renunciado a un paisaje incomparable a la par que terapéutico y a los bufés libres para venir a esta «pocilga» —digo ahora mientras cruzamos el estanque en canoa.

La noche de la hoguera es imposible aparcar en la playa, es mucho más rápido coger la canoa y luego caminar. Llevamos una bolsa de malvavisco, patatas fritas marca Cape Cod, vino tinto y una manta del ejército apolillada para sentarnos cuando se enfríe la arena.

Anna se ríe.

—Qué mala eres.

—Insultó mi rincón del mundo favorito.

—No puedes crucificarlo solo porque no le vea el encanto al estanque. Fue culpa mía. Se me olvidó decirle que lo de «palacio» era irónico.

—No es solo por el campamento —digo—. Es su manera de ver el mundo en general. Como si todo tuviera que estar hecho de putos azulejos mexicanos y encimeras de granito pulido.

—Por eso me gusta. Se lo ve venir. Sé exactamente lo que puedo esperar.

Pongo los ojos en blanco.

—Elle, cada uno tenemos nuestras neuras. Jeremy me hace sentir segura. Y, además, no todas podemos enamorarnos locamente de un periodista inglés rico y guapísimo. Algunas tenemos que conformarnos con un californiano agradable pero aburrido con buenos pectorales. Así que no seas bruja y deja de juzgarme.

—Tienes razón.

Nunca me gustará Jeremy. Pero no porque, como dice Anna, sea predecible o, como dice mamá, «burgués». Sino porque hace de menos a Anna y eso me cabrea.

Nos quedamos un rato calladas. Los remos cortan la superficie quieta como el cristal del estanque, la canoa se desliza en silencio por el reflejo de un cielo rosa. En los juncos hay una garza inmóvil como una estatua, dejándonos pasar.

—¿A qué hora viene mañana Peter? —Anna rompe el silencio.

—Justo después de comer. Quiere evitar la hora punta.

—Si viene por la ruta Merritt, dile que compre bagels en H&H.

La canoa toca arena en la orilla contraria. Me bajo de un salto e intento no mojarme el bajo de los vaqueros.

Anna hace una mueca de dolor al saltar.

—No debería haber ido en bicicleta al pueblo esta mañana. Esa carretera de tierra es un puro socavón. Creo que me he hecho daño en los huesos de la vagina.

—¡Serás asquerosa! —Río.

Arrastramos la canoa tierra adentro, hasta la maleza más allá del punto en que la arena húmeda deja de arañar el metal, y la escondemos en un hueco entre los árboles.

—Hace siglos que no veo a esta gente —dice Anna cuando bajamos por el camino de arcilla roja hacia la playa—. Se me va a hacer raro.

—Es como montar en bicicleta, solo que más aburrido —respondo—. Y menos doloroso.

Anna ríe.

—Ojalá no me sintiera tan gorda. —Se recoge el pelo en una coleta—. No estoy de humor para que esos cabrones me juzguen.

Anna lleva años tan delgada como una modelo, pero sigue viéndose como una niña gordita.

—Los muslos gordos son como un miembro fantasma —me dice—. Después de años sin tenerlos sigues notándolos entrechocar.

—Estás guapísima, Anna. En cambio yo me he pasado el invierno encerrada con Peter en el apartamento comiendo galletas surtidas Milano. Ahora tengo que matarme de hambre antes de la boda.

Caminamos en fila india, con Anna delante, evitando arbustos de hiedra venenosa. Las suelas de sus chanclas levantan nubecillas de polvo rojo.

—¿Sabes cuáles están infravaloradas? —dice Anna—. Las Brussels.

—Y las Chessmen.

—Las preferidas de papá.

—¿Has hablado últimamente con él? —pregunto. Llevo sin dirigirle la palabra desde el funeral de la abuela.

—Me llama de vez en cuando —dice Anna—. Tenemos unas conversaciones incómodas en las que no veo el momento de colgar. Es todo absurdo. Con quien tenía cercanía era contigo, no conmigo.

—Ya no.

—Solo llama porque Mary lo obliga. Le gusta contar a sus amigas que es un marido y padre devoto. Está intentando que los admitan como socios en no sé qué club de campo en Southampton. Uno de esos que no admiten judíos.

—La odio.

—El caso es que le he dicho que tiene que llamarte. El padre es él, joder.

—Pues yo no quiero que me llame. Si te digo la verdad, es un alivio. Ya no tengo que estar esperando a que vuelva a decepcionarme.

Nos detenemos en lo alto de la duna. Debajo, a unos cien metros a la derecha, hay un mar de tela de algodón. Alguien ha plantado en la arena palos con serpentinas chinas en forma de carpa, un círculo de mangas de viento de vivos colores. La hoguera está encendida, las llamas son casi invisibles en la luz de la tarde de verano y el calor tornasola el cielo encima del fuego.

—Posdata, sé que estás enfadada conmigo porque crees que me porté como una cobarde perdonándolo. Lo que pasa es que no me importa lo bastante para que me importe. Pero, si lo prefieres, dejo de hablarle —dice Anna.

—Pues antes quería, pero, ahora que lo pienso, prefiero que seas tú a la que regalen unos mocasines por Navidad y la que tenga que sentarse en una butaca con tapete de ganchillo a beber ponche con la zorra malvada.

—Me parece justo.

—¡Feliz Navidad! —Río—. Aquí tenéis unas galeradas de libros.

—¡Y, de mi parte, una bolsita de marihuana! —chilla Anna con voz aguda imitando a Mary.

Bajamos corriendo la empinada duna hacia el mar y gritamos al viento, eufóricas, más deprisa de lo que pueden llevarnos nuestras piernas. Al llegar abajo, el encuentro crujiente con el plano arenoso de la playa frena nuestra carrera.

Anna cae de rodillas, levanta los brazos al cielo, victoriosa.

—Cómo echaba de menos esto.

—Pues anda que yo. —Me tumbo de espaldas a su lado y hago un ángel de nieve en la arena. Anna tiene las mejillas arreboladas y el pelo enmarañado por el viento—. Estás espectacularmente guapa.

—No me dejes emborracharme y follarme a algún tío bueno en las dunas —dice.

—Creo que no hay peligro. Aquí todos tienen mil años.

—Aun así.

Me apoyo en los codos, miro al mar, el sol fundiéndose con el agua, las olas salpicadas de blanco, cómo rompen y se hinchan. Cada vez que veo el mar, incluso si he estado en él por la mañana, es como un milagro: su poderío, su azul, siempre me resultan abrumadores. Como enamorarse.

El viento cambia y trae el olor a madera de deriva ardiendo y a salmuera. Anna se pone de pie, se sacude la arena de las rodillas.

—Muy bien. Vamos a por ese veranito.

—Me niego a ser vista en público con alguien que diga «a por ese veranito» —contesto.

—Es repulsivo, estoy de acuerdo —responde Anna echándose a reír.

Adoro a mi hermana.

La primera persona que identificamos subiendo por la playa es la madre de Jonas. Está un poco separada del grupo, de espaldas a mí, pero reconozco su pelo crespo, agresivamente canoso, los Birkenstock de ante gastados que lleva en una mano, la línea que dibuja en la arena con el dedo gordo del pie. Debe de notar la vibración de nuestras pisadas porque se vira, igual que una serpiente, y sonríe. Está hablando con una chica que no conozco, joven —de unos veinte años—, bonita, menuda, pelo oscuro quemado en las puntas, piel con bronceado perfectamente uniforme, vestida con pantalones cortos y camiseta con la barriga al aire. En el ombligo lleva un piercing con un diamante de gran tamaño.

—Circonita cúbica —dice Anna cuando nos acercamos—. ¿La conocemos?

—No.

—Hola, Anna. Eleanor —dice la madre de Jonas y aprieta los labios. Nunca le he gustado—. No tenía ni idea de que hubierais venido.

—Es que no he pisado la playa —contesto—. Este verano parece Coney Island.

—Yo llegué ayer —señala Anna.

La madre de Jonas le pasa un brazo por los hombros a la chica con la que estaba hablando en un gesto territorial.

—Os presento a Gina.

Anna le tiende una mano, pero Gina da un paso al frente y le da un gran abrazo.

—Qué alegría conoceros por fin —dice y a continuación me abraza a mí. A su espalda, Anna me hace una mueca de horror que la madre de Jonas ve.

—Me encontré a tu madre en el A&P —comenta la madre de Jonas—. Así que te casas en invierno.

Pronuncia la palabra «invierno» como si estuviera entrecomillada, asegurándose de que el matiz de desdén no me pasa desapercibido.

—Sí —respondo—. Queremos esculturas de hielo y fuente de chocolate.

—Y además no hay tiempo que perder.

—¿Perdón? —digo.

—Afrontémoslo. Ya no somos tan jóvenes.

—A Elle todavía le quedan unas semanas antes de convertirse en una bruja marchita de treinta años —replica Anna con la dulzura de un puñetazo—. Pero sabemos a lo que te refieres. ¿Han venido tus chicos?

—Ahora son hombres —contesta la madre de Jonas, como si estuviera explicando algo a un tonto—. ¡No se puede subir a las dunas! —grita a unos niños al pie de una duna muy alta—. Puede haber una avalancha —le dice a Gina—. Me preocupa.

—¿Qué tal está Jonas? —le pregunto.

—Está muy bien.

—Está genial —interviene Gina—. Ha conseguido un galerista en Chelsea. Estamos flipando totalmente. Y hemos encontrado un loft increíble. Una antigua fábrica de cintas.

—¿En qué está trabajando? —pregunta Anna.

Oigo a Gina contar algo sobre acrílicos y *ready-mades*, pero mi cabeza se niega a prestar atención. La idea de que Jonas viva con esta Gina me llena de unos celos que no tengo derecho a sentir. Físicos, palpables. Jonas me pertenece. Tengo que hacer un esfuerzo para no darle una patada en la espinilla.

La madre de Jonas tiene aspecto de haberse tragado un pájaro grande y suculento.

—Estamos absolutamente encantados.

Todas las cosas que me habían desagradado siempre de ella —su falta de generosidad, su santurronería, cómo había dado a entender a los vecinos del Bosque, cuando ocurrió todo, que Jonas nunca habría salido a navegar con Conrad y conmigo si yo no lo hubiera presionado— salen a la superficie. «Hacía lo que quería con él», la oyó decir mi madre en una ocasión. Me obligo a pensar en Peter, mi inglés apuesto y galante. En su inteligencia despreocupada, su ironía afinadísima, su manera de asar un cochinillo, con la piel salada y crujiente, sus zapatos Oxford gastados, cómo me tira del pelo cuando hacemos el amor. Consigo esbozar una sonrisa límpida.

—Qué gran noticia. Tienes que estar contentísima por Jonas.

—Sí —dice—. Y por Gina, claro.

Entonces lo veo, dirigiéndose hacia nosotras entre la gente. Debajo de un brazo lleva una bolsa de papel marrón de supermercado. De la parte de arriba asoma un pack familiar de panecillos para salchichas. Lo miro escudriñar a la gente. Encuentra a Gina, de espaldas a él, sonríe. Entonces me ve a mí. Se detiene en seco. Nos miramos por encima de la arena que nos separa. Mueve la cabeza con una expresión que tiene más de enfado que de pena, una combinación de dolor y asco, como si no diera crédito a lo que he hecho, como si no lograra comprender que haya roto la promesa que le hice dos años antes sentados en aquel muelle que se caía a pedazos, cuando bebimos cerveza, miramos el Hudson y aceptamos nuestro destino.

Entonces la madre de Jonas ve que tiene los ojos fijos en mí. Toca a Gina en el hombro.

—Está aquí Jonas.

La cara de Gina se ilumina como si nunca hubiera visto algo tan maravilloso. Jonas se reúne con ella, dando un rodeo para esquivarme, le da un beso largo y apasionado.

—Te estaba buscando —dice—. Anna. —La abraza, le da los panecillos a su madre—. Solo tenían el paquete familiar.

—No van a sobrar. A estas cosas nadie trae nunca panecillos suficientes.

La madre se dirige a la mesa de la comida, se los da al hombre que está haciendo salchichas y hamburguesas. «¡Panecillos!», la oigo anunciar, como si acabara de hacer entrega del Santo Grial.

—Hola. —Por fin Jonas se da por enterado de mi presencia. Su tono es amistoso, sin asomo alguno de lo que he leído en su cara. Me sonríe, sereno, benévolo.

—Hola —le respondo con una mirada de «qué coño te pasa».

Abraza a Gina por la cintura.

—Gina, esta es Eleanor. Elle y yo nos conocemos desde niños.

—Ya nos han presentado —señalo.

—Me había dicho mi madre que no veníais ninguna esta semana.

—Sé que tu madre odia que le lleven la contraria —contesto con más mala uva de la que había sido mi intención—, pero hemos venido. He estado aquí.

—Gina y yo llegamos el fin de semana pasado. Me ha dicho mi madre que te casas este invierno. Se encontró a Wallace en el A&P.

Su voz es fría.

—Intenté ponerme en contacto contigo.

Gina nos mira a los dos alternativamente como si de pronto se hubiera convertido en una espectadora de la conversación.

—Jonas me va a llevar luego a pescar calamares —dice.

—Qué buen plan —comenta Anna.

Gina parece dudosa.

—¿Pescar animales viscosos desde un embarcadero a medianoche te parece buen plan?

Anna se ríe.

—Es muy satisfactorio. Iluminas el agua con una linterna y salen a puñados. Casi ni tienes que mover el anzuelo. Es como disparar a peces en un barril.

—Jonas y yo lo hacíamos mucho. —Sonrío a Jonas en un intento por llegar a él—. Estabas obsesionado.

No cede un milímetro, se limita a hacer como si yo no estuviera allí.

—Si a ti te encanta, entonces a mí también —dice Gina.

Lo atrae hacia sí y lo besa como si fuera de su propiedad.

—Cuidado con las manchas de tinta —digo.

—Y marinadlos en leche toda la noche antes de hacerlos a la parrilla —recomienda Anna.

—Yo no como pescado —aclara Gina.

Anna nos mira a Jonas y a mí. Coge del brazo a Gina.

—Voy a por una cerveza. Vente. Te voy a presentar a las únicas dos personas interesantes que hay aquí.

Se lleva a Gina antes de que a esta se le ocurra una razón para negarse.

El verano después de graduarme en el instituto, Anna y yo decidimos ir a nadar a Higgins en pleamar. Aquel día el mar estaba perfecto. Limpio. Tranquilo. Flotamos en el agua, mecidas por el vaivén de las olas mientras Anna no dejaba de hablar de lo enamoradísima que estaba de su profesor de comunicación diádica.

—No tengo ni idea de qué significa eso —dije.

—Significa que me quiero follar a mi profesor.

—Qué diádico —digo riendo, y me sumerjo. Vuelvo a salir a la superficie donde hago pie.

—¿Y qué hay de ti, doña «pienso esperar hasta estar casada»? —me gritó Anna—. ¿Sigues siendo virgen?

—Pues claro —mentí—. Y nunca he dicho nada de matrimonio. Solo que quería esperar a estar enamorada.

—Entonces, ¿por qué tienes píldoras anticonceptivas en el cajón de tu escritorio?

—¿Tú qué haces mirando en mi escritorio?

—Necesitaba unas bragas. Tengo todas las mías sucias.

—Qué asco.

—No cambies de tema.

—Pues no sé. Las tengo por si acaso.

—¿Por si te enamoras de repente por primera vez en tu vida?

—No —digo. Y aquello al menos era verdad. Vacilé un instante antes de añadir—: Además, ya lo he hecho.

—¿Hecho qué?

—Enamorarme.

—Ah, bueno, no lo sabía. Pero, entonces, ¿por qué no ha habido sexo?

—Es Jonas.

Anna parecía desconcertada.

—Espera, ¿el niño ese que te seguía por todas partes?

Asentí con la cabeza.

—Vale, pues es una historia un poco pervertida. Haces muy bien en lo de nada de sexo.

—Se ha hecho mayor. Pero sí.

—Y ¿qué ha pasado?

Allí en aquel mar tan conocido, mientras miraba a mi preciosa hermana, su pelo oscuro contra el azul infinito, pensé en contárselo todo. Qué alivio habría sido. Pero lo que dije fue:

—Que su madre lo ha mandado a un campamento a Maine.

—Mira que es desagradable esa mujer. Cada vez que la veo me dan ganas de cagarle en los zapatos —dijo Anna.

Miro a Anna y a Gina alejarse en busca de cerveza y tengo ganas de vomitar. Con Jonas nunca he sentido otra cosa que no sea simbiosis perfecta, pero a este hombre no lo conozco. Este Jonas tiene la mirada vacía.

—No sabía que ibas a estar —digo.

Se queda callado, no colabora.

—Jonas, no seas así.

Me mira. No dice nada.

—Te llamé para contártelo, pero me salió un mensaje de que ese número ya no existía. Pensaba llamar a tu madre para que me diera el nuevo. Lo siento.

—¿Sientes el qué?

—Mi madre es una cretina bocazas. Le dije que no se lo contara a nadie.

—No tiene mayor importancia.

Abre una bolsa de patatas fritas y se mete un puñado en la boca. Me ofrece la bolsa.

—Tienes todo el derecho a estar enfadado conmigo.

—Por favor, no te preocupes. Todo eso es agua pasada.

—He visto la cara que has puesto al verme.

—Es que no esperaba encontrarte aquí. Nada más.

—No mientas. Odio cuando mientes.

—No estoy mintiendo, Elle. Estaba enfadado contigo porque desapareciste otra vez. Me pareció de mala educación. Fuiste tú la que llamó. La que dijo que deberíamos ser amigos. Me sentí como un idiota. Pero ya lo he superado. Fue hace un millón de años. No era más que un crío tonto con un enamoramiento tonto.

—Vaya —contesto y me castañetean los dientes—. Qué cosa tan fea me acabas de decir.

—No era mi intención. Lo que intento decirte es que no pasa nada. El pasado es el pasado. Ahora estoy con Gina. Estoy enamorado de Gina.

—Tiene doce años.

—No hagas eso —dice Jonas—. Es indigno de ti.

—Ni siquiera come pescado.

Cuando el cielo nocturno es de color negro y todos se han reunido alrededor del calor del fuego, me alejo en la oscuridad. Necesito hacer pis. Me siento en la pendiente al pie de las imponentes dunas, me bajo los vaqueros hasta las rodillas, cavo un pequeño agujero debajo de mí. El reguero de pis desaparece en la arena. Tal y como ha dicho siempre Anna, hacer pis en la playa sentada es todavía mejor que hacerlo en la ducha de pie. Me subo los pantalones y me voy medio metro a la derecha, me siento donde no hay peligro. Casi no me veo las manos de lo oscuro que está. Noche sin luna. Jonas y Gina están acurrucados juntos al otro lado de la hoguera. Sus caras resplandecen en el parpadeo anaranjado. Jonas pasea la vista por el círculo de gente, atento, y sé que me está buscando. Hace ademán de ponerse de pie, luego cambia de opinión. Lo miro observar fijamente las ascuas cada vez más oscuras, me doy cuenta de que arruga el entrecejo porque ha tenido un pensamiento incómodo y sé que tiene que ver conmigo. Este hombre que me salvó la vida. Al que he hecho daño. Cuya confianza he perdido. Me hago la promesa de encontrar la manera de arreglarlo.

En el cielo, sobre la cima de la duna más alta aparece una estrella; es tenue al principio, luego gana intensidad hasta asemejarse a una joya brillante. Y sin embargo sé que lo que estoy viendo es la muerte. El último parpadeo. El jadeo silencioso. La belleza agonizante. Una llama desesperada, enorme, trascendente, que lucha por su último aliento.

27

1996. Diciembre, Nueva York

El amanecer llega antes de lo debido. Estoy desnuda encima del edredón mirando por la ventana de nuestro apartamento del East Village y escuchando cómo el radiador escupe y sisea. Predicen fuertes nevadas y el cielo tiene esa blancura tensa del hielo seco, como si el aire contuviera la respiración. Es el día de mi boda.

Peter ha pasado su última noche de soltero en el hotel Carlyle, en Madison Avenue, con su padrino de boda, un amigo pijo de Oxford que siempre me ha mirado con desconfianza, como si el hecho de ser americana signifique que soy una cazafortunas.

Anna duerme en el cuarto de estar. La oigo resoplar quedamente. Debe de haberse dormido boca arriba. Anoche nos pusimos nuestros viejos camisones de franela, los que nos regalaba la abuela Myrtle cada año por Navidad hasta que nos hicimos demasiado mayores para apreciar su comodidad anticuada, bebimos chupitos de tequila y nos quedamos hablando hasta tan tarde que hoy voy a tener unas bolsas moradas feísimas debajo de los ojos. Anna es mi dama de honor. Jeremy y ella han estado viviendo en casa de mamá, quien, para mi regocijo, ha estado con él tan desagradable como solo ella sabe serlo. Jeremy casi no nos ha dejado pasar tiempo juntas a Anna y a mí. La obliga a hacer una hora entera de yoga con él todas las mañanas después de desayunar e insistió incluso en venir a mi prueba del vestido. El miércoles, cuando Anna y yo habíamos hecho planes para ir a comer las dos solas al Russian Tea Room, la sorprendió con entradas de matiné para *Cats*, a pesar de que Anna odia los musicales y este lleva en cartel desde 1982. «Es una pesadez —dijo mamá cuando la llamé para quejarme—, pero es lo que hacen los de California cuando vienen aquí. Por alguna razón incomprensible, se creen que yendo a ver a unos actores cantar subidos a un escenario y vestidos de animales se están culturizando».

Mi vestido de terciopelo de seda color crema está colgado en la puerta del armario, todavía en la bolsa de la tintorería. Es largo, de cola, muy pegado al cuerpo y con un escote que enseña lo justo. Junto a él, en el suelo, están los zapatos de tacón de satén de trescientos dólares que Anna insistió en que me comprara. Son unos zapatos que nunca me volveré a poner, de esos que juras que vas a teñir de negro después de la boda pero luego nunca lo haces.

Así que el polvo se irá instalando en el blanco, los atenuará, los oscurecerá y así vivirán durante años en el fondo del armario, volviéndose grises poco a poco.

Dixon me acompaña al altar, guapo y elegante vestido de chaqué. Mi padre sigue excomulgado, aunque, a insistencia de mi madre, está aquí, sentado en el banco de los familiares, al lado de Jeremy. Con Mary la Arpía me he negado a ceder. Mientras recorro la iglesia hacia mi vida futura sonrío al pensar en la crueldad con que se vengará de mi padre por haber accedido a venir sin ella. Peter me espera en el altar y me sonríe desde el otro lado de la iglesia, feliz y orgulloso. Me pregunto si me querría igual si pudiera ver el interior de mi cabeza: la ruindad, los trapos sucios de mis pensamientos, las cosas tan terribles que he hecho. La iglesia está adornada con guirnaldas de lirios y gruesas rosas blancas centifolias que huelen igual que el mostrador de los perfumes en Bloomingdale's. De pronto me viene a la cabeza una imagen de Anna dándome la mano en una escalera mecánica cuando éramos pequeñas. Me había llevado a probarme zapatillas Keds mientras nuestra madre compraba los regalos de Navidad. La encontramos en la sección de accesorios, probándose unos guantes de piel roja forrados de cachemir.

«¿A que son elegantes?», dijo mientras los devolvía a la mesa expositora. Más tarde, mientras esperábamos en el andén a que llegara el metro, atisbé algo rojo que sobresalía del bolsillo de su abrigo. La mañana de Navidad abrió una caja alargada atada con una cinta de satén verde. Eran los guantes rojos. «Regalo de vuestro padre —dijo—. ¿Cómo habrá sabido que los quería?».

El organista toca el *Canon* de Pachelbel, posiblemente la pieza musical que menos me gusta del mundo. Petición de Peter. Cuando le dije que era una horterada, se rio y me dijo que era una tradición familiar y que yo estaba hablando como mi madre, de modo que no tuve más remedio que ceder. Ahora, mientras camino al ritmo de sus empalagosos compases, me irrita.

La madre de Peter está sentada en el lado de los británicos, un mar de mujeres con sombreros feos, todo tules y plumas, pegadas a los hombres que las acompañan y con los labios fruncidos en desaprobación por lo ceñido de mi vestido. Cuando camino mi cola recoge pétalos de rosa repartidos por el suelo de mármol. Busco en los bancos a Jonas, con la esperanza de que no esté (he invitado a toda su familia). Pero ahora mismo nieva con fuerza y la iglesia ha quedado reducida a sombras, a un gris luterano. Miro hacia delante, hacia Peter, tan guapo, con esa seguridad desgarbada tan europea. Le quiero. Me encanta todo de él. Cómo, cuando algo lo emociona, se le ponen rojas las puntas de las orejas. Las zancadas que da al caminar. Su capacidad de tranquilizarme, de hacerme sentir segura. Sus manos largas, elegantes. Que siempre dé dinero a los vagabundos mientras los mira a la cara con respeto. La persona que ve cuando me mira. Su padrino está demasiado cerca de él. «Tiene razón en querer proteger a su amigo de mí», pienso al coger la mano de Peter.

Debe de ser tardísimo. Al otro lado de la ventana, el cielo está negro como el carbón. Ha dejado de nevar. Peter está en la ducha. Lo sé porque oigo correr el agua desde la cama del hotel Plaza en la que, al parecer, acabo de recobrar el conocimiento. Sigo vestida de novia. Mis pies sobresalen del colchón enfundados en zapatos de seda, como si se me hubiera caído una casa encima. No tengo ni idea de cómo he llegado hasta aquí. Cierro los ojos, intento recordar la recepción. Una nebulosa de sombreros de colores. Bandejas de ostras sobre hielo picado. La madre de Peter en un traje de *tweed* de Chanel color ciruela hablando con la madre de Jonas. Un camarero de esmoquin sirviéndome una copa de champán, yo bebiéndomela de un trago y cogiendo otra de la bandeja. Earth, Wind & Fire. Anna y yo bailando agarradas, bebiendo champán a morro. Mi padre escabulléndose por la puerta

de atrás antes de que empiecen los brindis. «El que nace calzonazos muere calzonazos», había dicho Anna.

—¿Peter? —lo llamo ahora.

—Un segundo —contesta. Sale de una nube de vapor,
con una lujosa toalla de hotel enrollada alrededor de la cintura—. La alcohólica pródiga ha vuelto. —Se coloca encima
de mí de un salto y me besa—. Hola, esposa mía. —Me olis-
quea—. Hueles a vómito de niño pequeño. Igual deberías
quitarte esos zapatos. Están salpicados.

—Ay, Dios.

Me saca los zapatos, uno a uno, los tira a la papelera.

—De todas maneras, no te los ibas a poner más. ¿Tacones
altos de satén blanco? Parecerías una puta de Charing Cross.

—¿Eché la pota en la fiesta? ¿Delante de todos?

—No, no. Solo delante del personal del hotel y el conductor de la limusina. Hicieron falta tres botones con librea
para meterte en el ascensor.

—¿Me llevaron en brazos?

—Insistí en que eras parte del equipaje.

—Necesito una hamburguesa con queso —gimo.

—Lo que haga falta para mi preciosa novia alcohólica
comatosa. —Peter me retira el pelo de la frente.

—Ha sido el champán. No puedo beber champán. Es
el azúcar. Lo siento.

—No te disculpes. Verte lanzar el liguero a mi padre
ha sido el momento estelar del día.

—Me voy a pegar un tiro.

—Eso y casarme con la mujer de mis sueños.

Le rodeo el cuello con los brazos, le miro a los ojos
con intensidad.

—Tengo que lavarme los dientes.

Cuando me despierto mucho más tarde, aún tengo un sueño en la punta de la mente. Estoy en una nube que se desplaza por el cielo. Debajo el mar es azul brillante, infinito. Una manada de ballenas migra al norte, orgullosamente ajenas a las criaturas de menor tamaño que siguen su estela. Aparece un velero blanco surcando veloz las olas. A bordo van dos niños. Detrás de ellos un inmenso cachalote se zambulle, sondea las profundidades. Yo estoy debajo del agua. Miro cómo el cachalote sube como un torpedo hacia la superficie, hacia la sombra triangular del barco. Una casa pasa flotando. Cintas rojas ondean a través de una puerta mosquitera rota.

La bandeja del servicio de habitaciones está en la mesilla. Peter se ha quedado dormido a mi lado con una mancha de kétchup en una de las comisuras de la boca. Casi no quedan patatas fritas. Estoy casada.

1997. Febrero, Back Woods

Dos meses después de la luna de miel me llama Anna. Al principio no estoy segura de que sea ella, llora tanto que no entiendo lo que dice y Anna no llora jamás.

—Despacio —digo—. No te oigo.

Escucho sus sollozos un instante o dos más antes de que me cuelgue el teléfono. Cuando intento llamarla, suena y suena hasta que salta el contestador. Llamo a Jeremy a su oficina.

—Está bien —dice alegre—. Últimamente ha estado trabajando mucho en sí misma.

Se me cierra la garganta con un rechazo instintivo.

—Qué bien. —Me obligo a que no se me note la crítica en la voz—. Ahora mismo cuando me ha llamado me ha parecido muy alterada.

—Hoy tenía terapia de grupo. Igual le ha removido muchas cosas.

—Cuando llegues a casa, dile que me llame, ¿vale?

—¿Y qué tal todo? —pregunta sin entender que me estaba despidiendo.

—Muy bien. Genial.

—Desde luego en tu boda te lo pasaste bien.

—Dile que me llame —zanjo.

La autopista está desolada, yerma, es una franja cenicienta, rociada de sal en previsión del hielo con los bordes arenosos duros y planos por las heladas. Unos pocos pinos salpican el bosque, pero la mayoría de los árboles tienen las ramas desnudas, con las últimas hojas de un marrón agonizante esperando tristes a que la próxima ráfaga helada las arranque. No son ni las tres de la tarde, pero la luz invernal ya declina. Anna no ha abierto la boca desde que la recogí en el aeropuerto de Logan con un coche alquilado. Parece cansada, vacía, tiene los ojos rojos. Anna es dura. Una roca. Cáustica y divertida. La Criatura de la Laguna Negra. Esta no es mi hermana. Escucho el silbido que hacen los neumáticos sobre el asfalto mojado, sobre la capa de sal. Intento poner la radio. Solo se coge AM. Odio Cape Cod en invierno.

Todas las casas por las que pasamos de camino al Bosque están cerradas. No hay indicio alguno de vida. Nada más pasar el desvío de la casa de Dixon, un zorro cruza la carretera delante de nosotras con un animal pequeño en la boca. Se para en seco en la luz de los faros, nos mira un momento antes de seguir.

El estanque tiene una gruesa capa de hielo. La escarcha recubre la maleza muerta, las bayas rojo intenso en una delgada rama plateada. El campamento parece desamparado, con todos sus defectos a la vista. Aparco junto a la puerta trasera, apago el motor. Nos quedamos calladas en el silencio, el calor, los colores que se oscurecen. Anna apoya la cabeza contra el cristal de la ventana.

—No salgas. Voy a encender la calefacción.

La puerta trasera está cerrada con llave. Rodeo la casa, vadeo un montón de hojas secas, busco debajo del alero. Después de tantos años sigo sintiendo asombro y alivio cada vez que mis dedos la encuentran. Una única llave colgando de un clavo oxidado. La misma llave de la misma cerradura maestra que lleva aquí desde que éramos pequeñas.

—La tengo —le grito a Anna.

Abro la puerta, cruzo el umbral y entro a oscuras en la despensa, voy a tientas hasta la caja de los plomos en la pared del fondo. Mis dedos descifran el braille de los fusibles hasta localizar un interruptor más grueso que los demás. Hace falta fuerza para moverlo de izquierda a derecha. La puerta de la nevera está abierta y sujeta con una escoba para que no se forme moho y, al ponerse en marcha, se le enciende la luz de dentro. El cuarto de estar está desnudo, despojado de color, con los cojines y las mantas del sofá guardados dentro de bolsas grandes de obra. Hace más frío dentro de la casa que fuera, es como una cámara frigorífica llena de la gelidez enjaulada del aire muerto. La llave del agua está cerrada para que no se congelen las cañerías. Tendré que esperar a que la casa se caliente para purgar el anticongelante y dejar correr el agua. Para esta noche cogeremos agua del estanque.

Voy por las habitaciones encendiendo lámparas. Hace demasiado frío para pasar la noche en una cabaña sin calefacción, pero podemos encender la chimenea y dormir en la Casa Grande, en los sofás. Debajo de una mesa hay dos radiadores eléctricos. Los enchufo en el cuarto de estar. Encendidos parecen tostadoras anticuadas, con unas espirales finas que se vuelven de color rojo anaranjado y llenan la habitación de un olor a polvo caliente y me llenan a mí, como de costumbre, de una chispa de preocupación por que puedan incendiar la casa mientras dormimos. Junto a la chimenea hay leña apilada y un montón de periódicos desvaídos, en su mayoría *New York Times* del verano pasado mezclados con unos pocos *Boston Globe*. Alguien, Peter probablemente, ha dejado preparado un fuego en la chimenea pensando en el verano siguiente. Cojo la lata de cerillas largas de la repisa de la chimenea, me arrodillo, enciendo el papel de periódico arrugado, la yesca. El fuego sisea, chisporrotea, prende. Detrás de mí oigo entrar a Anna.

—Deberíamos ir a patinar sobre hielo —dice.

—Voy a abrir una lata de sopa. Igual hay sardinas. —Saco un hato grande de almohadas de plumas, mantas y sábanas frías de un viejo arcón de madera.

Nos dormimos escuchando el parpadeo de las llamas, el golpe seco y esporádico de un trozo de leña al hacerse brasas. Fuera, bajo una luz de luna invernal, el mundo es frío, oscuro, un pálido eco del lugar que amo, el lugar donde, para mí, la vida empieza y termina. Y sin embargo, acostada cerca de mi angustiada y perpleja hermana, con su mano al alcance de la mía, inspirando el olor del humo y el moho y el aire de mar, empiezo a notar su latido. No tengo ni idea de qué ha pasado para que Anna esté así de rota. Solo sé que, sea lo que sea, la ha empujado hasta aquí. Igual que una paloma mensajera que, ajena a todo salvo a su instinto, oye soplar el viento desde una montaña a más de trescientos kilómetros de distancia y echa a volar.

Al amanecer, una luz salina se cuela por los ventanales del porche y me despierta. El fuego se ha apagado durante la noche y ya me veo el aliento al respirar. Me pongo los calcetines sin destaparme, cojo el anorak de plumas del suelo y me lo pongo encima del camisón. Aún hay brasas. Añado leña seca, revuelvo las ascuas con cuidado de no despertar a Anna, cojo una jarra y voy al estanque. Necesito café. En la despensa habrá una lata sin abrir de Medaglia d'Oro. Mi madre siempre se asegura de dejar café, aceite de oliva y sal. El estanque está completamente congelado. El hielo debe de tener unos quince centímetros de espesor. Prensadas dentro de él hay ramitas y hojas atrapadas en movimiento, como fósiles. Pero allí donde se encuentra con la orilla, el hielo es solo una capa quebradiza. Hago añicos la superficie con un palo, pongo las manos en forma de cuenco y bebo del estanque antes de llenar la jarra.

El olor a café despierta a Anna.

—Ay, qué bien —dice bostezando.

—¡Tiene voz!

Anna ladea la cabeza, es un gesto pequeño, como de un gorrión. Al instante su expresión se oscurece con tristeza recordada.

—Cuéntame. —Le doy una taza de café solo—. Hay azúcar, pero leche no. —Me siento en el borde del sofá, a su lado—. Córrete.

Se mueve para hacerme sitio, un espacio vacío a la altura de su cadera.

—Me gustaría dar un paseo hasta la playa mientras haya luz.

—En el arcón debe de haber jerséis —digo.

Se sienta recta y se coloca un cojín en la espalda.

—La semana pasada fui al ginecólogo. Tenía una falta.

—¿Y?

—Estaba segura de que estaba embarazada.

—Hablamos la semana pasada. No me dijiste nada.

—Me daba miedo contarlo y luego tener otro aborto. No dejaba de pensar que a la tercera va la vencida. —Da un sorbo de café, hace una mueca—. Deberíamos haber parado en Cumby's a comprar leche. Bueno, el caso es que no estoy embarazada.

—Joder, Anna, vaya mierda. Lo siento muchísimo.

Deja el café en el antepecho de la ventana, se mira las manos, las gira sin dejar de mirarlas fijamente. Pasa los dedos por la línea superior de la palma derecha.

—¿Te acuerdas de las líneas de la vida?

Asiento con la cabeza.

—¿Y de las líneas del amor?

Anna ríe.

—La mía tenía muchas bifurcaciones pequeñitas. Lindsay las llamaba líneas de putón.

—¿Qué fue de Lindsay? —pregunto.

—Nunca voy a poder tener hijos —dice Anna.

—Pues claro que sí. No tienes más que treinta y tres años. Solo debes seguir intentándolo. Seguro que terminas con cuatro criaturas clavadas a Jeremy en el físico y en la personalidad.

Niega con la cabeza.

—No me viene la regla porque tengo la O mayúscula.

—¿Y eso cómo influye en la regla?

—O de ovarios. Cáncer de ovario.

—La O mayúscula significa orgasmo, tonta.

Las palabras han salido de mi boca antes de que me dé cuenta de lo que ha dicho. La habitación deja de respirar, las motas de polvo se detienen, la luz del sol rehúye los cristales, espera. En mi interior hay un silencio como cemento.

Niego con la cabeza.

—No puede ser.

—Elle.

—¿Cómo saben que no es un fibroma?

—Es estadio IV. Ya se ha extendido.

—¿Has pedido una segunda opinión? Porque, si no lo has hecho, tienes que hacerlo enseguida.

—Elle, cállate y déjame hablar. Lo digo en serio. Cállate, ¿vale? Me han detectado manchas en el hígado. La semana que viene me van a abrir, pero el médico me ha dicho que esté preparada para recibir malas noticias.

—Eso es solo una posibilidad. También puede ser operable. Todavía no lo saben. Tendrás que darte quimioterapia y radio. Conseguiremos el mejor médico de Nueva York. Te vas a poner bien.

—Vale —contesta Anna—. Lo que tú digas.

—Pues claro que lo digo.

—Entonces no tenemos nada de qué preocuparnos. Vámonos a la playa. —Aparta las mantas, me clava un dedo en el costado—. Anda, déjame salir.

—Sé que odias las expresiones físicas de afecto, pero te voy a dar un abrazo grandísimo y vas a tener que aguantarte.

—Vale. Pero dame un segundo para prepararme.

La rodeo con mis brazos y la acerco mucho a mí.

—Te quiero, Anna. Todo va a ir bien, te lo prometo.

—Yo también te quiero —dice—. No sé por qué te odiaba tanto cuando eras pequeña.

—Era una pesada.

—Y yo una arisca.

—Eras aterradora. Lo sigues siendo un poco. —Me río.

—¿Te acuerdas de cuando Conrad me dio un puñetazo en el porche? —pregunta Anna.

—Sí.

—Leo lo castigó y se tiró al suelo y se puso a llorar. Todavía tengo remordimientos.

—¿Por qué? Si te pegó él a ti.

—Porque lo provoqué. Quería meterlo en un lío. —Mira el ventanal que da al estanque. El sol calienta el hielo en un ángulo perfecto que lo hace centellear como si fuera cristal y despide chispas—. Fui mala con él —dice Anna.

—Eras mala con todo el mundo.

—Cuando Leo lo mandó a su cabaña me encerré en el cuarto de baño a llorar. No tengo ni idea de por qué. —Se levanta y va a la cocina, coge la jarra metálica, vierte agua en el hervidor—. He visto que hay poleo menta en la despensa.

—Ya voy yo —digo.

—Es curioso lo que recordamos. Seguramente hice un millón de cosas peores, pero cuando el médico me dijo lo del cáncer lo que me vino a la cabeza fue aquel día con Conrad. Lo horrible que había sido con él. Y luego, al verano siguiente, murió.

—Fue dos veranos después —puntualizo—. Tú estabas trabajando en aquel kibutz en Santa Cruz.

—¿Por qué fui a ese sitio? A un kibutz. Debía de estar de tripi. —Se ríe y, por un momento, vuelve a ser la misma de siempre—. No dejo de pensar en que, de haber sido una persona más agradable, ahora no me estaría pasando esto. ¿Y si lo del karma es verdad? Lo mismo me reencarno en un ciempiés. O un coágulo sanguíneo.

—Esto no es culpa tuya —digo—. Y el karma no existe.

—Eso no lo sabes.

Pero sí lo sé. Porque, si existiera el karma, yo sería la enferma de cáncer, y no Anna. Respiro hondo, segura de lo que tengo que hacer. Durante todos estos años he respetado la promesa que le hice a Jonas. Pero Anna tiene que saber que esto no es culpa suya.

—¿Te acuerdas de Leo dando vueltas por el apartamento hecho una furia y gritando «por qué»? ¿Cómo rompía cosas y le gritaba a mamá?

Anna asiente con la cabeza.

—Se culpaba de lo de Conrad. Pero él no había tenido nada que ver. Fue culpa mía. —Respiro hondo—. Aquel día en el barco, cuando murió Conrad...

—No quiero estar muerta, Elle —me interrumpe Anna—. No quiero dejar de ser... No más árboles, no más tú..., solo un montón de carne en descomposición. ¿Te acuerdas de mamá? ¿Y de aquello de los gusanos?

Ríe y llora a la vez.

—No te va a pasar eso —contesto—. No lo voy a permitir.

—Pobre Conrad —dice en apenas un susurro—. Ni siquiera lo sentí.

28

1998. Mayo, Nueva York

El tablero de la mesa de la cocina de mi madre fue en otro tiempo la puerta de un granero; sus bordes, antes afilados, están erosionados por décadas de comidas familiares. Sigue habiendo un agujero en el que una vez encajó una cerradura y agujeros de carcoma como pinchazos de alfiler, llenos de restos de comida que han adquirido la consistencia de cera de oídos. De pequeña me encantaba hurgar en los agujeros con un tenedor y, con lo que sacaba, formar montoncitos que salpicaban el tablero como excrementos de termita. Ahora estoy sentada pinchándolos con la punta de un bolígrafo. Peter debería haber llegado ya. Es el cumpleaños de mamá y la vamos a llevar a cenar. Tenemos mesa a las ocho. Cojo el teléfono de la cocina y llamo a la información de la hora. «Cuando suene la señal, serán las… siete… y veinticinco minutos… y cincuenta segundos… Cuando suene la señal, serán las… siete… y veintiséis… en punto». Entra el gatito nuevo en la cocina. Lomo anaranjado, patitas blancas, ojos amarillos. Me mira buscando atención. Lo subo a la mesa y empieza a comerse mis migas de termita. Oigo un golpe procedente de algún rincón del apartamento. Empujo la silla y salgo al pasillo.

Mamá está subida a una escalera de mano ordenando libros alfabéticamente.

—Mira qué bien —dice—. Así me ayudas con la sección de poesía.

Saca varios libros del estante y me los da.

—Peter llega tarde. —Me siento en el suelo y empiezo a ordenar libros—. ¿Primo Levi va en poesía?

—Nunca lo tengo claro. De momento, ponlo en filosofía.

Cojo los *Poemas reunidos de Dwight Burke* de la parte de arriba de un montón y lo abro. En la portadilla hay una dedicatoria manuscrita, garabateada en tinta azul desvaída de pluma estilográfica. «Para las niñas de Henry, más dulces que la pachysandra, con el deseo de que tengáis unas vidas llenas de poesía y emoción. Con cariño, Dwight».

—Este es mío.

Mi madre lo mira desde la escalera.

—Creo que es tuyo y de Anna.

—Tienes razón. Se lo voy a mandar.

—Yo lo dejaría aquí. Es probable que a estas alturas valga una fortuna. Es una primera edición firmada por Burke. Si no, Jeremy querrá venderla.

En la contracubierta del libro hay una fotografía borrosa en blanco y negro de Dwight Burke con chaqueta milrayas y pajarita de lunares. Su cara tiene la misma expresión amable que recuerdo de mi infancia, un grato aire de clase media conservadora.

—Era un hombre muy agradable —murmuro.

—Una verdadera tragedia —dice mamá.

—Llevaba mocasines de antifaz con monedas de cinco centavos en el empeine. Debería escribir a Nancy.

—Tu padre siempre pensó que era homosexual.

Durante años después de que Dwight Burke se ahogara circularon rumores de que se había suicidado, de que Carter Ashe, el hombre al que había ido a devolver un libro aquella primavera en que fuimos mi padre y yo a recoger sus cajas, era amante de Burke. De que Burke, católico devoto, no superó la vergüenza y la culpa. Mi padre insistía en que los rumores eran falsos. La ropa de Burke había aparecido en un pulcro montón a orillas del Hudson, perfectamente doblada. Estaba todo menos los calzoncillos que llevaba puestos cuando lo sacaron del agua. «Si tenía intención de ahogarse —había dicho mi padre— ¿por qué se dejó los calzoncillos puestos? Dwight habría querido irse de este mundo igual que llegó a él. Era poeta. Le encantaba la simetría».

—¿Por autor o por tema? —pregunta mamá. En la mano tiene un libro sobre Gandhi. Se ha puesto a ordenar las biografías.

—Por tema. En realidad a nadie le interesa el autor.

Abro el libro de poesía que tengo en la mano. Los poemas son seres vivos, extraños, infestados de insectos y briznas de hierba. Al ojearlos me llaman la atención unos versos:

> *En la cima de una colina dos sementales*
> *sus lomos negros sobre un fondo de néctar*
> *pastan en el trébol verde ácido,*
> *olisquean en busca de bellotas.*
> *Yacemos juntos bajo el espino blanco en flor*
> *tú con la camisa blanca desabotonada.*
>
> *Una vez oí el ruido*
> *del viento bajo el agua, respiré el mar*
> *y sobreviví.*

Deseo que mi padre estuviera en lo cierto, que Dwight se ahogara por accidente. Deseo que aquella mañana saliera de casa de su amante con la única intención de darse un baño tonificante; que se tumbara en la orilla del río Hudson, escuchara el agua correr, oliera las flores de azafrán, el aroma agrio y ácido de la digitaria. Se quedó en calzoncillos y vadeó el agua poderosa, flotó, miró nubes surcar el cielo, las aves migratorias. Cuando quiso volver, el paisaje había cambiado. Ahora estaba frente a una orilla desconocida, arrastrado por una corriente demasiado poderosa para luchar contra ella.

El timbre suena dos veces.

—¿Hay alguien en casa? —llama Peter.

—Estamos aquí —dice mi madre—. No dejes que se salga el gato. Siempre intenta escaparse por la puerta principal.

Peter trae un ramo de flores enorme, lirios de día y rosas color rosa pálido.

—Feliz cumpleaños, Wallace —dice y le da el ramo a mi madre. Mira los montones de libros que hay por todas partes y a mi madre en la escalera de mano, clasificando por orden alfabético—. Qué ambiente tan festivo.

—Soy demasiado mayor para celebrar cumpleaños. Me cambio de blusa y nos vamos. —Mi madre me da las flores—. ¿Las pones en agua?

La mayor parte de las farolas de nuestra manzana están apagadas. Las han roto deliberadamente adictos al crack que prefieren la oscuridad. Peter y yo volvemos andando desde el restaurante por la calle Diez Este, cogidos del brazo y convertidos así en un blanco más abultado y menos tentador. La mitad de los apartamentos a la altura de la calle tienen carteles de CUIDADO CON EL PERRO en las ventanas, aunque casi nunca vemos a nadie paseando un perro.

—Tu madre estaba en forma esta noche —dice Peter—. Cuando la hemos dejado en el taxi estaba prácticamente radiante.

—Le encanta que la mimen. Finge que le da igual, pero si la llevo a un restaurante y pago la cuenta, se pone como una niña pequeña a la que papaíto le acaba de regalar una muñeca nueva. Y además a ti te adora. La haces sentir joven.

—¿Y a ti? —pregunta Peter.

—Yo es que soy joven.

—¿Me adoras?

—Casi siempre. A veces solo me irritas.

Me atrae hacia él, me huele.

—Hueles bien. A limón.

—Será el gajo envuelto en gasa que me han puesto con el pescado.

—«Eau de boquerón. Para mujeres con corazón». Igual podíamos comercializarla. —Peter ríe.

—Pero no todas tienen —digo.

Cuando abrimos la puerta del apartamento el ambiente está raro, cargado de energía estática. Las moléculas tienen un regusto metálico. El teléfono no para de sonar. Junto a él, en la librería, hay un jarrón de flores volcado, agua en el suelo.

—El puto gato ha vuelto a pisar el contestador automático. Voy a estrangular a ese condenado animal.

Dejo mi abrigo en la mesa y corro al dormitorio. Tiene dos ventanas grandes. Una a la derecha, encima de la cama; la otra, que da a la escalera de incendios, está oscurecida en su mayor parte por gruesos barrotes de metal que solo abren desde dentro, en caso de que necesitemos escapar. La ventana sobre la cama está ahora caída encima de ella. En su lugar hay un agujero, un marco de madera astillado. Hay un hombre acuclillado en el alféizar. Me sonríe con ojos vidriosos, al parecer ajeno al hecho de que puede caerse desde una altura de cuatro pisos. Tiene el pelo graso apelmazado, con semanas de suciedad que han formado telarañas en su superficie, como si las arañas hubieran anidado en él y el cuero cabelludo húmedo y seborreico hubiera protegido los huevos microscópicos. El hombre se las ha arreglado para subir por la escalera de incendios del costado del edificio, saltar desde allí y sacar nuestra ventana de su marco. En el rellano de la escalera de incendios, al otro lado de los barrotes, están nuestro televisor, nuestro reproductor de vídeo, los cables enredados del contestador automático.

El hombre sigue mi mirada y a continuación fija sus ojos en mí, ladea la cabeza como si tratara de decidir entre irse o quedarse. Se humedece los labios con la punta de su lengua rosa y sonríe. Quiero gritar para llamar a Peter, pero solo me sale un susurro. Con una sonrisa lasciva, el hombre hace ademán de volver a entrar en la habitación. Todo mi cuerpo se pone alerta. Si me abalanzo sobre él ahora mismo, si lo pillo desprevenido, si lo empujo con todo el cuerpo, caerá de espaldas al cielo de la noche, se estrellará contra el cemento y se quedará ahí con los ojos muy abiertos mientras otro adicto al crack le vacía los bolsillos. Antes de que me dé tiempo a cambiar de opinión, lo embisto igual que un ariete. Y entonces caigo de bruces, me han puesto la zancadilla. Peter pasa a mi lado, alto, amenazante. Lleva un cuchillo de cocina. Cuando habla, lo hace con voz medida, fría como el acero.

—Vete por donde has venido —dice—. Te puedes quedar el televisor, es del año de la polca, con antena inalámbrica. Pero el contestador lo dejas. Hay grabado un número que necesito. —Da unos pasos al frente. Está aterrador, poderoso como nunca lo he visto. Un lobo, transformado por la luna llena—. Ya —ruge—. Antes de que corra la sangre.

El hombre retrocede, salta como un gato desde la ventana a la escalera de incendios, se coloca el televisor debajo de un brazo, el vídeo debajo del otro. Oigo el estruendo de sus zapatos al bajar los peldaños de metal, el chirrido y el repiqueteo de los cables arrastrados. En el suelo de madera junto a mi cara hay una mancha roja. Me he hecho un corte en la barbilla. Al otro lado de la habitación, la puerta del armario se abre despacio.

—Peter —le advierto—, detrás de ti.

Luego cierro los ojos a lo que esté por venir. Espero oír el crujido de fuertes pisadas en suelos de madera. Pero, en lugar de ello, algo sedoso me roza la cara. Abro los ojos. A mi lado, en el suelo, el gato está lamiendo mi sangre del suelo.

Más tarde, después de que haya venido la policía, después de que hayan recogido las huellas dactilares del contestador, cuando ya hemos barrido los cristales y las astillas, cuando he perdonado a Peter por tirarme al suelo, por esa cicatriz en la barbilla que tendré el resto de mi vida, Peter me pregunta:

—Si no te llego a parar, ¿lo habrías empujado por la ventana?

—Supongo que sí. No sé. Reaccioné así.

Peter frunce el ceño, me mira como si acabara de ver algo bajo la superficie de mi piel, pequeños capilares rotos o una mancha azulada, algo que no debe exponerse a la luz, y siento que se apoderan de mí la vergüenza, la vulnerabilidad.

—¿Habrías matado a un hombre por un televisor y un vídeo?

—Por el televisor no. Había vuelto a entrar y venía a por mí —digo—. Tenía la mirada oscura.

—Hay que salir de este barrio antes de que termines en la cárcel por asesinato.

—Vete a la mierda, Pete. Estaba aterrorizada.

—Estoy de broma —dice Peter—. Bueno, casi. —Ríe.

Cojo el contestador del escritorio y voy al cuarto de estar.

—¿Cuál es el número que decías que necesitabas?

Peter me sigue.

—Elle, por favor. Venga. —Coge una cajetilla de tabaco de la mesa de centro, se palpa en busca de un mechero—. Arriesgaste la vida para salvar a un hombre que se estaba ahogando, joder. No tienes nada de asesina. Yo soy el que lo ha amenazado con un cuchillo.

Busca a su alrededor donde echar la ceniza. Se decide por la maceta de geranios.

Le doy la espalda y simulo buscar algo en la librería.

—Ese cabrón me debe de haber robado el cenicero.

—Está en el lavaplatos —digo.

Peter viene hasta mí, me obliga a darme la vuelta para mirarlo; está serio.

—Me importaría un bledo si hubieras matado y descuartizado a ese tipo, clavado sus entrañas en una pica. A mí lo único que me importa es que tú estés a salvo. Eres mi mujer. El amor de mi vida. No puedes hacer ni decir nada que cambie eso. Lo único que pasa es que me he sorprendido, nada más. Nunca había visto ese lado tuyo.

Me gustaría tanto creerle. Pero no lo hago. Algunas cosas se pueden perdonar: una aventura, un comentario cruel. Pero no ese instinto sucio, vil, que acecha igual que una tenia en los oscuros pliegues de mis entrañas, preparado para salir en cuanto huele carne sanguinolenta. Hasta esta noche creí que había desaparecido. Que me lo había sacado por la boca centímetro a centímetro, metro a metro, año a año, y dejado solo el espacio vacío, el recuerdo de donde una vez había anidado.

Peter me toca la punta de la nariz.

—Y ahora fuera esa cara enfurruñada, señorita. —Va a la cocina, vuelve con un cenicero y un platito con leche—. Toma, gatito —dice y lo pone encima del radiador.

«Cuéntaselo», pienso. «Deja que te vea. Mata la tenia. Límpiate». Pero lo que digo es:

—Los gatos son intolerantes a la lactosa.

Esa noche, cuando nos acostamos, siento una distancia respecto a Peter mayor que la maraña de sábanas que nos separa. La línea de falla que he rellenado con cemento. Lo quiero demasiado para arriesgarme a perderlo.

1999. 31 de julio, Los Ángeles

Mi avión deja atrás la última abrupta y desolada cadena montañosa. Debajo, una extensión urbana interminable cubre la tierra como una manta, con el centelleo imperceptible del Pacífico apenas visible a lo lejos. El avión se estremece al atravesar una turbulencia, despliega el tren de aterrizaje con un fuerte carraspeo. Momentos después tocamos asfalto y los pasajeros aplauden. Siempre esperamos lo peor.

Voy derecha del aeropuerto al hospital arrastrando mi pesada maleta con ruedas, abriéndome paso por el aire y el espacio con una urgencia agresiva, alarmada. «Tengo que llegar a tiempo. Tengo que llegar a tiempo». Hay un taxi esperándome, Jeremy lo ha organizado todo, pero el conductor es vago, distraído. Se las arregla para coger todos los semáforos en rojo, frena para dejar pasar a otros coches, sigue la ley de Murphy al elegir carril. Para cuando llegamos a la puerta del hospital, tengo los dientes pulverizados y he bajado de entre un quince y un diez por ciento de propina a ponerle unos billetes en la mano y llamarlo «gilipollas» en voz baja.

Dentro, un vigilante me señala los ascensores y echo a correr levantando la maleta del suelo de terrazo. Hay un grupo de personas esperando el ascensor antes que yo, todas con la vista levantada y la esperanza de adivinar qué ascensor llegará primero. Por obra de algún milagro, las puertas se abren justo delante de mí. Pulso el once y a continuación el botón de cerrar las puertas varias veces, confiando en que se cierren antes de que a nadie más le dé tiempo a subir, pero no obedecen. Una mujer con un pañuelo en la cabeza y peluca entra en el último momento. Cáncer. El ascensor se queda donde está. Cerrado, sepulcral.

—Creo que está estropeado. —Pulso el botón de abrir las puertas. Vuelvo a pulsarlo. Siento crecer la claustrofobia en mi interior, como si fuera mi cuerpo lo que me atrapa. Pero entonces el ascensor se pone en marcha. Sube despacio un piso y se para, abre las puertas. Cuando queda claro que no va a entrar nadie, las cierra y sube un piso más. De nuevo nos paramos y esperamos lo que parece una eternidad—. Algún niño ha debido de darle a todos los botones —digo.

—Es Sabbat —señala la mujer.

—Será una broma. —Estoy en el ascensor sabático, que se para en todas las plantas—. No tengo tiempo para gilipolleces.

La mujer me mira como si fuera contagiosa. Se aparta de mí.

—Lo siento —digo—. No quería… —Me resulta imposible respirar—. No lo entiende. No puedo llegar tarde. Mi hermana se está muriendo.

La mujer mira al techo con la boca fruncida en amargo desdén.

Siempre me he considerado una persona tolerante. Cada uno es como es. Pero ahora mismo, cuando lo que está en juego no es un castigo divino por dar a un interruptor, sino si llegaré a tiempo de despedirme de mi hermosa hermana, de tumbarme en la cama de hospital a su lado, abrazarla, reconocer que fui yo quien rompió su cartel de Bobby Sherman, hacerla reír conmigo una última vez, lo único que siento es rabia ante la estupidez de las religiones en general. Cierro los ojos y le pido a un Dios en el que no creo que Anna me espere. Necesito contarle lo que hice.

Libro cuarto

ESTE VERANO

29

Hace seis semanas. 19 de junio, Back Woods

Cada mañana en el estanque, antes de que se levanten Peter y los niños, barro el camino de tablones, formo pulcras pilas de polvo, arena y cortapicos que a continuación traslado al recogedor, montón a montón, antes de sacudirlo todo debajo del matorral más cercano. Y cada mañana, en ese momento, pienso en Anna. Es un brevísimo fogonazo. No tanto un recuerdo como la constatación de una marca diminuta pero indeleble, una parte viva de ella que pervive en mí. Anna me enseñó a barrer cuando yo tenía siete años. «Así no, idiota», me corregía desde el porche mientras yo movía la escoba de un lado a otro igual que un péndulo, levantando nubes de tierra y polvo. «Tienes que dar pequeñas pasadas sin levantar la escoba del suelo. Hacer muchos montoncitos. Si no, eso es lo que pasa».

Esta mañana, cuando guardo la escoba en su sitio entre la nevera y la pared de la despensa, se resbala y cae en el hueco lleno de telarañas que hay detrás del frigorífico. Suspiro, sabiendo que no me queda otra que sacarlo de la oscuridad plagada de arañas. Mi madre siempre limpia el campamento antes de que vengamos, pero solo las superficies a la vista. Cuando llegamos ayer para pasar el verano, lo primero en que se fijó Maddy fue en un nido de ratones gigantesco en las vigas del techo de la despensa.

—Hago como que no lo veo —oí a mi madre decirle cuando entraba por la puerta de atrás arrastrando maletas con ropa desde el coche—. Las cosas más desagradables las dejo para cuando viene tu madre.

—Te he oído —la advertí.

—Hay una familia de ratas de agua viviendo en los nenúfares —le dijo a Maddy sin hacerme caso—. Son una monada, todas las mañanas van tres crías nadando detrás de la madre. Antes eran cuatro, pero encontré a una flotando en los juncos el día que salí con la canoa. El cuerpo parecía un leño con pelo. Rigor mortis completo.

—Qué agradable, mamá. Gracias por contarle esas cosas a mi hija —dije al pasar.

—¿Tenéis pensado mudaros aquí? En mi vida he visto tanto equipaje.

Me detuve al final del sendero y miré el estanque, el resplandeciente cielo de junio. Un día perfecto para ir a nadar.

—Estoy tan contenta de estar aquí que no lo puedo soportar —le dije a nadie.

Pero esta mañana ha amanecido gris y nublado, hace demasiado frío para nadar. Dejo la escoba donde se ha caído, bajo el sendero hasta nuestra cabaña y busco en mi bolsa de viaje zapatillas de correr y un sujetador deportivo. La ropa de Peter forma un montoncito en el suelo donde se la quitó anoche. Le cuelgo la camisa blanca de algodón en un gancho, le doblo los pantalones gastadísimos de piel de melocotón y los dejo en el respaldo de la silla.

Peter se mueve a mi espalda.

—Es temprano —susurro—. Sigue durmiendo.

Se da la vuelta, me sonríe; tiene pelo pegado a la frente y marcas de las arrugas de la almohada en la mejilla.

—Qué bien se está —dice.

Tiene un aspecto tan adorable, tan de niño pequeño.

—Enseguida vuelvo.

Le beso los párpados, inspiro ese aroma tan suyo a sal y a tabaco.

—Voy a hacer el desayuno —murmura.

Subo corriendo por el camino de entrada en cuesta, sorteando raíces y socavones del suelo, antes de bajar por el sendero de tierra que rodea el estanque y termina en el mar. El bosque está silencioso, apenas hay movimiento. La mayoría de las casas no están aún abiertas para el verano. Junio puede ser lluvioso y húmedo. El aire fresco de la mañana es como una rociada de agua fría. Con cada pisada en el suelo arenoso noto cómo se despierta mi cuerpo, como si volviera a la vida después de una larga hibernación, husmeando en busca de abejas entre los tréboles, localizando un buen árbol donde rascarse. Todos los años es igual.

Cuando me acerco al mar aumento la velocidad, ávida de que la espesura dé paso a arbustos bajos y arándanos, ávida de mar. Cuando doblo el último recodo, me sorprende encontrarme a Jonas sentado junto al camino, con unos binoculares colgados del cuello.

—¿Qué haces aquí? —Cuando lo alcanzo estoy sin resuello—. Dijiste que no venías hasta la semana que viene.

Me siento a su lado.

—Ha sido una decisión de última hora. Cien por cien de humedad, Nueva York entera olía a sobaco y encima se estropeó el aire acondicionado del loft.

—Venga ya. Reconócelo. Ha sido porque me echabas de menos —digo riendo.

Jonas sonríe.

—Bueno, eso también. En la ciudad nunca conseguimos sacar tiempo para estar juntos. Siempre vamos acelerados. Y entonces de pronto llega el verano. Gracias a Dios. ¿Los chicos están contentos de estar aquí?

—Para nada. No llevamos ni un día y ya se están quejando de que no hay wifi. Peter ha amenazado con mandarlos a todos a una escuela militar.

—¿Se va a quedar unos días?

—Dos semanas. Luego irá y vendrá, como siempre. ¿Vas a la playa o vuelves?

—Vuelvo. He ido a ver si habían anidado las aves de costa.

—¿Y?

—Están anidando.

—¿Han puesto las vallas?

Asiente con la cabeza.

—Han acordonado la mitad de la playa.

—Odio a los putos frailecillos silbadores.

—Tú odias a cualquiera que no entienda que este bosque es tuyo —dice Jonas.

—Es que es ridículo. El periódico dice que la población de frailecillos ha disminuido desde que empezaron a acordonar trozos de playa para protegerlos.

Jonas asiente con la cabeza.

—Puede que el olor de los humanos mantuviera alejados a los coyotes de los huevos.

—Bueno, ¿y tú qué me cuentas? ¿Gina está bien?

Jonas vacila un instante antes de contestar. Es una vacilación casi imperceptible, pero yo la noto.

—Feliz de estar aquí. E inventándose excusas para evitar a mi madre. Cuando me he despertado ya se había ido a navegar. Se ha llevado el Rhodes para comprobar las jarcias.

—A navegar.

Incluso después de tantos años, la palabra se me queda pegada a la lengua, como si hablara en lengua clic de Namibia.

—A navegar —dice Jonas.

La palabra flota en el aire como una roca que cae a cámara lenta. Tengo la sensación de que algo doloroso y horrible y triste y vergonzoso ha quedado al descubierto entre los dos, me ocurre siempre. Pero Jonas frena la caída y el momento pasa.

—Quiere comprar un Cat 19. Yo no estoy convencido.

—Jack se pondrá como loco si lo compra.

Mi tono de alegría suena falso y sé que Jonas se da cuenta. Pero es lo que hacemos, lo que llevamos años haciendo. Llevamos nuestro pasado a rastras, todavía reprimido, pero lo bastante atrás para no tener que verlo, para no tener que reconocer abiertamente lo que una vez fuimos.

Sobre nuestras cabezas surca el cielo un halcón peregrino. Lo miramos subir hacia las nubes, dar la vuelta y bajar en picado hacia el suelo con la vista puesta en su presa.

Jonas se pone de pie.

—Tengo que volver. Mi madre quiere que la ayude a plantar caléndulas. Este año los mosquitos son un horror. Pasaos luego a tomar una copa. Esta noche vamos a estar en casa.

—Nos encantará.

Me da un beso rápido en la mejilla y se va. Lo miro alejarse hasta que dobla el recodo y desaparece. Así es más fácil.

Cuando vuelvo, mamá está en su sitio de siempre en el sofá del porche. Peter está en la cocina haciendo café.

—Buenos días, preciosa —me dice desde allí—. ¿Qué tal la primera carrera del verano?

—Maravillosa. Por fin tengo la sensación de que puedo respirar.

—El café se está haciendo. ¿Has llegado hasta el mar?

—Sí. Justo bajaba la marea. He encontrado esto. —Voy hasta él con la palma de la mano extendida—. Nunca había visto un cangrejo herradura tan diminuto. Es perfecto.

—¿Qué tal el agua? —pregunta mi madre.

—No me he bañado. Iba con ropa de correr.

—Podrías haberte bañado desnuda —dice mi madre. Una crítica.

—Podría —respondo. Ya empezamos—. Me he encontrado a Jonas en el camino. Nos ha invitado a tomar una copa luego.

—Estupendo —dice Peter.

—¿Has visto que han vuelto las orugas peludas? —pregunta mi madre.

—En el camino a la playa no parecía que hubiera.

—Ya llegarán. Son como langostas. La mitad de los árboles entre aquí y la casa de Pamela están ya sin hojas. Es muy deprimente. Y ese golpeteo horrible de sus excrementos cayendo al camino. Ayer por la mañana tuve que envolverme la cabeza con el chal y echar a correr.

—¿Excrementos de oruga? —pregunta Peter.

—Parecen granos de café beis —explico.

—Eso mismo me pasó una vez —dice mi madre—. Resultó que tenía una úlcera.

—Tu madre se ha puesto a decir cosas raras, Elle —observa Peter.

—Tu marido es un impertinente —replica mamá—. En cualquier caso, si alguna vez os encontráis con lo que parecen granos de café en la taza del váter, ya sabéis lo que es.

—Qué asco —digo.

—Yo solo os informo.

—¿Café, Wallace? —dice Peter saliendo de la cocina con la cafetera en la mano.

Adoro a mi marido.

Hace cuatro semanas. Cuatro de Julio. Wellfleet, Massachusetts

Oímos hablar de la niña muerta en el desfile del Cuatro de Julio. Una niñita de cinco años enterrada viva cuando se le derrumbó encima una duna en Higgins Hollow. La madre estaba en un banco de arena haciendo yoga. Cuando se volvió a mirar a su hija, solo vio el cubo rosa de playa, que a primera vista parecía flotar a diez centímetros del suelo.

—Nunca me quitaré esa imagen de la cabeza. Esa manita asomando de la arena.

Estoy con Jonas y su madre a la sombra de un arce altísimo viendo el desfile. Gina, Maddy y Finn se han internado entre la gente con la esperanza de colocarse en primera fila.

—¿Qué os decía siempre cuando erais pequeños sobre jugar en las dunas? —replica la madre de Jonas con un tono de «te lo dije» de lo más engreído y satisfecho—. ¿Os dais cuenta?

Jonas me mira con asombro y se echa a reír.

—Hay que ver qué poca sensibilidad —añade la madre y nos da la espalda—. Sois impresentables.

He hecho lo posible por poner cara seria. Pero no puedo evitarlo. Tengo la sensación de haber vuelto a los catorce años y encontrarme en el cuarto de estar de casa de Jonas mientras su madre nos echa un rapapolvo interminable porque nos ha gustado un programa tan abiertamente racista como *La casa de la pradera*. O aquella vez que sermoneó a Anna en la playa sobre los males de usar biquini. «Estás permitiendo que los hombres te cosifiquen». Anna se quitó la parte de arriba y se contoneó delante de ella igual que una estríper antes de irse al agua medio desnuda. En una ocasión, la madre de Jonas cometió la equivocación de reprender a mi madre por llevar briquetas de carbón para la hoguera. «¿Cómo traes carbón, Wallace? Casi no quedan árboles en el Congo. Para eso más te valía ir a Virunga y empezar a pegar tiros a los gorilas».

«Lo haría, pero los billetes de avión son carísimos», contestó mi madre. A continuación echó el saco entero de carbón a la hoguera, que se alzó en una gloriosa llamarada. «Eres una impresentable», dijo furiosa la madre de Jonas. Jonas y yo mirábamos con la boca abierta, fascinados de ver a nuestras madres pelearse antes de echar a correr por la playa riendo y gritándonos el uno al otro: «¡Eres una impresentable!».

Jonas me sonríe.

—Eres una impresentable —me dice moviendo los labios.

—Tú sí que eres una impresentable —le contesto también moviendo los labios.

Pasa una carroza de chicas adolescentes disfrazadas de langosta. Saludan con la mano y sonríen, tiran caramelos de maíz al público. Detrás de ellas, la banda del instituto toca una versión desafinada de «Eye of the Tiger». Se acerca Gina seguida de Maddy y Finn. Los tres agitan banderitas estadounidenses de plástico grapadas a palitos de madera. Maddy lleva un collar de caramelo.

—¿De qué os reís? —Gina coge a Jonas del brazo.

—¡Mira! —Finn agita su bandera para enseñármela—. Gina nos ha comprado banderitas.

—No deberías haberlo hecho —le digo a Gina—. Es tirar el dinero.

—Es en beneficio de los veteranos de guerra —responde Gina en un tono que da a entender que la he ofendido.

—Ah, qué bien —me apresuro a contestar—. Ha sido muy generoso por tu parte.

—No han sido más que tres dólares.

—Lo que quería decir es: mira lo contentos que están.

Maddy y Finn han echado a correr otra vez colina abajo y están saludando con las banderitas a cuatro veteranos de guerra de rostros curtidos por el sol en un Oldsmobile marrón con la bandera del Rotary Club.

Jonas me pone una mano en el brazo. Señala el Oldsmobile.

—Juraría que son los mismos veteranos a los que saludábamos nosotros.

—Estoy segura de que los cambian cada diez o veinte años. ¿Te acuerdas del tipo aquel del sombrero con la bandera que se puso a gritarme por llevar una camiseta de Walter Mondale y nos persiguió por la calle?

Jonas se ríe.

—Entonces —dice Gina, empeñada en ser incluida en la conversación—, ¿de qué os reíais?

La madre de Jonas se vuelve con los labios fruncidos.

—Hoy ha muerto una niña pequeña en la playa. Parece que para tu marido y Elle la noticia es motivo de diversión. En fin, yo me marcho. Esto es como un horno. Os agradecería que de vuelta a casa pasarais por la tienda y comprarais tortitas de arroz y Clamato. Y también hace falta pimentón.

Se marcha sin decir adiós.

—Pero bueno —exclama Gina—. ¿A qué ha venido eso?

—Está indignada porque nos hemos reído de ella —dice Jonas.

—¿Por la muerte de la niña?

—Pues claro que no. Pero es que no entiende de matices.

—¿Y...? —insiste Gina.

—Es por algo que nos decía cuando éramos pequeños —explica Jonas—. No te haría gracia.

—Seguro que sí —dice Gina, molesta—. Pero como quieras, vosotros seguid con vuestros secretitos.

Jonas suspira con irritación.

—Nos ha llamado impresentables.

—Pues tiene razón —salta Gina.

Me siento como si me hubieran dado una bofetada. Miro a Jonas en busca de explicación, pero está concentrado en Gina y su expresión es de creciente enfado.

—Perdón. —Gina recula—. No sé por qué he dicho eso. Hace calor y casi no he dormido.

—No pasa nada —digo.

Pero sí pasa. Su hostilidad, su inseguridad son inexplicables. Gina siempre ha tenido una confianza incuestionable en sí misma, una total ausencia de superego. Se gusta. Cuando ella y Jonas empezaron a salir, me di cuenta de que se sentía muy amenazada por mí. No porque supiera lo enamorado que había estado Jonas de mí, nunca se lo contó. Lo que la ponía celosa era lo profundo de las raíces de nuestra amistad, ese pasado común del que ella siempre estaría excluida. Pero eso fue hace una eternidad. Ahora todos tenemos un pasado común. Nos hemos hecho mayores juntos. Como parejas. Como amigos. Y, sin embargo, ahora mismo y durante un instante, me ha dado la impresión de que ha perdido el control y ha revelado sus verdaderos sentimientos, una envidia y un profundo rencor hacia mí que ha ocultado todos estos años. Luego, cuando se ha dado cuenta de lo que se le había escapado, ha intentado guardárselo otra vez. Algo ha tenido que desencadenar eso. Algo más que la falta de sueño, que el calor. Algo pasa entre los dos, hay alguna clase de tensión que Jonas no me ha contado.

—Voy a buscar a los niños y nos marchamos —digo mientras empiezo a alejarme—. Tienes razón, Gina. Esto parece un horno. Igual nos vemos más tarde en los fuegos artificiales.

—No vamos a ir —contesta Gina—. Mañana tengo la regata. A las seis de la mañana.

—Yo igual sí voy —recalca Jonas.

De camino a casa con los chicos, veo a Jonas y a Gina en la puerta de la tienda de alimentación. Están discutiendo. Gina gesticula, descompuesta. Está llorando. Jonas tiene la botella de plástico de Clamato debajo del brazo. Nunca he entendido el atractivo del zumo de tomate con almejas. Jonas mueve la cabeza enfadado ante lo que sea que le esté diciendo Gina. Delante de mí, los coches avanzan a paso de tortuga. Sé que debería apartar la vista, pero no lo hago. El semáforo ámbar se pone rojo. Por encima del tenue zumbido del aire acondicionado, a través de la ventana subida, oigo gritar a Gina. «¡Vete a la mierda!». Me vuelvo para ver si los chicos lo han oído, pero están absortos en sus teléfonos. Jonas le dice algo a Gina, luego se da la vuelta y echa a andar. Gina lo llama, le suplica que se pare, pero Jonas sigue andando. Miro a Gina encorvar los hombros. Me siento como una fisgona. Se limpia la nariz con el revés de la manga de su camisa negra y deja un hilo de moco que brilla y centellea en el sol igual que un rastro de caracol. Hay un aire de derrota en su postura, una vulnerabilidad que no he visto nunca y siento lástima de ella. Aparto la vista y ruego por que se abra el semáforo antes de que vea nuestro coche. Detrás de mí, Maddy baja su ventanilla, saluda con la mano a Gina, la llama. Gina levanta la vista en el preciso instante en que se abre el semáforo.

—Mamá —dice Maddy mientras nos incorporamos a la carretera con la caravana interminable de después del desfile—. Gina nos ha contado que en las alcantarillas de Nueva York hay caimanes. ¿Es verdad?

—¿En serio? —Me río—. ¿Os ha contado también que si pones el *White Album* al revés se oye «Paul está muerto»?

—¿Quién es Paul?

—No creo que haya caimanes en las alcantarillas, Maddy. Aunque nunca se sabe. Cuando yo tenía cuatro años, vi al novio de mi madre tirar una cría de caimán al váter.

—¿Cómo era de grande? —dice Maddy—. ¿No se atascó?

—Era como un geco.

—¿Y si salen a la acera y matan a gente? —pregunta Finn.

—Estoy segura de que no hay peligro, peque.

—Ya no quiero ir andando al colegio.

El tráfico sigue lento. Por el arcén pasan ciclistas.

—Unas Navidades —digo—, cuando Anna y yo éramos pequeñas, nuestro padre nos regaló monos de mar. Venían con una pecera de plástico y un paquete de huevos. En la caja decía que al poner los huevos en agua se convertían instantáneamente en animales de compañía. También venía un paquetito de comida y una cucharita.

—Los hay todavía —dice Maddy—. Deberíamos comprar. Tienen que molar.

—Bueno, más o menos —respondo—. Se supone que tenían que convertirse en unas criaturas parecidas a caballitos de mar desnudos con piernas de humano y coronas y vivir en castillos bajo el agua.

—¿Podemos comprar? —pregunta Finn.

—No.

—¿Por qué no? Yo quiero un animal de compañía.

—Porque son una mierda.

—¡Mamá! —dice Maddy—. Has dicho una palabrota.

—Tienes razón. —Me río—. Anna y yo esperamos y esperamos a que naciera la familia de monos de mar. Cada día volvíamos corriendo del colegio para ver si habían salido ya de los huevos reyes y reinas en miniatura. Y hete aquí que al cabo de una semana más o menos aparecieron en el agua una especie de gambas microscópicas.

—¿Y qué pasó entonces? —pregunta Maddy.

—Nada. Que no crecieron. Se quedaron así. Resultó que no eran más que kril microscópico.

—Lo que comen las ballenas —le explica Maddy a Finn.

—Ya lo sé —dice Finn.

—Fin de la historia: un día, cuando volvimos del colegio ya no estaban. Mi madre los había tirado por el fregadero. Dijo que la mayoría de los monos de agua estaban muertos en el fondo de la pecera y que aquello se estaba convirtiendo en caldo de cultivo de mosquitos.

—Qué pena —murmura Maddy.

—Puede que sí y puede que no. No llegamos a verlos crecer, pero ¿quién sabe? Igual crecieron después de que mi madre los tirara. Igual hay reinos de monos marinos en las alcantarillas, llenos de reyes y reinas y princesas en miniatura con coronas en miniatura.

—Ojalá tengas razón —contesta Maddy—. Eso sería lo mejor del mundo.

—Ojalá, tesoro. Pero, bueno, lo que os quería decir con esto es que igual Gina tiene razón con lo de los caimanes. Quizá se alimentan de monos marinos.

—¡No! —exclama Maddy—. Odio eso. Sería horrible.

Hacía años que no pensaba en los monos de mar. En cómo Anna y yo comprobábamos la pecera todos los días. En cómo confiábamos y esperábamos y cómo aplaudimos cuando aquellas cosas diminutas empezaron a moverse, y en nuestra decepción cuando eso resultó ser todo. Las esperas empiezan pronto en la vida, pienso. Las mentiras empiezan pronto. Pero también los sueños, las esperanzas y las historias.

Dejo la carretera y entro en nuestro camino de tierra de un solo carril, de vuelta a Back Woods, rezando por que no venga ningún coche de frente. Odio conducir marcha atrás y en este tramo de camino no hay sitio para dar la vuelta.

Todos los años el pueblo organiza fuegos artificiales desde una gabarra de madera en el puerto, tentando a la suerte, con chispas que apuntan a la orilla mientras la barcaza cruje y gime. Mi sitio preferido para ver los fuegos siempre ha sido el extremo del muelle que sobresale hacia el mar desde el pueblo. Pasadas las desvencijadas traineras con sus redes húmedas recogidas, amarradas al embarcadero como caballos a las puertas de un salón del Viejo Oeste. Pasados los botes de remos que cabecean en sus amarres. Allí donde el agua, más profunda, lame la parte superior de los pilotes, lejos de la gente. El olor a pescado y a madera húmeda. La mayor parte de la gente se congrega en la playa del pueblo para ver el espectáculo: cascadas de color que salen disparadas hacia el cielo e iluminan la bóveda celeste, colas de cometa y bengalas gigantes que se reflejan en la bahía como un millón de estrellas, de manera que, por un instante, el mar se convierte en el cielo. Sentados al final del muelle, con los pies colgando sobre las oscuras aguas, las estrellas están bajo nuestros pies, discurren bajo el embarcadero de camino a ese mundo misterioso. Jonas fue quien me descubrió este sitio.

El calor inexpresivo, insoportable del día se ha trasmutado en una noche de verano perfecta. Suave brisa en la oscuridad. Los niños se han marchado corriendo a alguna parte a ver los fuegos artificiales con sus amigos. Peter, mamá y yo bebemos vino blanco en vasos de papel, esperando, imaginando el primer silbido espiral. De un momento a otro mi madre empezará a protestar.

—¿Os importa si me siento con vosotros?

Jonas sale de la oscuridad como un fantasma, igual que hacía cuando éramos jóvenes y yo iba sola a la playa. Casi nunca, o nunca, he oído sus pisadas al acercarse.

—Habían dicho a las nueve en punto, pero como de costumbre nos están haciendo esperar —dice mamá.

—¿Gina no viene? —pregunta Peter cuando Jonas se sienta a su lado.

—Os manda su cariño. Estaba loca por venir, pero no se encuentra muy bien.

Miro a Jonas, sorprendida por la mentira piadosa. Es impropia de él. Sé que nota que lo estoy mirando, pero no se vuelve.

Una hora después, cuando en el aire solo queda un fuerte olor a pólvora y el cielo ha recuperado su solemnidad, vamos a recoger a los niños. Peter y mamá caminan delante, riendo y metiéndose el uno con el otro. Aminoro el paso para dejar que se alejen más de Jonas y de mí antes de sacar su mentira a relucir.

—No estaba mintiendo —replica, molesto—. Estaba disculpando la ausencia de Gina. Se llama ser educado.

—Cuando lo que se dice es mentira se llama mentir —digo, sin dejar que se salga con la suya.

—Estaba teniendo un día de mierda. ¿De verdad debo explicarle eso a Peter y a tu madre? —contesta, cortante.

—No seas capullo. Solo estaba preguntando. Os vi gritaros a la puerta de la tienda.

—Perdón.

—Y, entonces, ¿qué es lo que pasa?

—Gina se quedó sin galería en mayo. No se lo ha contado a nadie, le da demasiada vergüenza. Yo en cambio tengo una exposición importante en otoño. Cree que te lo he contado y está disgustada.

—Pero no me lo has contado.

—Bueno, ahora sí.

Dejamos de andar y nos quedamos mirando los barcos que duermen. Espero a que hable él.

—La discusión fue culpa mía —explica—. Me enfadé muchísimo con ella por hablarte así. Perdí los estribos.

Que Jonas me defienda a mí en vez de a Gina me produce una satisfacción que no debería sentir, pero digo:

—Mal hecho.

—Gina te quiere, eso lo sabes. Pero es consciente de que nos lo contamos todo. Creo que para ella sería más fácil si mi mejor amigo fuera un hombre.

—Eso es una tontería —me burlo—. Gina es como el peñón de Gibraltar.

Pero sé que lo que dice Jonas es verdad. Yo lo he visto: una fisura; la fragilidad que dejó traslucir hoy cuando creía que no la veía nadie; la forma en que se le dobló el cuerpo, como si se hubiera quedado sin respiración, cuando Jonas se alejó sin volver la vista atrás. Y, sin embargo, un instinto de mi cerebro reptiliano me dice que admitir aunque sea la más mínima fricción entre Gina y yo nos haría más vulnerables a todos…, aunque no sé muy bien a qué. A una energía nerviosa.

—Deberías haberte quedado en casa con ella —digo—. Haber arreglado las cosas.

—Lo he hecho. Estamos bien. Y tú y yo siempre vemos juntos los fuegos artificiales.

—Por un año podías habértelos saltado.

—Es nuestra tradición.

—También lo es comer pavo en Acción de Gracias. Pero lo cierto es que el pavo es un cosa seca e insípida. ¿A quién le gusta?

—A mí —dice Jonas.

Enlaza su brazo con firmeza con el mío y echamos a andar por el muelle para reunirnos con los demás.

Hace cinco días. 27 de julio, Back Woods

Domingo. Peter, mamá y los niños se han ido al mercadillo de segunda mano, un ritual semanal que consiste en rebuscar en mesas llenas de basura de otros en busca de perlas, por lo común en forma de una horrible lámina de una chica Gibson bebiendo Coca-Cola o un libro sobre la pesca con mosca que Peter cree que puede ser útil algún día. Luego comen en el Clam Shack, y Peter intenta convencer a los chicos de que coman ostras crudas y sándwiches de langosta, pero ellos siempre piden salchichas tamaño gigante servidas en panecillos con mantequilla.

Camino hasta la orilla del estanque, me quito el bañador, dejo la toalla en la arena caliente. Sobre mi cabeza, los árboles agitan sus ramas como si saludaran a una vieja amiga. Me acuerdo del aceite Bain de Soleil, de su untuosidad espesa y anaranjada, su olor a caramelo quemado, su factor de protección cero, de cómo Anna y yo buscábamos atraer el sol más que protegernos de él, cuando suena el teléfono en la Casa Grande. Intento no hacer caso, pero no deja de sonar. Mamá no cree en los contestadores. «Si quieren hablar conmigo, que vuelvan a llamar».

Es de la oficina de Peter. Necesitan que vaya mañana a Memphis para cubrir una noticia. Me dan los detalles de los vuelos. Información del hotel. Números de teléfono para cuando esté allí.

Miro a mi alrededor en busca de un bolígrafo y algo donde escribir. Solo encuentro un menú de comida a domicilio y un folleto publicitario de un montaje teatral de *Dos amores*. Cerca, pegada a una balda de madera que hay encima del teléfono, está la lista de números importantes de mi madre. Lleva ahí desde que yo era pequeña y a estas alturas está llena de garabatos y correcciones: números de fontaneros y electricistas, de la guardia forestal; números tachados con bolígrafo, reescritos a lápiz; un símbolo de la paz que dibujó Anna con rotulador verde. En el centro de la lista aún puede leerse, en tinta azul desvaída, el número de la madre de Conrad en Memphis. La letra es de Leo.

—¿Tu padrastro no era de Memphis? —dice Peter mientras guarda unas cuantas cosas en una maleta de ruedas—. Calcetines.

—Sí. —Abro un cajón y saco cuatro pares de calcetines.

—¿Has estado alguna vez?

—Una. Cuando fui al funeral de Conrad.

—Ah, claro. Qué tonto soy.

—Fue hace mucho tiempo.

—¿Qué edad tenía Conrad cuando murió?

—La edad de Jack —digo—. ¿Necesitas camisetas interiores?

—Dios mío. ¿Cómo se puede superar algo así? —Peter mete unas cuantas cosas más en la maleta: un paquete de chicles, un peine, el libro que tiene en la mesilla, y cierra la cremallera.

Me siento en el borde de la cama.

—No se supera.

Oigo a Finn y a Maddy discutir en el camino.

—No se grita en el estanque —vocifera mi madre desde el porche.

—No me puedo creer que me vayas a dejar con esa loca. —Me pellizco el esmalte de uñas rojo del dedo gordo del pie. Tengo los talones que parecen de cuerno de rinoceronte—. Necesito una pedicura.

—Ven conmigo. Podemos hacer una escapada romántica.

—¿A Memphis?

—Adonde sea, siempre que podamos echar un polvo sin que nos oiga tu madre.

—Yo te quiero mucho, pero Memphis es el último lugar de la tierra al que me apetece volver.

Peter se sienta a mi lado en la cama.

—Hablo en serio. Será catártico. Te llevaré a tomar espaguetis a la barbacoa.

Miro la puerta de la cabaña y me devano los sesos en busca de una excusa sencilla. El estanque está dorado, vidrioso, deslizándose hacia la tarde. Aquí y allí asoman pequeñas cabezas de tortuga como dedos pulgares, disfrutando de los últimos rayos de sol. Me pregunto si no tendrá razón Peter, si lo de la catarsis es posible.

—Venga —insiste—. Así me salvas de pasar unos días deprimentes solo en la capital del asesinato de Estados Unidos. Podemos tener sexo ruidoso. Puedes hacerte la pedicura.

—Dudo que mamá se ofrezca a cuidar a los niños —contesto. Pero mientras sigo poniendo excusas oigo su voz dentro de mi cabeza, la charla que siempre nos daba a Anna y a mí cuando teníamos miedo de algo: la oscuridad, una mala nota en ciencias sociales, la idea de que algún día moriríamos y nos pudriríamos: «No somos una familia de cobardes, niñas. A los miedos hay que hacerles frente».

—Déjame que se lo pida yo —propone Peter—. Sabes que si se lo pido yo dirá que sí.

—Eso es verdad.

—Y puedes ir a ver la tumba de Conrad.

30

Hace tres días. 29 de julio, Memphis

El cementerio es más bonito de como lo recordaba, un jardín de árboles maduros en flor y laderas umbrosas da paso a amplias extensiones de césped salpicadas de los dientes grises de los muertos. Ángeles esculpidos aferrados a los bordes de las lápidas. Tardo media hora en localizar la tumba de Conrad. Camino entre hilera tras hilera de lápidas inscritas con caracteres chinos y tumbas decrépitas de soldados confederados. Grupos de turistas pasean con una audioguía de *Grandes éxitos de difuntos*. Los veo moverse como zombis entre las sepulturas.

La de Conrad es pequeña y está cubierta de esponjosos pétalos caídos. Rosa pálido vuelto marrón en los bordes. Un altísimo cerezo silvestre proporciona sombra y ensucia la tumba. Cerca hay un gran obelisco de granito con un agradable saliente en el que sentarse y con la tierra de alrededor alfombrada de espesa hierba verde. Hace poco alguien ha dejado un ramo de flores frescas. Las aparto y me siento en la losa fría. Anna odiaba las tumbas con césped. «La hierba crece mejor porque en la tierra hay más gusanos. Piénsalo».

Yo en cambio pienso en las meriendas que hacíamos de niñas, cuando íbamos a visitar a nuestros abuelos. Sentadas en la piedra fresca de la tumba del suicida, jugando con nuestras muñecas de papel. Las mías eran torpes, monigotes bulbosos con pies redondos y caras escuetas. Las de Anna parecían siempre salidas de una revista: niñas con pelo a lo Susan Dey, niños de melena castaña. Un guardarropa interminable de prendas en miniatura: pantalones ajustados a la cadera y zuecos morados, suéteres de rayas marineras, biquinis de pañuelo, jerséis de lana con grecas, faldas escocesas con imperdibles diminutos. Nuestro mundo unidimensional secreto, el mundo que fingíamos que era el nuestro sentadas en la tumba de un hombre triste, en el viejo cementerio frente a la casa de nuestros abuelos en la colina, con los prados donde rumiaban las vacas al fondo, mientras comíamos sándwiches de jamón en pan blanco con mantequilla.

Me pongo de pie, me sacudo la parte de atrás de la falda, voy hasta la tumba de Conrad. Aquí la hierba está sin limpiar, es más rala. La lápida es austera. No hay inscripción. Solo el nombre y las fechas de Conrad: «1964-1983». Murió con apenas dieciocho años. Un chico estúpido que soñaba con ser Hulk Hogan, que quería a su madre más de lo que ella lo quería a él, que buscaba la aprobación de su padre. Qué feliz le habría hecho ver a Leo desesperado, desmoronándose, después de que se ahogara, saber que su padre lo quería de verdad. Intento recordar a Conrad haciendo flexiones en la puerta de su habitación, discutiendo con Anna, su feo albornoz de felpa, leyendo un cómic en las escaleras de la cabaña. Lo que sea. Pero lo único que veo es su cara, blanca de miedo, aterrada, implorante, mientras Jonas, sentado a mi lado en el barco, me sujetaba la mano. La súbita comprensión en sus ojos antes de que las olas lo engulleran. Pienso en las elecciones que he hecho, aquellas de las que me he pasado media vida huyendo. La elección que hicimos Jonas y yo aquel ventoso día. La elección que hice al no contarle a mamá lo de Conrad. Si hubiera tenido el valor de contárselo a mi madre y permitir así que se desmoronara su vida en lugar de la mía, Conrad seguiría vivo. Aquel día no solo murieron los sueños de Conrad. Qué niños tan estúpidos. Conrad lo estropeó todo. Jonas lo estropeó todo. Yo lo estropeé todo.

Me recuesto en la tumba de Conrad, pego la boca al suelo y, aunque sé que no me va a oír, le hablo. Le digo que lo siento. «No te merecías esto. Hiciste una cosa horrible —digo—, pero yo hice algo peor». Le hablo del precio que he pagado, confiando en que sirva de algo, aunque sé que el peso de guardar un secreto es insignificante comparado con el peso de la tierra que soporta él. Le hablo de Peter, de los niños. Y, por primera vez en casi treinta y cinco años, lloro por él.

Peter está en el bar del hotel, encorvado, bebiendo algo de color ámbar con hielo. Solo con mirarlo desde la puerta sé que ha tenido un día largo. Sé que me está esperando, deseando desahogarse. Pero yo de lo único que tengo ganas es de subir a la habitación y reptar bajo las sábanas, esconderme de él, de mí misma. Estoy retrocediendo cuando se vuelve y me ve.

—Memphis es una auténtica mierda de ciudad —dice mientras acerco un taburete al suyo—. Y no me dejan fumar en el bar.

—¿Qué bebes? —Le cojo el vaso y doy un trago—. ¿Ron? Qué elección tan rara. ¿Estás bien? Pareces cansado.

—Me he pasado el día hablando con muertos. No es de extrañar que esta ciudad esté arruinada. Esta gente está

totalmente aturdida por la pobreza y la violencia. Es trági-
co. He entrevistado a un profesor a quien ya le han asesina-
do tres alumnos en lo que va de año. Críos. Es como una
zona de guerra, pero con menos sentido aún si cabe. ¿Tú
qué tal?

—Yo también me he pasado el día hablando con los
muertos.

Peter apura su bebida y le hace un gesto al camarero.

—¿Has ido al cementerio?

—Sí.

—¿Y cómo ha sido?

—Raro, verlo después de todos estos años. —Recuerdo la tumba, la lápida de Conrad ya erosionada por el paso
del tiempo, mis lágrimas regando trozos secos de tierra—.
Tardé un rato en encontrarla. Yo la recordaba en lo alto de
un promontorio. Pero estaba abajo, en una hondonada. En
realidad lo único que recuerdo del funeral es la humedad
que había y Anna quejándose de que se le estaba encrespan-
do el pelo y negándose a rezar el Padrenuestro.

—Típico de Anna.

—La madre de Conrad no nos dirigió la palabra a ninguno. Ni siquiera a mamá. Y mi hermanastra Rosemary asi-
da a su madre como una cosita pálida, fantasmal.

—¿Siguen viviendo aquí?

—No tengo ni idea. Después de aquel día no volvimos
a verlas.

—¿Cuántos años tenía Rosemary?

—¿Cuando murió Conrad?

Peter asiente con la cabeza.

—Catorce, creo.

—¿Erais amigas?

—¿Rosemary y yo? Uy, no.

—¿Por qué?

—Era…, no sé. Rara. Como espectral. Era como si no tuviera inteligencia social, no sé si me explico. Recuerdo que le gustaba cantar himnos.

—Deberías intentar localizarla, ver si sigue existiendo.

—Seguramente se mudó hace siglos.

—Puede. Puede que no.

—Y, de todas maneras, sería demasiado incómodo. Llamar de repente después de años de cero esfuerzo.

—Más vale tarde que nunca. —Peter se baja del taburete—. Salgo a fumar.

—Deberías dejarlo.

—Un día de estos —dice.

Lo miro cruzar el vestíbulo, alejarse de mí, cruzar las puertas giratorias en dirección a la acera sucia de hollín.

Hace dos días. 30 de julio, Memphis

Rosemary vive en un vecindario tranquilo, anodino, en la parte este de la ciudad. Manzana tras manzana de casas bajas casi idénticas con cuidados céspedes delanteros. Pero reconozco la suya en cuanto el taxi se detiene: en la entrada está el paragüero con forma de caimán del porche de su madre, con la boca aún abierta después de todos estos años. Rosemary me recibe con un perrito en brazos; es adoptado, me dice. Tiene el pelo beis, corto. Es profesora de musicología. Su marido, Edmund, enseña física cuántica. No tienen hijos.

—Estoy especializada en el Barroco —dice mientras la sigo al cuarto de estar—. Tengo infusiones o café descafeinado. La cafeína me altera.

—Un descafeinado me parece fenomenal.

—Ponte cómoda. He hecho tarta de zanahoria.

Se va a la cocina y me deja sola en el cuarto de estar. La repisa de la chimenea está cubierta de fotografías enmarcadas: Rosemary nada favorecida con toga y birrete; Rosemary y su marido el día de su boda; Rosemary de niña subida a un tranvía con Leo. No hay ni una sola foto de Conrad. Cojo una en marco de plata de Rosemary y una pareja mayor en un crucero. Tardo un momento en darme cuenta de que el hombre es Leo. Rodea con un brazo a una mujer que identifico como la madre de Rosemary.

—Volvieron a casarse —dice Rosemary detrás de mí.

—No lo sabía.

—Unos años después de que muriera mi hermano. —Me coge la fotografía y la devuelve a la repisa—. Han fallecido los dos.

—Lo siento.

—Bueno, así es la vida. —Me ofrece un trozo de tarta de zanahoria—. La endulzo con salsa de manzana en vez de azúcar. ¿Y qué tal está Anna?

—Anna también murió. Hace casi veinte años. De hecho, mañana es el aniversario de su muerte.

—Las dos no os llevabais demasiado bien, por lo que recuerdo —dice Rosemary.

Me erizo.

—Era mi mejor amiga. La echo de menos todos los días.

—La vida puede ser algo muy solitario.

Nos sentamos en silencio, fingiendo estar concentradas en la tarta.

—Está riquísima —digo al cabo de un rato.

—La salsa de manzana le da jugosidad. ¿Y qué es lo que te trae a Memphis?

—Mi marido, Peter. Tenía que venir por trabajo. Mamá está en el estanque, cuidando a los niños. Tenemos tres.

—¿Y es la primera vez que vuelves a Memphis?

Asiento con la cabeza.

—Debería haber venido antes. Ayer fui a visitar la tumba de Conrad.

—Yo nunca he estado. Los cementerios me deprimen. Madre iba una vez a la semana. Nunca llegó a recuperarse de todo aquello. Creo que te culpaba a ti.

Me siento como si me hubieran tirado un vaso de agua helada a la cara.

—Lo lamento —digo, consciente de lo insuficiente de estas palabras—. No pude salvarlo.

—Bueno, si te hubieras tirado al agua seguramente te habría ahogado con él, presa del pánico. Así era él. —Da un gran mordisco a la tarta, mastica despacio—. Lo viste ahogarse.

—Sí.

—Debe de ser difícil sacarse de la cabeza algo así.

—Nunca he podido.

Rosemary acaricia una crucecita que lleva colgada del cuello. Parece estar tratando de decidir algo.

—He intentado imaginar la situación: Conrad que se cae de un barco en un mar abierto, frío. Era un nadador pésimo. ¿Cómo fue verlo ahogarse? Me habría gustado estar allí para verlo yo también.

Qué cosas tan raras dice esta mujer.

—No te entiendo.

—¿De verdad? —Me mira largo rato y con intensidad—. ¿Te acuerdas del verano que vino a pasar con mi madre y conmigo?

Asiento con la cabeza y siento un vago terror.

—Bueno, pues fue idea mía. Después de que Con se fuera, me sentía bastante sola. Madre estaba casi siempre de mal humor. Yo me sentaba en el columpio del porche y trataba de estar callada como una tumba. Decía que el ruido le alteraba los nervios. Pero bueno, el caso es que Conrad, madre y yo decidimos ir en coche a visitar a mi tío en Santa Fe. Yo estaba ilusionadísima. La noche que Conrad volvió a casa, entró en mi habitación después de que mi madre se durmiera. Cuando me desperté lo tenía encima. Casi no podía respirar. Intenté pedir ayuda, pero me tapó la cara con la mano. Lloré contra la palma de su mano. —Se calla, se quita una pelusa de los pantalones—. Mientras me violaba no dejaba de decir tu nombre.

La habitación se convierte en un borrón blanco. Me siento como si estuviera siendo succionada a cámara lenta hacia el centro de una estrella. Me parece oír el zumbido del aire acondicionado. En algún lugar de la calle, unos niños chillan. Los imagino jugando con una manguera, regándose los unos a los otros con agua fresca. Pasa un coche. Luego otro.

—Aquel verano vino a mi habitación casi todas las noches. Yo tenía trece años. —Su rostro es impasible, inexpresivo. Podría estar hablando de gatos—. Mi hermano era un monstruo. Todas las noches yo rezaba a Dios para que se muriera. Y por fin Dios atendió mis plegarias. —Se interrumpe—. Una parte de mí se ha preguntado siempre si no fue Dios quien atendió mis plegarias, sino tú. —Rosemary coge la cafetera y se sirve otro dedo de descafeinado, le echa dos azucarillos ayudándose de unas pincitas—. Edmund quería tener hijos, pero yo nunca le vi el sentido. ¿Más café?

Estoy demasiado aturdida para contestar.

Suena el timbre.

—Uy, qué bien —dice Rosemary—. Deben de ser de la tintorería.

Al salir de la casa de Rosemary aún brilla el sol, el aire rezuma calor y hastío de vivir. Pasa un niño en bicicleta y hace sonar su timbre metálico. La maleza asoma por una grieta en la acera. Llego a un paso de cebra. Olor a cáscara de plátano, un solar marrón sucio de bolsas de plástico que flotan y se posan como camisetas sin mangas en una cuerda de tender. Tengo que llamar a Jonas.

31

Ayer. 31 de julio, Back Woods

—¿A qué hora vienen?

—Les dije que sobre las siete.

Mi madre está con la cabeza metida en la nevera buscando un tubo perdido de concentrado de tomate.

Saco un mantel de lino blanco de un cajón y lo pongo en la mesa del porche.

—¿Somos ocho o diez?

—Nueve, incluyendo a la insufrible madre de Jonas. No sé por qué hay que invitarla. Odio los números impares.

Cojo platos hondos para pasta del aparador, los llevo con cuidado a la mesa y los distribuyo.

—¿Y Dixon y Andrea?

Mamá me da unas cuantas servilletas de tela.

—Dixon sí viene. Andrea no. Pon estas. Y los candelabros de latón.

—¿Por qué no?

—Ese hijo espantoso que tiene ha venido de Boulder a pasar el fin de semana. Me preguntó si podía traerlo y le dije que no.

—De verdad que eres lo peor.

Me pasa una tabla para el pan.

—¿Y por qué iba a invitarlo? No conoció a Anna.

Llevo copas a la mesa, de dos en dos. Tenedores y cuchillos. Sal. Pimienta. Me concentro en cada pequeña tarea como si fuera un salvavidas que me ancla al presente, a mi vida ahora mismo. No me saco de la cabeza las palabras de Rosemary, su voz prosaica, sin tapujos, cuando me dio la absolución, el perdón por mi crimen.

—¿Qué más hace falta? —digo.

—Puedes abrir un par de botellas de tinto para que respiren. Y rallar el queso. En la puerta de la nevera hay un trozo de parmesano.

Pone una fuente blanca de gres con peana llena de limas y peras verde brillante en el centro de la mesa.

—Queda bien —digo.

—Tienes que estar agotada.

—Pues sí.

—Sigo sin entender para qué quisiste ir a Memphis con Peter.

—Me lo pidió. Nunca me lo pide. —Voy a la despensa—. Me alegro de haber ido. ¿Sabes qué ha sido del sacacorchos? Aquí no está.

—La última vez que miré estaba ahí, en su gancho. Igual se ha caído. De paso, tráeme una cabeza de ajos.

—Aquí está. Vi a Rosemary —digo cuando le doy los ajos—. Fui a su casa.

—Rosemary —murmura—. Casi me había olvidado de su existencia.

—Fue idea de Peter.

—Era una niña rarísima. Siempre pegada a su padre. Esa mirada inexpresiva. Me acuerdo de que tenía algo que hacía salir corriendo a Anna cada vez que venía de visita.

—No soportaba cómo olía.

—Eso es —dice mamá—. Anna decía que olía a formaldehído. A algo empalagoso.

Aplasta cinco gruesos dientes de ajo con la hoja del cuchillo y los echa en una sartén de hierro fundido. Ya hay zanahorias, apio y cebolla picados caramelizándose en aceite de oliva y mantequilla. Abre un paquete de carne picada envuelto en papel parafinado, mezcla de ternera y cerdo, lo echa poco a poco a la sartén, a continuación añade leche para ablandar la carne. En la encimera hay una botella abierta de vino blanco a temperatura ambiente para desglasar.

—Pásame eso, ¿quieres? —Señala una cuchara con ranuras—. ¿Qué tal es ahora?

—Sigue siendo rara. Abrupta. Es musicóloga. Vive en un chalé. Con pelo corto, a capas. Pantalones. Ese estilo.

—¿Está casada?

Asiento con la cabeza.

—¿Y su madre?

—Murió hace unos años.

—Pobre mujer. Qué vida tan triste.

Miro a mi madre remover despacio la salsa, una y otra vez. Dudo.

—Leo volvió con ella. ¿Lo sabías? Se volvieron a casar.

—No lo sabía, no. Supuse que estaría muerto o en la cárcel.

—Había una foto de bodas en la repisa de la chimenea. Una fotografía de los dos en un crucero. Como cualquier pareja mayor normal y corriente.

Coge un pepino y empieza a pelarlo.

—No hablemos de Leo. Por lo que a mí respecta, murió hace mucho tiempo. Era una mala persona. No me gusta pensar en él y tú tampoco deberías hacerlo.

Coge la botella de vino de la encimera, se sirve un poco en un vaso.

—¿Eso no es el vino de cocinar?

—Es vino —dice, y apura el vaso.

—Tengo que hablar contigo de Leo, mamá.

—Eleanor, la gente va a llegar enseguida y estoy intentando cocinar. Así que, sea lo que sea, tendrá que esperar.

Jonas y yo no hemos hablado desde que lo llamé ayer desde Memphis, desde que salí de casa de Rosemary con la cabeza dándome vueltas. Cuando veo a su madre y a Gina en la puerta, se me va el estómago a los pies, una sensación familiar pero olvidada. Tardo un momento en identificarla: estoy nerviosa, excitada, pensando en su llegada. Es un sentimiento de lo más extraño, como un recuerdo sensorial del pasado, algo que no me he permitido sentir en muchos años y que, sin embargo, ahí está.

Pero Jonas no viene con ellas.

—Se ha empeñado en ducharse aunque venía de nadar. Un gasto de agua de lo más tonto —dice su madre mientras cruza la puerta mosquitera.

—Viene enseguida. —Gina le da a mi madre una botella de vino—. He traído vino blanco.

—Vamos a beber tinto —responde mi madre y se lleva la botella a la cocina.

—No le hagas ni caso. —dice Peter, que llega y le da un abrazo a Gina—. Lleva toda la tarde hecha una arpía.

—No seas injusto —digo, aunque estoy totalmente de acuerdo con él—. Este siempre es un día difícil para ella.

—Tienes razón —dice Peter—. Retiro lo dicho.

—Siento no haber llegado a conocer a Anna —dice Gina—. Parece que fue una persona genial.

—Lo era —respondo—. Era la mejor.

Llega mi madre con un plato de queso y galletas.

La madre de Jonas lo rechaza con un gesto.

—Me he quitado el gluten y los lácteos. Por la artritis.

—Pues podías habérmelo dicho —replica mamá, irritada—. He hecho pasta. Tenemos aceitunas, eso sí.

—¿Qué tal en Memphis? —pregunta Gina.

Peter suspira.

—Húmedo. Cansado.

—Nunca he estado —dice Gina.

—A Elle le gustó.

—Pues sí. Es una ciudad llena de fantasmas —comento.

—¿Quieres vino o prefieres una bebida de verdad? —le pregunta Peter a Gina.

Por encima del hombro de Gina, a través de la mosquitera, veo llegar a Jonas por el sendero. Lleva el pelo mojado y despeinado. Va descalzo, con unos Levis rotos y una camisa azul de chambray. Tiene las mejillas rojas. Se parece a cuando éramos jóvenes. Con un andar más ligero, más limpio. Cuando me ve, sonríe, no con su sonrisa habitual de «qué alegría ver a mi amiga de toda la vida» a la que ya me he acostumbrado, sino otra más íntima y franca, como diciendo: por fin, después de tantos años, podemos mirarnos sin ese velo de vergüenza entre los dos.

Peter se levanta de la mesa, se despereza.

—Estaba buenísimo, Wallace. ¿Qué hay de postre?

Enciende un cigarrillo y va al estante donde mamá guarda unos elepés viejos al lado de lo que posiblemente sea el último gramófono vivo del mundo.

—Hay peras y sorbete. ¿Quién quiere café?

Empieza a sonar una canción rayada de Fleetwood Mac.

—¿Este disco lo compraste tú, Wallace? —dice Peter desde el cuarto de estar.

—Era de Anna —responde mi madre—. ¿No vas a leer el poema de Shelley?

Cada año, en el aniversario de su muerte, Peter nos lee el poema favorito de Anna, el que pidió que se recitara en su funeral. *A una alondra.* Es un ritual sagrado.

Pero esta noche Peter dice:

—Estoy demasiado cansado y demasiado borracho. ¿Puede leerlo otra persona?

Y se desploma en el sofá.

Gina acerca su silla a él y se enfrascan en una conversación absurda sobre restaurantes de Bushwick.

Tengo ganas de darles a los dos un puñetazo en la cara.

Dixon coge el libro gastado, lo escudriña y a continuación se lo da a Jonas.

—Mis ojos no son ya lo que eran —se excusa.

Jonas encuentra la página.

—Para la hermosa Anna —dice—. «Salud, espíritu dichoso». Y empieza a leer.

—Yo es que no creo en la psiquiatría. —Mi madre defiende el fuerte hasta que se marcha el último de los invitados.

—Eso es porque tienes miedo de que te manden al manicomio —dice Peter desde el sofá.

—Por lo que sé, solo sirve para que los hijos culpen a sus padres de todo lo que les sale mal en la vida.

—Yo solo te culpo de obligarme a dar clases de vela —digo y todos ríen, sin recordar. Todos menos Jonas.

—Atentos. Ahora va a decir que no le di suficiente amor cuando era pequeña —comenta mamá levantándose de la mesa y dirigiéndose a la cocina para empezar a lavar platos—. Por supuesto, tiene razón.

—No todo tiene que ver contigo, mamá —respondo.

Jonas me mira fijamente, sus ojos echan fuego.

Me levanto de la mesa y salgo por la puerta de atrás a la noche oscura. Luego me apoyo en la fría pared de cemento y espero durante lo que me parece una eternidad.

Libro quinto

HOY

18.30 horas - 6.30 horas

32

Hoy. 1 de agosto, Back Woods

18.30 horas

Me quito el bañador mojado, lo dejo en el suelo de la cabaña y me tumbo en la cama. De la Casa Grande me llegan la risa gutural de Peter, la voz de mi madre diciendo a los niños que dejen de jugar al parchís y se preparen para la barbacoa. El techo de nuestra cabaña está infestado de hormigas carpinteras resultado del calor, de la inminencia de tormenta. Polvo de cartón cubre la lámpara de la mesilla de Peter. Miro por la claraboya el sol del atardecer colarse por entre los árboles, las bifurcaciones veteadas de las ramas. Pasan nimbos cargados de lluvia.

Cuando Anna y yo éramos muy pequeñas, nuestro padre plantó un delicado abedul junto a nuestra cabaña, con un tronco tan delgado como un sauce ceniciento. Un árbol plantado en un bosque. Dijo que crecería con nosotras, se haría tan alto como nosotras. Por entonces, antes de que el abedul llegara hasta tejado, la claraboya sobre mi cama era un rectángulo azul sin interrupción. Me encantaba tumbarme y mirar el cielo abierto, ver las gaviotas mecidas por las corrientes de viento. Después de morir Conrad, yo rezaba a ese cielo abierto, no pidiendo perdón, sino consejo, ayuda para dejar atrás el pasado, para ver el camino a seguir. Para entonces, los extremos bifurcados de las ramas del abedul empezaban a asomar en un rincón de la claraboya, vetas minúsculas y afiladas que agujereaban el aire. Centímetro a centímetro, la cabellera indómita del abedul fue llenando el rectángulo hasta cubrir por completo el cristal, hasta tapar el cielo. Había implorado respuestas, una claridad como la del cristal. Pero el paso del tiempo solo me trajo una maraña desordenada de ramas que simbolizaban mi fracaso a la hora de cerrar heridas.

«Es una ventana», había dicho Jonas, aquel día hace muchos años junto al arroyo. «Ya lo sé», había dicho yo.

Anoche lo miré desde el otro lado de la mesa llena de gente; la luz de las velas oscurecía sus ojos verdes. Me sostuvo la mirada. Ninguno pestañeamos. Al final torció los labios en esa sonrisa irónica: alivio, pesar, inevitabilidades absurdas y tristes. Estábamos hechos el uno para el otro. Matrimonio, hijos… Nada ha cambiado esta verdad esencial. Si pudiera dar marcha atrás, lo haría. Desharía cada mala decisión ante las encrucijadas de la vida. Cada terrible elección que me alejó de él. Cada terrible elección que me alejó de Peter. No solo follarme a Jonas anoche, o lo que hemos hecho hoy, que no consigo quitarme de la cabeza, o lo que quiero hacer mañana, sino Conrad. Aquel día, aquel día claro con el mar picado, cuando cambió el viento. La verdad que le he ocultado a Peter. La mentira que me llevé al matrimonio. Recuerdo a Rosemary en su cuarto de estar pulcro, insípido, la tarta jugosa, la furia en sus ojos. Cómo me dio la gracias por salvarle la vida. Yo nunca se las he dado a Jonas por salvármela a mí. Lo único que he hecho es culparlo. Culparme a mí misma. No dejar a Peter acercarse del todo, castigarlo a él por mi pecado. He construido toda mi vida sobre una línea de falla. Si le hubiera hablado a Peter de Conrad, de aquel día en el barco, sé que me habría perdonado. Y por eso no podía contárselo. Porque no quería ser perdonada.

Y la elección que me pide ahora Jonas que haga. Dejar a mi maravilloso marido. Causar dolor a mis hijos. Peter no es vengativo, pase lo que pase nunca me quitaría a mis hijos, nunca crearía un abismo entre ellos y yo. Nos quiere demasiado a todos para hacer algo así. Es un hombre de temple. Su gravedad es lo que me mantiene en órbita cuando flaqueo. Estoy enamorada de Jonas. Siempre lo he estado. No puedo vivir sin él, no puedo renunciar a él ahora, después de esperar tanto tiempo. Pero también estoy enamorada de Peter. Tengo dos opciones. Una no la puedo tener. La otra no la merezco.

Me levanto de la cama. Necesito una ducha caliente y una sobredosis de Advil. Me duele todo el cuerpo. Me duele la cabeza de intentar pensar, de dar vueltas y vueltas a lo mismo. ¿Renunciar significa perder todo lo que tienes o lograr todo lo que nunca tuviste? Me envuelvo en una toalla. Debería ir a casa de Dixon. Estar con Peter, con mis hijos.

Antes de entrar en el baño abro la ducha para que el agua se vaya calentando y luego me pongo a buscar el Advil. Rebusco en el armario profundo, desordenado de mi madre. Algo en el fondo me araña la mano y lo saco, aunque ya sé lo que es. Uno de los tampones Playtex de Anna. Nadie más ha usado esa marca. La envoltura plástica está amarillenta, pero el pequeño aplicador de dentro conserva su color rosa. Pienso en Conrad fisgando por la ventana del baño, yo con las piernas abiertas y el tampón rodando por el suelo. El día que conocí a Jonas. Y pienso en Anna, siempre gritándome por tocar sus cosas, pienso en que fui yo a quien eligió contar que había perdido la virginidad. En lo triste y asustada que pasó los últimos meses de vida. En cómo Peter me abrazaba fuerte, cada día, cuando me venía el llanto. Me meto en la ducha y me quedo bajo el chorro de agua caliente confiando en que ahogue mis sollozos guturales de animal, mi desesperación como sal en las heridas, suplico al agua que me limpie, que restriegue mi piel para limpiarme del pasado. Sabiendo que solo hay una elección posible.

18.45 horas

Subimos por el camino de entrada en cuesta, nos paramos al llegar a la carretera sin asfaltar, esperamos a mamá en la intersección.

—No me esperéis —grita desde la mitad del camino.

Pero sí lo hacemos. Yo voy descalza, con un vestido de lino, las chanclas guardadas en un capazo, linternas para la vuelta, esforzándome por dominar lo que me pasa por dentro. Maddy se ha adelantado —le gusta llegar la primera a los sitios— con Finn corriendo detrás de ella. Miro a mi madre caminar despacio. Sus rodillas ya no son lo que eran. Lleva los vaqueros viejos de siempre, un poco demasiado cortos, un poco demasiado anchos, y una camisola de algodón que le tapa el trasero, como ella dice. El estanque enmarca su ascenso: un horizonte azul cristal que le llega a la altura de la cadera, detrás de una celosía de árboles. Finjo escuchar a Jack discutir con Peter sobre por qué necesitamos llevar una pegatina en el coche para ir a la playa de White

Crest. Es mejor para surfear y solo cuesta treinta dólares para los residentes.

—Ya veremos —dice Peter.

Me doy manotazos en los tobillos. Los mosquitos me están comiendo viva.

Un tábano se me posa en el brazo. Cierra sus alas con estampado de codorniz. Los tábanos son más lentos que las moscas negras, más fáciles de matar, pero su picadura es diez veces peor. Le doy un manotazo. Lo mato. Lo veo caer al suelo de tierra y estremecerse una vez antes de morir.

—¿Quién tiene el espray para insectos?

Peter mete la mano en la bolsa de lona.

—Ya estoy —anuncia mi madre—. Vuelve a haber moscas. Me alegro de que hayas decidido venir, Eleanor —dice—. Aunque ojalá te hubieras recogido el pelo. Te queda mucho mejor retirado de la cara.

Estamos llegando a casa de los Gunther cuando mi madre se para. Los odiosos pastores alemanes de los Gunther murieron hace mucho. Al igual que los Gunther. No conozco a la familia que compró la casa. Y aun así tengo una punzada nerviosa, espero los ladridos agudos, la saliva, los gruñidos, las encías expuestas en ademán de matar, cada vez que me acerco a la blanca valla de madera, ahora parcialmente podrida, desmoronada en la maleza oscura junto con todo lo demás.

—Vaya por Dios —dice mamá—. La cebolla roja.

—Puede ir Jack en un momento —propone Peter—. Son cinco minutos.

—¿Por qué tengo que hacer yo siempre todo? —se queja Jack—. ¿Por qué no pueden ir Maddy o Finn?

Veo tensarse el músculo de la mandíbula de Peter.

—Porque tienes que expiar la mierda de comportamiento que has tenido con tu santa madre esta mañana.

—Ya pedí perdón.

—No pasa nada. Voy yo. —Doy la vuelta antes de que Peter tenga tiempo de contradecirme. Sé que cada puta familia es infeliz a su puta manera. Pero ahora mismo y durante unas cuantas horas, necesito una Familia Feliz. Hasta que esté sana y salva en la orilla, necesito aferrarme a esta verdad como a un salvavidas. Sin soltarme.

—¿Me coges un jersey? —me grita Peter—. Va a refrescar.

Un gato blanco que no he visto en mi vida está sentado delante del porche cubierto. Los gatos blancos tienen algo que me pone mal cuerpo, un cierto aire ratonil, pornográfico. En la pasarela hay medio cuerpo de ardilla, con la cola peluda colgando entre dos de las planchas de madera. Sé que debería limpiarlo, pero es asqueroso y, ya puestos, que el gato se termine su cena. Dejo todo como está y voy a nuestra cabaña a coger un jersey para Peter.

El primer cajón está abierto. «Ay, Peter», pienso irritada. Siempre tengo cuidado de cerrarlo bien para evitar que entren polillas y arañas. Empujo el cajón. Mi joyero está encima de la cómoda. Es raro, porque sé que no lo he dejado yo ahí. Lo abro para ver si falta algo. No se han llevado nada, pero sí añadido algo. Encima de la maraña de pendientes y collares hay un trozo de papel doblado. Está recortado en forma de tortuga mordedora. Dentro está mi anillo de cristal verde. Jonas lo ha tenido todos estos años. Desde que nos encontramos en la cafetería griega. Desde aquella noche de primavera en el muelle. Desde el pícnic en la playa el día que conocí a Gina, el último verano de Anna en el estanque.

Me pregunto dónde lo habrá guardado. Escondido. Un secreto minúsculo. Es un objeto tan pequeño, tan insignificante, y hace tiempo que ha perdido el baño dorado. Sin embargo, cuando me lo pongo noto una poderosa sensación de completitud —como si por fin estuviera entera, terminada—, igual que una Venus de Milo cuyo brazo ausente hubiera aparecido, atrapado debajo de la tierra durante siglos, y por fin se lo hubieran reimplantado. Cierro los ojos y me permito, al menos, sentir esto. Recuerdo el momento en que me lo dio, su mano sudorosa, trémula. Diciéndome adiós. Dos niños que siempre se querrán. Me guardo el anillo en el bolsillo, arrugo la tortuga de papel, la tiro en la papelera y cojo un jersey para Peter.

19.15 horas

Alcanzo a los demás cuando están casi en el desvío de la casa de Dixon. En realidad su camino de entrada es parte de la antigua carretera de Old King. Después de la casa de Dixon la carretera termina en un prado cubierto de vara de oro y zanahoria silvestre. Pero al final del prado, oculta en la sombra de los árboles, reaparece la vieja carretera. Cuando éramos pequeños, esta era nuestra ruta secreta. Podíamos recorrer seis kilómetros y medio, desde casa de Becky hasta la tienda de caramelos, sin pasar por la carretera de asfalto. A veces, después de un aguacero, encontrábamos trozos de cerámica o puntas de flecha desenterradas en las empinadas cunetas. Un año encontré un frasquito de medicamento, color ciruela, esmerilado por el paso del tiempo. Imaginé a un peregrino arrojándolo desde una carreta o un morral a la espesura y volviendo fugazmente la cabeza para asegurarse de que nadie lo sorprendía tirando basura al suelo. El frasco llevaba dos siglos intacto, había pasado directamente de las manos del peregrino a las mías.

El sendero sale del bosque a la altura del cementerio de los peregrinos, abandonado hace mucho tiempo. Nos fascinaba: las hileras de pequeñas lápidas hundidas con calaveras aladas talladas, desgastadas por el viento y picadas, con los epitafios apenas legibles, llenas de vidas, de resignación. La mayoría de los muertos eran niños. Tenían nombres bíblicos como «Temperance», «Thankful», «Obediah», «Mehetable». «3 semanas de edad», «14 meses y 24 días de edad», «2 años y 9 meses», «5 días». Todos miraban al este. El día del Juicio Final, los niños se levantarían para mirar el nuevo amanecer, con la esperanza de ser situados a la derecha de Dios, de ser juzgados entre los virtuosos.

Un olor a especias para barbacoa y hamburguesa sube por el camino.

—Qué rico —digo al alcanzar a los niños—. Estoy muerta de hambre.

—No me extraña, después del baño tan largo que te has dado —replica mamá.

—Yo quiero tres hamburguesas —declara Finn—. Mamá, ¿puedo comerme tres?

—Eso no depende de mamá —contesta Jack—. Se lo tienes que preguntar a Dixon.

—¿Y perritos calientes? —pregunta Finn.

—Yo lo que necesito es un gin-tonic cargadito —dice Peter—. Y como Dixon solo tenga esa bazofia de Almaden, le pego un tiro.

—Quiere las botellas para hacer lámparas —explica mi madre.

Peter la mira, perplejo.

—Se llenan de arena —añade mi madre.

—De arena.

—Ya veo que te perdiste la década de los setenta.

—Elle, creo que tu madre igual tiene principio de demencia.

Mi madre le pega con el sombrero.

—Con todo lo que bebíamos, teníamos que dar algún uso a las botellas.

—Si no te encuentras bien, Wallace, yo te acompaño a casa encantado.

—Tu marido es intolerable. —Mi madre se ríe—. Igual ha llegado el momento de pensar en el divorcio.

Finn y Maddy parecen disgustados.

—¡Mamá! —digo.

—Por el amor de Dios, que estoy de broma. Era una broma —les dice mi madre—. Adoro a vuestro padre y lo sabe perfectamente.

—Vuestra abuela siempre ha sido muy ingeniosa —señala Peter.

Le cojo la mano a Finn y me acuclillo a su lado.

—Tu abuela estaba haciendo el payaso, ya sabes que es especialista. Papá y yo nos queremos. Siempre nos querremos.

Hay unas quince personas en el césped delantero. Vecinos de Back Woods de toda la vida, charlando, comiendo cheddar marca Kraft con galletitas de trigo, bebiendo en vasos de plástico. En una mesa plegable redonda se ha improvisado un bar, hay velas de citronela encendidas.

—Bueno —dice Peter—, ¿vamos al lío?

La primera persona que me encuentro es la mujer de Dixon, Andrea. Incluso después de tantos años, cada vez que la veo me acuerdo de la partida de Monopoly y de Dixon cruzando desnudo el cuarto de estar de su casa. Dixon y Andrea volvieron hace tres años, después de encontrarse en una subasta de libros raros. Los dos pujaban por una primera edición autografiada de *Juan Salvador Gaviota*. Dixon dice que al principio no la reconoció de lo cambiada que estaba. La mata de pelo rojo rizado de Andrea es hoy un pulcro moño gris. Ha sustituido los pendientes tribales africanos por unas elegantes perlas, la chapa de la paloma de la paz de Peter Max por un lazo rosa. Su hijo es banquero de inversión. Vive en Colorado y comercia con energía sostenible, cuenta Andrea, como si eso lo hiciera ecológicamente aceptable. Sigue creyendo en la paz mundial. Está absorta en una conversación con Martha Currier, una ajada excantante de jazz de Nueva Orleans que tiene una casa de estilo modernista con vistas a la playa y no va a ninguna parte sin un turbante en la cabeza. Martha está fumando un pitillo Virginia Slim en una larga boquilla de marfil. Andrea se aparta el humo de la cara cada vez que Martha exhala, pero Martha no se da por aludida y, si acaso, parece exhalar más directamente a la cara de Andrea cada vez. Siempre me ha caído bien Martha.

Mi madre se agacha detrás de mí cuando nos acercamos a la gente.

—Tápame —dice— hasta que esté a salvo de Andrea. Antes de que me arrincone y se ponga a preguntarme cómo estoy con esa cara de «interesadísima» y luego espere que le dé una respuesta sincera. Como si alguien quisiera tener una conversación de verdad en una fiesta.

Me río.

—Sin que sirva de precedente, estoy de acuerdo contigo. Un poco de cháchara cortés y a otra cosa mariposa.

—Lo que no consigo entender es cómo soporta Dixon hablar con ella más de diez minutos seguidos. Esa mujer es más aburrida que un paquete de sal.

—Es un misterio —contesto y la dirijo hacia un lugar seguro.

—Bueno, Dixon dice que sigue siendo una máquina en la cama. Lo que supongo que quiere decir que se la chupa bien.

—Mamá, eso es asqueroso.

—Estoy de acuerdo. Y muy inquietante. Con esa boca tan pequeña que tiene.

—Con lo de asqueroso me refería a ti —le aclaro riendo.

—No seas tan pudibunda.

—No quiero hablar de la vida sexual de Dixon. Debe de tener casi ochenta años.

Dixon nos saluda con la mano desde el otro lado del césped. Mamá le devuelve el saludo.

—Sigue siendo un hombre muy atractivo. Podría tener a la mujer que quisiera.

—A cualquier mujer de sesenta y cinco años para arriba.

—No estés tan segura. Siempre ha sido muy sexual.

—Ahora no se me va de la cabeza la imagen de Andrea con un pene en la boca.

—Por lo menos eso quiere decir que no está hablando. Anda, sé buena y tráeme un vodka. Con hielo y sin soda. —Se sienta en una hamaca de madera—. Y si ves cacahuetes... Ah, gracias a Dios —dice cuando ve acercarse a Pamela. Pamela lleva un caftán largo color lavanda y un collar de cuentas gruesas de ámbar—. Pamela, siéntate. —Da una palmadita en la silla junto a ella—. Sálvame de estas personas.

Pamela ríe ante las palabras de mamá con esa manera suya tan bondadosa. Por razones que no consigo ni imaginar, opina que mi madre es maravillosa. Claro que Pamela es de esas personas que siempre ven lo mejor en los demás. Incluso en Conrad.

El verano después de que Conrad se viniera a vivir con nosotros, Pamela nos llevó a Anna y a mí al pueblo a comer almejas fritas.

—A ver, chicas —nos dijo cuando nos hubimos instalado en una mesa—, quiero que me contéis todas las novedades. ¿Se porta bien Leo? Puede ser un poco sinvergüenza. Pero qué hombre tan encantador también. A vuestra madre la veo como siempre, tan suya.

—Creo que están bien —respondí.

—¿Y Conrad? Debe de ser un poco raro tener un hermano.

—Hermanastro —dije.

—¿Quieres que te digamos la verdad o que te mintamos? —preguntó Anna.

—Prefiero que lo decidáis vosotras. ¿Las almejas las queréis en tiras o enteras?

Al final nos decidimos por la verdad.

Le contamos lo horrible que era Conrad. Que siempre andaba espiándonos. Que se bebía la leche directamente del envase para que no pudiéramos desayunar cereales. Que tenía una asquerosa barba pubescente que se negaba a afeitarse.

—Por las mañanas usa toda el agua caliente —dijo Anna— haciéndose pajas en la ducha. Es asqueroso. Porque a ver... —Se metió el dedo en la garganta simulando una arcada—, a saber en quién está pensando.

Yo estaba segura de que Pamela se horrorizaría. Pero lo que hizo fue decirle a Anna que la comprendía, que aquella situación sonaba de lo más atroz. Pero ¿era posible que Anna estuviera culpando a Conrad de que la hubieran mandado interna mientras él se quedaba con su habitación?

—Porque —dijo Pamela—, por repugnante que sea su comportamiento, no es culpa suya. De hecho, es lo último que desearía en realidad. Lo que desearía es que su madre lo quisiera. Así que, si podéis, intentad recordar que lo está pasando mal. Las dos. —Mordió una almeja y salpicó de jugo toda la mesa—. Qué ojos tan bonitos tienes, Anna. Siempre he querido decírtelo. De ese tono gris claro. Si veis a la camarera, quiero salsa picante.

Dixon está al mando de dos barbacoas portátiles, vestido, como siempre, con pantalón de lona blanco y camisa azul de lino, descalzo y moreno, en una mano unas pinzas y en la otra un martini y sin una salpicadura de grasa. El pelo gris, todavía húmedo de la playa, lo lleva peinado hacia atrás muy pegado a la cabeza. Hay tres tablas de surf gastadas apoyadas contra un lateral de la casa y su traje de neopreno mojado está puesto a secar sobre un caballete de madera. Es el único hombre que conozco que sigue metiéndose en el mar sin vacilar cuando hay marea alta. Mamá tiene razón: sigue siendo un hombre guapo. Un Robert Redford en *El descenso de la muerte*, en *Tal como éramos*. Le hace un gesto a Jack para que se acerque, le estrecha la mano con firmeza y le da una espátula.

Peter está en el bar. Lo veo servir dos dedos de ginebra y un chorro de tónica en un vaso. Solo entonces añade tres cubitos tristes de hielo. Flotan como zurullos en el mar. A los británicos les encanta beber, pero preparan unos cócteles tibios, inanes. Me acerco a él por detrás, lo abrazo por la cintura.

—¿Quién eres? —dice.

—Ja, ja.

Se vuelve y me besa la punta de la nariz.

—Mi madre quiere un vodka. Con un hielo solo.

—Oído cocina. ¿Tú?

—Voy a entrar a ver si encuentro dónde tiene escondido Andrea el vino bueno.

—Si veo que se acerca, silbo tres veces.

Entro por la puerta de la cocina. Siempre me ha encantado la cocina de Dixon: los tablones rojo amapola del suelo, la encimera de madera gastada, el olor almizclado a tiri-
tas, comino y ginger ale. Cada vez que entro en esta cocina
me dan ganas de sentarme en un taburete de la mesa alta y
tomarme un tazón de copos de maíz con leche y mucha
azúcar. Abro un armario encima del fregadero, saco una
copa de vino. En un estante alto hay una base amarillenta de
robot de cocina Cuisinart que probablemente lleva sin usar-
se desde 1995. Junto a ella coge polvo una vieja yogurtera
Salton. Verla me hace pensar en leche cortada, en santurronería y en los padres de otras personas teniendo relaciones
sexuales.

Hay una botella de Sancerre recién abierta en la nevera. Me lleno la copa y entro en el estudio de Dixon. Al otro
lado de la ventana, Peter le está llevando a mi madre una lata
de cacahuetes. Ha robado la botella de vodka del bar y se la
da. Mi madre la coge sin pestañear, se sirve y se la devuelve.
Peter ríe, se sienta en el brazo de la hamaca de madera. Enciende un pitillo. Le susurra algo al oído y mi madre le pega
una palmada en el hombro. Pero también se está riendo.
Nadie consigue devolver a mi madre a su vieja forma de ser
como Peter. Tiene esa combinación perfecta de amabilidad,
ingenio malvado y me importa tres cojones que la hace feliz.
En cierto modo, Peter la salvó hace muchos años, después de
que Leo desapareciera, después de perder el hijo que esperaba, después de leer mi diario. Peter la sacó de su letargo, de-
volvió la luz a nuestro viejo apartamento. Nos hizo sentir a
todas que no pasaba nada por ser otra vez felices.

Maddy y Finn vienen corriendo y trepan a su regazo igual que polluelos alrededor de mamá gallina. Peter se espanta un mosquito que le ha aterrizado en el brazo izquierdo, abre la palma de la mano para mostrar a sus hijos que lo ha atrapado. Y ese gesto tan pequeño me produce una abrumadora sensación de alivio. Y de gratitud.

Paso junto al cuarto de estar y subo al baño del piso de arriba. Algunos de los incondicionales han entrado en la casa. Están sentados alrededor del fuego enfrascados en una conversación sobre cantos de aves.

—Mi preferido es el del carbonero. *Chi-chi-pán...* Es precioso. Como granos de maíz saltando en la sartén —está diciendo alguien.

—Los carboneros están desapareciendo en tropel de nuestra finca —oigo decir a Andrea—. Estoy convencida de que es el gato de los vecinos. Se niegan a ponerle cascabel. He llamado al Servicio Nacional de Parques, pero insisten en que no se puede hacer nada.

—A mí me gusta el chillido del arrendajo azul —oigo decir a Martha Currier con su acento sureño grave y áspero—. Aunque sé que estoy en minoría.

La casa de Dixon tiene dos escaleras. La ancha por la que subo yo ahora conduce a la parte más formal de la casa, la de los «adultos». Aquí las habitaciones son bonitas, elegantes. Todos los dormitorios de invitados tienen papel de pared antiguo: lluvias de pálidos capullos de rosa o de lirios del valle con un fondo azul huevo de petirrojo. El dormitorio principal siempre ha sido la habitación que más me gusta del mundo. De niña soñaba que un día tendría una exactamente igual. Papel pintado a mano con exuberantes peonías colgando de hojas verde jade; una romántica cama con dosel, cortinas de encaje calado, suelo de madera gastada; una chimenea con un pulcro montón de leña y yesca al lado, una bañera de patas en el cuarto de baño.

La escalera de los niños es empinada y oscura y sin barandilla, y hay que apoyarse en las estrechas paredes para no perder el equilibrio. Lleva directamente desde la cocina al dormitorio común: una habitación diáfana con grandes ventanales y literas pegadas contra las paredes. Aquí veníamos a dormir de pequeñas, traíamos a chicos a hurtadillas para jugar a la botella, a fumar cigarrillos de clavo. El único acceso desde la parte adulta de la casa era un cuarto de baño de dos puertas que podíamos cerrar desde nuestro lado.

El baño de invitados está ocupado, así que voy al del dormitorio de Dixon. Cuando abro la puerta se me cae el alma a los pies. Andrea ha cambiado la decoración. Las paredes ya no tienen el empapelado antiguo de peonías y están pintadas de color berenjena. La preciosa cama con dosel ha desaparecido y la ha reemplazado una tapizada en algodón beis. El suelo de madera está cubierto con una elegante moqueta de sisal con dibujo de espiga. Hay dos cómodas de mediados de siglo XX a juego y lámparas de cristal de Simon Pearce. Quiero matar a Andrea. Solo tengo ganas de hacer pis, pero me asalta la tentación de cagar en el váter únicamente para dejar clara mi opinión.

Pero lo que hago es recorrer el largo pasillo que termina en el baño de dos puertas. Estoy echando el pestillo cuando se abre la puerta del dormitorio de los niños y entra Gina.

—Hola —dice como si encontrarnos en un cuarto de baño fuera lo más normal del mundo.

Se baja los pantalones y se sienta en el váter.

No digo nada, estoy muda. «Él está aquí» es lo único que puedo pensar, con el corazón a mil por hora, sin aliento.

Gina coge un trozo de papel higiénico y se limpia.

—¿Cuándo habéis llegado?

—Hace una media hora —consigo decir—. Hemos venido andando.

—Nosotros no pensábamos venir, pero la madre de Jonas estaba amenazando con hacer salteado de tofu.

Tira de la cadena y se levanta para subirse los vaqueros. Lleva ingles brasileñas. Me asalta una repentina inseguridad al pensar en mi anticuado vello púbico. ¿Le molestó a Jonas? ¿Le cortó el rollo? Está acostumbrado a otra cosa. A algo suave, como infantil.

—Te toca —dice Gina.

No puedo mirarla. No puedo no mirarla.

Abre el armario de las medicinas y encuentra una pomada antibiótica, se echa un poco en la punta del dedo, saca una tirita de una caja.

—Antes me he hecho daño en el dedo —explica—. No es más que un arañazo, pero duele como un demonio y ahora me ha salido una ampolla. Jonas cree que he pisado un cangrejo.

La miro aplicarse crema en la herida con un cuidado movimiento circular. Quita el papel a la tirita, la coloca sobre lo que salta a la vista que no es más que un arañazo de nada, alisa los dos extremos sobre la piel de una manera tan… amorosa. Me fascina el cuidado con que se trata a sí misma, la importancia que da a cada gesto. Es como mirar a una de esas mujeres que se cepillan los dientes durante los dos minutos de rigor enteros. Espero a ver si se va, pero saca un brillo de labios del bolsillo trasero, se acerca al espejo. No me queda más remedio que sentarme y hacer pis con Gina a medio metro de mí, las bragas en los tobillos, el peso levísimo del anillo de Jonas que se me clava a través del bolsillo del vestido.

—He obligado a Jonas a traer el coche —dice Gina mientras pone morritos para comprobar que sus labios están perfectos—. Cuando llegó a casa los mosquitos estaban en plena ofensiva. Yo no sé dónde se mete ese hombre algunas veces.

Doy un pequeño respingo y el pis se me interrumpe, antes de volver a salir. Gina se vuelve y me mira como si estuviera decidiendo algo. Me quedo muy quieta, como un ciervo que presiente a un cazador pero no lo ve.

Pero Gina sonríe.

—No te lo vas a creer y seguramente no debería contártelo, pero antes creía que eras tú. —Se seca las manos en una toalla de invitados—. Ahora me doy cuenta de que es ridículo. Pero una vez hasta lo seguí. Resultó que llevaba todo el verano detrás de un nido de águila pescadora.

Se ríe.

—Le encanta el bosque —digo y cojo papel higiénico.

Mientras cruzamos el cuarto de las literas para volver abajo, Gina dice:

—¿Has visto cómo ha quedado el dormitorio? Andrea ha hecho una redecoración increíble. Por fin convenció a Dixon de que quitaran ese papel tan feo. Lo siguiente va a ser cambiar la cocina.

—Yo he crecido en esa cocina.

—Sí, pero ¿has visto cómo está?

Nunca sabrá lo cerca que ha estado de perderlo.

—Esta habitación ha tenido que ser un auténtico picadero juvenil. —Señala las literas con la mano—. Seguro que Jonas se enrolló con alguna chica en alguna de esas literas.

—Era mucho más pequeño que nosotras.

La sigo por la estrecha escalera.

—Pero tienes que saber si tenía novias o lo que sea —dice Gina sin girarse.

Todavía me huele el pelo al agua del estanque.

Mi madre está justo donde la dejé, con Peter aún sentado en el brazo de su silla. Antorchas de citronela dibujan círculos de luz en la oscuridad.

—Voy a por una hamburguesa —dice Gina—. ¿Quieres una?

Escudriño el jardín en busca de Jonas, tengo el estómago encogido. Lo encuentro en las sombras detrás de la barbacoa. Me está mirando. Me ha estado esperando. Me meto la mano en el bolsillo de la falda, cierro los dedos alrededor del anillo con el cristal verde, me tranquilizo.

—Creo que voy a esperar un poco.

Gina cruza el césped hasta Jonas, lo abraza por la cintura, mete las manos en sus bolsillos traseros. Territorialidad. Debe de notar mi mirada, porque enseguida vuelve la cabeza igual que un puma que ha olido algo y busca en la oscuridad. Jonas le susurra algo al oído y Gina sonríe, se vuelve hacia él.

—Hola, esposa mía —dice Peter—. ¿Dónde estabas?

—Con Gina. Haciendo pis.

—Toma unos cacahuetes. —Mi madre me da la lata.

—Estaba arriba, en el baño de los niños. Gina ha abierto la puerta del otro lado sin llamar. Se ha sentado y se ha puesto a hacer pis delante de mí.

—Es una ordinaria —dice mi madre.

—Tu madre está hoy en pie de guerra.

—No estoy en ningún pie de nada —replica mamá—. Solo le he dicho a Andrea que a ninguno nos gusta el diseño nuevo del jardín. No es nada Back Woods.

—Muy diplomático por tu parte, mamá.

—Si no quería saber mi opinión, que no me hubiera preguntado lo que me parecen sus reformas.

—Tu madre le ha dicho que queda burgués —comenta Peter riendo.

—Si lo que quería era darnos una lección sobre flora autóctona, no debería haber puesto un arriate de herbáceas.

Al otro lado del jardín, los niños más pequeños están jugando a la herradura a la luz del atardecer. Jonas y Gina vienen hacia nosotros con platos y vasos de papel en la mano.

—Maddy tendría que haberse puesto más repelente. Los mosquitos le tienen adoración —digo.

Jonas arrima una silla, me pone la mano en el brazo.

—¿Podemos sentarnos con vosotros?

Lo pregunta a todos, pero en realidad solo a mí. Me pongo de pie.

—Me he dejado el vino arriba.

Esta vez cierro las dos puertas del cuarto de baño, dejo las luces apagadas. Me apoyo en el antepecho de la ventana, oigo el vaivén y el susurro de los árboles, el murmullo de la brisa, el tintineo de cristal y de voces. Desde que tengo edad para cuestionar mis propios instintos, mi madre me ha dado siempre el mismo consejo: «Échalo a cara o cruz, Eleanor. Si lo que sale no te gusta, haz lo contrario». Conocemos la respuesta correcta, incluso cuando no la conocemos o creemos no conocerla. Pero ¿y si la moneda está trucada? ¿Y si los dos lados son iguales? Si los dos son correctos, entonces los dos están equivocados.

Mi copa de vino sigue en el antepecho de la ventana del baño, donde la dejé. Abajo, en el porche, Peter y Jonas están hablando. Peter dice algo y Gina ríe, echa la cabeza hacia atrás. Los dos hombres sonríen. Es surrealista, incomprensible. Hace solo unas horas tenía la sensación de que el mundo era un ensueño suspendido en el cielo. Contemplo la oscuridad, recordando la casa abandonada, el silencio del bosque, la mirada franca, limpia de Jonas. Me apoyo en la pared y me dejo caer al suelo, me llevo las rodillas al pecho, me hago un ovillo, doblada de dolor. He elegido: renunciar a este amor que late, que duele, por una clase de amor distinto. Un amor paciente. Un amor amor. Pero la angustia está a flor de piel. Fuera oigo a mi madre gritarle a Dixon, al otro lado del jardín, pidiendo una hamburguesa. «Poco hecha», grita. «Que se oiga mugir a la vaca. Y, por favor, no me des una charla sobre salmonella. Prefiero morir de diarrea y deshidratación que comerme una suela de zapato». Oigo la risotada relajada de Peter. «De verdad te lo digo, Wallace, un día de estos voy a tener que meterte en un manicomio».

Cuando bajo, Jonas está en el fregadero de la cocina con la mano debajo del grifo de agua fría.

—Ya estás aquí. —Saca la mano del agua y me la enseña. Una escaldadura roja, la marca de una quemadura roja le atraviesa la palma en diagonal—. He ido a servirle una hamburguesa a tu madre y he cogido una espátula de metal que estaba en la parrilla.

Se reclina contra la encimera de madera. Quiero comérmelo, quiero comerme esa seguridad en sí mismo perezosa, lánguida. Ingerirlo. Absorberlo.

—Ven aquí —dice con voz queda.

—Hay que ponerte mantequilla.

Voy a la nevera, encuentro un bloque de mantequilla, le quito el papel encerado. Jonas extiende la mano y le unto mantequilla en la piel quemada. Sus dedos se cierran alrededor de los míos. Me aparto, devuelvo la mantequilla a la nevera.

—¿Elle?

—¿Qué? —le digo sin volverme a mirarlo. Diga lo que diga, será insoportable.

—No creo que Dixon quiera encontrarse con un trozo de piel quemada mía en su tostada de mañana.

—Es verdad. —Vuelvo a sacar la mantequilla, le quito un trozo de la parte de arriba, lo tiro a la basura, encuentro un trapo de cocina limpio y se lo tiro a Jonas. Me contengo—. Envuélvetela con esto de momento.

—Te he dejado una cosa en el campamento —dice Jonas—. En tu cabaña. Búscala cuando vuelvas.

—Ya la he encontrado —contesto—. Volví a por una cebolla. —Me meto la mano en el bolsillo y saco el anillo—. No sabía que lo tuvieras aún.

Me coge el anillo y lo pone a la luz. El trocito de cristal verde reluce como kriptonita.

—Mi propósito de Año Nuevo aquellas Navidades fue olvidarme de ti para siempre. Y de pronto apareces gritándole a un pobre capullo en una cafetería.

Me pone el anillo en el dedo anular, encima de la alianza.

Quiero decirle que soy suya. Que siempre lo he sido y siempre lo seré. Pero lo que hago es quitarme el anillo y dejarlo en la encimera.

—No puedo.

—Es tuyo.

Me esfuerzo por serenar la voz.

—Voy a buscar a Peter y a los niños. Te mando a Gina para que te vende la mano.

Jonas está pálido, alterado, como si hubiera sentido la presencia de un fantasma, como si la escarcha de una mano le hubiera rozado levísimamente.

—Póntelo. —Su tono es duro.

Le cojo la mano y le beso la palma quemada, intento sobreponerme.

—Ya está —le digo como le diría a Finn—. Cura sana.

Hago ademán de marcharme, pero me sujeta la mano contra la encimera mientras me mira como un hombre que se está ahogando.

—Suéltame —le pido en una voz que es poco más que un susurro—. Por favor.

Oigo un crujido a nuestra espalda. Peter está en la puerta, al otro extremo de la habitación.

—Ah, hola —digo—. Jonas se ha quemado la mano.

33

21.30 horas

Cuando salimos de casa de Dixon no miro atrás. Tengo el pecho lleno de una presión hueca, como un globo a punto de reventar con el peso vacío de aire muerto. La nada. Delante hay oscuridad. A mi alrededor, el chirrido agudo de las cigarras se funde con el aire de la noche. Peter camina delante, su linterna ilumina una porción estrecha de carretera, la franja central de hierba alta, carriles de tierra pálida a ambos lados. Su luz proyecta un halo en los árboles. Del bosque salen polillas atraídas por la luz: parpadeos color marrón polvoriento a la búsqueda desesperada de vatios. Nunca he entendido ese impulso suicida. Los niños van detrás de Peter, cerca de la luz. Quizá a las polillas las aterra la oscuridad. Puede ser tan sencillo como eso.

—Los hombres lobo no existen —le está diciendo Peter a Finn, tranquilizándolo.

—¿Y los vampiros? —pregunta Finn.

—Los vampiros tampoco, pichón —contesto.

—Aunque sería genial que sí existieran los monstruos —dice Peter—. Piénsalo: si existen los hombres lobo y los vampiros, entonces existe la magia. La vida después de la muerte. Eso estaría bien, ¿a que sí?

—Supongo —responde Finn—. ¿Y los fantasmas?

—Exacto —dice Peter.

—¿Y qué pasa con los asesinos en serie? —pregunta Maddy—. ¿Y si hay alguien escondido en el bosque? ¿Y si quiere hacernos daño? ¿Y si hay un hombre con un hacha?

—O una mujer —apunta Peter.

—¿Lo habéis pasado bien? —digo mientras le doy mentalmente una patada en la espinilla a Peter. Ahora Maddy se pasará toda la noche despierta, preocupada—. A mí me parece que ha sido una velada agradable.

—Hemos jugado a las estatuas —contesta Finn—. ¿Podemos tomar helado cuando lleguemos a casa?

Jack va a mi lado y me lleva el capazo. En algún momento me coge del brazo y caminamos así, entrelazados, por la carretera larga y arenosa, cada uno pensando en sus cosas. Desde algún promontorio, un coyote ladra, muerde la noche. La manada le devuelve el aullido desde un punto lejano. Escucho el intercambio, percibo esa hambre de estómago vacío. Vienen a matar, a cenar a base de ratones y perros pequeños.

Uno de los cubos de basura está volcado al final del camino y hay dos mapaches encima. Cuando les da la luz de la linterna de Peter se quedan quietos, estatuillas de pelo, tripulantes de un trineo, con los ojos rojos en el resplandor. Repartidas por el suelo hay mazorcas, hojas de lechuga, granos de café y jirones de papel higiénico.

Mi madre grita irritada, corre hacia ellos blandiendo un palo.

—¡Fuera de aquí! ¡Vamos! ¡Largo!

Los vemos escabullirse hacia los árboles.

—Alimañas —dice y le da una fuerte patada al cubo de basura—. ¿Se puede saber quién ha sido el tonto que se ha olvidado de poner la cuerda elástica?

Se mete en casa hecha una furia sin esperar respuesta.

—Ni que acabara de enterarse del naufragio del *Rhone* —comenta Peter.

—Entrad, chicos —digo—. Ya limpio yo esto. No os comáis todo el helado de pistacho. Dejadme un poco. Jack, da la luz de fuera, por favor.

Espero a estar sola. Sobre mi cabeza, en los árboles, oigo un susurro de movimientos cautos, siento pares de ojos atentos. «¿Y si hay alguien escondido en la oscuridad? ¿Y si quiere hacernos daño?». Durante todos estos años he ahuyentado el recuerdo de aquella noche atroz. Pero ahora, en esta avalancha de amor, pánico y dolor, me abandono al escalofrío. Me pregunto cuánto vive un mapache. ¿Pueden ser estos mapaches los mismos que vieron a Conrad violarme? ¿Son aquellas crías que se asomaban por la claraboya a mi cama bañada en luz de luna? ¿Las asustaron mis lágrimas? ¿Mis gritos ahogados? ¿O estaban aburridas, esperando el momento para regresar a salvo al estanque a seguir pescando gobios? ¿Oiría la madre de Conrad el corazón desbocado de Rosemary en sueños? «¿Y si tiene un hacha?». Imagino a Maddy sola, aterrorizada, suplicando piedad, mientras Peter y yo dormimos en nuestra cabaña, ajenos a todo. Quiero prometerle que nunca le pasará nada malo, que nadie la hará daño. Pero no puedo.

Me siento en el suelo entre restos de ensalada, colillas húmedas y bolsas de té. Una caja de Bisquick hecha trizas por unas garritas afiladas. Anoche Jonas vino a mí en la oscuridad, me penetró, yo tenía la cabeza contra el hormigón frío, fuera de este mundo, jadeaba con un dolor hermoso, el vestido subido por la cintura, y sentí que mi vida entera cobraba sentido dentro de mí.

Una rana toro croa en el estanque. En algún punto, enterrada en el cieno, acecha una tortuga mordedora. Por la ventana veo a Peter en la despensa sirviendo helado de chocolate en cuencos desparejados. Se los da a los niños, luego coge el tarro de helado de pistacho y lo examina un instante antes de servirse todo su contenido.

22.00 horas

He hecho un montón con las mazorcas y las hojas de maíz. Se abre la puerta trasera y sale Peter con una gran bolsa de basura negra. Me busca en la oscuridad.

—Estoy aquí —señalo y me sitúo en la luz—. Esto parece una zona catastrófica.

Peter abre las fauces de la bolsa y lo echo todo.

—Te vi —dice Peter con voz contenida y rara—. Con Jonas.

—¿Cómo que me viste?

—Lo sé todo.

La piel se me ruboriza, una descarga de adrenalina recorre mi cuerpo. Ahuyento el pánico creciente, me concentro en recoger colillas mojadas.

—Putos mapaches.

Salgo de la luz, recojo un cartón de huevos rasgado, contengo la respiración, me preparo para lo que se me viene encima.

—Le besaste.

Durante una milésima de segundo el corazón se me para. No hubo ningún beso. Anoche no besé a Jonas. Salió de la oscuridad, me tomó por detrás. Suspiro de alivio sin respirar.

—No tengo ni idea de qué estás hablando, Pete.

—No mientas.

Su expresión es dura como piedras de río, de furia convencida.

—No estoy mintiendo. ¿Qué quiere decir eso de que me viste? ¿Dónde?

Me asalta un pensamiento odioso: ¿nos siguió Peter a la casa en ruinas? ¿Nos espió desde los árboles? ¿Vio nuestro encuentro sexual al aire libre?

Peter niega con la cabeza y expresión de asco.

—Ahora mismo. En la cocina. En casa de Dixon.

El mar cambia en mi cuerpo, un «Gracias, Dios mío» que es como una ola de agua limpia.

—¿Hablas de cuando le he dado un beso en la quemadura de la mano? Por Dios.

—No ha sido solo el beso. He visto cómo te miraba —dice Peter—. Con deseo.

—Bueno, claro —contesto con la voz llena de sarcasmo forzado—. Normal. Soy irresistible.

—Vi cómo le devolvías la mirada —insiste Peter.

—Le puse mantequilla en la quemadura. Le di un trapo de cocina.

Peter me coge el cartón de huevos.

—¿Sabes qué, Elle? Que no tengo nada más que decir. Me voy a la cama. —Mete la bolsa en el cubo de basura, asegura la tapa con la goma.

—Por el amor de Dios, Pete. Estamos hablando de Jonas. Nuestro amigo de toda la vida.

—Querrás decir tu amigo de toda la vida.

—Le di un beso de «cura sana», como si fuera un niño pequeño. En eso tienes razón.

—Claro que la tengo —responde Peter y hace ademán de irse.

—Espera —digo y voy detrás de él—. ¿De verdad estás disgustado conmigo por besar a Jonas en la mano quemada?

Peter me mira de arriba abajo. Sus ojos son fríos, con un brillo de mercurio.

—A la mierda. Piensa lo que quieras —digo disimulando mis nervios con indignación hipócrita—. Jonas es mi mejor amigo. Pues claro que me quiere. Pero no como insinúas. Eso sería prácticamente incesto.

Una sombra de vacilación asoma a su cara, una mezcla de esperanza y duda.

Nos quedamos en silencio. Peter desesperado por ahuyentar sus sospechas, indeciso; yo aterrada, cruzando los dedos detrás de la espalda, sin ceder terreno, ordenando mentalmente a Peter que me crea, haciéndome la desafiante. He renunciado a Jonas. He elegido a Peter. He muerto por él. Rezo a un Dios que sé que no existe. Después de esto, lo juro, no habrá más mentiras.

—Vale —dice al fin con expresión algo menos tensa—. Pero si estás mintiendo...

Me obligo a hablar con voz serena y templada.

—Bien. Porque no tengo nada con Jonas, ni, dicho sea de paso, con ningún otro. Tú eres el único hombre al que quiero, te lo prometo.

—Bien —dice. Se acerca y me besa con pasión—. Pero se acabó besar a otros hombres. Eres mía.

—Lo soy —afirmo.

—Y ahora ven a la cama para que pueda hacerle el amor a mi mujer.

—Los niños siguen despiertos y mi madre anda todavía por ahí.

—Calla.

Me coge de la mano, me conduce por el camino a oscuras hasta la puerta de nuestra cabaña. Me hace subir las escaleras delante de él.

—Date la vuelta —gruñe.

Pongo el cuerpo delante del suyo. Me sujeto al marco de la puerta. Me mete las manos por debajo del vestido, me baja las bragas, se acerca a mí y me lame despacio con la superficie áspera de la lengua.

—Sabes a mar —susurra.

Cierro los ojos e imagino el océano, la playa hoy, el toldo, a Jonas. Me corro en la boca de Peter pensando en el otro hombre al que amo. Cuando llegan las lágrimas, no son por lo que he perdido, sino por la verdad sobre Jonas, de la cual no soy capaz de desprenderme.

22.30 horas

Estamos en la cama, Peter dormido en su relajo poscoital, con las sábanas enredadas alrededor de los tobillos, de nuestras extremidades desplegadas. Le doy la vuelta a la almohada, pego la mejilla en el lado fresco, me fijo en las subidas y bajadas del pecho de Peter, en la carraspera de sus suaves ronquidos, en la exhalación dulzona de su aliento a tabaco. Estoy nerviosa, desasosegada. Necesito que vuelva a mí. Pero sé que nada lo despertará de este sueño concreto. Los hombres se quedan dormidos inmediatamente después del orgasmo. Las mujeres se espabilan. Es curiosa esa asincronía. Quizá es que después del agotamiento de tratar de fecundarnos necesitan descansar. A nosotras nos corresponde levantarnos, barrer la cueva, acostar a los niños en sus camas de juncos, despiojarlos, contarles cuentos que algún día ellos contarán a sus hijos: sobre fuego o piedras de moler, en una cueva chorreante de estalactitas de colores luminosos, congeladas en el tiempo; sobre el niño que persiguió a un enorme pájaro por el cielo; sobre surcar los mares. Me visto, salgo de la cabaña. Es tarde, pero necesito dar un beso a mis hijos.

Todavía tienen la luz encendida.

—¿Dónde estabais? —pregunta Maddy—. Se suponía que ibas a venir a tomar helado.

—Papá no se encontraba bien. Tuve que darle una aspirina y meterlo en la cama.

—Sí claro —dice Jack sin levantar la vista del resplandor de bombilla desnuda de la pantalla de su ordenador.

Maddy ha estado leyendo en voz alta a Finn. Están acurrucados juntos en su cama. Maddy tiene un libro grueso y gastado, con las tapas color aceituna mohosas y llenas de manchas.

—¿Qué estáis leyendo?

—Lo he encontrado en la balda del cuarto de baño —dice Maddy y me enseña el libro.

—Ese libro lleva en la balda del cuarto de baño desde antes de que yo naciera. No creo que lo haya leído nadie nunca. —Me siento en el borde de la cama—. Hacedme sitio.

Maddy se pega a la pared. Finn me deja sitio, apoya la cabeza en mi brazo.

—Es sobre un cuervo que se llama Johnny —dice.

—Ya lo sé —contesto—. Por eso no se lo ha leído nadie nunca.

—Aquí hay arañas. —Finn señala una telaraña en una esquina del techo. Junto a ella, asomando del borde de la viga, veo un agujerito en el techo de cartón hecho por los ratones. Tendré que decirle a Peter que lo tape. Una araña de patas finas trajina en su tela, preparando una mosca muerta. Debajo de ella cuelgan cinco huevos marrones que se mecen en una hamaca filamentosa.

—¿La puedes matar? —dice Finn.

—Las arañas son buenas —respondo—. Nos caen bien. Cazan mosquitos.

—No me gustan —insiste Finn.

—No seas mariquita —interviene Jack.

—Eso no se dice, Jack. —Cualquier otra noche le regañaría, pero esta no. Esta noche quiero estar con mis hermosos hijos, a resguardo y feliz, necesito creer que esto va a durar para siempre—. Cuando tenías la edad de Finn te daban terror las arañas.

—Pues vale.

—De pues vale nada. Pide perdón a tu hermano y luego ven aquí a acurrucarte con nosotros. Ahora mismo necesito mimos gigantescos. No es negociable.

Jack suspira, deja el ordenador, viene y se tumba en el trozo estrecho de cama que queda.

Lo abrazo y lo pego a mí.

—Así está mejor.

Estamos los cuatro apretujados como sardinas en lata.

—¿Y ahora qué? —dice Jack.

—Me estáis asfixiando —se queja Maddy—. No puedo respirar.

—¿Os he contado alguna vez la historia del hámster que mi hermana Anna espachurró entre la cama y la pared?

—¿Aposta? —pregunta Finn.

—No estoy segura —digo—. Puede ser. A veces Anna era difícil de interpretar. Pero no creo que quisiera matarlo.

—Pues o quería o no quería —dice Jack.

—Pues sí. Fuera luces. —Le cojo el libro a Maddy—. *Johnny Cuervo* seguirá aquí mañana. —Saco a Finn de la cama de Maddy, lo arropo en la suya y le doy besos en su carita preciosa hasta que me aparta.

Maddy levanta los brazos para que le dé un último abrazo.

—A mí —dice.

La estrecho contra mí.

—No te has lavado los dientes. Te huele el aliento a crema de maíz.

—Sí me los he lavado. —Pero las dos sabemos que no dice la verdad—. ¡Que sí! —repite.

—El maíz está buenísimo —le susurro al oído, y sonríe.

—Vale, no me los he lavado. Pero mañana me los lavo dos veces.

—Ahora te toca a ti —le digo a Jack.

—Pues vale —responde. Pero está sonriendo.

23.00 horas

Mamá está sentada en el sofá del porche, a oscuras.

—Todavía estás levantada —digo.

—Me están repitiendo todos esos cacahuetes que he comido en casa de Dixon.

—Voy a servirme una copa de vino. ¿Quieres algo?

—Me voy a ir a la cama enseguida. Hay una botella de rosado abierta.

Me sirvo una copa de vino y me siento a su lado.

—Estoy agotada.

—No sé cómo lo haces. Cuidar de tantas personas.

—¿Mi marido y mis hijos? —Me río.

—Los mimas demasiado. Yo casi no os hacía caso a Anna y a ti y mira qué bien salisteis.

En cierto modo su ceguera, su total falta de autocrítica son un regalo.

—Ni siquiera son capaces de dejar su plato sucio en el fregadero. Casi me da algo cuando Peter y tú os fuisteis a Memphis. Aunque es verdad que Finn me dio un buen masaje de pies.

—¿Le pediste a Finn que te diera un masaje en los pies?

—Tiene las manos un poco pequeñas para su edad.

Niego con la cabeza, desesperada. Mi madre es como es. Pero hay un trozo de ella que lleva demasiado tiempo ya en el lugar equivocado y necesito corregirlo.

—¿Te acuerdas de lo que estaba intentando contarte esta tarde sobre Leo?

Mi madre bosteza.

—Y me lo has contado. Que volvió con su primera mujer, pobrecilla. Debería haberle escrito, contarle lo que te hizo.

—Mamá. —El corazón empieza a latirme tan deprisa que me aletea en la superficie del pecho—. No fue Leo.

—¿El qué no fue?

—No fue Leo —repito con voz que es apenas un susurro—. Lo que te conté es verdad, pero no fue Leo.

Parece completamente desconcertada. La miro descifrar lo que he dicho, unir las partes del rompecabezas. Identifico el segundo exacto en que entiende: un parpadeo, un cambio imperceptible, la dilatación nerviosa de las pupilas.

—¿Conrad? —dice al fin.

—Sí.

—¿Solo él?

—Sí.

—Leo no.

—Leo no. Fue Conrad, Conrad me violó.

Mi madre se queda callada largo rato. En la oscuridad siento cómo su energía se escapa, se atenúa. Suspira con una pesadumbre que antes no tenía.

—Siento haber dejado que culparas a Leo.

—Leo me abandonó. Nuestro hijo murió.

Por su cara veo que se está preparando para lo peor cuando me hace la pregunta siguiente.

—¿Y cuando Conrad se ahogó?

—Le dio la botavara. Se cayó al agua.

Su expresión de alivio es tan palpable que me gustaría poder dejarlo ahí.

—Pero las dos sabemos que no era un buen nadador. No le tiramos el salvavidas.

—¿Cómo que no le tiramos? —Hay un momento de perplejidad—. Ah, claro. Jonas estaba contigo. Se me había olvidado.

—Lo sabía todo —digo—. Es el único.

Asiente con la cabeza.

—Erais inseparables. Estaba enamoradísimo de ti. Creo que le rompiste el corazón cuando te casaste con Peter.

—Sí.

Me viene a la cabeza una imagen de Jonas. No del hombre al que he amado, devorado, deseado, al que tanto he anhelado hoy, sino un chiquillo de ojos verdes y pelo oscuro, tumbado a mi lado en el bosque, en un lecho de musgo aterciopelado. Todavía no lo conozco. Pero estamos ahí, juntos, tumbados junto al arroyo, dos desconocidos con un solo corazón.

—Yo también lo quería a él.

Mi madre no es de gestos cariñosos, pero me pasa el brazo por los hombros, me pone la cabeza en su cuello, me acaricia el pelo como cuando era pequeña. Siento cómo mil años de bilis, de amargura y de cieno rezuman de mis venas, de mis músculos y mis tendones, de mis rincones más oscuros y se derraman por los pliegues de su regazo.

—Lo siento, mamá. Yo quería ser buena.

—No —dice—. Yo fui la que metí a Conrad en casa. —Se levanta del sofá con un fuerte crujido—. Mis huesos ya no son lo que eran. Voy a tomarme un Maalox y a la piltra.

Al pasar junto a la gran mesa plegable recoge los cuencos de helado de los niños, los lleva al fregadero con un tintineo de cucharas.

—Esto ya lo fregamos mañana.

Se detiene en la puerta mosquitera con una expresión extraña, como si tuviera algo en la boca y estuviera intentando digerirlo, decidir si está bueno o no. Cuando por fin habla, su voz es decidida, como siempre que me ha dado algún consejo serio.

—A veces uno se arrepiente de ir a nadar, Eleanor. El problema es que no se puede saber hasta que se ha hecho. No te acuestes tarde. Y acuérdate de cerrar vuestro tragaluz. Dicen que va a acumularse hasta un palmo de lluvia.

Espero a oír cerrarse la puerta de su cabaña antes de seguirla por el sendero. La luna tiene cerco. La lluvia que tanto esperábamos va a llegar por fin. La noto en el aire inquieto, en el cielo impaciente. Me paro junto a la antigua cabaña de Anna y mía, en la que duermen mis hijos. Todas las luces están apagadas, también el tenue resplandor del ordenador de Jack. Escucho el silencio, imagino que oigo su respiración suave, serena. Sin demonios, sin monstruos. Si pudiera protegerlos de cada terror, de cada pérdida, de cada desengaño, lo haría.

Una franja de luz de luna se extiende hacia mí desde el centro del estanque, ensanchándose a medida que se acerca. Camino entre los arbustos hasta el agua. El nivel del estanque está bajo. En la orilla húmeda, arenosa, los mapaches han dejado un rastro de huellas afiladas. Me quito toda la ropa, cuelgo el vestido en la rama de un árbol y entro desnuda en el agua sedosa, en la claridad de obsidiana del estanque mientras las ranas toro croan y las polillas susurran. Siento que las moléculas que Jonas ha dejado tras de sí me rodean en el agua. Pongo las manos en forma de cuenco y me las llevo a la boca, le bebo. A lo lejos, un relámpago fractura el cielo.

Me detengo en el sendero frente a nuestra cabaña, cuento los segundos, escucho el rugido lejanísimo del trueno, miro disiparse la ácida luz estroboscópica, veo regresar la oscuridad. Mi cuerpo es un suspiro, de alivio y de arrepentimiento. Pero ¿por cuál de las veces que fui a nadar? Subo los escalones de la cabaña sabiendo la respuesta. Por ninguna. Por las dos.

Peter sigue durmiendo su sueño profundo, saciado. Quito el seguro del tragaluz, lo cierro con suavidad. Me acuesto a su lado, me pego a su espalda, me acoplo a él, noto el calor familiar de su cuerpo, el consuelo de su respiración que me apacigua y espero a que llegue la tormenta desde el mar.

4.00 horas

A las cuatro de la mañana, cuando se levanta viento, lo que me despierta es la puerta de la cabaña temblando en el marco. Fuera, los pinos están ladeados y las ramas aúllan furiosas. Salgo de la cama y voy a la puerta. Una toalla de playa ha salido volando del tendedero y ha aterrizado en el tejado de la cabaña de mi madre. Los pájaros dan bandazos por el cielo tormentoso igual que hojas de otoño revoloteando, indefensos frente al viento, en una corriente incesante, circular. Chochines, pinzones, alondras transportados por el aire, pero sin volar. Miro la claridad irreal que precede al amanecer. A unos centímetros de la mosquitera, un colibrí de garganta rojo rubí canta mientras lucha por mantenerse en el aire, trinando contracorriente, con sus alas iridiscentes aleteando a una velocidad invisible, igual que el resplandor de una piedra preciosa en el cielo gris. Vuela de espaldas. No impulsado por el viento, sino de forma deliberada, lleno de determinación, buscando el refugio del macizo de clethras en flor junto a nuestra cabaña. Sus alas, unidas al cuerpo por clavículas minúsculas, dibujan ochos, símbolos de infinito.

Llamo a Peter:

—Despierta.

Se mueve, pero sigue durmiendo.

—Peter —digo, más alto esta vez—. Despierta. Quiero que veas esto.

Pero está como un tronco.

Voy hasta su lado de la cama y lo toco.

—¿Qué pasa? —dice con voz adormilada—. Por Dios, pero ¿qué hora es?

—No lo sé. Temprano. Pero levántate. Tienes que ver esto. Ahí fuera es una locura, como una vorágine de pájaros.

—Pero si es de noche.

—Creo que igual estamos en el ojo de un huracán.

—Entonces no haría tanto viento; solo calma chicha. Lo que pasa es que va a haber un tormentón. Nada de lo que preocuparse. Y ahora vete a la mierda y déjame dormir —gruñe cariñoso.

Unos años después de que nacieran Maddy y Finn, mucho después de que nuestras vidas se hubieran entretejido con una melodía distinta, una tarde en que paseábamos por el bosque, Jonas y yo vimos un roble entreverado de madreselva. Lo que parecían cien colibrís libaban en las flores con picos afilados como agujas.

—Los colibrís son las únicas aves que pueden volar hacia atrás —comentó Jonas—. Es uno de esos datos que siempre me han asombrado. Pueden volar hacia atrás y hacia delante con la misma velocidad. Cincuenta kilómetros por hora.

—Si yo pudiera volar hacia atrás, lo haría —le dije.

Volvería al abrigo de las ramas, a aquel tiempo en que mi corazón se aceleraba por él como el de un colibrí, a mil doscientas pulsaciones por minuto.

Y él, como hacía siempre, contestó:

—Lo sé.

6.30 horas

Cuando me despierto otra vez, ya no llueve tanto. El agua ha formado charcos en el suelo junto a la cama y empapado el montón de libros que tengo siempre intención de leer. Peter está soñando, lo sé por cómo le tiemblan los párpados, por la longitud de sus respiraciones entrecortadas. Le retiro el pelo de la frente, lo beso en la mejilla, en la frente.

Se mueve, cambia de postura, abre los ojos.

—Hola —susurro—. Estás aquí.

Y le cubro la cara de besos de mariposa.

—Buenos días, cariño —dice apartándome con la mano—. ¿Te vas a nadar?

—¿Por qué no vienes conmigo? Después de la lluvia el agua estará caliente.

Contengo la respiración, espero. «Ven conmigo. Deja de hacerme esto».

Se gira y me da la espalda.

—Le he prometido a Jack llevarlo al pueblo a las nueve. Despiértame si me quedo dormido.

Le pongo la palma de la mano en la curva del hombro, abro los dedos. Me gusta cómo quedan sus pecas dentro de la uve que forman mis dedos, como constelaciones. Con la punta del dedo dibujo un corazón en la explanada de su espalda.

—Yo también te quiero —dice desde el interior de un revoltijo de sábanas.

El aire de la mañana es frío y húmedo. Me cierro bien el albornoz lavanda de mi madre y miro desde el umbral de la cabaña. La superficie del estanque está inmóvil, como una hoja de cristal, como si no hubiera habido tormenta, con los nenúfares cerrados en su sueño circadiano. Quietud, el mundo bañado de un rubor color sandía. En las escaleras de la cabaña veo una pluma iridiscente. La cojo. La hago girar entre los dedos sujetándola por el cálamo afilado y óseo. En la orilla contraria del estanque hay alguien de pie. Esperando. Confiando. Solo distingo su camisa azul.

El escalón de la cabaña se hunde bajo mis pies con un suspiro, luego recobra su forma con un tañido quedo que he oído mil veces. Llevo este sitio, cada uno de sus silbidos, de sus gruñidos, en los huesos. El suave crujido de las agujas de pino bajo mis pies descalzos, el rumor de los gobios en el agua, el olor a pescado y a almizcle de la arena húmeda y el agua del estanque. Esta casa, hecha de cartón, de trocitos de cartulina prensados hasta formar algo lo bastante fuerte para resistir el paso del tiempo, los inviernos duros y solitarios; siempre amenazando con derrumbarse y sin embargo siempre en pie, año tras año, cuando volvemos. Esta casa, este lugar, conoce todos mis secretos. También me lleva en sus huesos.

Cierro los ojos y respiro aceptando toda mi realidad. Jonas. Peter. Yo. Lo que podría haber sido. Lo que podría ser. Me quito la alianza, la sostengo en la palma de la mano, la estudio, noto su peso, su forma gastada y eterna, su cualidad áurea. La aprieto fuerte contra mi línea de la vida una última vez antes de dejarla en el primer escalón y bajar por el sendero a nadar.

En la orilla contraria del estanque, un sol color yema de huevo sube desde las copas de los árboles como un globo aerostático, pausado, elegante. Flota, suspendido por un momento, antes de soltar amarras: amanece. En ese instante, una brisa mínima agita el agua y el estanque despierta a un día más.

Agradecimientos

Cuando era adolescente y empezaba a intentar escribir ficción, mi abuelo Malcolm Cowley me dio un consejo que tengo siempre presente: lo único que debes saber, me dijo, es que las buenas historias necesitan un principio, un desarrollo y un final y que el final tiene que estar anunciado en el principio.

Me ha costado toda una vida llegar hasta aquí, pero he seguido su consejo al pie de la letra.

Hay muchas personas a las que estoy agradecida por animarme, empujarme, apoyarme y sostenerme en este viaje, en especial mi extraordinaria madre, Blair Resika, quien me enseñó a poner la mesa y nos educó en la belleza sin concesiones. Mis queridas hermanas, Lizzie y Sonia: sois mis puntales y mi alma.

Mi padre, Robert Cowley, extraordinario editor e historiador, me dijo cuando yo tenía once años que la mejor escritura es siempre la distancia más corta entre dos puntos. Le doy las gracias por eso, pero más aún por darme esos deslumbrantes torbellinos que son mis hermanas pequeñas, Olivia y Savannah.

Gracias a mi abuelo, Jack Phillips, por regalarnos el paisaje. A mi maravilloso padrastro, Paul Resika, por inmortalizarlo. A mi madrina Florence Phillips, por una lata de maíz mágica que le cambió la vida a una niña pequeña.

Gracias infinitas a mi brillante y sugerente editora, Sarah McGrath, cuyo ojo de halcón nunca falla. Muchísimas gracias también a todo el equipo de Riverhead y las valquirias de Viking, Venetia Butterfield y Mary Mount.

Gracias, Anna Stein, mi guapísima y genial agente, por hacer realidad mis sueños y por elegirme. Soy más que afortunada de contar con Will Watkins en ICM, con Susan Armstrong en C&W, con Claire Nozieres en Curtis Brown y con Jason Hendler en HJTH en mi equipo.

Mark Sarvas, mentor y amigo para toda la vida: me haces fácil cada paso del camino. Las palabras nunca bastan, pero no por eso dejo de decirlas. Gracias, Adam Cushman, por creer en esto antes incluso de que yo supiera que era un libro. A Jack Grapes, por enseñarme que la ficción es poesía. Gracias a todos los escritores del taller de autores noveles que trabajaron conmigo en *El palacio de papel*, entre ellos, Andrea Custer, Samuel Stackhouse, Ondrea Harr, Victoria Pynchon, Catherine Ellsworth y Joel Villaseñor, escritor extraordinario que entendió la alusión a Metrecal. A mis compadres de PEN America. A mis compañeros del patronato del Fine Arts Work Center.

A Stepha, por nada en particular y por todo. A Faran, por los árboles. A Estelle, por su sabiduría y su corazón. A Jimmy por traerme la luz. A Tanya por mantenerla encendida. A Nick, por su alegría desde el primer día. A Christina y Olivia, por mantener mi mundo sobre su eje. A Lily y Nell, por asegurarse de que todavía se puede descontrolar. A August, cuya admirable y fuerte cadencia es un ejemplo para todos. A Lasher, Calder y Sebastian, esos seres diminutos y comestibles. Y a Georgia, ay Georgia, mi duendecillo del bosque, por inspirar el ensueño.

Crecí en un mundo de mujeres fuertes con voces poderosas y corazones leales. Os doy las gracias a todas y a cada una por vuestra excepcional amistad. Ha sido la mayor de las bendiciones. Gracias, Margot, Angela, Laura, Nonny, Tory, Busby, mis chicas para toda la vida; a Charlotte, quien lo leyó la primera y dijo «sí»; a Nina, quien pasó noches y días sentada conmigo mientras no dejábamos de escribir; a Kate, por tu optimismo sin límites; a Laura B. y Evgenia, amigas inteligentísimas y lectoras tempranas; Libby, que me hizo mover el culo y terminar el condenado asunto; a Zoe y Lucy, por ser mis «hermanas»; a las magníficas mujeres de mi familia: Antonia, Susannah, Hayden, Saskia, Cosima, Rachel, Nicky, Frankie, Lula, Lotte, Grace, Louisa, Millie. Todas marcáis el camino.

A mis hijos, Lukas y Felix, no os puedo querer más. Pero eso ya lo sabéis.

Y por último y por encima de todo, a Bruno, por los caminos que hemos recorrido juntos y por lo maravilloso del viaje.

Este libro
se publicó en el mes
de septiembre de 2021

«Para viajar lejos no hay mejor nave que un libro.»

EMILY DICKINSON

Gracias por tu lectura de este libro.

En **penguinlibros.club** encontrarás las mejores
recomendaciones de lectura.

Únete a nuestra comunidad y viaja con nosotros.

penguinlibros.club

Penguin
Random House
Grupo Editorial

 penguinlibros